George Halban · Malik der Wolf

George Halban

Malik der Wolf

Roman

Lizenzausgabe des Deutschen Bücherbundes
Stuttgart Hamburg München
mit Genehmigung des R. Piper & Co. Verlags, München – Zürich

Gesamtherstellung: Thomas F. Salzer OHG, Wien
– 03227/6 –

MEINEN KURDISCHEN FREUNDEN

UND IHREM TAPFEREN VOLK

GEWIDMET

Ferner gilt mein Dank denen, die mir Mut machten,
ein Buch zu schreiben,
und denen, die zu seinem Entstehen beitrugen:
Orest Neimanis, Don M. Larrimore, Dagmar Henne,
Albrecht Roeseler, Fritz Langour und Gerd Haneberg.
Auch an meine vielen türkischen Freunde erinnere ich mich
mit Dankbarkeit.

FÜR MIGY

PERSONEN DES ROMANS

Colonel Philip R. Van Holden alias MALIK	Oberst der US-Army
Douglas S. McMahon	US-Senator, Präsidentschaftskandidat
Patricia McMahon	Senator McMahons Frau
James W. Dillon	US-Senator, Freund McMahons
Robert Flanagan	CIA-Resident in Ostanatolien
Tum-General Kemal Güvenç	Kommandeur des III. türkischen Armeekorps in Kars
General Inan	Chef der türkischen Abwehr in der Osttürkei
Rahman Abdur	Polizeichef von Stadt und Provinz Erzurum
General-Polkownik Jurij Andropow	Chef des KGB, Moskau
Generalmajor V. P. Filatow	Chef der KGB in Erivan
Oberst Anton Korakow	Sowjetischer Agent
Alkoç	Illegaler Resident des KGB in Istanbul
Popow	Legaler Resident des KGB in der sowjetischen Botschaft in Ankara
Hakim von Bitlis	Kurdischer Prinz
Nadir Reshid	Kurdischer Freiheitskämpfer, Mulla Mustafa Barzanis Verbindungsmann zu Malik
Baydar	Maliks Diener und Leibwächter
Brigadier-General Sasson	Maliks Vorgesetzter im Pentagon
Leila	Leiterin der armenischen Untergrund-Organisation

ERSTER TEIL

Die Männer

1

Der Reshiba leckte die letzten Schneereste von den Nordhängen der weglosen Hakari-Berge im äußersten Südosten Anatoliens. Nur auf den mehr als viertausend Meter hohen Gipfeln des Mor Dağ und des Cilo Dağ gab es noch kleine geschlossene Schneedecken. Zweitausend Meter tiefer war der Sturm, den die Kurden Schwarzer Wind nennen, bereits heiß. Er trieb Staub, Gras und kleine Äste vor sich her, jagte Blätter pfeifend zwischen Felsen hindurch, die Hänge der Hakari-Berge hinauf und über Steilabbrüche in Kare und Schluchten.

Der Staub brannte auf dem nackten Oberkörper des Verurteilten. Der Araber war dem Reshiba schutzlos ausgeliefert, seine Hände waren auf dem Rücken zusammengebunden. Er wußte, daß er außer dem Sturm nichts mehr hören würde. Der Augenblick der Hinrichtung war gekommen. Sattan, sein Henker, stand hinter ihm, den Pishten, einen gut zwei Meter langen Leibgurt aus festem, handgewebtem Stoff, in den Händen.

Ein dritter Mann, Malik, saß etwa fünfzig Schritte entfernt. Er blickte, als gehe die Hinrichtung ihn nichts an, ins Tal hinunter, die Augen mit einer Sonnenbrille, den Mund mit dem Ende seines Mezers, des kurdischen Kopftuches, vor dem heißen Staub geschützt. Er trug kurdische Kleidung, sein schmales Gesicht war tiefbraun und von einem kurz geschnittenen schwarzen Backenbart umrahmt. Malik – »der Wolf« – hatte die Hinrichtung befohlen, weil der Araber für den irakischen Geheimdienst die Zentrale des Wolfs nahe der türkisch-irakischen Grenze gefunden und verraten hatte: ein winterfestes Zelt auf einem fast unzugänglichen Hochplateau. Dabei war er gefangen worden. Den Verrat hatte er unter den mächtigen Händen des Riesen Sattan zugegeben. In der Hoffnung, dem Tod zu entgehen, nannte er nun auch noch den Zeitpunkt, zu dem die Irakis über die Grenze kommen und die Zentrale im Handstreich nehmen sollten – die Nacht nach dem Neumond. Der Sturm verschluckte seinen letzten Schrei, als ihm Sattan von hinten den Pishten wie eine Fangschlinge um den Hals warf und ihn zu sich zog.

Der Riese zwang den Delinquenten in die Hocke und preßte ihm das rechte Knie unterhalb der Schultern in den Rücken. Mit unbewegtem Gesicht gab er dem Hals mit der Schlinge einen kleinen Spielraum und riß ihn mit der ganzen Kraft seiner nackten muskulösen Arme zu sich zurück. Er hörte das Brechen der Wirbel. Der Kopf des Arabers lag auf Sattans rechtem Oberschenkel. Der Riese sah den brechenden Blick der hervorquellenden Augen. Die Zunge des Toten fiel seitwärts aus dem Mund, sein Gesicht, eben noch olivfarben glänzend, wurde rot und verlor die Farbe in ein paar Augenblicken.

Sattan nahm den Pishten vom Hals des Toten, rollte ihn wie ein Seil zusammen und schlang ihn, sorgfältig und eng, wieder um den eigenen Leib, um den stundenlangen Rückritt zu seinem Dorf leichter bewältigen zu können. Dann warf er den Exekutierten wie ein gewichtloses Bündel über die Schulter und trug ihn zu einem Felsvorsprung. Er legte ihn so, daß er kilometerweit jedem ins Auge fallen mußte, holte eine kleine Holztafel mit einer Schnur aus der Tasche und band sie um den Hals des Toten. Sattan konnte nicht lesen, was Malik in arabischer Schrift auf die Tafel geschrieben hatte, aber er wußte, was die Zeichen bedeuten sollten: Für die, die nach den Geiern kommen. Hier starb einer, der die Kurden verriet.

Sattan verbeugte sich mit gekreuzten Armen und eilte hangaufwärts zu seinem Pferd. Malik sah ihm nach, bis er hinter einem Felsvorsprung verschwunden war, stand auf und ging bergab. Als der Schwarze Wind für einen Augenblick nachließ, hörte er schon das erregte Gekreisch der

Aasgeier. Ein paar hundert Meter weiter warteten an einer windgeschützten Stelle drei berittene Kurden mit seinem gesattelten Pferd, drei Ersatzpferden und sechs schwerbepackten Mauleseln. In den Kisten und Rollen auf den Tragtieren befand sich alles Material und Gerät aus der aufgegebenen Station. Malik stieg auf sein Pferd und ritt mit den Männern nach Norden.

Vor der steil abfallenden Westflanke des Mount Ararat, nahe dem Scheitelpunkt des Çengel-Passes, liegt das Kurdendorf Çengel. Es besteht aus sechs Häusern und hat weniger als dreißig Einwohner. Selbst ein aufmerksamer Beobachter, der von Iğdir über den Paß nach Doğubayazit reist, wird Çengel kaum entdecken. Das unbekannte Dorf liegt hinter einem flachen Hügel: von der Paßstraße aus ist nur das höchstgelegene der einstöckigen, quaderförmigen Häuser zu sehen. Das blaugrüne Vulkangestein, aus dem das ganze Dorf erbaut ist, ist der Umgebung so gut angepaßt, daß es nicht auffällt. Dahinter wächst der Kegel des Ararat bis zu einer Höhe von 5165 Metern in den Himmel, nach Westen erstreckt sich die von niedrigen Gebirgsketten durchzogene Ostanatolische Hochebene. Bei klarem Wetter reicht der Blick nach Norden weit in russisches, nach Süden in persisches Territorium. Dadurch bietet Çengel die Voraussetzungen zu optimalem Funkverkehr. Es war in jeder Hinsicht der für Maliks Zwecke an besten geeignete Platz.
Das Gebiet um Çengel war schon immer von militärischer Bedeutung. Das letzte Mal war es im Sommer 1854 schwer umkämpft, als neuntausend türkische Soldaten und siebentausend Kurden – abgesehen von ihren Handfeuerwaffen und Messern nur mit vier Kanonen ausgerüstet – den Paß besetzten. Auf der Nordseite war eine russische Streitmacht unter Führung des Generals Baron Wrangel von Erivan über Iğdir ins Çengel-Gebiet vorgestoßen. Wrangel hatte zwar nur fünftausend Soldaten, weniger als ein Drittel der türkischen Streitkräfte, aber zwölf Kanonen. Er verstand es, die Türken dort zum Kampf zu stellen, wo ihnen ihre Über-

macht eher schadete als nützte – an der engsten Stelle des Passes. Hier zählten die Kanonen, von denen die Russen mehr besaßen. Die Türken verloren zweitausendfünfhundert Tote und Gefangene, den Paß und die Schlacht. Die Russen verloren weniger als vierhundert Mann und eroberten wenige Tage später Doğubayazit, die Stadt im Süden, von wo der türkische Vormarsch ausgegangen war.
Die Bewohner des Dorfes Çengel leben schlecht und recht von dem, was der karge Boden für sie und ihre Ziegen und Schafe hergibt. Die Niederlage ihrer Vorfahren am Paß hat ihren Stolz nicht gebrochen. Nur selten reiten sie hinunter ins Tal, das zwischen dem Ararat und dem 3500 Meter hohen Hama Dağ liegt, oder an den Seyhli-See im Süden. Noch seltener kommen Besucher zu ihnen hinauf in ihre Einöde, die für Fremde das Ende der Welt ist. Nur türkische Armee- und Polizei-Patrouillen, mit der Kontrolle der kurdischen Siedlungen betraut, erscheinen gelegentlich im Dorf.

Neun Tage nach der Hinrichtung des arabischen Agenten ritten Malik und die drei Kurden mit ihren Ersatzpferden und Mauleseln auf Çengel zu. Obwohl Malik wie seine Begleiter kurdische Kleidung trug, verschwanden bei ihrem Erscheinen die Bewohner in ihren Häusern. Nur der Muhtar, der Dorfälteste, sein jüngerer Bruder und vier riesige Hirtenhunde blieben am Dorfeingang. Der Reitertrupp hielt etwa fünfzig Meter vor ihnen. Malik und einer seiner Begleiter stiegen von ihren Pferden und schritten auf die Männer zu. Im gleichen Augenblick jagten ihnen die Hunde bellend mit gefletschten Zähnen entgegen. Malik und sein Begleiter blieben stehen, bis der Dorfälteste und sein Bruder auf sie zugingen. Der Muhtar pfiff, und die Hunde kauerten sich lauernd an den Boden.
»Allah schenke euch Frieden und Gesundheit«, sagte Malik und kreuzte die Hände über der Brust.
»Allah schütze euren Weg«, antwortete der Muhtar, wobei er die Hände ebenfalls kreuzte. »Wenn ihr in Frieden kommt, sind wir eure Freunde.«

»Wir kommen in Frieden und wollen euch helfen«, sagte Maliks Begleiter.
»Ich heiße Ali Turman, mein Freund heißt Malik.«
»Malik?« wiederholte der Bruder des Muhtar. »Der Wolf, von dem im Tal oft gesprochen wird?«
»Ja, der bin ich«, antwortete Malik. Er trug seinen Aba über dem weitärmeligen, weißen Kras-Hemd und der Rhanik, der kurdischen Hose, und auf dem Kopf den Mezer aus grauer und schwarzer persischer Seide.
»Ich bin Sharif Kiran«, antwortete der Muhtar, »und das da ist mein Bruder Omer. Wenn du der Wolf bist, bist du unser Freund und Gast. Sei willkommen.«
Die Männer traten aufeinander zu, legten sich die Hände auf die Schultern und die Wangen für einen Augenblick aneinander. Dann stieß der Muhtar einen Pfiff aus. Die Hunde beschnupperten die Fremden friedlich, Männer, Frauen und Kinder kamen wieder aus den Häusern und näherten sich mit neugierigen Blicken. Einige Frauen brachten Schalen mit Trauben, Nüssen und Milch. Malik der Wolf war ihnen allen ein Begriff. Aber sie hatten ihn noch nie gesehen.
Später saßen Malik und seine Begleiter mit den Männern von Çengel im Schatten der einzigen Platane. Trotz der Mittagshitze brachten zwei Frauen auf schwingenden Hängetabletts Gläser mit dampfendem Tee. Der Sitte gemäß trank Malik das erste Çai-Glas schnell aus, das zweite langsamer. Das dritte teilte er so ein, daß ein letzter Schluck bis zum Ende des Gesprächs zurückblieb. Es wurde über das Wetter gesprochen und über das Vieh, über den ältesten Mann in Çengel, der krank in seinem Haus lag, und über das letztgeborene Kind, von dem der Muhtar sagte, es sei leider ein Mädchen, aber Allah werde wissen warum. Damit war die Unterhaltung beendet, Malik trank den Rest seines Tees, schwenkte das Glas, kippte die letzten Tropfen heraus und stellte es mit der Öffnung nach unten ab. Danach konnte er ein viertes Glas höflich ablehnen.
Malik und der Muhtar zogen sich in das Haus des Dorfältesten zurück. Nach einer halben Stunde schüttelten sie sich die Hände – der Vertrag war geschlossen: das höchstgelege-

ne Haus des Dorfes sollte für Malik geräumt werden. Zwei junge Männer als Gehilfen und Fatima als Haushälterin sollten sich gegen angemessene Entlohnung seiner annehmen. Dafür versprach Malik dem Muhtar, seinen Einfluß bei den Türken geltend zu machen, damit sie Çengel in Ruhe ließen.

»Sie werden nicht kommen, solange ich bei euch bin«, sagte Malik. Keinem anderen hätten sie das Unglaubliche geglaubt. Ihn fragten sie nicht einmal, wieso er dieses Versprechen geben könne.

In weniger als einer Stunde war das für Malik vorgesehene Haus geräumt. Dabei lernte er Fatima und seine beiden Gehilfen kennen: den breitschultrigen, bärenstarken Baydar und dessen kleineren, wieselflinken Freund. Fatimas Anblick hielt zwar nicht, was ihr wohlklingender Name versprach – sie war spindeldürr und mußte an die sechzig Jahre alt sein –, aber sie erwies sich als zupackende Haushälterin und später auch als gute Köchin.

Alle halfen mit, das Gepäck in das Haus zu bringen – Kisten, Säcke und Rollen, Stangen, Bretter, Felle und Decken.

Das Haus hatte, wie fast alle Kurdenhäuser, ein flaches, grasbewachsenes Dach. Gleich hinter der Tür war ein kleiner Vorraum mit einer Kochstelle, dann kam der große Hauptraum mit Kamin und zwei kleinen Fenstern. Daran schloß sich eine geräumige Kammer an. Hier ließ Malik sein Bett aufschlagen.

Baydar und sein Freund brachten zwei schwere dunkelgrüne Holzkisten und sechs gleichfarbige, ebenfalls auffallend schwere Tragtaschen herein, die Malik unter dem Bett verstauen ließ: Eierhandgranaten und Magazine für die beiden in Decken eingeschlagenen amerikanischen Armee-Maschinenpistolen, die er selber unters Bett schob.

Als Baydar die drei in Futteralen steckenden Gewehre an die Wand lehnte und Malik sich gerade vor dem Haus mit seinen Männern unterhielt, öffnete er die Reißverschlüsse der Futterale.

»Ein Gewehr mit Zielfernrohr«, flüsterte Baydar dem jüngeren Gehilfen mit glänzenden Augen zu. »Und eines für ganz

große Kugeln. Beim Propheten, da hat der stärkste Bär keine Chance. Und hier, sieh dir das an!«
Malik sah später, daß der Reißverschluß des Futterals mit dem Drilling nicht richtig geschlossen war. Er lächelte. Die Sonderanfertigung aus Österreich hatte schon manchen beeindruckt. Malik brachte mit Hilfe der drei Kurden, die mit ihm aus dem Süden gekommen waren, sein Pferd und die drei ungesattelten Pferde in den an der Südseite des Hauses angebauten Stall und verabschiedete sich von den Männern. Sie ritten mit ihren Mauleseln los, um noch vor Einbruch der Dunkelheit im Tal zu sein.
Als Malik allein war, packte er zuerst die bei dem Kamin abgestellten Kästen aus. Sie enthielten die drei Elemente eines Funk-und-Empfang-Gerätes der US-Army vom Typ AN/GRC-9. Den Sender und den Empfänger, zwei etwa gleich große Teile von ungefähr zwanzig Zentimeter Höhe, fünfzehn Zentimeter Tiefe und einer Breite, die dem Rücken eines Mannes entspricht, stellte er neben dem Kamin auf. Das dritte Element, den Stromerzeuger, plazierte er auf der andern Seite des Kamins und verband es durch ein Kabel mit dem Sender. Zu dem Generator gehörte ein Gestell mit einem Sattel und zwei Pedalen, einem Fahrrad ohne Räder ähnlich.
Es begann zu dämmern, als Malik das »Angry«-9, wie das Gerät wegen seines hornissenähnlichen Summens im GI-Jargon heißt, montiert hatte. Er packte drei Öllampen aus, füllte sie aus einem Kanister und zündete sie an. Wenig später kam Baydar und setzte sich auf den Sattel der Tretanlage.
»Was ist das?« fragte er.
Malik lachte. »Wenn du die Pedale trittst«, erklärte er, »kann ich mit meinen Freunden ganz unten im Tal sprechen.«
Baydar stemmte sich in die Pedale, und der Dynamo jaulte auf. »Langsam«, rief Malik, »du ruinierst mir das Gerät.« Er packte Baydars Fuß und zeigte ihm die richtige Geschwindigkeit. »So«, sagte er, »nicht schneller.«
Er drehte am Empfänger, bis er ein rhythmisches Zeichen klar empfing. Dann legte er seine Hand auf die Morsetaste

am Sender und funkte einen kurzen, verschlüsselten Text, worauf aus dem Empfänger das Code-Zeichen für VERSTANDEN kam.
»Was ist das?« fragte Baydar.
»Das sind Zeichen für Buchstaben.«
»Kann man damit auch Namen machen?«
»Natürlich«, antwortete Malik.
»Dann drück meinen Namen hinein, damit deine Freunde im Tal wissen, wer bei dir ist.«
»Das geht nicht. Der Apparat ist kein Spielzeug.«
»Aber vielleicht kannst du mir aufschreiben, wie mein Name in dieser Sprache geschrieben wird.«
Malik nahm einen Zettel und schrieb:
–... / .– / –.–– / –.. / .– / .–.
Baydar nahm das Papier und betrachtete es ehrfürchtig. Dann kamen aus dem Empfänger noch einmal Morsezeichen – die Anweisung, sich am nächsten Morgen um zehn Uhr erneut mit der US-Botschaft in Ankara in Verbindung zu setzen.
»Was sagen deine Freunde im Tal?« fragte Baydar.
»Sie freuen sich, daß wir gut angekommen sind.«
Malik sah auf die Uhr. Es war zehn nach sieben. Täglich von halb sieben bis halb acht hatte Robert Flanagan, der zuständige CIA-Mann in Erzurum, sein Empfangsgerät eingeschaltet.
»Steig in die Pedale, Baydar.« Malik funkte, wie immer verschlüsselt, an Flanagan:
TREFFEN IN KAGIZMAN LOKANTA 16 SEPTEMBER 14 UHR NOAH ENDE
Als Baydar sich verabschiedete, sah ihm Malik nach. Der Kurde hatte den Gang eines Tieres. Für seine Zuverlässigkeit bürgte der Muhtar. Ich werde ihn mitnehmen, wenn ich reite, dachte Malik, er sieht wie ein Mann aus, den man als Leibwächter haben möchte.

Am Morgen des 16. September verließen die beiden Çengel. Baydar trug unter der Aba seinen Dolch. Malik hatte wie

immer die 45er-Pistole unter dem Hemd und den Drilling mit Zielfernrohr in der Hand. Hier gab es Bären und Wölfe.
Sie ritten, soweit es möglich war, abseits der Paßstraße und direkt auf Iğdir zu, das sie gegen elf Uhr erreichten. Vor der Ortskommandantur stiegen sie von den Pferden. Malik ging in das Gebäude und kam wenige Minuten später mit einem Offizier heraus. Sie gingen zu einem Schuppen, wo ein Militärjeep für Malik bereitgestellt war. Er bedankte sich und wies Baydar an, die Pferde nach Çengel zurückzubringen und dort auf ihn zu warten. Dann fuhr er nach Kağizman. Baydar beobachtete mit Verblüffung, daß der türkische Offizier bei Maliks Abfahrt stramm salutierte.
Malik traf vor der vereinbarten Zeit in Kağizman ein. Er stellte den Jeep in einer Seitenstraße ab und ging auf Umwegen zu der Lokanta. Als er das Café betrat, saß Flanagan bereits da.
Flanagan stand auf, um Malik zu begrüßen. »Da drüben sitzt ein Binbaşi«, sagte er und wies mit einer kaum bemerkbaren Kopfbewegung zu einem anderen Tisch.
Malik sah den türkischen Major. »Shit«, brummte er, »das ist der Ortskommandant. Wenn wir den nicht an unseren Tisch holen, wird er mißtrauisch oder ist beleidigt – und wenn wir ihn holen, können wir nicht miteinander sprechen. Wir können nur eines tun: wir lassen ihn voll Raki laufen, bis er ihm aus den Ohren kommt.« Malik ging zu dem Türken. »Ich bin Malik«, sagte er, »es freut mich, Sie kennenzulernen, Binbaşi.«
Der Major stand auf und gab ihm die Hand.
»Malik«, wiederholte er, »der Mann, der mit den Kurden so gut umgehen kann. Darf ich mich zu Ihnen setzen?«
»Ich wollte Sie gerade darum bitten, Binbaşi.«
Malik machte ihn mit Flanagan bekannt und bestellte eine Runde Raki und Pistazien. Die nächste Runde bestellte der Major. Er hatte offensichtlich bereits vorher etwas getrunken, und schon nach einer Viertelstunde war der Bataillons- und Ortskommandant deutlich angeschlagen. Als er hörte, daß Flanagan als Landwirtschaftsberater beim Vali in Erzurum die anatolische Viehzucht nach amerikanischem Muster

organisiere, war das für ihn ein Anlaß zu einer besonderen Geste der Gastfreundschaft.
»Wenn Sie schon in unserem Lande sind, Mr. Flanagan, dann müssen Sie die Spezialitäten unserer Küche kennenlernen.« Der Major rief nach dem Wirt und bestellte ein Gericht, dessen Name Flanagan fremd war.
Malik sah den Major entsetzt an und versuchte ihm klarzumachen, daß sie seine Einladung schätzten, daß es aber einfach zuviel des Guten sei.
Der Major war nicht davon abzubringen.
»Was ist das?« fragte Flanagan Malik auf englisch.
»Schafsaugen.«
»Richtige Augen von Schafen?«
»Leider.«
»Nein!« Flanagan wurde bleich.
»Was hat Ihr Freund gesagt?« fragte der Major, prostete den beiden zu und kippte sein Rakiglas.
»Mein Freund hat mich daran erinnert«, antwortete Malik, »daß wir auf Grund unserer Religion keine Augen essen dürfen.«
Aber der Türke war nicht zu bremsen. »Allah hat es erlaubt«, entschied er und bestellte noch einmal Raki.
Während der Türke seine Schafsaugen mit Genuß verzehrte, spülten Malik und Flanagan jedes mit einem Schluck Raki hinunter, ohne hineinzubeißen. Schließlich bestellte Malik Sert Peynir – Hartkäse –, der Binbaşi zog Kave orta und noch einen Raki vor. Als der Wirt den Sert Peynir auf den Tisch stellte, wurde Flanagans Blick wieder abweisend – der Käse war vor Fliegen kaum zu sehen. Malik kannte das, er hatte sich längst an die Zustände in den kleinen Dorflokantas gewöhnt. Er verscheuchte die Fliegen mit der Hand, schnitt sich ein Stück ab und aß mit sichtlichem Appetit.
Zum Nachtisch offerierte der Kommandant, der inzwischen mit offenem Uniformrock und schiefer Krawatte in seinem Stuhl hing, Kaffee und Rosenlikör. Aber Malik klopfte ihm auf die Schulter und versicherte ihm mit schwerer Zunge, er fühle sich seiner Trinkfestigkeit nicht gewachsen.
»Du bist ein starker Mann, Binbaşi, mit dir können wir nicht mithalten.«

Der Major lachte geschmeichelt und nahm noch einmal einen Raki. Malik und Flanagan gingen torkelnd zur Tür. Der Kommandant sah ihnen mit einem breiten Siegerlachen nach.
»Glaubst du, daß er uns nachkommt?« fragte Flanagan.
»Nein«, antwortete Malik, »aber wir wollen nichts riskieren. Gehen wir noch ein Stück wie Besoffene.«
Mit unsicheren Schritten gingen sie zu Maliks Jeep und fuhren aus Kagizman heraus. Einen Kilometer hinter dem Ort bogen sie von der Straße ab in einen kleinen Wald, wo sie einen Bach mit klarem Gebirgswasser fanden.
Sie tranken das Wasser aus den Händen, kühlten ihre Gesichter und vergaßen den Raki und die Schafsaugen. Sie setzten sich im Schatten eines Baumes an den Bach.
Flanagan zündete sich eine Zigarette an. »Was gibt's Neues an der Grenze?«
»In dem neuen Abschnitt bin ich erst drei Tage«, antwortete Malik, »und kann noch nichts darüber sagen. Im Hakari-Gebiet herrschte Ruhe, als ich wegritt – jedenfalls politisch. Nur die Rauschgifthändler sind aktiv.«
»Wie an der armenischen Grenze. Rauschgift ja, Agententätigkeit nein. Die Russen sind auffallend zurückhaltend in letzter Zeit.«
»Und wie erklärst du dir das?«
Flanagan nahm noch einen Zug aus der halbgerauchten Zigarette und drückte sie im weichen Waldboden aus. »Aus den mir zur Verfügung stehenden Informationen ist zu ersehen, daß die Russen nicht nur hier, sondern auch in anderen Grenzgebieten sich seit Beginn des amerikanischen Wahlkampfes ruhig verhalten. Selbst in der Berlinfrage haben sie in letzter Zeit nichts unternommen. Nur an der chinesischen Grenze sind sie jetzt doppelt aktiv, dort führen sie einen aggressiven Agentenkrieg.«
»Und du glaubst, das liegt an unserem Wahlkampf?«
»Nicht nur ich glaube das – der CIA glaubt das. Und zwar ist man der Ansicht, daß wir die Zurückhaltung der Russen Douglas McMahon verdanken.«
»Der hat doch keine Chance.«

»Nicht die geringste«, bestätigte Flanagan. »Aber seit Kriegsende hat man von keinem Präsidentschaftskandidaten derart pazifistische Wahlreden gehört, wie McMahon sie gehalten hat. Und die Russen haben dazu nicht nur ihre Ohren gespitzt, sondern ähnliche Töne von sich gegeben.«
»Ich halte ihn für einen Schwätzer, den niemand außer den Russen ernst nimmt. Sprechen wir lieber von unseren augenblicklichen Problemen. Wir sollten uns aktiv in die Bekämpfung des Opiumgeschäfts einschalten, so wünschen es meine Vorgesetzten – und dabei soll ich mit dir zusammenarbeiten.«
Flanagan erhob sich und streckte seinen robusten Körper. Das Lächeln in seinem Gesicht nahm einen etwas überlegenen Zug an, als er zu Malik heruntersprach. In wenigen Minuten gab er einen Überblick über die Situation an der Ostgrenze. Fazit: an der türkisch-sowjetarmenischen Grenze gibt es keinen nachweisbaren Rauschgifthandel, trotzdem taucht immer öfter »Stoff« auf. Ein Teil ist türkische Produktion, die Washington gegen hohe Leistungen an den türkischen Staat in absehbarer Zukunft zu stoppen hofft. Das Rauschgift gelangt in beträchtlichen Mengen über französische Händler in Marseille in die Vereinigten Staaten. Aber zusätzlich kommt noch Rohopium von draußen in die Türkei.
»Der Nordosten ist Durchgangsgebiet«, schloß Flanagan, »die Ware wird zu den Schwarzmeerhäfen gebracht und verschwindet dort.«
»Stimmt«, bestätigte Malik, »sie kommt über die klassische Karawanenstraße von Persien zum Schwarzen Meer. Im übrigen besteht der Verdacht, daß der Stoff in NATO-Einheiten an den Mann gebracht werden soll. Was das bedeutet, brauche ich dir nicht zu sagen – wir wissen ja, wie das auf unsere Truppen im Fernen Osten wirkte. Und schließlich wird angenommen, daß es auch noch andere Schmuggelware zu den Mittelmeerhäfen gibt. Wir haben also auch ohne die Russen genug zu tun ... Die meisten Händler sind zweifellos Perser«, schloß Malik. »Was uns alle verblüfft, ist die generalstabsmäßige Planung, mit der sie vorgehen. Angeb-

lich soll ein Deutscher der Chef sein. Du solltest dich darum kümmern. Daß die türkische Polizei in den Schmuggel verwickelt ist, halte ich für ein Gerücht.«
»Ich kenne einen hohen Polizeibeamten«, meinte Flanagan, »der nichts dagegen hat, hin und wieder einen Joint zu rauchen.«
Malik wußte, daß Flanagan Rahman Abdur, den Chef der Stadt- und Provinzpolizei von Erzurum, meinte, aber er schwieg dazu. »Okay, Bob«, sagte Malik und kniete am Ufer des Baches nieder. »Noch einen Schluck von dem herrlichen Wasser, dann verschwinden wir. Wir haben beide noch einen langen Weg vor uns.«
Das Gespräch mit Flanagan hatte Malik beruhigt; der Mann verstand sein Handwerk.

2

An einem kühlen Herbsttag, dem letzten Tag vor den Präsidentschaftswahlen, war die Ankunftshalle des Flughafens Libertyville voll von Menschen. Bereits vor einer halben Stunde hätte die Maschine des Präsidentschaftskandidaten Douglas Sterling McMahon landen müssen.
Auf dem Flugfeld wartete die politische Prominenz der Stadt, soweit sie der Opposition angehörte. Libertyville mit seinen 50 000 Einwohnern war die einzige Stadt in Nebraska, in der die Partei des amtierenden Präsidenten keine Mehrheit besaß. Die Politiker, zum Teil von ihren Frauen begleitet, blickten nach Südosten. Vom Tower kam ein Geheimdienstmann schnell auf die Gruppe zu.
James W. Dillon, Senior-Senator des Staates Nebraska, achtundfünfzig Jahre alt, groß, schlank, mit schmalem asketischem Gesicht und schütterem weißem Haar, ging dem Mann entgegen.
»Was ist los, Mike?«
»Die Maschine ist mit zwanzig Minuten Verspätung in Lincoln gestartet, Senator.«

»Seit Dallas wird man die Angst niemals ganz los in diesem Land.« Der Senator lächelte bitter. »Es ist gefährlich geworden, bei uns Politiker zu sein.«
Der singende hohe Ton eines Jets war zu hören.
»Senator McMahon wird in wenigen Minuten landen«, sagte Mike, und Dillon ging aufatmend zu seinen Freunden zurück.
Die zweistrahlige Air-Commander kam aus der Sonne. Sie setzte weich auf und schwenkte am Ende der Rollbahn zum Flughafengebäude.
Ein paar Meter vor dem Empfangskomitee kam die Maschine zum Stehen, das Singen der Düsen verstummte. Die Tür des Flugzeugs wurde geöffnet, der Kandidat erschien und hob grüßend die Arme. Sein Lachen wischte die Spuren der Wahlkampfwochen nicht von den Zügen des Sechsundfünfzigjährigen. Aber die Vitalität des knapp zwei Meter großen Mannes schien ungebrochen, seine pathetische Erscheinung – schlohweißes, wallendes Haar, eine hohe, grüblerische Stirn – ließ seine Freunde spontan in Beifall ausbrechen. Langsam kam er die Treppe herunter.
Sein alter Freund James Dillon und der Bürgermeister von Libertyville gingen ihm entgegen. Dillon sah die dunklen Schatten unter den Augen McMahons.
»Du hast es geschafft«, sagte er herzlich. »Noch eine Rede in Libertyville, dann kannst du dich ausruhen.«
Aus dem Kreis des Komitees gingen zwei kleine Mädchen mit Blumen McMahon entgegen. Er nahm lächelnd den ersten Strauß und gab ihn an Mrs. Dillon weiter, den zweiten an die Frau des Bürgermeisters. Vor dem Gebäude spielte die Highschool-Band »Home, sweet home«. Als die Gruppe im Gebäude verschwunden war, brach die Band jäh ab und brauste in zwei Autobussen nach Libertyville zum nächsten Auftritt.
Senator McMahon bahnte sich händeschüttelnd und einige Worte mit alten Bekannten wechselnd seinen Weg durch die Halle. Draußen erwartete ihn ein Konvoi. Fünf Polizisten in schwarzen Lederjacken und weißen Sturzhelmen standen mit ihren Motorrädern an der Spitze – dahinter ein leuch-

tend goldenes, blumengeschmücktes Ford-Kabriolett, dann eine Reihe von Limousinen.

Am Steuer des Kabrios saß der erfolgreichste Businessman der Stadt. Normalerweise fuhr er einen Cadillac in konservativem Dunkelgrün. Für diesen Tag schien ihm Gold die angemessene Farbe, und so hatte er sich den Ford seines Sohnes geliehen. Er hatte zehntausend Dollar in McMahons Wahlkampf investiert.

Der Kandidat und Dillon nahmen im Fond des Wagens Platz, der Bürgermeister neben dem Fahrer. Der Rest verteilte sich auf die übrigen Wagen. Der Konvoi setzte sich in Bewegung. Die fünf Polizisten fuhren in Keilformation auf ihren Motorrädern voraus und ließen ihre Sirenen aufheulen.

Die Straße vom Flughafen zur Stadt ist drei Meilen lang, schnurgerade und baumlos. Zu beiden Seiten dehnen sich endlose Felder mit künstlichen Bewässerungsanlagen. Zu dieser Jahreszeit waren die Äcker schon abgeerntet und die Anlagen außer Betrieb. Die Vormittagssonne schien kühl über das weite, flache Land.

Um elf Uhr erreichte der Konvoi die Stadt. Hier und da wehten die Sternenbanner und die Flagge Nebraskas im schwachen Wind, Bürger winkten aus den Fenstern. Je näher die Kolonne dem Zentrum kam, um so dichter wehten die Fahnen, um so öfter hörte McMahon Beifall und Begrüßungsrufe. Unmittelbar vor der Main Street drosselten die Fahrer ihre Wagen auf Schrittgeschwindigkeit. Geheimdienstbeamte zu Fuß bildeten einen Kreis um das goldene Kabriolett.

Die Spitze der Kolonne bog in die Main Street ein. Dillon sah, wie sehr das Bild McMahon überwältigte. Tausende standen zu beiden Seiten der Straße, ein Meer von Sternenbannern und nebraskischen Flaggen ließ sie wie ein buntes Tal erscheinen, gelb-blau und rot-weiß-blau, unter einem wolkenlosen Himmel. Jubelrufe drangen ans Ohr des Kandidaten, der nach allen Seiten winkte. McMahon hatte während des Wahlkampfs manche Ovation erlebt, aber dieser 6. November war nur mit dem Tag zu vergleichen, an dem der Parteikonvent ihn zum Präsidentschaftskandidaten gewählt hatte. Doch in seiner Herzlichkeit konnte sich dieser Empfang in der Heimatstadt mit keinem anderen messen.

Auf dem Platz vor der presbyterianischen Kirche hielten Polizisten, unterstützt von Nationalgardisten, einen großen Raum frei. Die Wagenkolonne rollte auf die vor der Kirchenpforte aufgebaute Tribüne zu. Rechts daneben stand Patricia McMahon, die dreiundfünfzigjährige Frau des Senators, mit Tochter, Schwiegersohn und den beiden Enkelkindern. Über ihren Köpfen hing ein blaues Transparent mit der gelben Aufschrift WELCOME HOME DOUG. Als das Kabrio vor der Gruppe hielt, stürmten McMahons Enkel auf ihn zu. Er nahm die beiden Kinder an den Händen, ging auf seine Frau zu und küßte sie auf die Wangen.

Der Bürgermeister erschien hinter der Brüstung der fahnengeschmückten Tribüne, neigte sich über das Bündel der Mikrofone, hüstelte und holte Luft.

»Bürger von Libertyville!« rief er. »Ich begrüße in eurem Namen den höchst ehrenwerten Junior-Senator von Nebraska, den Präsidentschaftskandidaten unserer Partei, den Sohn unserer Stadt, Douglas ... Sterling ... McMahon! Ich begrüße außerdem den höchst ehrenwerten Senior-Senator von Nebraska, James W. Dillon, den langjährigen Freund und Förderer des Kandidaten ...«

Dann trat McMahon vor die Mikrofone. Beifall rauschte auf. Der Kandidat stand hoch aufgerichtet an der Brüstung, die zierliche Gestalt seiner Frau an der Seite. Mit einer langsamen Drehung des Kopfes übersah er den Platz. McMahon wartete, bis die feierliche Stille vollkommen war. Dann hob er das Gesicht für einen Augenblick zum Himmel und begann seine Rede.

»Meine Freunde, meine Nachbarn! Ich danke euch allen für diesen herzlichen Empfang. Und ich danke Gott, daß er mir die Kraft und den Mut gegeben hat, um das höchste Amt in unserem Land zu kämpfen. Die Quellen, aus denen ich schöpfe, sind meine Familie, meine Heimatstadt und mein unerschütterlicher Glaube an Gott. Dieser Glaube soll

meine Richtschnur sein, wenn morgen eine Mehrheit unserer Bürger mir das Vertrauen schenkt, als Präsident unserem geliebten Land zu dienen.« Kurzer Beifall unterbrach ihn.
»Amerika«, fuhr er dann mit gesenkter Stimme fort, »ist in vier Jahren ein Land ohne Liebe geworden. Warum?«
McMahon sprach über Rassenprobleme und Arbeitslosigkeit, über Slums in den Städten und unzureichende Hilfe für die Farmer. Danach kam er auf die Außenpolitik.
»Wir brauchen Frieden in unserem Land«, rief er, »erst dann können wir den Frieden in der Welt wiederherstellen! Auch dort, Freunde und Nachbarn, wo der Unfriede unter der dünnen Decke scheinbarer Verständigung schwelt. Wir haben diese Regierung in ihren Versuchen, Frieden zu schaffen, unterstützt. Aber diese Regierung hat nicht das erreicht, was sie versprochen hat. Im Gegenteil – sie selbst hat Angst und Unfrieden in die Welt gebracht. Als langjähriges Mitglied des Senatsausschusses für unsere Streitkräfte und jetzt als Präsidentschaftskandidat wurde ich in unsere geheimste militärische Planung eingeweiht und habe Tatsachen erfahren, die mich erschrecken und zutiefst beunruhigen.«
McMahon schien plötzlich bleicher geworden zu sein, seine Augen wanderten unstet über den Platz, und in seiner leiser werdenden Stimme klang ein beschwörender Unterton auf.
»Dieses Land verfügt über ein nukleares Waffenarsenal von unvorstellbarer Vernichtungskraft. SAC, das Strategische Luftkommando, kann Atombomben auf jeden Platz der Erde werfen. Eine einzige der neuen Interkontinentalraketen kann – mit dem MIRV-System ausgestattet – mehrere unabhängig voneinander steuerbare Sprengköpfe tragen und damit Millionen Menschen töten und ganze Landschaften verwüsten.«
Der Senator stützte die Hände auf die Brüstung, sein Gesicht war maskenhaft starr, als er schweigend über die Köpfe der Menge hinwegsah. Sein Freund Dillon betrachtete ihn fasziniert wie eine Sehenswürdigkeit. Dieser Mann ist kein Politiker mehr, dachte er, er ist ein Prediger.
»Diese Ansammlung ungeheuerlicher Waffen«, fuhr McMa-

hon fort, »schreit nach einer Regierung, die mit aller Kraft den Abbau nuklearer Bewaffnung auf internationaler Basis anstrebt. Meine Mitbürger, dies ist der Kernpunkt meines außenpolitischen Programms. Amerika muß mit gutem Beispiel vorangehen. Dies werde ich sofort in Angriff nehmen, wenn das amerikanische Volk mich zum Präsidenten wählt. Sollte ich«, fuhr er fast drohend fort, »morgen als Verlierer hervorgehen, dann werde ich trotzdem alles in meiner Macht Stehende unternehmen, um dieses Ziel zu erreichen.« Nach einer Sekundenpause schloß McMahon feierlich: »So wahr mir Gott helfe.«
Der Beifall war herzlich, aber ohne Enthusiasmus. Der Senator stand noch unentschlossen hinter den Mikrofonen, als von der Main Street her zu Ehren des Artillerie-Veteranen McMahon die ersten Takte von »Over hill, over dale« erklangen. Die Kapelle der Nationalgarde marschierte auf den freigehaltenen Platz vor der Tribüne. Die Parade der Bürger hatte begonnen: die beiden Football-Teams der Highschool in vollem Dreß, eine Kindergruppe, die Freiwillige Feuerwehr, Veteranenvereine und Abordnungen aus der Umgebung. Zum Abschluß spielte die Highschool-Band »When Johnny comes marching home«, während sich der Platz leerte.
Die Reaktionen der Bürger von Libertyville waren verschieden. Unter den Jüngeren hatte McMahon nie ernste Chancen gehabt. Sie akzeptierten seine Friedensliebe und seine Gradlinigkeit, aber das war ihnen nicht genug. Ihnen fehlten klar umrissene Konzeptionen. Die Älteren waren von der Leidenschaft, mit der er über Atomwaffen gesprochen hatte, eher unangenehm beeindruckt. Aber sie dachten viel mehr an die Vorteile, die ihnen ein Bürger ihrer Stadt auf dem Stuhl des Präsidenten bringen würde. Ihnen waren sein hohes Ansehen in Washington, seine über jeden Zweifel erhabene Treue zu Amerika, seine Gottesfürchtigkeit und sein makelloser Lebenswandel ausreichende Qualifikationen.
Zur gleichen Zeit, zu der die Bürger von Libertyville mit zwiespältigen Gefühlen nach Hause gingen, saßen in den

US-Staaten die Parteigremien zusammen. Sie hatten von der letzten Rede mehr erwartet: eine Zerstreuung ihrer Bedenken, ob sie richtig gehandelt hatten, als sie McMahon die Kandidatur übertrugen. Von seiner Heimatstadt aus, so war ihre Hoffnung gewesen, würde er doch noch die entscheidenden Wählerstimmen im letzten Moment an sich reißen – fast das ganze Land hatte seinen Schlußauftritt am Fernsehapparat miterlebt. Aber nun breitete sich bei ihnen Niedergeschlagenheit aus. Es war ihnen klargeworden, daß der amtierende Präsident sich besser verkauft hatte.
Auch James Dillon wußte längst, daß der Ausgang des Wahlkampfes gegen seinen Freund verlaufen würde. Bis zu dieser Rede, in der McMahon so besessen über Abrüstung gesprochen hatte, hatte ihn das bedrückt. Jetzt nicht mehr. Es ist gefährlich, einen Fanatiker – gleich welcher Richtung – als Staatsoberhaupt zu haben, dachte er – vielleicht ist alles besser so.
Später, als Dillon und seine Frau mit den McMahons zu deren Landhaus hinausfuhren, saß er einsilbig im Wagen und sah in die dämmernde Landschaft hinaus. McMahon spürte die Nachdenklichkeit des alten Freundes und ahnte ihren Grund. Aber er war nicht mehr bereit, zurückzustekken. Ich muß verhindern, sagte er sich, daß Amerika mit seiner militärischen Macht die Welt erpreßt oder, wenn die Welt sich widersetzt, sie in einen entsetzlichen Krieg stürzt. Das ist meine Aufgabe – ob als Präsident oder als einsamer Kämpfer.

3

Am Tag nach McMahons letzter Rede gingen in den USA die Bürger zur Wahl. In McMahons Heimatstadt Libertyville, Nebraska, war der Wahldienstag kühl, aber sonnig. In dem kleinen Kurdendorf am Fuße des Ararat war, obwohl es südlicher liegt als Libertyville, bereits der Winter mit Sturm,

Schnee und frostklirrenden Nächten hereingebrochen. Die Frauen saßen schon seit drei Wochen beim Teppichknüpfen, ihrer alljährlichen Winterarbeit.
Malik hatte bis zu diesem 7. November Çengel nur wenige Male verlassen. An diesem Tag saß er bei Einbruch der Dunkelheit an seinem Kurzwellenempfänger. In den von einer schwimmenden Station vor der Insel Rhodos über Kleinasien und den Nahen Osten ausgestrahlten Nachrichten der »Voice of America« hörte er die ersten Ergebnisse über den Wahlverlauf in den Staaten. Aus dem Osten Amerikas wurden lediglich hohe Wahlbeteiligungen und Trends, aber noch keine Ergebnisse gemeldet. Dort war es erst neun Uhr vormittags. Im Westen wurden die Wahllokale gerade geöffnet. Die Meinungsforscher hatten zwar in ihren Prognosen einen klaren Sieg des amtierenden Präsidenten vorausgesagt, aber Malik traute demoskopischen Befragungsergebnissen nicht. Er war von McMahons Annäherungen an die Sowjets, die sie mit Gesten und Worten der Friedensliebe erwiderten, beunruhigt. Unter einer von McMahon geführten Regierung und von ihm gesteuerten Außenpolitik könnte er seine Arbeit bei den Kurden, deren militärische Bedeutung im Falle eines Konflikts zwischen den Supermächten sowohl im Pentagon als auch im Kreml erkannt worden war, kaum fortsetzen. Die nötige Unterstützung von Washington würde mit Sicherheit ausfallen. Auch sein Anteil am Kampf für die Rechte des von ihm geschätzten Bergvolkes wäre dann zu Ende. Dieses nach Autonomie strebende Volk von über zehn Millionen Menschen, dessen Land von vier Nationalgrenzen – Türkei, Iran, Irak, UdSSR – durchschnitten ist, müßte weiterhin ohne die geringste Hoffnung auf die Erfüllung seines Traums leben. Weiterhin müßten die Kurden Stacheldrahtverhaue und Minenfelder überwinden, sie müßten sich weiterhin den Weg zu Hochzeiten und Begräbnissen freischießen, und ihre zwei stehenden Armeen, deren Tapferkeit in zahllosen Schlachten gegen die Irakis Legende geworden war, müßten im Falle eines Sieges des Pazifisten McMahon Unterstützung anderswo als bei den Amerikanern suchen – bei den Russen

zum Beispiel; denn in Sowjet-Armenien waren die Kurden geachtet und sogar in der Regierung vertreten.
Als Fatima, begleitet von einem eisigen Windstoß, mit Tee, Brot, Ziegenkäse und gerösteten Birnenkernen in den Raum kam, drehte Malik den Empfänger ab. Nachdem sie gegangen war, warf er ein paar neue Scheite in das Kaminfeuer, hängte sich fröstelnd ein Wolfsfell um die Schultern und begann eine unruhige Wanderung durch den Raum.
Der Raum war während der vier Monate, die Malik hier lebte, behaglich geworden. Auf dem Boden lagen Schafs- und Wolfsfelle, bei den Funkaggregaten links vom Kamin war eine mit Fellen bedeckte Liege, in der Mitte stand ein großer Tisch mit vier Stühlen, auf dem unter dem Licht einer Öllampe Landkarten, Bücher und Bleistifte ausgebreitet waren.
Das Kaminfeuer ließ die Schatten springen. Der Raum roch angenehm nach brennendem Holz. Malik stellte das Tablett neben sich und holte den Tee. Er aß langsam, um sich zu innerer Ruhe zu zwingen. Aber die Vorstellung, McMahon als Sieger zu sehen, ließ ihn nicht los. Er ließ das Essen stehen und nahm seine Wanderung durch das Zimmer wieder auf. Am liebsten hätte er Baydar geholt, um mit Ankara zu sprechen, um einfach mit irgend jemandem über den Wahlkampf zu reden. Aber seine einzige Verbindung zur Außenwelt durfte er nur für wichtige Nachrichten benützen. Die Peil- und Abhör-Stationen der Sowjets waren zu nah und zu zahlreich. An den Fenstern rüttelten Böen. Malik fühlte sich eingesperrt und nervös. Er zog den Quapuwt, einen langen Kurdenmantel, über seine Lederjacke und ging in das Schlafzimmer. Dort nahm er zwei Wolfsfelle vom Bett, warf sie sich um die Schultern und knüpfte sie über der Brust zusammen. Dann griff er nach dem Sieben-Komma-fünfundsechzig-Stutzen, nahm das Zielfernrohr ab und lud die Waffe mit sechs Schuß. Er schob eine Patrone in den Lauf, sicherte das Gewehr und verließ das Haus.
Das Licht der Sterne war so hell, daß in der verschneiten Landschaft jede Bewegung erkennbar war. Der vom Meer kommende Nordwind war nicht sonderlich kalt. Malik ging

langsam durch den Schnee, das Gewehr in der Hand. Die Häuser des Dorfes hoben sich als scharf gezeichnete schwarze Flecken vom Weiß der nächtlichen Landschaft ab. Als er das unterste Haus erreicht hatte, hörte er hinter sich das langgezogene Heulen der Wölfe. Sie mußten noch mehrere hundert Meter entfernt sein, oberhalb von ihm und von seinem Haus. Aber der Wind konnte das Gehör täuschen. Malik entsicherte das Gewehr und ging zurück. Die Wölfe schwiegen. Malik war nur noch wenige Schritte von dem Haus entfernt, als er in dem Schneehang dahinter die dunklen Flecken entdeckte. Einer der Schatten bewegte sich auf ihn zu. Malik blieb stehen, riß das Gewehr hoch, zielte kurz und feuerte. Der schwarze Schatten flog in die Luft, drehte sich einmal um sich selbst und fiel wie ein Stein zurück in den Schnee. Malik wußte, daß die ausgehungerten Tiere von dem toten Wolf nicht viel mehr übriglassen würden als einen roten Fleck im Schnee und vielleicht ein paar Knochen.

Er betrat das Haus, verschloß die Tür sorgfältig, warf seine Felle wieder auf die Liege. Er war ruhiger geworden. Während er sich auf dem kleinen Spirituskocher frischen Tee kochte, fielen draußen mehrere Schüsse. Die Männer des Dorfes schossen aus dem fressenden Rudel noch ein paar Wölfe heraus. Malik dachte an die Wolfsfalle, wie er sie bei den Kurden im Süden gesehen hatte – ein Steinverschlag um eine Bodenvertiefung, in die man die Herde getrieben hatte, niedrig genug, daß der Wolf hineinspringen konnte, wenn er hungrig und leicht war, aber zu hoch, um mit einem gerissenen Schaf oder vollgefressen wieder herauszukommen. Zwar verlor man Schafe auf diese Weise, aber die Hirten hatten einen Wolf weniger zu fürchten. Malik nahm sich vor, am nächsten Morgen mit dem Muhtar darüber zu sprechen. Er wußte, daß der Dorfälteste seinen Rat schätzte.

Die Leute von Çengel hatten Malik als einen der Ihren anerkannt. Seine kurdische Kleidung und die Tatsache, daß er ihre Sprache sprach, hatte sie zunächst mißtrauisch gemacht. Aber mit der Zeit hatte sich das geändert. Die Türken hatten sie tatsächlich nicht mehr belästigt, wie er es versprochen hatte. Er hatte ihnen geholfen. Daß er zugleich den Türken half, indem er die Kurden von aufständischen Unternehmungen abhielt, durchschauten sie nicht. So hatte er Hilfe von beiden Seiten bei der Durchführung seiner wahren Aufgaben.

Die Kurden hatten ihn scharf beobachtet. Er konnte so gut wie sie Bären schießen und ihnen das Fell abziehen. Als er in den Bergen vom ersten Schnee überrascht wurde und nach einer Woche noch nicht zurück war, hatten sie ihn tot geglaubt. Aber am zehnten Tag kam er zurück, als wäre nichts geschehen. Kurden aus dem Süden hatten ihnen von seinen Mann-gegen-Mann-Kämpfen mit den Irakis berichtet. Ein anderer von der russischen Grenze im Norden hatte erzählt, bei ihnen lasse man sich auf gefährliche Unternehmen nur ungern ohne seinen wolfsschlauen Rat ein. So war Malik in wenigen Wochen für die Leute von Çengel ein Freund nach ihrem Geschmack geworden, ein Mann, der den Ehrennamen »Wolf« mit Recht trug.

Als Malik seinen Tee getrunken hatte, ging er noch einmal zum Empfangsgerät und schaltete die »Voice of America« ein. In Kalifornien war es inzwischen Mittag. Die Trends zugunsten des amtierenden Präsidenten zeichneten sich deutlich ab, aber sie orientierten sich vorerst noch an den großen Städten, wo Hochrechnungen schneller möglich waren. Um die Städte sorgte sich Malik nicht. Dort gab es zwar die Studenten, die, wie überall, gegen die Regierung waren, aber dort gab es auch das breite Establishment, die »schweigende Mehrheit«, die zum Großteil nicht für McMahon und seine radikale Friedenspolitik sein dürfte. Unsicher erschien Malik vielmehr die Masse der unpolitischen Landbevölkerung, die McMahon schon wegen seiner Gottesfürchtigkeit und Gradlinigkeit wählen könnte.

Malik schaltete den Empfänger aus, warf noch ein paar Scheite Holz in den Kamin, nahm die drei Wolfsfelle von der Liege und ging in die Schlafkammer. Er zog die Fellschuhe aus, legte sich aufs Bett und verschränkte die Arme hinter dem Kopf. Nach ein paar Minuten zog er die Wolfsfelle über sich und drehte die Öllampe so weit zurück, daß der Raum

nur noch spärlich beleuchtet war. Durch die Wand hörte er das unruhige Schnauben und Stampfen der Pferde.
In drei Stunden würde er mehr über die Wahl wissen. Malik kämpfte gegen seine Ungeduld an, zwang sich zu anderen Gedanken. An die Kurden. An eine Frau in Istanbul. An einen Tag in Washington, der sein Leben ändern sollte.

In den Safes der Joint Chiefs of Staff, des höchsten Verbindungsstabs zwischen Armee, Marine und Luftwaffe im Pentagon, gibt es eine Personalakte, in welcher der Name Malik erst spät und in Klammern hinter dem Namen Philip R. Van Holden erscheint. Zwei Jahre vor dem Datum dieses Eintrags hatte Lieutenant Colonel Van Holden im Pentagon einen der brisantesten Aufträge der Nachkriegszeit erhalten.
Als Philip Van Holden damals den Befehl erhielt, sich am 2. September, einem Montag, um neun Uhr bei Brigadier General Frank S. Sasson zu melden, war ihm lediglich klar, daß es um einen Spezialauftrag ging – andere Aufträge gab es von Sasson nicht. Er vermutete eine Mission im Fernen Osten, in Südkorea, wo er vor fünfzehn Jahren als junger Kompaniechef der US-Armee gekämpft hatte, oder in Südvietnam, wo fronterfahrene Offiziere jetzt gebraucht wurden.
Colonel Van Holden betrat am 2. September um zwanzig Minuten vor neun das Pentagon, ließ die rund fünfzehn Minuten lange Clearance-Prozedur, durch die ihn ein bulliger Marine-Infanterie-Sergeant führte, über sich ergehen und betrat genau dreißig Sekunden vor neun Uhr das Büro des Ein-Stern-Generals Frank S. Sasson. Es war ein relativ kleiner Raum in einem der tiefen Kellergeschosse des US-Verteidigungsministeriums. Drei Dinge fielen ihm sofort auf: die in dem kleinen Raum gigantisch wirkende Funk-, Radio- und Telefonausstattung, dann die Landkarten, die an den Wänden hingen – es waren ausschließlich Landkarten vom Mittleren Osten –, und schließlich die Konzilianz des Generals, der ihm nach einem Blick auf seine Uhr mit anerkennendem Lächeln entgegenkam, als er sich zur Stelle meldete.

»Ich freue mich, Sie hier zu sehen, Colonel«, sagte Sasson, als er Van Holden die Hand gab. »Hatten Sie einen guten Flug?«
»Danke, Sir, ausgezeichnet.«
Der General deutete auf einen Stuhl vor seinem Schreibtisch. »Nehmen Sie Platz, Colonel«, sagte er und ging zu seinem Stuhl auf der anderen Seite. Philip Van Holden glaubte einen vertraulichen Unterton zu hören, den er als Anzeichen für den Schwierigkeitsgrad des Auftrags wertete, den Sasson ihm erteilen würde.
»Trinken Sie einen Kaffee?« fragte der General. »Rauchen Sie?«
»Danke, Sir, ich komme direkt vom Frühstück und bin Nichtraucher.«
»Gut, dann können wir gleich zur Sache kommen. Sie wissen, daß die Situation im Mittleren Osten nach wie vor kritisch ist. Ich möchte jetzt nicht in Einzelheiten gehen. Ich brauche einen Mann wie Sie in dieser Gegend, genauer gesagt: ganz hinten in der Türkei.«
Sasson sprach schnell und konzentriert. Er saß unbewegt hinter seinem Tisch, die frisch gebügelte Uniform wie auf den Leib geschneidert. Seine dunklen tiefliegenden Augen musterten Philip Van Holden mit eindeutiger Sympathie.
Sasson bemerkte einen fragenden Zug in Van Holdens Gesicht. »Ist etwas, Colonel?« fragte er übergangslos.
»Ich bin nie in der Türkei gewesen, General. Deshalb verstehe ich nicht, warum Ihre Aufmerksamkeit ausgerechnet auf mich gefallen ist. Unter den mehr als zweihunderttausend Offizieren der Armee gibt es bestimmt eine ganze Reihe, die dort waren und die Verhältnisse kennen.«
»Stimmt«, bestätigte Sasson lächelnd und fuhr sich mit der Hand über den kahlen, eiförmigen Schädel, den nur noch ein Kranz schwarzer Haare umrahmte. »Nach unseren Ermittlungen kommt aber nur jeder vierzigtausendste für diese Mission in Frage. Ganze fünf also – und mit vier von ihnen habe ich schon gesprochen.« Sasson schlug Van Holdens Personalakte auf, sprach aber weiter, ohne hineinzusehen. »Wir brauchen einen Offizier zwischen dreißig und vierzig,

mit Erfahrung in selbständigen Operationen im Ausland. Der Mann soll in bester Kondition sein, ohne daß ihm jedoch seine körperliche Härte unbedingt auf den ersten Blick anzusehen ist. Weiterhin soll er sprachgewandt sein und weder vom Aussehen noch von seinem Verhalten her das sein, was man unter einem typischen Amerikaner versteht.« Sasson lehnte sich zurück. »Unser Personal-Computer machte uns fünf Vorschläge, einer davon waren Sie. Und zu den Vorschlägen lieferte er auch gleich die Begründung. Wollen Sie sie hören, Phil?«

»Nicht unbedingt, Sir.«

»Doch, doch, man soll ruhig wissen, wie man eingeschätzt wird. Also – zunächst einmal der Soldat.« Sasson sah auch jetzt nicht in die Unterlagen. Er schien Van Holdens gesamten Lebenslauf auswendig zu kennen.

»Geboren am vierzehnten Juli neunzehnhundertdreißig in . . .« Der General machte eine Pause und sah Van Holden zum ersten Mal fast kühl an. »Ihren Geburtsort sollten wir für die nächste Zeit besser vergessen. Ihre Herkunft muß so neutral sein, daß Ihre Person von keiner Seite her angegriffen werden kann. Aber weiter. Im Koreakrieg als einer der jüngsten Offiziere besonders aufgefallen durch Alleineinsätze hinter den feindlichen Linien und später durch die taktischen Erfolge einer Panzer-Kompanie unter seiner Führung. Dreimal mit dem Silver Star ausgezeichnet, dreimal mit dem Bronze Star für Tapferkeit. Vorgeschlagen für das Distinguished Service Cross. Verliehen wurden außerdem mehrere ausländische Tapferkeitsauszeichnungen. Trotz mehrfacher Verwundung ununterbrochen im Einsatz. In Korea noch zum First Lieutenant befördert, zwei Jahre nach seiner Rückkehr in die Heimat zum Captain, neunzehnhundertachtundfünfzig Major, vier Jahre später Lieutenant Colonel. Während dieser Zeit mehrere Missionen in verschiedenen NATO-Ländern, Lehrer für Panzertaktik in der Generalstabsschule und Kommandeur eines Panzerbataillons. Stimmt das alles, Colonel?«

Van Holden lächelte. »Ich hätte einige Zeit nachdenken müssen, um das zusammenzubekommen.«

»Und jetzt zu Ihren physischen Qualitäten«, fuhr der General fort. »Ausgebildet in Karate und Boxen, guter Schwimmer und für ein Jahr zur Equipe der US-Springreiter abkommandiert, erfahrener Skiläufer, Absolvent der Cold Weather School Fairbanks, Alaska.« Die Aufzählung all dessen, was er während der letzten Jahre geleistet hatte, machte Van Holden leicht verlegen. Sasson spürte das und fuhr ohne Pause fort: »Dann die Fremdsprachen: Französisch und Deutsch, beide perfekt, aber mit leichtem Akzent, so daß niemand auf Anhieb die Muttersprache erkennt. Man kann Philip Van Holden hinschicken, wohin man will, niemand wird ihn aufgrund seines Verhaltens, seiner Kleidung oder seiner Sprache für einen Amerikaner halten. Er ist äußerlich Europäer geblieben. Damit erfüllen Sie die Anforderungen, die wir an unseren Mann stellen. Es fehlt noch die dritte Fremdsprache – Türkisch. Aber dieses Problem ist lösbar. Nun, Phil, ehe wir weitersprechen, sollen Sie wissen, daß unser Mann offiziell als Panzerberater zum türkischen Generalstab geschickt wird, sicher eine interessante Aufgabe, der er auch hin und wieder nachgehen muß – Inspektionen bei türkischen Panzereinheiten, Sandkasten- und Round-table-Konferenzen mit türkischen Offizieren, auch gesellschaftliche Verpflichtungen. Die eigentliche Aufgabe aber ist härter, viel härter. Ich fühle mich verpflichtet, Colonel, Ihnen klarzumachen – sie ist gefährlich. Nun, falls Sie die bevorstehenden Tests bestehen sollten«, sagte Sasson fast ironisch, »werden Sie nach Mittelost abkommandiert. Sie können aber Gründe geltend machen, die, falls sie schwerwiegend sind, mich veranlassen können, nicht Ihnen, sondern einem anderen diesen Auftrag zu erteilen. Bitte überlegen Sie sich das.«
Van Holden zögerte nur einen Augenblick. »Ich weiß von keinen solchen Gründen, Sir. Meine Verhältnisse und meine Vergangenheit sind bekannt – was könnte sonst noch in Frage kommen?«
»Freunde und Verwandte in Ostblockländern zum Beispiel, Schulden oder sonstige Dinge, die uns nicht bekannt sind, mit denen man Sie erpressen könnte. Unser Mann wird

Geheimnisträger erster Ordnung sein – wir dürfen nichts übersehen, was ihm in der Durchführung seines Auftrags im Weg sein könnte.«
Colonel Van Holden sah Sasson ein paar Sekunden lang an.
»General«, sagte er dann langsam, »mir ist nichts bekannt, was auch nur im geringsten zu irgendwelchen Bedenken Anlaß geben könnte.«
»Okay, Phil, das genügt mir. Der FBI Security Check, eine spezielle Überprüfung, beginnt nach offizieller Erteilung des Auftrags während Ihrer Schulung. Sprechen wir nun über unsere Lage in Kleinasien.«
Auch den etwa zwanzig Minuten dauernden Vortrag über die politischen und militärischen Verhältnisse im Nahen Osten extemporierte der General ohne jegliche Unterlagen.
»Haben Sie irgendwelche Fragen, Colonel?« schloß er sein Referat.
»Nein, Sir, im Augenblick nicht.«
»Gut, dann kommen wir zum letzten Punkt, zu Ihren Aufgaben. Einzelheiten erfahren Sie an Ort und Stelle oder Sie müssen sie selber eruieren. Zunächst: die Sowjets haben Agenten auf türkischem Boden. Die Aufgabe stellt sich also von selber: feindliche Agenten entlarven und unschädlich machen. Über die Arbeit unserer eigenen Leute erfahren Sie das Nötige in unserer Botschaft in Ankara und das wirklich Wichtige lassen Sie sich vom CIA sagen. Ich führe Sie ein, wenn die Würfel für Sie gefallen sind und Sie wieder in Washington sind. Beim CIA und beim FBI kennen übrigens zwei Leute Ihre wahre Identität, besser gesagt, sie werden sich später mit der Verschleierung Ihrer Identität beschäftigen. Im Stab des kommandierenden Generals der US-Military Assistance Group in Ankara wird man über Ihren Geheimauftrag nur insofern informiert sein, daß Ihre Tätigkeit als Berater beim türkischen Generalstab keiner Kritik unterworfen wird. Im östlichen Anatolien kümmern Sie sich um die Kurden. Sie sind für uns wichtig, vergessen Sie das nicht, denn das wird Ihre Hauptaufgabe sein. Wenn es dort je zum bewaffneten Konflikt kommen sollte, den wir nicht suchen, auf den wir aber vorbereitet sein müssen, dann ist a

priori derjenige in der besseren Ausgangsposition, der die Kurden auf seiner Seite hat. Warum das so ist, werden Sie bald merken. Das wär's«, schloß Sasson und stand auf. »Lassen Sie uns noch zusammen lunchen. Anschließend möchte ich Sie Lieutenant General Cumberland, dem Chef der Armee-Abwehr, vorstellen. Er erwartet uns zu einer Tasse Kaffee.«

Nach dem Besuch bei Cumberland trennten sich Brigadier Frank S. Sasson und Lieutenant Colonel Philip Van Holden. Sasson wußte, daß er für die Nahost-Mission den richtigen Mann gefunden hatte, und Philip Van Holden nahm die Gewißheit mit, daß er sich auch in der letzten Ecke Kleinasiens auf Sasson verlassen konnte.

Noch am gleichen Tage wurde Van Holden in ein Spezial-Camp gebracht, wo am nächsten Tag ein fünftägiges Testprogramm anlief, stundenlange Gespräche mit Psychologen, physische und psychische Belastungsproben, Geschicklichkeits- und Intelligenztests und ärztliche Untersuchungen in stetigem Wechsel. Zu keiner Minute wußte Van Holden, was man in der nächsten von ihm verlangen würde. Das Tagesprogramm war voll, und in vier von fünf Nächten, die er im Camp verbrachte, wurde er auch noch zu Überraschungstests aus dem Schlaf gerissen.

Am Vormittag des sechsten Tages wurde Van Holden mitgeteilt, daß die Prüfung zu Ende sei und neue Orders bereits auf ihn warteten. Am selben Tag noch saß er im Flugzeug nach Monterey, Kalifornien, um dort einen dreimonatigen türkischen Sprachkurs zu beginnen. Die Absolventen der US-Army-Language-School Monterey bezeugen übereinstimmend, daß die Kurse zwar eine Tortur seien, aber die beste Methode, auch die schwierigste Fremdsprache in kurzer Zeit zu lernen: vom ersten Augenblick des Kurses an hört der Schüler kein Wort mehr in einer anderen Sprache als der, die er erlernen soll.

Als Philip Van Holden in den ersten Januartagen in Istanbul eintraf, hatte die Verwandlung des Colonels der US-Army in Malik den »Wolf« begonnen.

In der Wahlnacht verließ Malik um ein Uhr sein Bett, ging in den vorderen Raum und schaltete den Kurzwellenempfänger ein. Dann machte er sich zum zweitenmal in dieser Nacht Tee und setzte sich auf die Liege neben dem Funkgerät. Die Endergebnisse wurden bekanntgegeben. Douglas McMahon war, noch weiter als von den Demoskopen prophezeit, abgeschlagen. Der amtierende Präsident blieb als überlegener Sieger im Amt. Trotzdem, dachte Malik, wird McMahon weiterhin auf der politischen Bühne bleiben, hoffentlich als unbedeutender Senator.
Malik erhob sich von der Liege, ging zur Tür, öffnete sie und atmete die kalte, klare Nachtluft ein. Nach ein paar Minuten ging er zurück ins Zimmer, holte aus seiner Satteltasche eine Whisky-Flasche und nahm einen kräftigen Schluck.

4

Am 19. Januar, einem Freitag, schwor der wiedergewählte Präsident der Vereinigten Staaten von Amerika den Eid auf die Verfassung. An diesem Tag stand Senator Douglas Sterling McMahon nach einer schlaflosen Nacht als erster im Haus auf, früher als an anderen Tagen. Er nahm ein kurzes heißes Bad und eine kalte Dusche. Lucy, die ältere der beiden Hausangestellten, wurde vom Rauschen des Wassers wach und bereitete dem Senator das Frühstück.
Gegen acht Uhr betrat McMahon das holzgetäfelte Frühstückszimmer seines Landhauses. Auf dem Tisch standen vor seinem Platz Cornflakes, eine Kanne mit Milch, in ein weißes Tuch eingeschlagene Toastscheiben, Butter, Honig und eine kleine Kanne mit Kaffee.
McMahon aß nichts. Er goß Kaffee in seine Tasse und süßte ihn mit Saccharin. Dann rührte er im Kaffee und starrte durch das hohe schmale Fenster in den verschneiten Park. Das Haus war noch still, nur manchmal war ein leises Knistern der holzgetäfelten Wände zu hören. Der Senator hob die Tasse langsam an die Lippen und trank den Kaffee in

kleinen Schlucken. Er versuchte sich den Präsidenten bei der Eidesleistung vorzustellen, dachte darüber nach, was dieser Mann in seiner Ansprache Amerika und der Welt sagen würde. Aber seine Gedanken und Vorstellungen blieben zusammenhanglos. McMahon hatte sich, zehn Wochen nach der Wahl, zwar mit seiner eigenen Niederlage, nicht jedoch mit dem Sieg dieses Präsidenten abgefunden.
Der Senator trank noch eine zweite Tasse Kaffee, stand dann auf und ging in die Halle. Dort zog er den schweren Bibermantel an und stülpte die Pelzmütze über das weiße Haar. Als er auf die Tür zum Park zuging, kam Lucy aus der Küche und wünschte ihm einen guten Morgen. McMahon beantwortete den Gruß mit einem matten Lächeln. »Sagen Sie Mrs. McMahon«, sagte er, »daß ich in einer Stunde zurück bin.«
»In einer Stunde, Herr Senator«, wiederholte Lucy, wartete bis McMahon die Halle verlassen hatte und ging ins Frühstückszimmer. Als sie den bis auf den Kaffee unberührten Tisch sah, schüttelte sie den Kopf und nahm sich vor, Mrs. McMahon davon zu berichten.
McMahon trat auf die überdachte Terrasse vor der Tür und atmete die kalte Luft langsam und tief ein. Der fahlblaue Himmel versprach einen klaren Tag. Der Senator sah der dünnen Wolke seines Atems nach und ging die vier Stufen von der Terrasse hinunter. Die Auffahrt vom Tor bis zum Haus war geräumt, nach beiden Seiten hatte der Gärtner mit der Fräse schmale Pfade in den Schnee gezogen. McMahon bemühte sich, zügig zu gehen. Aber sein Körper gehorchte ihm an diesem Morgen so wenig wie sein Geist. Es gelang ihm nicht, die Amtseinführung des Präsidenten aus seinen Gedanken zu verdrängen.
Wäre McMahon nicht ein zutiefst frommer Mann gewesen, dann hätte er jene Tage verflucht, an denen er – zuerst als Mitglied des Senatsausschusses für politische, strategische und finanzielle Angelegenheiten der US-Streitkräfte, später als Präsidentschaftskandidat – in die geheimsten Pläne und Absichten der Vereinigten Staaten eingeweiht worden war. Die in den USA zur Tradition gewordene Praxis verlangt,

daß jeder Präsidentschaftskandidat in den Besitz dieses Wissens kommen muß, um im Falle seiner Wahl die Regierungsgeschäfte nahtlos übernehmen zu können. Jetzt fühlte McMahon dieses Wissen als beklemmende Last, vor allem die Pläne im Zusammenhang mit einem nuklearen Präventivschlag.

Er erinnerte sich deutlich an eine Sitzung des Nationalen Sicherheitsrates vor nicht zu langer Zeit, an der er für den Senatsausschuß teilgenommen hatte und während der der Präsident nukleare Einsätze im Falle eines Nahostkrieges durchdiskutieren ließ. Dieses *wargame* – McMahon haßte diesen Ausdruck, der den Krieg zum Spiel machte – ging von folgender Situation aus: Der Geheimdienst hat berichtet, die Sowjetunion habe die Erste Gardearmee, die unter anderen Einheiten auch drei Fallschirmdivisionen und eine Panzerdivision hat, in Alarmbereitschaft gesetzt, um sich auf Seiten der Araber einzumischen.

Der Chef des Vereinigten Generalstabs hatte vor sich auf dem Tisch sogenante »Contingency Plans« des Pentagon liegen – militärische Einsatzpläne für jeden nur möglichen Fall und Ort, an dem die USA auch im verstecktesten Winkel der Erde eingreifen müßten. Der Plan, den der General aus seinen Akten zog und auf einer großen Wandkarte des Nahost- und Schwarzmeergebietes erläuterte, lief unter dem Codenamen »Zebra III«.

»Zebra III«, so erklärte er, »beginnt mit einem Angriff der im Staat South Dakota in Silos bereitstehenden Minuteman-III-Raketen, bestückt mit nuklearen MIRV-Sprengkörpern auf Südrußland im Raum zwischen der Küste des Schwarzen Meeres und der Linie Rostow-Dnjepropetrowsk–Odessa. Zebra III ist mit anderen Präventivschlägen auf Rußland gekoppelt, doch soll dieser den Weg der aus der Türkei über das Schwarze Meer nachfolgenden Invasionstruppen bahnen, so daß sie mit ertragbaren Verlusten in den ›Soft underbelly of Russia‹ – den weichen Unterleib Rußlands – hineinstoßen können.«

McMahon erinnerte sich an all dies ganz genau, besonders aber an den Gesichtsausdruck des Präsidenten, als der

General den von Churchill geprägten Ausdruck erwähnte, mit dem der britische Premier eine Invasion Europas über das Mittelmeer als einen Angriff in den »Soft underbelly of Europe« bezeichnet hatte. Es schien ihm damals, als ob die Augen des Präsidenten fast sadistisch aufleuchteten, als er mehr zu sich dem General nachsprach: »Yes, into the soft underbelly of Russia.«

Eine Stunde lang ging Douglas McMahon langsam kreuz und quer durch den Park. Das Bewußtsein seiner Machtlosigkeit peinigte ihn, bis er helle Verzweiflung empfand. Als er sich an der äußersten Ecke des Grundstücks zur Rückkehr umwandte, schien ihm das Haus so weit entfernt zu sein, daß ihn Panik befiel wie einen Schwimmer im Meer, der sich zu weit hinausgewagt hat und nicht mehr die Kraft zur Rückkehr besitzt. Sekundenlang stand McMahon wie gelähmt. Er griff zum Kragen des Mantels, schob ihn auseinander und versuchte tief durchzuatmen. Als er sich endlich wieder in der Gewalt hatte, ging er auf dem kürzesten Weg zurück und nahm sich vor, niemandem etwas von dem Schwächeanfall zu sagen. Vielleicht Patricia, dachte er und verwarf den Gedanken gleich wieder.

Zur Stunde der Vereidigung des wiedergewählten Präsidenten saßen McMahon und seine Frau, wie fast ganz Amerika, vor dem Fernsehschirm. Der Senator hatte die Lehne seines Sessels weit zurückgestellt, sein Kopf ruhte auf einem Kissen. Dieser Platz in der Bibliothek war McMahons Lieblingsplatz. Die Wände voller Bücher in Regalen aus altem Holz, ein großer, peinlich aufgeräumter Schreibtisch. Darauf drei Fotografien: ein Porträt seiner Frau, eine Aufnahme von der Hochzeit seiner Tochter Liz und die beiden Enkel, vor der Terrasse im Gras spielend.

Patricia McMahon saß in einem alten Schaukelstuhl. Als auf dem Bildschirm der Wagen des Präsidenten und jubelnde Menschenmengen zu sehen waren, legte sie ihre Hand zärtlich auf die gefalteten Hände ihres Mannes.

»Pat«, sagte McMahon, ohne den Bildschirm aus den Augen zu lassen.

»Ja, Doug?«

»Erinnerst du dich noch an die Rosenbergs?«
Patricia McMahon sah ihren Mann verblüfft an. »Die Atomspione? Natürlich erinnere ich mich. Wie kommst du jetzt darauf?«
»Rosenberg hat während seines Prozesses davon gesprochen, daß es Situationen gibt, in denen Verrat nicht zu verdammen, sondern notwendig ist. Er hat Atomgeheimnisse an die Russen geliefert, weil er der Meinung war, daß der einseitige Besitz der Bombe eine Gefahr für die Menschheit bedeutete und daß nur ein Gleichgewicht des Schreckens diese Gefahr vermeiden konnte.«
»Ich verstehe davon nichts, Doug. Warum machst du dir darüber Gedanken? Die Russen werden schon gut dafür bezahlt haben.«
McMahon sah Pat mit leisem Triumph an. »Eben nicht, my dear. Er hat kein Geld genommen, er hat aus Überzeugung gehandelt. Gehört ein solcher Mensch auf den elektrischen Stuhl?«
»Ich weiß es nicht, Darling. Die Richter haben darüber entschieden, sicherlich gewissenhaft und nach unserem Recht.«
»Ja, natürlich«, sagte McMahon und sah wieder zum Bildschirm.
Zwanzig Minuten später begann die Vereidigung. Patricia McMahon hatte noch immer die rechte Hand auf den Händen ihres Mannes liegen. Während der Präsident die Eidesformel sprach, die linke Hand auf der Bibel, die rechte zum Schwur erhoben, spürte Pat, daß Douglas heftiger und kürzer atmete.
». . . so help me God«, schloß der Präsident feierlich den Eid. Douglas McMahon versuchte, sich mit dem Unabänderlichen abzufinden. Patricia spürte, wie er um jeden Atemzug rang, sie sah, wie er die noch immer gefalteten Hände vom Zwerchfell zur Brust hinaufzog, als könne er sich damit das Atmen erleichtern. Es gelang ihm nicht. Plötzlich bäumte er sich auf – sein Atem wurde röchelnd. Patricia sprang auf und beugte sich, die Hände auf die Lehnen des Sessels gestützt, über den schon halb Ohnmächtigen. Sie sah seinen flehen-

den Blick, sah, wie das Weiße in seinen Augen die Pupillen verdrängte und die Lider sich schlossen.
»Oh, Doug«, flüsterte sie und richtet sich auf.
Sie wußte, was sie zu tun hatte. Behutsam löste sie die gefalteten Hände des Ohnmächtigen und legte seine Arme ausgestreckt und entspannt auf die Lehnen des Sessels. Dann ging sie schnell in den oberen Stock, wo Elizabeth mit ihrem Mann und den Kindern vor einem zweiten Fernsehapparat saß.
»Henry«, sagte Patricia McMahon ohne Erregung zu ihrem Schwiegersohn, »komm bitte mit und hilf mir.«
»Ist etwas mit Pa?« fragte Liz, die in der Stimme der Mutter einen fremden Unterton gehört hatte.
»Er hat einen Schwächeanfall.«
Liz stand auf. »Ich komme mit«, sagte sie.
Patricia schüttelte den Kopf. »Jemand muß bei den Kindern bleiben. Bitte!« fügte sie mit Nachdruck hinzu.
Als Mrs. McMahon mit ihrem Schwiegersohn in die Bibliothek kam, hatte McMahon die Augen geöffnet. Sie lagen in tiefen, bläulich schimmernden Höhlen, die hohe Stirn war von Schweißperlen bedeckt, das weiße Haar fiel strähnig über Stirn und Schläfen. McMahon versuchte zu lächeln. Patricia strich ihm das Haar aus der Stirn. »Doug«, flüsterte sie, »bleib ruhig, Darling. Henry ist auch hier. Wir bringen dich ins Schlafzimmer.«
»Nicht tragen«, sagte McMahon angestrengt. »Bitte nicht ... Ein paar Minuten noch ... Bitte ... Ihr müßt mich nur stützen. Nur ein paar ...«
Patricia legte die Hand auf seine Stirn. »Ganz ruhig, Doug«, flüsterte sie, »natürlich warten wir, bis du gehen kannst. Ich hole dir etwas Wasser.« Er nickte mit geschlossenen Augen. Patricia gab Henry ein Zeichen und verließ mit ihm die Bibliothek.
»Wir müssen ihn tragen«, sagte Henry draußen.
Patricia McMahon schüttelte den Kopf. »Kennst du deinen Schwiegervater immer noch nicht?«
»Ma, um alles in der Welt, das ist ein Herzinfarkt. Wenn er jetzt die Treppe hinaufgeht, kann das sein Tod sein.«

»Wenn wir ihn nicht gehen lassen, *ist* es sein Tod.«
Henry starrte seine Schwiegermutter fassungslos an, während sie weitersprach:
»Vor hundert Jahren war für die Ärzte eine Frau namens Mary Baker-Essy* nach einem Unfall praktisch tot. Für sie war es ein Unfall, mehr nicht. Für Gott war es eine Prüfung, die er der Armen auferlegt hatte. Sie hat die Prüfung bestanden. Sie hat nach der Bibel verlangt, sie hat nur ein paar Worte darin gelesen, und sie war gesund. Warum soll die Gnade Gottes, die vor hundert Jahren geholfen hat, heute nicht helfen? Gottes Liebe ist ewig, Henry. Und jetzt geh zu deiner Frau, sie möchte sicher wissen, wie es Pa geht.«
Nach einer Stunde bat McMahon darum, in sein Schlafzimmer im ersten Stock geführt zu werden. Henry fürchtete, einen gefährlichen Fehler zu machen, als er ihm aus dem Sessel half. McMahon spürte es. »Keine Angst, mein Sohn«, sagte er leise. »Hilf mir.« Patricia McMahon stützte ihren Mann auf der anderen Seite. Sie gingen langsam durch die Bibliothek und dann Schritt für Schritt hinauf in sein Schlafzimmer.
Der Anfall, so zeigte sich, war ernster zu nehmen, als die Familie angenommen hatte. Trotzdem blieb sie dabei, keinen Arzt zu rufen. Henry fügte sich. Douglas McMahon lag meist still in seinem Bett und las nur manchmal in der Bibel.
Als Douglas Sterling McMahon am 21. September 1911 auf der Farm seiner Eltern geboren wurde, war Libertyville ein Dorf von knapp tausend Einwohnern. Mit dem Ende des Sezessionskrieges hatte die nationale Entwicklung Amerikas begonnen, in deren Verlauf auch Nebraska 1867 Bundesstaat wurde. In den folgenden Jahrzehnten erlebten die Staaten des Mittelwestens als Kornkammern Amerikas einen gewaltigen Aufschwung, an dem auch die Familie McMahon teilnahm. Ihr landwirtschaftlicher Besitz gewann beträchtlich an Umfang.

* Begründerin der Christian-Science-Sekte (1866). Sie lehrte das urchristliche Heilen.

Douglas' Vater war ein verschlossener, arbeitsamer Mann, der nicht nur die Bibel, sondern auch andere Bücher las. Seine Mutter war eine gütige, fromme Frau.
Ein Herbsttag im Jahre 1916 veränderte das Leben auf der Farm – Mr. und Mrs. McMahon waren der Christian-Science-Sekte beigetreten. Es wurde mehr gebetet als vorher, und alle Bücher außer der Bibel wurden in eine Kiste gepackt und weggestellt. Douglas sah diese Bücher nie wieder. Bis zum Beginn seines Studiums an der University of Nebraska in Lincoln bekam er nur Schulbücher und die Heilige Schrift in die Hand. Er lernte den Begriff Sünde kennen und fürchten.
Im April 1917 sah Douglas seine Eltern zum erstenmal ratlos. Amerika war in den Krieg in Europa eingetreten, und das stürzte sie in einen schweren inneren Konflikt. Sie waren gute Patrioten, aber zugleich Gegner jeglicher Gewalt. Dieser Zwiespalt, der seine Eltern quälte, bedrückte auch den Jungen und sollte einen lebenslangen Eindruck auf sein Denken und Handeln hinterlassen.

Douglas McMahon blieb nach seinem Herzanfall fünf Wochen ans Bett gefesselt. Nach drei Wochen verlangte er Tageszeitungen und las mit besonderem Interesse den außenpolitischen Teil. Fragen nach dem Senator beantwortete die Familie mit der Auskunft, er habe sich zu einem längeren Erholungsurlaub zurückgezogen und arbeite an seinen Memoiren.
In diesen Tagen erhielt McMahon einen Brief aus dem Weißen Haus. Der Präsident teilte ihm mit, daß er in schwierigen Fragen auf den Rat des ehemaligen Gegenkandidaten nicht verzichten wolle, und erkundigte sich, ob McMahon gegebenenfalls für diplomatische Missionen zur Verfügung stehe. Douglas McMahon antwortete ihm am gleichen Tage in ebenso liebenswürdiger Weise, daß das Weiße Haus selbstverständlich jederzeit auf ihn rechnen könne. Wenig später hörte er von Dillon, daß die CENTO – die Central Treaty Organization, der frühere Bagdadpakt, ein Ergänzungspakt zur NATO, in dem Pakistan, Iran, die

Türkei, Großbritannien und die USA zusammengeschlossen sind – wegen der sich ständig zuspitzenden Lage im Nahen Osten eine Konferenz für nötig hielt. Die Türkei bot Ankara als Konferenzort an. Für McMahon war der Moment gekommen, sich wieder politisch einzuschalten. Er bat James Dillon, seinen Einfluß im Senatsausschuß für Auswärtige Angelegenheiten geltend zu machen, daß man ihn als Leiter der US-Delegation zu dieser Konferenz vorschlage.
Dillon zögerte in Gedanken an die Wahlrede McMahons in Libertyville. Er zweifelte, ob ein Mann, der mit extremen Abrüstungsideen umging, der Richtige wäre, die amerikanische Delegation bei einer primär militärischen Konferenz zu führen. Aber er ließ sich davon überzeugen, daß der alte Freund entschlossen war, mit der Regierung zusammenzuarbeiten. Immerhin war das Leben McMahons voll von Beweisen seiner Loyalität zu Amerika.
Am 30. März billigte der Senatsausschuß Dillons Vorschlag, der Präsident bestätigte ihn – diese Mission schien ihm angemessen für seinen ehemaligen Gegner.
An dem Tag, an dem McMahon das Bestätigungsschreiben des Weißen Hauses erhielt, schien er die letzten Folgen seines Herzanfalls überwunden zu haben. Zwei Tage danach flog er nach Washington, angeblich, um sich mit James Dillon zu beraten.
In Wahrheit machte McMahon die Möglichkeiten, die dieser Auftrag ihm bot, zum Bestandteil seines Kalküls, das ein ganz anderes Ziel hatte – Amerikas militärische Überlegenheit zu brechen, um so einen nuklearen Präventivschlag der Amerikaner – inszeniert von ihrem Präsidenten – von vornherein zu unterbinden. Er wollte jede Informationsquelle an Ort und Stelle bis zum Äußersten ausschöpfen.

5

Im Morgengrauen des 2. April trafen sich sieben kurdische Reiter bei den 75 000 Jahre alten Steinzeithöhlen von Shanidar im äußersten Nordosten des Irak. Sie trugen außer ihren in Holzscheiden steckenden Dolchen über dem Aba – einem hellbraunen, togaähnlichen Umhang – Gewehre englischer Herkunft auf dem Rücken. Einer der Männer führte ein Packpferd, auf dem ein Funkgerät verstaut war. Sie kreuzten die Hände über der Brust und verneigten sich gegeneinander, bevor sie losritten. Nadir Reshid setzte sich an die Spitze des Trupps.

Diese Männer unterschieden sich von den Kurden, die als Nomaden vom Frühling bis zum Herbst ihre Schaf- und Ziegenherden über die kargen Hochweiden treiben, wo sie ihre aus dunkler Schaf- und Ziegenwolle gewebten Hasars aufstellen, und die nur im Winter in die flachen, quaderförmigen Häuser ziehen. Die schwer über die Schulter fallenden Abas der Männer, ihre weiten Kras-Hemden mit den überlangen Ärmeln, die bis zum Beinansatz ihrer Rhaniks hinwegfielen, waren sauberer als die der Wanderhirten. Ihre Haltung war selbstbewußt, keiner erteilte Befehle. Als Absolvent der Militärakademie, die die Kurden in ihrem Gebiet gegründet hatten, war Nadir Reshid ihr Anführer, jedoch als Gleicher unter Gleichen. Sie ritten schweigend in nordwestlicher Richtung durch das Tal des Großen Zab dem Dorf Zibar entgegen. Etwa zehn Kilometer vor Zibar mündet, von Norden kommend, ein kleinerer Fluß in den Zab. Nadir Reshid und seine Freunde folgten seinem Lauf durch ein Tal, das nach einigen Kilometern eine Biegung nach Nordosten macht und, ständig ansteigend, zur irakisch-türkischen Grenze in den Hakari-Bergen führt. Als die Männer den in wild zerklüfteten, kahlen Bergen liegenden Grenzpunkt erreichten, war es bereits Nachmittag. Sie ritten bis zum Sonnenuntergang auf irakischer Seite die Grenze entlang und übernachteten in einem verlassenen, halb zerfallenen Haus.

Am nächsten Morgen setzte der Trupp seinen Weg fort. Je höher die Reiter kamen, um so schwieriger wurde das Gelände. Oft wurden sie durch Schluchten oder steile Felswände zu zeitraubenden Umwegen gezwungen. Am frühen Nachmittag erreichten sie ein schmales, nach Norden verlaufendes Plateau. Nadir Reshid hielt sein Pferd an, seine

Freunde schlossen auf und bildeten einen Halbkreis um ihn. Ihre Augen, von den durch eine Schnur zusammengehaltenen Mezers überschattet, richteten sich auf Nadir.
Das Bergland gilt dort, wo sie gerade anhielten, den über zehn Millionen Kurden als das Herz ihres Landes, in dem sie autonom und ungeteilt leben wollen. Aber hier, in den Hakari-Bergen, bei dem Dorf Semdinli, wird Kurdistan von den Grenzen dreier Nationalstaaten – des Irak, der Türkei und Persiens – zerschnitten. In allen drei Ländern leben Kurden; weiter im Norden leben andere Menschen dieses Volks als Sowjetbürger in Armenien, und im Südwesten Kurdistans tragen sie – sofern man ihnen welche gibt – syrische Ausweise.
Nadir Reshid deutete auf einen Punkt in der Öde des Plateaus. Seine Freunde wußten, daß er damit die türkische Grenze meinte, über die sie in den nächsten Minuten hinwegreiten würden, als gäbe es sie nicht.
Die Männer nahmen wortlos ihre Gewehre vom Rücken, entsicherten sie und legten sie vor sich quer über den Sattel. Am Horizont stieg eine dünne Rauchsäule in den Himmel.
»Türken sind das nicht«, sagte Nadir Reshid ruhig. »Dort haben sich im Sommer ein paar Hirtenfamilien drei oder vier Häuser gebaut. Weniger als ein Koy – ich habe es auf dem Rückweg vom Ararat gesehen.« Er ritt auf seinem grauen Hengst in schnellerer Gangart an. Nadir kannte diese Gegend besser als jeder andere. Er wußte, daß die Hirten hier zuwenig getrockneten Schafmist hatten, um ihn, noch bevor die Kälte der Nacht kam, zu verheizen. Auch seine Freunde wußten dies von den Hirten daheim, die ihre Herden auf den Weiden im Hochland hielten.
Der Trupp ritt über die Grenze auf türkisches Territorium. Die Sonne stand bereits so tief, daß selbst die kleinen vereinzelten Sträucher lange Schatten warfen. Die Reiter erreichten einen Kamm und sahen das Koy der Hirten – es war nur noch durch ein flaches Tal von ihnen getrennt. Die Häuser waren niedergebrannt, nur schwarze Mauerreste und qualmendes Gebälk waren geblieben. Die Männer hielten ihre Pferde an. Nadir spürte, wie Zorn und ein brutales

Bedürfnis nach Rache in ihm hochstiegen. Malik fiel ihm ein, mit dem er oft darüber gesprochen hatte. Euer Kampf ist so alt wie euer Volk, hatte Malik einmal gesagt, und jede Gewalttat von euch wird ihn verlängern. Nadir preßte die Zähne aufeinander. Malik hatte recht, aber es war schwer, sich nach seinen Worten zu richten.

Die Dämmerung sank in die Täler, die Berge färbten sich blau. Nadir und seine Männer trieben ihre Pferde an. Es war ihnen klar, daß die Türken dagewesen waren, Polizisten oder Militär. Sie wußten auch, daß, selbst wenn sie einige Stunden früher gekommen wären, sie nichts hätten verhindern können. Die Türken hätten gewartet, bis sie weitergezogen waren.

Als sie die Talsohle durchritten hatten, kamen ihnen Frauen entgegen. Zwei trugen ihre Kinder in Tüchern auf dem Rücken, andere führten sie an der Hand. Nadir sprang vom Pferd.

»Alhandu Li'llah«, sagte die älteste Frau. »Ehre sei Allah.« Wie alle Kurdenfrauen war sie unverschleiert.

»Allah akbar«, antwortete Nadir. »Allah ist am größten«, murmelten auch seine Freunde. Die braunen Gesichter der Frauen waren vom harten Leben in den Bergen geprägt, die tiefdunklen Augen vom Brandqualm gerötet. Ihre schwarzen Haare fielen strähnig unter den bunten Kopftüchern hervor, ihre Lippen waren spröde. Nadir sah die Rußflecken auf dem Orangerot ihrer Kleider, der Lieblingsfarbe der Kurdinnen. Dann sah er die Kinder an, die das Entsetzen der letzten Stunden als erste zu vergessen begannen und zögernd lächelten.

»Ich bin Piraz«, sagte die Frau nach einer Pause.

»Ich bin Nadir Reshid«, antwortete Nadir, »wir kommen als Freunde zu euch. Waren es Soldaten oder Polizisten?«

»Polizisten. Zwölf vielleicht, oder fünfzehn.«

»Warum sind sie gekommen?«

»Wir wissen es nicht. Sie sagten, unsere Männer hätten vor einer Woche einen von ihnen aus Semdinli erschlagen.«

»Stimmt das?«

»Nein, beim Propheten nein«, antwortete sie leidenschaft-

lich. »Wir sind erst seit einem Jahr hier. Zweimal ist Polizei bei uns gewesen, einmal haben sie sogar Tee getrunken in unseren neuen Häusern. Keiner unserer Männer hätte Grund gehabt, einen zu töten.«
»Ich glaube dir. Wo sind eure Männer?«
»Sie sind mit der Herde unterwegs, seit die Sonne aufgegangen ist. Bald werden sie zurück sein.«
»Wir bleiben bei euch, bis sie da sind.«
»Allah wird euch dafür belohnen.«
Die Männer stiegen von den Pferden. Die Kinder kamen zu den Reitern und betrachteten sie ohne Scheu. Sie sahen anders aus als ihre Väter, aber es waren auch Kurden. Auf dem Weg zurück zu dem niedergebrannten Koy ergriff ein vielleicht zehnjähriger Junge Nadir Reshids Hand. Nadir sah lächelnd zu ihm herunter. »Was ist?« fragte er.
»Ich heiße Suleiman«, antwortete der Junge, »aber die anderen sagen Sila zu mir. Du heißt Nadir Reshid.«
Allah sei Dank, dachte Nadir, daß die Männer mit der Herde unterwegs und bei dem Überfall nicht anwesend waren, sonst hätte es sicher Tote gegeben, vielleicht auch tote Kinder und Frauen. Er legte seine Hand zärtlich auf Silas Haar. »Ja, Sila«, sagte er, »ich heiße Nadir, aber meine Freunde nennen mich Nála. Willst du mich auch so nennen?«
»Ja, Nála!« rief der Junge freudig und preßte seinen Kopf fest in Nadirs Hand.
Im Koy halfen Nadirs Männer den Frauen beim Aufräumen der Trümmer. Er selber ging ein paar hundert Schritte nach Westen, bis er von einer Felsnase sein Heimatland im Licht der untergehenden Sonne überblicken konnte – Steine, Sand, dürftige Grasbüschel. Er dachte an die Zeit, als auch er ein zehnjähriger Junge war, auf der Flucht mit seinen Eltern.

Nadir Reshid wurde 1927 in einem persischen Dorf zwischen Maku und der türkischen Grenze geboren. Im gleichen Jahr rief die Khoybun, eine nationalistische Kurdengruppe im türkisch-armenisch-persischen Grenzgebiet, die

Bildung einer kurdischen Regierung aus. Ihr Sitz sollte am Fuß des höchsten Berges, des über 5000 Meter hohen Großen Ararat sein. Sie waren entschlossen, für ihre Autonomie zu kämpfen, die ihnen 1920 im Vertrag von Sèvres zugesprochen worden war. Sultan Abdul Hamid hatte den Vertrag unterschrieben, in dessen Artikel 62 den Kurden die Selbständigkeit zugesichert wurde. Ein weiterer Artikel trug ihnen auf, ein Jahr nach der Unterzeichnung dem Völkerbund die Realisierung ihrer Autonomie zu melden, worauf die Loslösung Ostanatoliens von der Türkei offiziell verkündet werden sollte.

Aber schon im Jahr vor der Unterzeichnung des Vertrages war – am 19. Mai 1919 – ein achtunddreißigjähriger türkischer General namens Mustafa Kemal mit starken Truppenverbänden im Schwarzmeerhafen Samsun gelandet. Er hatte es sich zur Aufgabe gemacht, alle Autonomiebestrebungen der Minderheiten im zerbröckelnden Osmanischen Reich zu unterdrücken. Mustafa Kemal, ein Gegner der Sultansregierung in Istanbul, lehnte nicht nur den Vertrag von Sèvres ab, sondern beauftragte seine Mittelsleute, kurdische Stammesfehden zu schüren, was ihnen auch gelang. 1923 schloß Mustafa Kemal Pascha, der spätere Kemal Atatürk, den Frieden von Lausanne, der ganz Anatolien als türkisches Staatsgebiet anerkannte. Von der den Kurden versprochenen Autonomie war mit keinem Wort mehr die Rede. Der drei Jahre zuvor in dem Pariser Vorort Sèvres geschlossene Vertrag hatte sich als genauso zerbrechlich erwiesen wie das dort gebrannte, weltberühmte Porzellan.

Im Geburtsjahr Nadir Reshids, 1927, kämpften die Kurden um ihre Unabhängigkeit, wurden aber von den Persern und Türken zersprengt, bevor sie sich sammeln konnten. Und drei Jahre später versuchten sie es noch einmal – diesmal mit äußerstem Einsatz. Die Rebellion reichte von Diyarbakir über Bitlis und das Van-See-Gebiet bis nach Persien und Armenien. Aber wiederum vereinigten sich die Nationalstaaten gegen sie. Allein die Türkei schickte gegen die Kurden eine Streitmacht von 45 000 Soldaten, ausgerüstet mit den modernsten Waffen. Die Sowjetrepublik Armenien sperrte ihre Grenzen hermetisch ab, den Kurden blieb nur noch eine Lücke nach Persien offen, durch die ihr Führer Ihsan Nuri die Überreste seiner Streitmacht führte, nachdem er von den Türken vernichtend geschlagen worden war. Aber Persien erlaubte den Türken die Verfolgung über die Grenzen hinaus, und Tausende von Kurden – auch Frauen und Kinder – wurden niedergemacht. 15 000 starben durch Granaten, Maschinengewehre und Feuer – mehr als zweihundert kurdische Dörfer waren bis auf den Grund zerstört. Nadirs Eltern entkamen dem Massaker. Ihre Flucht nach Süden und die drei Jahre währende Wanderung von einem Versteck ins andere wurden für den Knaben zum Alptraum. Erst 1933 wagten seine Eltern die Rückkehr in eine regelrechte Siedlung. Sie fanden sie auf türkischem Territorium in der Nähe von Özalp.

Der Friede, den der junge Nadir hier zwei Jahre lang erlebte, war nicht vollständig, denn in anderen Teilen Kurdistans wurde immer noch vereinzelt gekämpft. Nadirs Eltern wußten nichts davon – es gab fast keine Nachrichtenverbindungen.

Eines Nachts schüttelte die Mutter den Jungen wach. In großer Hast wurden ein paar Habseligkeiten zusammengerafft. Nadir Reshid erlebte seine zweite Flucht. Unterwegs erfuhr er, daß Seyed Rezas eine neue kurdische Rebellion im Bezirk Dersim anführte. Warum sie fliehen müßten, wo sie doch am Aufstand nicht beteiligt seien, erklärte ihm sein Vater mit einer Antwort, die er nie vergessen konnte: »Weil«, hatte sein Vater ihm gesagt, »ein Kurde immer das Schicksal aller Kurden teilt.«

Die Türken teilten diesen Standpunkt. Sie schlugen noch grausamer zu als sieben Jahre zuvor. Ankara wollte nicht nur diese, sondern auch jede zukünftige Rebellion ersticken und warf die gesamte Dritte Armee in die Schlacht, mit dem Risiko, die gefährdete Grenze zu Sowjet-Armenien vorübergehend zu entblößen. Marodierende Kommandos massakrierten jeden Kurden, der ihnen in die Hände fiel, ob Mann, Frau oder Kind, Rebell oder Nichtrebell. Nadirs Eltern gelang auch diese Flucht. Der Zehnjährige sah zum erstenmal das Herz Kurdistans, den Van-See, die Hakari-Berge – das war vor langer Zeit. Und nun war er wieder hier in den Hakari-Bergen, wo man den Hirten unter irgendeinem Vorwand die Häuser über den Köpfen anzündete, und wieder wußte ein Zehnjähriger leiden, weil er als Kurde geboren war. Es war schlimmer geworden – damals herrschte Rebellion, aber jetzt war Frieden, und trotzdem wurden Kurden verfolgt!

Die Sonne ging unter. Der Horizont glühte. Die Berge waren tiefblau, es war völlig still.

Nadir sah die Silhouetten von Männern und Tieren am Horizont. Er stand auf und ging zu der zerstörten Siedlung zurück. Die Hirten waren gerade angekommen. Nadir und seine Männer sprachen den Männern Trost zu und halfen ihnen, Notlager für die Nacht herzurichten. Als sie schließlich wieder in den Sätteln saßen, war es dunkel geworden. Schweigend ritten sie die letzten Kilometer weiter nach Semdinli.

Vor dem Teehaus, aus dessen Fenstern mattes Licht drang, stiegen sie von den Pferden. Es war kalt geworden. Die Tür wurde geöffnet, ein Mann trat ins Freie. Nadir erkannte Yusu, den Muhtar des Dorfes und Mudur der Dorfgruppe um Semdinli. Sie ergriffen sich bei den Schultern.

»Von wo kommt ihr so spät?« fragte der Muhtar.

»Wir waren bei dem Hirtenkoy«, antwortete Nadir. »Wer hat den Türken erschlagen?«

»Kommt herein. Es ist kalt, und die Wand in unserem Haus hat keine Ohren.«

»Die Pferde«, sagte Nadir.

»Bindet sie zusammen, ich schicke jemanden, der sie versorgt.« Der Hauptraum des Çai-Hauses war quadratisch und von zwei Öllampen spärlich erleuchtet. Einige Männer saßen mit gekreuzten Beinen um zwei Tische. Nadir und seine Freunde hockten sich zu ihnen. Eine Frau brachte auf einem an drei Ketten schwingenden Messingtablett dampfende Çai-Gläser. Es roch nach altem Holz, Öl und Haschisch.

»Trinkt euren Tee, Freunde, ehe wir sprechen«, sagte der

Muhtar. Sie rauchten und tranken, bis die Frau den Raum wieder verlassen hatte.
»Nun können wir sprechen«, sagte er dann zu Nadir. »Ihr wart bei den Hirten und wißt, was geschehen ist. Was wollt ihr weiter wissen?«
»Wer hat den Polizisten erschlagen?« frage Nadir Reshid.
»Die Frauen sagen, daß ihre Männer es nicht waren.«
»Sie waren es auch nicht.«
»Wart ihr es?«
»Nein.«
»War der Türke von eurer Polizeistation?«
»Nein. Hier fehlt keiner. Aber es gab einen Toten – ich habe ihn gesehen. Wir alle haben ihn gesehen. Die Türken haben viel Wert darauf gelegt, daß wir ihn sehen.« Die Männer blickten fragend.
»Ich habe nämlich noch etwas gesehen«, fuhr der Muhtar fort. »Ich kann beim Bart des Propheten schwören, daß der Mann schon mindestens drei Tage tot war.«
»Du glaubst«, fragte Nadir, »daß sie ihn schon tot hierher gebracht haben?«
»Sie wollen nicht, daß sich Leute so nah an der Grenze ansiedeln und daß dort ein Dorf entsteht. Da wären irakische und türkische Kurden zu dicht beieinander, was zu Unruhen führen könnte. Also nimmt man einen Toten, steckt ihn in eine Polizeiuniform, legt ihn in die Nähe der Häuser und läßt ihn kurz darauf durch eine zufällig vorbeikommende Patrouille finden. Der Vorwand ist da – sie können machen, was sie wollen.«
»Ja«, stimmte Nadir zu, »wenn der Mann wirklich schon drei oder mehr Tage tot war, dann müssen sie ihn von anderswo hergebracht haben, denn vor dem Dorf hätte er nur eine kurze Zeit liegen können, bevor die Hunde ihn gefunden und die Hirten ihn versteckt hätten. Wissen die Hirten das alles?«
»Es hat keinen Sinn, es den Frauen zu sagen – die Männer waren nicht da. Ich reite morgen vor Sonnenaufgang noch einmal hin. Ich werde mit den Männern sprechen und ihnen sagen, daß es sinnlos ist, die Häuser dort neu aufzubauen,

man wird sie wieder zerstören – unter einem neuen Vorwand. Zehn Kilometer landeinwärts wird man sie in Ruhe lassen. Sie werden schon einen Platz finden . . . Aber genug davon, Nadir. Was gibt's am Ararat? Hat Malik euch gerufen?«
»Nicht direkt.« Nadir Reshid zog die Luft ein. »Ich rieche Kebab«, sagte er. »Wir sind hungrig wie die Wölfe im Schnee.«
Die Männer nickten, tranken Raki und unterhielten sich, bis zwei Frauen Döner Kebab und Pilaw, dünn geschnittenes, auf senkrechtem Spieß gegrilltes Hammelfleisch und Reis mit Savary-Soße, hereinbrachten. Nadir und seine Begleiter warteten, bis der Muhtar als Gastgeber den Anfang machte. Als sie um eine zweite Portion baten, folgten sie nicht nur dem Gesetz der Höflichkeit, sie waren wirklich ausgehungert. Man aß mit der rechten Hand, denn die linke benutzte man zur Reinigung nach der Verrichtung natürlicher Bedürfnisse. Später gab es Ziegenkäse und Kave orta, halbsüßen türkischen Kaffee aus einem langstieligen Kupferkännchen. Das Gespräch kam erst wieder in Gang, als die Reste des Essens für die Frauen und Kinder hinausgetragen wurden.
»Wir sprachen von Malik«, sagte einer der Männer. »Gibt es einen besonderen Anlaß für eure Reise?«
Nadir lachte. »Jawohl, einen besonderen Anlaß. Prinz Hakim Idris heiratet die Tochter von Sheikh Mahmud Talabani.«
»Wo?«
»In Doğubayazit. Warum kommt ihr nicht mit? So eine Hochzeit gibt es nicht alle Tage . . .« Nadir bemerkte Betroffenheit unter den Männern.
»Du hast gesehen, was geschehen ist«, sagte einer ohne Vorwurf. »Wir können die Hirten jetzt nicht im Stich lassen. Wünscht Prinz Hakim und seiner Braut Glück von uns. Allah möge ihnen gesunde Söhne schenken und schöne Töchter. Ist das der einzige Grund eurer Reise?«
»Malik will uns wie immer nach der Schneeschmelze sehen. Was los ist, erfahren wir erst dort. Über Funk sagt er nur das

Nötigste.« Der Muhtar brannte die Wasserpfeife an, zog daran, blies den Rauch gegen die niedrige Decke und reichte das Mundstück weiter. »Wer ist dieser Mann eigentlich?« fragte er dann. »Wieso kommt ihr, wenn er euch ruft? Er ist kein Kurde. Gerüchten zufolge sieht man ihn mit türkischen Offizieren, manche behaupten, er sei Amerikaner. Wer ist er? Was tut er für uns? Was kann man überhaupt für uns tun?«

»Du fragst viel, ich kann dir nur sagen, was ich weiß. Seit Malik bei den Kurden ist, geht es ihnen besser. Ja, er wird mit Türken gesehen, aber er macht seinen Einfluß bei ihnen zum Vorteil der Kurden geltend.«

»Er soll auch den Armeniern helfen.«

»Stimmt. Auch sie sind in der Türkei eine unterdrückte Minderheit. Als Dank für seine Hilfe betreiben ihre Verwandten auf der russischen Seite Spionage für ihn. Oft erhält er für die Türken wichtige Informationen, die er an ihr Militär weitergibt, wofür die wiederum dankbar sind. Er ist schlau wie ein Wolf, aber ehrlich wie einer von uns. Er hat noch niemanden betrogen.«

Der Muhtar lächelte. »Ich weiß, er soll so schlau und so tapfer sein wie ein Kurde, und das bedeutet uns mehr als alles andere. In Wirklichkeit zweifle ich ja nicht an ihm – er ist schon lange genug bei uns. Es ist die elende Existenz der Kurden, die mich krank macht.« Nadir legte den Arm um die Schultern des Muhtar. »Lassen wir es für heute genug sein. Die Nacht ist kurz, der Tag wird für uns alle nicht leicht werden.«

Der Horizont im Osten war noch dunkel, als die Frau, die am Abend das Essen gebracht hatte, mit einer Öllampe in das Zimmer der Gäste im Nebenhaus kam. »Hier ist Honig und heißer Tee«, sagte sie. »In einer halben Stunde wird es Tag.«

Als die Männer im Kreis auf dem Boden hockten, ihr Leven-Fladenbrot mit Honig in Waben aßen und frisch gekochten Tee tranken, kam der Muhtar zu ihnen. »Ich reite jetzt zu den Hirten«, sagte er, »sonst sind sie schon wieder unterwegs, bevor ich komme. Allah schütze euch auf eurem

Weg nach Norden ... Ich wünschte, die Tage wären kürzer, bis ihr gesund wiederkehrt.«
Nach diesen Worten wandte sich der Muhtar abrupt um und verließ den Raum.
Bald danach ritten auch Nadir und seine Freunde in den beginnenden Morgen. Etwa fünfzehn Kilometer nördlich von Semdinli führte ihr Weg entlang der persischen Grenze. Sie verläuft auf dem Kamm eines mehrere Kilometer langen Bergrückens, dessen Flanken so steil sind, daß er nicht überquerbar ist. Aus diesem Grunde sind weder auf der persischen noch auf der türkischen Seite Grenzposten stationiert. Die Kurden wußten das.
Weil die Mulde, die sich vor ihnen erstreckte, ein Nebeneinanderreiten erlaubte, hatte Mustafa, ein jüngerer, aber erfahrener Kämpfer, sein Pferd neben das Nadirs getrieben. Plötzlich fiel ein Schuß – zuerst ein scharfer Knall, dann mehrfaches Echo. Die Männer sahen sich verblüfft um. Die Stärke des Knalls verriet ihnen, daß der Schütze mehrere hundert Meter entfernt sein mußte – ein Treffer war auf diese Distanz unwahrscheinlich. Sie suchten den Schützen in den Steilhängen zu ihrer rechten Seite.
Den Blitz des zweiten Schusses sahen sie alle, dann auch den hellen Streifen, die Brüstung, hinter der sich der Schütze verbarg. Sie kannten diese Stände von anderen Grenzabschnitten der Türkei, halbkreisrunde Wälle aus hellem Gestein.
Sie ritten weiter, als sei nichts geschehen, aber sie prägten sich die Stellung des Schützen ein.
Mustafa sah grübelnd vor sich hin. – Was denkst du?« fragte Nadir. »Ich verstehe nicht, was der Posten mit seinem Schuß bezweckte. Auf uns hat er doch nicht geschossen.«
»Das denke ich mir auch.«
»Und?«
»Wenn er nicht auf uns geschossen hat, kann es nur ein Warnschuß gewesen sein.«
»Für wen denn? Warum? Uns sieht man doch kilometerweit kommen.«
»Ich glaube nicht, daß der Warnschuß anderen türkischen

Posten gegolten hat. Die meinen uns. Sie wollen uns zeigen, daß sie sogar diesen unpassierbaren Grenzabschnitt jetzt überwachen.«
Nadir hielt mit einem harten Zügelzug sein Pferd an.
»Etwas stimmt hier nicht – vielleicht ist es eine Falle. Der Mudur von Semdinli weiß davon nichts, sonst hätte er etwas gesagt. Wir müssen ihm Bescheid geben. Und falls die Hirten auf ihrer Suche nach einem neuen Standort hier vorbeikommen sollten, könnten sie wie nichts abgeknallt und ihre Herden beschlagnahmt werden. Auch sie müssen gewarnt werden. Reite mit Safar zurück nach Semdinli und berichte dem Mudur, was geschehen ist. Wir reiten unterdessen weiter bis nach Kanidizan am Fuß des Mor Dağ, wo der Bach vom Berg in den Zab fließt. Dort warten wir dann auf euch.«
Safar, mit knapp neunzehn der Jüngste in der Gruppe, reckte sich im Sattel. Es war das erstemal, daß Nadir ihm einen besonderen Auftrag gab. Er schnalzte mit der Zunge, wendete und ritt mit Mustafa davon.
»Warum heißt das Dorf unterm Mor Dăg Kanidizan?« fragte er. Mustafa lachte. »Es heißt Räuberquelle, weil dort, wo der Bach vom Berg kommt, oft Räuber auf Durchreisende gelauert haben. Deshalb wurde dort eine Polizeistation errichtet, um die sich nach und nach ein Dorf gebildet hat.«
Nadir sah den beiden nach, bis sie hinter einem Fels verschwanden. Dann ritt er mit den anderen weiter. Als er seinen ersten Auftrag erhalten hatte, war er viel jünger gewesen als Safar.

Nadir Reshids Eltern waren über ein Jahr in den Hakari-Bergen bei Semdinli geblieben. Dann aber zogen sie mit dem Elfjährigen nach Süden in den Irak. Sie wollten dort sein, wo die Kurden anfingen, nicht nur Dörfer, sondern auch Städte zu bauen. Im Tal des großen Zab-Flusses, zwischen Shanidar Cave und dem Schlachtfeld von Gaugamela, wo Iskandar Beg, wie die Kurden Alexander den Großen nennen, vor über zweitausend Jahren Darius III. die vernichtende Nie-

derlage beibrachte, hatten sie ihre Zelte aufgeschlagen und dann ihre Häuser gebaut.
Aber auch im Irak blieb den Flüchtlingen aus Anatolien der Friede versagt. Nadir hörte von erbitterten Schlachten mit irakischen Soldaten und grausamen Untergrundkämpfen gegen britische Besatzungstruppen, in denen auch die Gewehre erbeutet worden waren, die er und seine Freunde ein Vierteljahrhundert später noch trugen. Er wußte damals schon, daß die Kurden ohne ihr eigenes Land niemals in Frieden leben könnten.
In dieser Zeit hörte Nadir zum erstenmal von einem Mann, dessen politisch-militärisches Ziel seinen Lebensweg entscheidend beeinflussen sollte, von Mulla Mustafa Barzani, der bald der Anführer aller Kurden wurde. Ein Jahr später, nun dreizehnjährig, war Nadir Reshid Meldegänger der Hewa geworden. Hewa heißt Hoffnung und war eine geheime Organisation kurdischer Nationalisten. Von ihnen lernte er den Umgang mit Pferden und Waffen, von ihnen übernahm er die Bereitschaft, für die Sache der Kurden wenn nötig sein Leben zu geben.
Schon in seinem sechzehnten und siebzehnten Lebensjahr half er Mulla Mustafa Barzani als Peschmerga – als »Mann, der in den Tod geht« –, seinen größten Triumph über die Iraki-Armee zu erringen. Der Kurdenführer begann 1943 mit Überfällen auf Polizeiposten. Wenige Wochen später trat die irakische Armee gegen ihn an. Barzanis Rebellen waren ihr an Ausrüstung unterlegen. Trotzdem besiegten die Kurden die Irakis so überzeugend, daß die Regierung zu Verhandlungen mit der kurdischen Minderheit bereit war. Die Gespräche zogen sich über Monate hin. Im Sommer 1945, als im Fernen Osten der Zweite Weltkrieg unter den Atompilzen von Hiroshima und Nagasaki verglühte, entbrannte der Kampf der Kurden im Irak mit aller Grausamkeit noch einmal. Mit Tausenden von Soldaten, Panzern und Flugzeugen gingen irakische Armee-Einheiten gegen die Kurden vor. Sie warfen Napalm-Bomben auf Dörfer und erntereife Felder, die Maschinengewehre und Bordkanonen ihrer Flugzeuge mähten Vieh und Menschen nieder. Sie

vernichteten die Lebensgrundlagen der Kurden, wo immer sie konnten. Nadir Reshids Eltern gehörten zu den ersten Opfern.
Im September 1945 mußte Mulla Mustafa Barzani, um sein Volk vor totaler Vernichtung zu retten, den Kampf aufgeben. Mit nur noch dreitausend Soldaten und ihren mehr als doppelt so vielen Angehörigen zog er sich über die Berge nach Persien zurück. Dort fanden die Kurden im Gebiet der Stadt Mahabad, deren Name Freiheit bedeutet, zum ersten und einzigen Mal eine autonome politische Existenz – für ein Jahr. Vereint in der Kurdisch-Demokratischen Partei ließen sie über Mahabad die neue kurdische Nationalflagge wehen, der sie auch heute noch folgen – ein roter Halbmond auf grünem Feld. 1946 wurde die Partei wieder verboten, und am 3. März 1947 befahl der Schah seiner Armee, die von Barzanis Kriegern hart bedrängt worden war, innerhalb von einem Monat alle Barzani-Dörfer zu vernichten. Nach anfänglich schweren Verlusten konnte die persische Armee den kaiserlichen Mordbefehl zum großen Teil erfüllen.
Nadir Reshid versteckte sich bis Anfang des Jahres 1948 im Irak. Er war einundzwanzig Jahre alt. Von Freunden, die ihm Unterschlupf gewährten, lernte er Lesen, Schreiben und die Geschichte seines Volks. Als er einige Monate später in die neue, von ehemaligen irakischen Offizieren kurdischer Abstammung gegründete Militärakademie Kurdistans eintrat und als einer der ersten Absolventen sich wieder dem Mulla zur Verfügung stellte, war aus dem jungen Peschmerga ein hervorragend ausgebildeter Führer geworden, der nicht nur mit der Waffe, sondern auch mit dem »Intellekt« zu kämpfen verstand.

Während Nadir Reshid mit seinen vier Männern sich ohne Eile dem Dorf Kanidizan näherte, ritten Mustafa und Safar, so schnell es das rauhe Gelände zuließ, zurück nach Semdinli. Sie hatten wie die meisten Peschmergas »Gulebends« auf bunten Tüchern in ihren ärmellosen Westen eingenäht, zauberkräftige Sprüche, die vor Feuerwaffen schützen sollten, und fühlten sich sicher. Trotzdem umritten sie den Posten, der zuvor auf sie geschossen hatte, in weitem Bogen. Sie wollten sich durch ihr Zurückreiten nicht verdächtig machen, um nicht beim dritten Vorbeireiten, wenn sie Nadir wieder einholten, Schwierigkeiten zu haben. Die Türken würden sich nicht scheuen, zwei einsame Kurden anzuhalten, zu entwaffnen und nach dem Grund des Hin- und Herreitens auszufragen; sie müßten dies kampflos über sich ergehen lassen, denn Widerstand zu leisten wäre sinnlos.

Als sie sicher waren, daß sie den Schützen längst hinter sich gelassen hatten, lenkten Mustafa und Safar ihre Pferde zurück auf das bessere Terrain unmittelbar neben der Grenze.

Plötzlich zerriß ein Schuß die Stille – er mußte ganz aus der Nähe abgefeuert worden sein. Mustafa duckte sich und wandte sich zu Safar um. Der Junge saß unnatürlich starr im Sattel, neigte sich einen Augenblick später vornüber und stürzte vom Pferd. Eine Sekunde lang sah Mustafa kaum hundert Meter hangaufwärts einen Mann in Uniform mit seinem Oberkörper aus dem Boden ragen. Mustafa sprang aus dem Sattel und beugte sich über Safar. Sein Pferd lief ein paar Schritte und blieb dann stehen. Safar lag auf der rechten Seite. Aus einer Wunde am Hals rann Blut. »Hunde«, murmelte Mustafa, »Satanssöhne, Mörder!« Mustafa versuchte, mit der Hand den Fluß des Blutes zu stillen. Ein zweiter Schuß fiel. Safars Pferd brach zusammen, warf die Beine zur linken Seite und bewegte sich nicht mehr. Mustafa langte nach Safars Gewehr und hob den Kopf über das tote Pferd, das ihm nun Schutz bot. Er sah den Türken wieder halb aus der Erde kommen, die Waffe im Anschlag, sah das Aufblitzen des dritten Schusses, warf sich hinter den Kadaver und schoß zurück. Dann hielt er wieder Safars Wunde zu, der vierte Schuß des Türken fiel, Mustafa erwiderte das Feuer, damit der Posten sein Magazin leer schoß. Wenn er die Munition nicht unmittelbar vor sich liegen hatte, brauchte er zum Nachladen etwa zehn Sekunden, und wenn er nur ein wenig ungeschickt war, mehr. Auf diese Chance baute Mustafa. Nach dem sechsten Schuß des Türken warf er Safars Gewehr über die Schulter, hob den Bewußtlosen auf und rannte zu seinem Pferd. Er setzte Safar in den Sattel, schwang sich hinter ihm auf das Pferd und trieb es mit Hackenschlägen an. In diesem Augenblick begann der Posten wild hinter ihnen herzuschießen.

Nach ein paar hundert Metern hielt Mustafa an, sprang vom Pferd und legte den Verletzten vorsichtig auf die Erde. Er zog sein Kras aus, riß es in Streifen und verband die Wunde. Safars Gulebend war von Blut durchtränkt. Mit Tränen in den Augen hob er den Ohnmächtigen wieder in den Sattel und setzte sich hinter ihn. Er nahm die Zügel in die linke Hand, legte den rechten Arm um den Hals des Freundes und preßte die Hand auf den Verband. Nach zwei Stunden – die Sonne hatte den Zenit noch nicht erreicht – war Mustafa wieder in Semdinli. Kinder sahen ihn zuerst und rannten schreiend in die Häuser. Dann kamen die Frauen und ein paar Männer. Sie halfen Mustafa, Safar vom Pferd zu heben, und legten ihn behutsam auf die Erde. Auf dem Verband hatte sich eine schwarzrote, noch weiche Kruste gebildet. Mustafa nahm den Verband ab. Safar war tot.

Der Muhtar, der von den Hirten zurückgekommen war, hörte das laute Wehklagen der Frauen und sah den jungen Kurden auf dem Boden liegen.

»Wo war es?«

»Knappe zwei Stunden von hier.«

»Geht in die Häuser«, sagte der Muhtar zu den Frauen, »bereitet alles vor für die Waschung und das Gebet. Morgen früh wird er begraben.«

»Tragt ihn in mein Haus«, sagte er zu den Männern und ging mit Mustafa ins Teehaus. Dort ließen sie sich mit gekreuzten Beinen einander gegenüber nieder.

Mustafa berichtete, was geschehen war, und beschrieb die Standorte der türkischen Posten.

»Und noch etwas«, sagte er zum Schluß, »laß Nadir wissen, was geschehen ist. Er erwartet Safar und mich morgen bei Kanidizan unterm Mor Dağ. Laß ihm sagen, daß ich ihn in drei Tagen am Van-See beim Aquädukt treffen werde. Wenn

ich von Sonnenaufgang bis Sonnenuntergang reite, kann ich's schaffen. Aber erst muß ich meinen Freund begraben.«
»Ich werde sofort zwei Männer losschicken«, sagte der Muhtar. »Vergeßt nicht, Malik in diesen Fall einzuschalten. Die Türken werden versuchen, uns auch aus dieser Sache einen Strick zu drehen. Und jetzt gehe ich zum türkischen Polizeiposten, um sicher zu sein, daß die Tatbestände richtig aufgenommen werden.«
Mustafa ging zum Haus des Muhtar. Vor der Tür standen weinende Frauen, die ihm ehrfürchtig Platz machten. Er betrat einen kleinen, düsteren Raum – ein Mann kam ihm entgegen.
»Es ist alles bereit zur Waschung. Du willst es selber tun?«
»Ja«, antwortete Mustafa. »Ist ein Imam da, der morgen an seinem Grab aus dem Koran liest?«
»Es wird einer da sein.«
»Danke«, sagte Mustafa, »für alles, was ihr für Safar tut und schon getan habt. Er ist sehr jung gestorben.«
»Allah wird seinen Mörder strafen«, antwortete der andere.
Mustafa öffnete die Tür zu dem Raum, in dem der Tote lag. Der Geruch von Kampfer, der dem Wasser für die kurdische Totenwaschung beigemischt ist, schlug ihm entgegen.
Safar lag mit freiem Oberkörper, den Kopf nach Mekka gerichtet, auf einem Brett, die Augen geschlossen, den Hauch eines Lächelns auf dem schmalen Gesicht. Ein breites weißes Band war um seinen Hals geschlungen und verdeckte die durchschossene Schlagader. Mustafa fand alles, was er benötigte, um den Toten so herzurichten, wie es der Brauch verlangt: die Schale mit dem Kampferwasser, ein blaues Leichentuch, einen Schal, eine Schnur und zwei gegabelte Weidenäste.
Zwei Männer begrüßten Mustafa wortlos und ließen ihn allein mit dem Toten. Er trat vor ihn hin, und mit unbewegtem Gesicht murmelte er die Yasein-Sure aus dem Koran. Er war frei von Haß und dachte nicht an Rache. Dem Ermordeten war der Weg zu bereiten in die ewige Glückseligkeit, die Mohammed denen versprochen hat, die im Glauben und im Kampf für die Gerechtigkeit sterben.

Er wusch den Toten. Dann nahm er die Schnur und band die großen Fußzehen Safars zusammen, legte den Schal über das weiße Band, das er um den Hals trug und schlug das blaue Leichentuch um seinen Körper. Zum Schluß nahm er die beiden Astgabeln, hob den Oberkörper Safars an und stützte ihn unter den Armen mit den Ästen. So würde es ihm leicht sein, dem Engel der Erlösung zu folgen.
Mehr als zwei Stunden waren vergangen, seit Mustafa das Totenzimmer betreten hatte, niemand hatte ihn gestört. Er hätte den Toten jetzt allein lassen können, der Brauch verpflichtete ihn nicht, länger bei ihm zu bleiben. Aber Mustafa nahm zwei schwarze Ziegenfelle, rollte sie zusammen und setzte sich so, daß er das Gesicht des Toten betrachten konnte. In dieser Stellung verharrte er eine weitere Stunde.
Am nächsten Morgen stand Mustafa am Grab Safars. Alle Bewohner Semdinlis waren gekommen. Der Imam las ein Kapitel aus dem Koran. Sonst fiel kein Wort. Auch nicht, als Mustafa sich von den Männern verabschiedete, auf sein Pferd stieg und, ohne sich noch einmal umzudrehen, nach Norden davonritt.

6

Die Meldung über die Strafexpedition gegen das Kurdendorf bei Semdinli erreichte den Polizeichef der Provinz Erzurum, Rahman Abdur, am Morgen des 4. April. Noch am gleichen Tag traf ein Funkspruch ein, demzufolge es, ebenfalls bei Semdinli, zu einer Schießerei zwischen türkischen Grenzposten und kurdischen Reitern gekommen war. Drei Stunden später kam die Nachricht, einer der Kurden sei tot.
Rahman Abdur, der die Kurden schon immer für Wilde hielt, die der türkischen Staatsbürgerschaft unwürdig waren, und sie haßte, weil sie ihm viel Ärger bereiteten, wanderte unruhig um seinen Arbeitstisch. Trotz des kühlen Nachmittags hatte er Schweißperlen auf der Stirn, und sein Schnauz-

bart hing müde über den Mundwinkeln. An der Kartenwand wanderte sein Blick zwischen mehreren roten Punkten auf einer Landkarte Ostanatoliens hin und her. Die Punkte markierten Orte, aus denen durchziehende Kurden gemeldet worden waren. Bis jetzt hatten ihn diese Meldungen nicht beunruhigt. Das gab es oft in den Nachwintermonaten. Aber die Schießerei in den Hakari-Bergen, in die auch ortsfremde Kurden verwickelt waren, wahrscheinlich irakische, könnte der Auftakt zu Unruhen sein. Abdur ging an seinen Schreibtisch zurück, griff zum Telefon und befahl seinen Adjutanten zu sich.

Der Leutnant meldete sich zur Stelle. »Setzen Sie sich«, sagte der Polizeichef. »Ich bleibe stehen«, fügte er hinzu, als der Leutnant zögerte.

Rahman Abdur öffnete seine khakifarbene Uniformjacke, die seinen Bauch zu eng umspannte, und nahm seinen Weg um den Arbeitstisch wieder auf. »Was ist in diese Bergtürken gefahren?« fragte er und blieb, die verschwitzten Hände auf dem Rücken, vor dem zierlichen Offizier stehen. »Warum sind so viele unterwegs? Wir haben jetzt schon an die fünfzig gezählt, die nicht in die Gegend gehören.«

»In Doğubayazit heiratet der Prinz von Bitlis. Vielleicht ist das der Grund.«

Auf Rahman Abdurs Schläfen schwollen unter der dunklen Haut die Adern. Der Leutnant ahnte den Ausbruch des Cholerikers und zog den Kopf zwischen die Schultern.

»Das sagen Sie mir jetzt erst?« schrie der Chef. »Ich habe doch angeordnet, daß ich über alles, was mit den Kurden zu tun hat, sofort unterrichtet werde! Wir sitzen auf einem Pulverfaß mit diesen Bergtürken. Verstehen Sie das denn nicht?« Abdur ging erregt einige Schritte auf und ab, bevor er wieder vor dem verschüchterten Leutnant hielt und sich zu ihm hinunterbeugte, als wollte er ihm eine Lektion einpauken. »Geschichtsunterricht hat doch zu Ihrer Ausbildung gehört, Leutnant. Zu Ihrer Orientierung: Der Kurde Hakim Idris von Bitlis hat im 16. Jahrhundert für den Sultan die Grenze im Osten des Reiches verteidigt; seine Nachkommen scheinen zu glauben, daß wir ihnen dafür immer

noch Dank schulden.« So plötzlich wie sie gekommen war, wich die Spannung aus dem Gesicht des Chefs. Er zündete sich eine Zigarette an und hielt dem Leutnant die Packung hin. Dann zog er sich einen Stuhl heran und setzte sich ihm gegenüber. »Wir müssen besonnen vorgehen«, sagte er sanft, als kenne er keine Erregung. »Sie haben heute früh gemeldet, daß auch in Erzurum fremde Kurden gesehen wurden. Wo?« Der Leutnant zögerte. »Wo wurden sie gesehen?« schrie Rahman Abdur.
»Im Bordell.«
»Aha, in der Medina. Was haben Sie erfahren?«
»Seit zwei Wochen ist eine Neue da, eine Kurdin, jung und hübsch. Die müßte etwas wissen. Die Madame kann ein Gespräch für Sie arrangieren.«
»Haben Sie mit der Kleinen geschlafen?«
Der Leutnant schüttelte den Kopf. »Ich habe immer die gleiche«, sagte er. »An die bin ich gewöhnt.«
Der Polizeichef stand auf und drückte seine Zigarette aus. »Machen Sie sich fertig. In zehn Minuten fahren wir.«
Eine halbe Stunde später stieg Abdur vor dem ummauerten Bordellviertel in der grauen Altstadt Erzurums, der Medina, aus seinem Dienstwagen. Er hatte eine frische Uniformjacke angezogen, trug eine große Sonnenbrille und roch nach Parfüm. Dem Leutnant befahl er, auf ihn zu warten.
Vor dem schmalen Tor zur Medina sah Rahman Abdur einen Kurden, den gerade ein Stadtpolizist nach Waffen abtastete.
»Platz machen!« sagte Abdur schroff. »Gibt's was Besonderes?« Der Polizist fuhr herum und salutierte: »Das ist schon der achte . . .«
Abdur ging weiter bis zu einer der Lehmhütten, die rechts und links des staubigen Weges standen. Mit einem plötzlichen Stoß öffnete er die Tür und trat in einem kaum zwanzig Quadratmeter großen Raum, dessen Decke so niedrig war, daß er sich bücken mußte. Rahman Abdur kniff die Augen zusammen, um sie an das Halbdunkel zu gewöhnen. Er hörte neben sich jemanden atmen und wandte langsam den Kopf. Keine zwei Schritte entfernt stand ein junges hübsches

Mädchen und sah ihn an. Ihr Blick war eine Mischung von Herausforderung und Demut.
»Guten Tag, Effendi«, sagte sie. »Allah sei mit Ihnen.«
Der Polizeichef sagte nichts.
»Ich heiße Reha«, fuhr das Mädchen fort. »Ich bin erst zwei Wochen hier.«
Sie war es also. Einen Augenblick lang war Rahman Abdur in Versuchung, mit dem außergewöhnlich hübschen Mädchen ins Bett zu gehen, entschied sich aber anders. »Hol deine Madame«, sagte er schroff. »Ich habe mit ihr zu reden.«
»Sofort, Effendi«, murmelte das Mädchen und huschte aus dem Raum. Abdur ging zu der flachen Liege aus übereinandergeschichteten Fellen und Teppichen und setzte sich ächzend nieder. In Gedanken verfluchte er die Dienstvorschriften.
»Welche Ehre für mein Haus.« Es war die Stimme der Madame, die sich durch eine schmale Tür in den Raum zwängte. »Bleiben Sie sitzen, Effendi. Was möchten Sie trinken? Likör, Tee oder Kaffee?«
»Tee.« Er sah ihr nach, als sie zur Tür ging. Sie war klein, dicklich, Mitte Vierzig.
»Tee!« schrie sie zur Tür hinaus. »Çai!« kreischte sie noch einmal. »Und zwar schnell!«
Bei jeder Bewegung klingelten die gut zwei Dutzend Goldreifen an ihren Handgelenken – ein Zeichen des Wohlstands im Nahen Osten; bei jüngeren Frauen sind sie die Mitgift.
»Was führt Sie her?« fragte sie Abdur, während sie sich ihre Lippen nachschminkte.
»Sie rauchen?« Er reichte ihr die Schachtel. Mit spitzen Fingern nahm sie eine Zigarette. »Wie gehen die Geschäfte?« fragte er freundlich.
»Wie immer, Effendi. Gut.«
»Was für Kunden hatten Sie in letzter Zeit?«
»Männer, Effendi, große starke Männer.«
»Auch Bergtürken?«
»Ja, auch Kurden.«

»Es gibt keine Kurden in der Türkei, allenfalls Bergtürken«, schrie Abdur. »Bergtürken – Viehhirten aus dem Hochland, die den Dreck in die Häuser schleppen.« Seine Stimme war heiser vor Haß. Abdur hörte ein Rascheln und sah, daß Reha mit dem Tee in der Tür stand. Sein Blick glitt von ihrem Gesicht über den Hals und tiefer über junge feste Brüste und geschmeidige Hüften. Ich werde sie mal zu mir kommen lassen, dachte er. »Von was reden die Männer, wenn sie hier sind?« fragte er die Madame.

»Fragen Sie doch Reha«, antwortete sie. »Die Kurden – eh, ich meine die Bergtürken – kommen am liebsten zu ihr, weil sie eine von ihnen ist. Reden Sie mit ihr darüber, ich lasse euch allein.«

»Bleiben Sie hier«, befahl Abdur. Reha hatte das Schwingtablett auf den Tisch gestellt.

»Los», drängte die Madame, »setz dich zu dem Effendi und sag ihm, was dir die Männer erzählen.«

Reha glitt geschmeidig neben Abdur, der ein Tuch aus der Tasche holte und sich die Stirn abtupfte. Er rückte zur Seite, ließ den Oberkörper zurücksinken und öffnete die oberen Knöpfe seiner Jacke. »Also, was erzählen die Kerle?« fragte er. »Wahrscheinlich prahlen sie damit, wieviel Geld sie für den Verkauf ihres Viehs erhalten haben.«

»Sie sind keine Hirten und verkaufen auch kein Vieh.«

»Alle Bergtürken sind Hirten. Halb Anatolien lebt von ihren Herden. Wir zahlen ihnen gut für ihr Vieh. Aber wenn man sie Bergtürken nennt, spucken sie einen an . . . Die müssen doch stinken wie die Hölle!«

»Die jetzt kommen, stinken nicht«, sagte Reha. »Sie riechen wie Wald oder wie Gras, wenn es geregnet hat. Sie sind groß, ihre Hände und Muskeln sind stark, und sie reden anders als die Hirten.«

Rahman Abdur richtete sich auf, ergriff vorsichtig das heiße Çai-Glas, trank es in einem Zug aus und zündete sich eine neue Zigarette an.

»Lassen Sie mich mit dem Mädchen allein.« Die Madame erhob sich umständlich und verließ schmuckklirrend den Raum.

»Nun, mein Kind, was erzählen die Bergtürken?«
»Sie erzählen nicht viel«, sagte sie abweisend.
Rahman Abdur hatte seine Hand auf ihr Knie gelegt. »Woher kommen die Männer, mein Kind?« fragte er in vertraulichem Ton.
»Zwei waren aus Diyarbakir. Einer hat vom Murat-Tal gesprochen.«
»Und die anderen?«
»Ich weiß es nicht, Effendi. Sie sind freundlich, aber nicht gesprächig. Sie kommen, reden mit Madame, kommen zu mir und gehen wieder.«
»Weißt du, wohin sie gehen?«
»Vielleicht nach Osten.«
»Wie kommst du darauf?«
»Vor dem Fenster haben zwei von dem großen Berg gesprochen.«
»Vom Ararat«, murmelte Rahman Abdur. Malik! Der lebte da oben oder in den Hakari-Bergen. Hatte Malik sie gerufen? Plötzlich schien er einen Zusammenhang zu sehen. Die Kurden bei Semdinli, die Kurden, die durch Erzurum zogen; alle ohne Familienanhang, alle schienen sich in Richtung Ararat zu bewegen. Zu Reha sagte er: »Du hörst von mir. In ein paar Tagen kommst du zu mir. Jetzt geh zu deiner Madame – sie soll mir die nächste schicken.« Reha senkte den Kopf und ging. Abdurs Blick verfolgte sie. Als sie verschwunden war, fiel sein Blick auf das geschwungene Çai-Glas vor ihm, dessen Form ihn an Frauenhüften erinnerte. »Allah«, murmelte er, »laß mich nicht schwach werden. Laß die nächste häßlich sein – und daß sie etwas über die Hundesöhne aus den Bergen weiß.«
Eine lange Stunde später verließ Rahman Abdur müde und ohne Ergebnis das Bordell. Er hatte geflucht und geschmeichelt, aber nichts erfahren. Die Sonne stand schon tief, als er über den staubigen Hof zum Tor der Medina zurückging. Wieder wurden dort gerade zwei Kurden nach Waffen durchsucht. Er dachte an die Verhöre im Keller seines Präsidiums – mit Peitsche und kaltem Wasser. Er wußte, daß es keinen Sinn hatte: es war noch nie gelungen, aus einem

dieser verstockten Kerle etwas herauszuprügeln. Er ging langsam und in Gedanken zu seinem Wagen. Malik! Nur Malik konnte die Kurden gerufen haben. Aber warum? Wegen einer Prinzenhochzeit?
Malik ist Amerikaner, überlegte Rahman Abdur weiter, von der US-Army abkommandiert zum türkischen Generalstab. Hier, in Erzurum, gibt es noch einen Amerikaner. Robert Flanagan, amerikanischer Berater für Viehzucht beim staatlichen Schlachthaus. Ob er Malik kennt? Ob er weiß, warum sich ein amerikanischer Generalstabsoffizier bei den Kurden aufhält und nicht bei Armee-Einheiten, wo er hingehört? Nein, entschied Rahman Abdur, dieser Flanagan ist nicht vom Kaliber eines Malik – viel redend und nichts sagend, ein Mann ohne Niveau.
Der Polizeichef konnte nicht wissen, daß Flanagans Einfältigkeit zu seiner Tarnung gehörte. Niemand vermutete in dem geschäftigen Businessmann einen Agenten des CIA.
Ob Leila etwas wußte? Leila, die schöne, geheimnisvolle Armenierin in Istanbul? Sie hatte überall ihre Informanten – in den Städten, an den Küsten und Grenzen, in Armenien, Persien und im Irak. Sie nahm kein Geld für ihre Informationen, die immer stimmten. Dafür mußte der Polizeichef, wenn einer ihrer Landsleute in Schwierigkeiten geraten war, nur die drei großen Tugenden des Orients üben – nichts hören, nichts sehen, nichts sagen –, bis Gras über die Sache gewachsen war. Aber was konnte sie schon über Malik wissen? An die Möglichkeit, daß zwischen der Armenierin in Istanbul und Malik am Ararat eine Verbindung bestehen könnte, dachte Rahman Abdur gar nicht. Aber sie bestand seit zwei Jahren und hatte in Trabzon begonnen.

Es war vor zwei Jahren, als sich durch die steilen Windungen des Tigana-Passes ein türkischer Armee-Jeep langsam dem Gebirgskamm entgegenarbeitete, der die anatolische Landmasse vom Schwarzen Meer trennt. Am Steuer saß Malik. Er trug ein Khaki-Hemd mit Rangabzeichen und Waffengattung auf den Kragenspiegeln und eine Khaki-Hose, die in halblangen Stiefeln steckte. Eine Brille schützte seine Augen vor dem grellen Licht und dem Staub. Sein schmales Gesicht war von der langen Fahrt verschmutzt, das Hemd klebte auf der Haut.

Die graublauen Berge der Pontischen Alpen lagen nackt in der Sonne – kein Baum wuchs auf den weiten Hängen, keine Wolke war am Himmel, um Schutz vor der Glut des Hochsommertages zu geben. Der Staub hinter dem Wagen quoll hoch auf und ließ den Jeep winzig erscheinen.

Gegen elf Uhr kletterte der Jeep über die letzte Steigung des Passes. Von da an führt die Straße in weiten Kurven bergab, bis sie die Hafenstadt Trabzon an der Küste des Schwarzen Meeres erreicht.

Kurz vor dem über Trabzon gelegenen Friedhof stoppte Malik. Unterhalb von ihm drängte eine Menschenmenge langsam von der Straße weg in den Friedhof. Malik hörte ihren Klagegesang und erkannte sie als armenische Türken. Da die Straße durch sie versperrt war und Malik wußte, wie empfindlich die jahrhundertelange Unterdrückung durch Russen und Türken die Armenier gemacht hatte, wollte er sie nicht stören. Er stellte den Motor ab, kletterte aus dem Jeep und setzte sich in den Schatten eines Baumes. Er genoß die veränderte Landschaft. Hier gab es weite Grünflächen, Bäume und Sträucher. Unten an der Küste schimmerten die weißen Häuser mit ihren roten Dächern in der Sonne. Das Meer, entlang des Strandes von leuchtendem Türkis, verlor sich am Horizont in immer dunkler werdendem Blau.

Als die Lieder der Armenier verklungen waren, stand Malik auf, ging zum Jeep zurück und setzte sich hinters Steuer. Die kurze Rast hatte ihm wohlgetan. Er rollte die Straße hinunter, bis er zum Friedhofeingang kam. Dort blockierte ein anderes Fahrzeug den Weg. Malik hielt an und sah, daß niemand in dem Wagen saß. Er stellte den Motor ab und ging durch das Gittertor in den Friedhof. Zwischen den Grabsteinen stand unbeweglich eine schwarzgekleidete Frau. Sie hielt den Kopf leicht gesenkt und starrte auf ein frisches Grab. Sie schien seine Schritte nicht wahrgenommen zu haben. Plötzlich trat ein Mann hinter einem Grabstein

hervor und flüsterte ihr etwas ins Ohr. Sie drehte sich um und ging langsam auf Malik zu, gefolgt von dem dunkelhäutigen Mann.
»Verzeihen Sie«, sagte Malik. »Ich wollte Sie nicht stören.«
Sie schlug ihr schwarzes Kopftuch zurück – er sah, daß sie jung und sehr schön war: ihr Gesicht mit den vollen Lippen und den großen traurigen Augen war von blauschwarzen Haaren umrahmt. Sie war schlank und größer als die Frauen in dieser Gegend. Malik schätzte sie auf Ende Zwanzig.
»Sie haben mich nicht gestört«, antwortete sie.
»Ein Wagen versperrt den Weg, und ich komme mit meinem nicht vorbei. Ich ging herein, um den Fahrer zu finden. Es ist ein schöner Platz.«
»Wer sind Sie?«
»Meine Freunde nennen mich Malik.«
Die Frau sah ihn interessiert an. »Malik, der Freund der Kurden«, sagte sie.
»Sie haben von mir gehört?«
»Einige meiner Freunde haben Sie schon öfters erwähnt. Jetzt hat man einen von ihnen erschlagen. Nicht weit von Trabzon haben seine Mörder auf ihn gewartet. Auch er hat Ihren Namen gekannt, Malik.«
»Ich fahre nach Trabzon. Darf ich Sie mitnehmen?«
Sie nickte und ging zum Ausgang. Malik ging neben ihr. Dann sagte sie: »Auch ich habe einen Namen, unter dem mich meine Freunde kennen. Meine Freunde nennen mich Leila.«
»Warum?«
»Ich bin Armenierin, in Rußland geboren. Dort hatte ich einen armenischen Namen. Jetzt trage ich den türkischen Namen Leila – das vereinfacht vieles.«
Sie kamen auf die Straße. Die Frau drehte sich zu dem Mann um, der ihnen gefolgt war und sagte: »Fahr bitte vor, Ali, der Effendi nimmt mich mit.« Der Mann stieg in den Wagen und fuhr ab.
Malik half ihr in den Jeep und ließ den Motor an.
»Nehmen wir in Trabzon noch einen Drink zusammen?« fragte er.

»Gerne, aber dann muß ich zu meinen Freunden. Sie erwarten mich.«
Leila hielt Malik für einen Engländer wegen seiner schlanken Erscheinung und seiner ruhigen Art.
Später saßen sie sich auf einer schattigen Terrasse gegenüber, blickten auf das Meer und tranken eisgekühlten Fruchtsaft.
»Was machen Sie da oben in den Bergen?« fragte Leila unvermittelt.
»Ich berate den türkischen Generalstab und bin in dieser Eigenschaft viel bei türkischen Einheiten an den Grenzen.«
»Man sagt aber, daß Sie bei den Kurden leben.«
Malik lachte. »Ich liebe die Kurden. Mir gefällt ihr unbeugsamer Freiheitswille.«
»Ich habe schon am Grab gewußt, wer Sie sind«, sagte sie. »Ali hat es mir gesagt. Er hat Sie bei dem Unternehmen, das Sie oberhalb von Artvin geleitet haben, gesehen.«
Nach einer Pause sagte Malik langsam: »Sie sind eine erstaunliche Frau.«
»Nicht nur ich, Malik. Alle Armenier«, antwortete sie. »Wir gehören zu einer Minderheit in der Türkei. Dreißigtausend – und es ist erstaunlich, daß noch so viele von uns am Leben sind. Vor langer Zeit haben sogar Ihre geliebten Kurden uns massakriert. Vorgestern wurde ein Armenier erschlagen, weil er sich nicht damit abfinden konnte, daß wir unterdrückt sind – genauso wie jetzt Ihre Kurden. Zweiundzwanzig Jahre war er alt. Die Sonne seiner Eltern. Tot.«
Malik sah den Schmerz in ihrem Gesicht.
Er griff über den Tisch nach ihrer Hand. Leila hob den Kopf und sah ihn an: »Vergessen Sie, was ich gesagt habe, Malik. Vergessen Sie auch mich. Wir haben beide genug zu tragen.«
Sie entzog ihm die Hand und stand auf. »Leben Sie wohl.«
Auch Malik stand auf. »Sagen Sie nicht Lebewohl, Leila. Ich bleibe morgen hier in Trabzon, bis die schlimmste Hitze vorbei ist. Bleiben Sie doch auch hier und verbringen Sie den Tag mit mir. Wir stehlen ihn niemandem und schenken ihn uns gegenseitig.«
Leila sah ihn an – er glaubte, ein Lächeln in ihren Augen zu sehen, dann sagte sie: »Ja, vielleicht sollten wir das tun.«

»Wo treffen wir uns?«
»Sagen Sie es, Malik.«
»Ich bin lange nicht im Meer geschwommen. Treffen wir uns am Strand. Hier, gleich unter der Terrasse?«
»Ja. Um neun Uhr. Einverstanden?«
»Einverstanden. Ich bringe Sie jetzt zu Ihren Freunden.«
Leila schüttelte den Kopf. »Lassen Sie mich allein gehen – es ist besser so.«
Sie ging über die Terrasse zur Straße. Malik sah ihr nach, bis sie verschwand. Eine halbe Stunde später saß er in der Militärkommandantur dem ranghöchsten Offizier gegenüber und erklärte ihm die Hintergründe des Zwischenfalls an der sowjetischen Grenze.
Gegen Abend trieb plötzlich aufkommender Wind eine zerfaserte Wolkenbank über das Meer der Küste entgegen und zerzauste Sträucher und Bäume. Malik stand am Fenster seines Zimmers in der Kommandantur. Durch das letzte Licht des Tages zuckten Blitze in der Ferne, Regentropfen klatschten in den Sand und Staub. Malik schloß das Fenster.

Der Morgen war klar, der Wind schlief, die flachen Wellen des Meeres liefen flüsternd auf den hellen, grauen Strand. Ein paar Kinder spielten lärmend. Von der Straße war ab und zu das Werbegeschrei eines Händlers zu hören, manchmal das Blöken eines Schafes oder der Schrei eines Esels.
Malik kam zuerst. Er legte Hose, Hemd und Sandalen ab und setzte sich in den warmen Sand. Es war knapp vor neun, als er aufstand und den Strand entlangschlenderte. Da sah er sie. Eine andere Frau. Sie trug einen engen knielangen Rock, tiefschwarz, und eine weiße Bluse mit einer bunten Borte. Das schwarz glänzende Haar fiel ihr voll über Schultern und Rücken. Sie gingen aufeinander zu und blieben dicht voneinander stehen.
»Ich freue mich, daß Sie gekommen sind«, sagte Malik.
Leila lächelte. »Auch ich habe mich auf das Wiedersehen gefreut. Wollen wir hier bleiben oder in den Schatten gehen?«

»Zuerst hier, bis es zu heiß wird, und dann in den Schatten unter der Mauer. Einverstanden?«

»Einverstanden.«

Sie gingen zu der Stelle, wo Maliks Sachen lagen. Plötzlich stand Leila in einem weißen Badeanzug da und raffte ihr Haar hoch. »Haben Sie nicht gestern gesagt, daß Sie schwimmen wollten? Komm«, sagte sie und streckte die Hand aus.

Hand in Hand liefen sie dem Wasser entgegen und schwammen hinaus. Sie sprachen nichts, sie strahlten nur.

Der Tag blieb, wie er begonnen hatte. Beiden blieb kaum die volle Erinnerung an Einzelheiten. Auch später, wenn sie darüber sprachen, war immer nur der ganze Tag gemeint, an dem das eine oder andere vielleicht ein wenig mehr bedeutete.

Der Mittag im Schatten, nachdem Malik in der Lokanta oben Dolma geholt hatte – Reis in Weintraubenblättern, dazu Pistazien und roten Wein – und als sie plötzlich den Strand für sich allein hatten und sich zum ersten Mal in den Armen lagen. Oder der späte Nachmittag, als Leila etwas aus dem Gasthaus holen wollte und mit Börek, Schafskäse und noch einmal Wein zurückkam. Oder der Abend, als sie die Kühle der Luft nicht spürten, nur noch sich, und die Nacht unter der Sichel des Mondes, als sie die Stunde des Abschieds immer weiter vor sich herschoben. Oder jener letzte Augenblick, als ihre Umarmung jäh endete und Leila in die Nacht floh, um den Schmerz der Trennung zu verkürzen.

Das war der Tag, ihr Anfang, ihre Zukunft, von deren Fortgang nur wenige ihrer Freunde wußten.

Rahman Abdurs Adjutant salutierte und öffnete seinem Chef die hintere Wagentür. »Konnten Sie etwas erreichen?« fragte der Leutnant unterwegs.

»Nein«, antwortete Abdur nachdenklich. »Von den Mädchen war nichts zu erfahren. Aber wenn wir zurück sind, rufen wir sofort Istanbul an.«

»Istanbul?«

»Istanbul. Dort gibt es eine Frau, die über alles Bescheid

weiß. Die werde ich auf die Spur des Mannes hetzen, der meiner Meinung nach hinter der ganzen Sache mit den Bergtürken steckt. Sie können sich denken, wen ich meine?«
»Nein, Sir.«
Als sie an den Selzuk-Gräbern und an der Lala-Pascha-Moschee vorbeifuhren, überflutete ein letzter Sonnenstrahl die Wahrzeichen der tristen Stadt. Das Mosaik der beiden Minaretts funkelte wie Edelsteine. Rahman Abdur fiel die Geschichte der zwei Türme ein: Den einen hatte der Baumeister entworfen, den anderen sein Schüler. Das Minarett des Schülers wurde das schönere, und der Meister stürzte sich gedemütigt von seinem Minarett in den Tod. Wer von uns, dachte er schwermütig, wird der Meister sein – ich oder Malik?

7

Am Nachmittag des 11. April kam Sezai, ein Bote Leilas, zu Malik nach Çengel. Er berichtete über die Zerstörung des Hirtenkoys bei Semdinli, den Tod Safars während der Schießerei an der persischen Grenze und über die Versuche Rahman Abdurs, Auskunft über Malik zu erhalten. Am gleichen Abend erfuhr Malik über Funk von der US-Botschaft in Ankara, daß der 20. Mai als endgültiger Termin für den Beginn der CENTO-Konferenz in Ankara festgesetzt worden war.
Noch während der Osterfeiertage, die am Tag nach der Bekanntgabe begannen, wurden in den Hauptstädten Vorbereitungen für die Konferenz in Angriff genommen. Aus den Besprechungen in Washington resultierte unter anderem ein verschlüsselter Funkspruch von Brigadier General Sasson an Malik. Es war der Auftrag, besonders auf Grenzübertritte von Agenten aus der Sowjetrepublik Armenien in die Türkei zu achten.
Die Beratungen im Kreml führten untere anderem dazu, daß am 16. April noch vor Tagesanbruch in der Wohnung von Polkownik (Oberst) Bogdan Sidorow das Telefon läutete.

Der seit einem Jahr zu der Regierungsstaffel in Moskau abkommandierte Pilot meldete sich verschlafen. Zwanzig Minuten später saß er mit seiner Frau beim Frühstück, und noch bevor er seinen Tee halb ausgetrunken hatte, läutete die Türglocke; er mußte gehen.

Valentina Sidorowa teilte das Los der Frauen, die mit Regierungspiloten verheiratet sind. Zu jeder Stunde können ihre Männer abgerufen werden – dreißig Minuten später steht ein Wagen vor der Tür. An die Abschiede wird sich die Frau des Piloten nie ganz gewöhnen – sie weiß nie, wohin er fliegt und wann er wiederkommt.

Eine halbe Stunde später saß der Oberst im Cockpit einer zur Regierungsstaffel gehörenden Tupolew, eines Mittelstrecken-Jets, und prüfte die Instrumente. Der Horizont im Osten wurde hell, als Sidorow vom Tower des Militärflughafens den Befehl erhielt, die Turbinen warmlaufen zu lassen. Der Oberst wußte auch jetzt noch nicht, wen er wohin bringen sollte. Ein Offizier brachte die letzte Wetterkarte, und kurz darauf fuhr ein Wagen der Kommandantur über den Platz auf die Tupolew zu. Drei Männer in Straßenanzügen stiegen aus und gingen sofort an Bord. Sidorow hatte keine Zeit hinzusehen, da ihm im gleichen Augenblick vom Tower das Reiseziel, der Kurs und die Starterlaubnis durchgegeben wurden. Es war 6.05 Uhr.

Nach einer Stunde und vierzig Minuten befand sich die Maschine im Anflug auf einen Militärflughafen, der neben dem Zivilflughafen Parakar der armenischen Hauptstadt Erivan lag. Sofort nach der Landung wurde Oberst Sidorow zu einem für Regierungsmaschinen reservierten Platz am äußersten Ende des Flughafens dirigiert, um das Rollfeld für den militärischen Flugbetrieb freizuhalten. Am Abstellplatz wartete eine SIS-Limousine des größten Typs. Daneben standen Generalmajor Valerian Petrowitsch Filatow, der Chef des armenischen Komitet Gosudarstwennoj Besopasnosti (KGB), und ein Major – sein Sicherheitsoffizier –, beide in Zivil.

Die Maschine kam vor der Limousine zum Stehen. Die drei Passagiere verließen das Flugzeug, voran General-Polkow-

nik (Generaloberst) Jurij Andropow, einer der mächtigsten Männer des KGB. Filatow ging ihnen entgegen, der Major blieb beim Wagen. Andropow, ein Mann mit einem blassen, breiten Gesicht, musterte Filatow kurz durch seine randlose Brille. Sein Blick blieb auch bei der Begrüßung kalt und distanziert. Er stieg schnell in den Fond der Limousine, dessen Fenster mit dunklen Gardinen verhängt waren, wie bei allen KGB-Wagen, ob sie Insassen haben oder nicht. Generalmajor Filatow setzte sich neben ihn, die beiden Begleiter des Besuchers aus Moskau nahmen auf den Sitzen gegenüber mit dem Rücken in Fahrtrichtung Platz. Der KGB-Offizier stieg zu dem Fahrer, der mit quietschenden Reifen anfuhr und sich außerhalb des Flughafengeländes in den Verkehr einreihte. Es war wenige Minuten vor acht Uhr.
»Wann können wir anfangen?« fragte Andropow kurz.
»Sofort, Genosse General«, antwortete Filatow.
Andropow nickte und sprach danach, während der ganzen Fahrt durch die »Ebene des Ararat«, kein Wort mehr. Er hatte den breiten Kopf zwischen die Schultern gezogen und saß unbeweglich im Fond. Seine kühlen grauen Augen betrachteten durch das Panzerglas die militärischen Anlagen, die zwischen dem Flughafen und der Stadt zusammengepfercht waren: Kasernen, Fahrzeughallen, Abstellplätze für Panzer, Geschütze und Fliegerabwehrraketen, die schußbereit auf ihren Lafetten lagen.
Aber je näher sie der Stadt kamen, um so üppiger wurde die frühlingsfrische subtropische Vegetation. Die militärischen Anlagen wurden von Büro- und Wohnhäusern verdrängt, dazwischen lagen Villen und Parkanlagen. Im Süden wölbte sich der schneebedeckte Gipfel des Großen Ararat in den wasserblauen Himmel. Andropows Gedanken waren bei der vergangenen Nachtsitzung im Kreml mit dem Generalsekretär der KPdSU, dem Vorsitzenden des Ministerrates, dem Verteidigungsminister und dem Kommandeur aller Grenztruppen, KGB-General-Polkownik Zirianow. Es war das Ergebnis dieser Besprechung, daß Andropow sich jetzt in Erivan befand.
Um halb neun erreichte die Limousine den Leninplatz im

Zentrum Erivans, bog zwischen dem Regierungsgebäude und dem großen Museumsbau in die Nalbandianstraße ein und hielt nach zwei Querstraßen im Schatten der Alleebäume vor einem Haus aus rosafarbenem Stein. Die fünf KGB-Männer stiegen aus, der Wagen fuhr weiter in Richtung der Statue des armenischen Dichters Michail Nalbandian.

In dem von außen so freundlich wirkenden Haus befindet sich die armenische Zentrale jenes Geheimdienstes, vor dem zu Stalins Zeiten, als er noch GPU hieß, Millionen Sowjetbürger zitterten. Als Nachfolger der GPU überwacht der KGB zwar immer noch die politische Lage im Inland, in gleichem Maße aber organisiert er die Spionage im Ausland. Vor der Zentrale in der Nalbandianstraße steht kein Posten. Nur ein Metallschild neben dem Eingang, wie an jedem besseren Gebäude, weist darauf hin, daß hier die KGB-Zentrale ist. Erst im Inneren des Gebäudes sind zwei Geheimdienstmänner postiert, die Besucher einer strengen Kontrolle unterziehen.

Auf dem Flur vor dem Konferenzraum blieben die Sicherheitsbeamten Andropows und Filatows zurück und setzten sich wortlos an einen kleinen Tisch vor der Tür.

Im Konferenzraum nahmen fünf Männer Haltung an, als Andropow, Filatow und Andropows Sekretär eintraten. Filatow stellte sie vor: einen Oberst, der die Gruppe befehligte, einen Major türkischer Abstammung, der schon einige Jahre in der für Fragen der Türkei zuständigen KGB-Abteilung arbeitete, zwei Spezialisten für Elektronik, den fünften als ein As der Nahkampfschule.

Der General bedankte sich und forderte die Anwesenden mit einer Handbewegung auf, sich um den Konferenztisch zu setzen.

»Genossen«, begann er mit leiser, eintöniger Stimme, »der Westen verfolgt weiter seine imperialistischen Ziele. Die Sowjetunion muß wissen, was vorgeht.« Der General warf einen raschen Blick über die konzentrierten Gesichter. »Die CENTO plant Manöver. Das sagt noch nichts – alle Militärblocks halten hin und wieder Manöver ab. Aber wenn

Manöver unweit der langen Grenzen zur Sowjetunion geplant sind, in der Osttürkei, im Nordiran, im östlichen Mittelmeer – einzelne Flotteneinheiten der Amerikaner sollen sogar ins Schwarze Meer vorstoßen –, dann müssen diese Manöver womöglich verhindert, zumindest aber so wirksam gestört werden, daß sie ihren Zweck nicht erfüllen können. Die Sowjetunion kann es nicht hinnehmen, an Ansehen in der Welt zu verlieren. Ich spreche von der Konferenz der CENTO, die am 20. Mai in Ankara beginnen soll. Dazu habe ich in der vergangenen Nacht dem Genossen Generalsekretär, dem Vorsitzenden des Ministerrats und dem Verteidigungsminister Unterlagen vorgelegt, aufgrund derer sofortige Maßnahmen befohlen wurden.«
Der Sekretär reichte Andropow ein Schriftstück aus einem kleinen schwarzen Aktenkoffer. Es enthielt Angaben über US-Waffenlieferungen an die an den Ostblock angrenzenden NATO- und CENTO-Staaten: die Bundesrepublik Deutschland, Griechenland, die Türkei und den Iran. »Die Zahlen«, sagte Generaloberst Andropow, »habe ich vom Genossen General-Polkownik Pjotr Iwanowitsch Iwaschutin.« Die Andeutung eines ironischen Lächelns schien in seinen Augen aufzublitzen. Das Material stammte also von den Agenten des mit dem KGB rivalisierenden militärischen Geheimdienstes GRU (Glawnoje Raswednowatelnoje Uprawlenje). »Wir wissen, daß diese Angaben veraltet sind, und benötigen daher erstens den neuen Stand, zweitens eine Aufstellung über geplante weitere Lieferungen. Das wird eines der wichtigsten Konferenzthemen sein – soviel kann mit Sicherheit angenommen werden. Wir erwarten daher von Ihnen, Genossen, daß Sie uns die neuesten Zahlen liefern, sowie detaillierte Angaben über das geplante CENTO-Manöver.«
Der General machte eine kurze Pause, nahm einen Schluck aus einem Glas Wasser und fuhr mit gesenkter Stimme fort: »Es gibt noch etwas, meine Herren, was unter Umständen für uns von Bedeutung sein kann. Senator Douglas McMahon wird die amerikanische Delegation führen. Wir fragen uns: Warum schicken die Amerikaner McMahon? Er hat im

Präsidentschaftswahlkampf eine Friedenspolitik vertreten, eine Politik des Ausgleichs gegenüber der Sowjetunion. Ist die Berufung dieses Mannes zu dieser Mission eine freundliche Geste von seiten der Amerikaner oder ein Täuschungsmanöver? Das würden wir gerne wissen. Und warum ist McMahon, der doch ein bekannter Verfechter einer Abrüstungspolitik ist, bereit, sein Land auf einer Konferenz zu vertreten, die sich hauptsächlich mit Fragen militärischer Planung beschäftigen wird? Was können die Beweggründe dieses Mannes sein, der in zunehmendem Maße dem klassischen Erscheinungsbild des Pazifisten entspricht, nach Ankara zu kommen? Wenn wir mit äußerster Vorsicht operieren, kann es uns vielleicht gelingen, mit ihm Kontakt aufzunehmen. Die Hinergründe sind für uns von größtem Interesse, selbst wenn wir feststellen sollten, daß es sich nur um eine der üblichen Finten handelt. Unsere Botschaft in Ankara hat uns um unsere Unterstützung gebeten. Die können wir ihr nur von hier aus geben, und deswegen haben wir Sie jetzt an diesem Ort zu einer schlagkräftigen Gruppe zusammengefaßt – der besten, die uns für diese Aufgabe zur Verfügung steht. Daß wir uns verstehen, Genossen: Wir verlassen uns in dieser Angelegenheit ausschließlich auf unsere eigenen Ermittlungen.« Er sah einen nach dem anderen eindringlich an.

»Die Sache ist zu prekär«, schloß er, »als daß wir Sie auf dem Luftweg in die Türkei einschleusen könnten. Vom Augenblick der Landung an, gleich wo, würden die Türken und der CIA Sie nicht aus den Augen lassen. Der Landweg ist der einzige, und deshalb werden Sie bereits in den nächsten Tagen über die türkische Grenze gehen. General Zirianow war bei der Konferenz gestern nacht anwesend, seine Männer werden den Grenzübertritt für Sie vorbereiten. Und auf der türkischen Seite werden Sie von unseren Leuten aus Ankara empfangen.« Er stand auf. »Ich danke Ihnen – viel Erfolg.«

Er und Generalmajor Filatow blieben allein zurück. Andropow stand, die Hände auf dem Rücken, in der Mitte des Raumes und starrte auf das armenische Nationalemblem an

der Wand, das von einer Darstellung des Mount Ararat beherrscht ist. »Hinter diesem Berg steht unser Gegner«, sagte er, »dort liegt Ankara. Wir müssen in dieser Sache erfolgreich sein, um weiterhin das Vertrauen der Partei zu genießen. Ich habe in der vergangenen Nacht meinen Vorgesetzten diesen Plan vorgeschlagen, und deshalb betrifft ein Gelingen oder Nichtgelingen des Planes mich ganz persönlich. Ich hoffe, Sie haben mich verstanden, Valerian Petrowitsch.«
»Ich habe Sie verstanden, Genosse General.«
»Ich erwarte Ihre Meldungen in Moskau.«
Genau zwei Stunden und fünfundzwanzig Minuten nach der Landung jagte der Regierungsjet mit seinen drei Passagieren wieder über die Piste, stieg steil in den Himmel und nahm Kurs auf Moskau.

8

Der Kurdenprinz Hakim Idris von Bitlis hatte zum Tag seiner Hochzeit mit Agazinh, der schönen Tochter des Sheikhs Mahmud Talabani, den 23. April bestimmt. An diesem Tag hatte im Jahre 1920 in Angora (Ankara) die erste Große Nationalversammlung unter dem Vorsitz ihres Präsidenten, des Generals Mustafa Kemal, der als Kemal Atatürk – Vater der Türken – in die Geschichte einging, bestimmt, daß sie und nicht mehr der Sultan den türkischen Staat repräsentiere. Damit war der Anfang vom Ende einer kurdischen Autonomie gegeben, denn von dem Tag an unterbanden Atatürk und seine Nachfolger alle kurdischen Unabhängigkeitsbestrebungen mit Gewalt und Grausamkeit.
Prinz Hakim brachte die Türken, die er als Ehrengäste eingeladen hatte, in Verlegenheit – war die Wahl des Tages gegen oder für die Herren des Landes auszulegen? Die Militärs in der Osttürkei entschieden sich unter Maliks Einfluß für die positive Auslegung. Tumgeneral Kemal Güvenç, Kommandeur des III. Korps in Kars, nahm die

Einladung des Prinzen an. Seinem Beispiel folgten der Stadtkommandant von Doğubayazit, Yarbay (Oberstleutnant) Ertan, seine Offiziere sowie Vertreter der Regierung aus der weiteren Umgebung.

Bereits am Tage vor der Hochzeit versammelten sich in Doğubayazit die von weit her kommenden Kurden, unter ihnen Nadir Reshid und seine Freunde. Sie hatten vereinbart, den Schatten des Todes nicht auf die Hochzeit fallen zu lassen und dem Prinzen erst später von Safars Schicksal zu berichten. Aber schon bei der Begrüßung bemerkte der Prinz, daß etwas nicht stimmte.

»Was ist, Freund Nála?« fragte Hakim.

»Nichts. Ich bin müde.«

»In deinen Augen sehe ich nicht Müdigkeit, sondern Trauer und Zorn. Sag mir den Grund.«

»Ich sage es dir, ehe wir weiterreiten.«

»Nein, ich will es jetzt wissen!«

Nadir sah den zehn Jahre jüngeren Prinzen nachdenklich an – ein großer, starker Mann, breitschultrig, ein leuchtend weißes Kras unter dem ärmellosen Binkrs, die Rhaniks in halbhohen Stiefeln, diplomatischer und konzilianter als er selber, aber nicht weniger hart. »Sag mir, was geschehen ist«, drängte der Prinz, »es gibt keinen Tag in meinem Leben, an dem ich nicht bereit wäre, mit jedem Kurden sein Leid zu teilen.«

Nadir Reshid winkte Mustafa heran. Hakims dunkles Gesicht zeigte keine Regung, als Mustafa dem Prinzen den Vorfall an der Grenze schilderte. Dann wandte sich Hakim ab, ging ein Stück den von Felsen übersäten Hang zu dem Kloster Kasa-Kilissa hinauf und setzte sich in den Schatten eines Felsbrockens. Er hatte Safar seit seiner Geburt gekannt – Safars Eltern waren Freunde seiner Familie gewesen, bevor sie in den Süden zogen.

Nach einer Viertelstunde kam Hakim zurück, um neue Gäste zu begrüßen – nichts in seinem Gesicht verriet seine Gefühle. Die Schatten der Berge begannen das Tal zu verdunkeln, in dem das Festzelt und die Schlafzelte aufgeschlagen waren. Es hatten sich bereits an die zweihundert

Gäste eingefunden. Zwischen den Zelten flackerten Feuer, es gab Raki für die Männer, später brachten Frauen auf großen Messingtabletts Berge von Mazgouf, geröstetem Fisch am Holzstab, Fladenbrot und Mast – einen Brei aus grobgemahlenem Getreide, den sich die meisten mit Wasser zu Mastaw verdünnten. Es wurde viel gesprochen: über das, was im vergangenen Winter geschehen war, was die Zukunft bringen würde. Hakim erzählte von der Moschee, von der Geschichte des Klosters und von der Erbauung des Schlosses vor 800 Jahren durch 50 000 Arbeitssklaven.
Dann wandte er sich an Nadir Reshid: »Erzähl du uns auch etwas, Freund Nála.«
Nadir stand auf und setzte sich neben Hakim. »Ich erzähle euch die Legende vom grausamen König Azhdehak, dem die Kurden es verdanken, daß sie ein Volk geworden sind. Der König hatte keine Arme. An ihrer Stelle wuchsen ihm zwei Schlangen aus den Schultern, die täglich das Hirn eines jungen Mannes zum Fraß erhielten. Das Volk haßte den unbarmherzigen Azhdehak und trauerte. Da dachten sich zwei junge Männer, Armaiel und Germaiel, etwas aus, um wenigstens einen Teil ihres Volkes vor dem erbarmungslosen Herrscher zu retten. Sie überredeten seinen Koch, den gefräßigen Ungeheuern täglich nur noch ein Menschengehirn zu geben und es mit dem eines Schafes zu mischen. So konnten sie dem König jeden Tag einen jungen Mann entreißen und ihn weit weg ins Gebirge schicken, wo kein Späher des Tyrannen ihn finden würde. Als dort zweihundert Jünglinge zusammen waren, gab der Koch ihnen ein paar Ziegen und Schafe, damit sie mit ihnen durch die Berge ziehen und sich von ihnen ernähren konnten. So wurden die Herden zum Leben und das Wanderzelt zum Haus dieser Hirten, von denen wir Kurden abstammen.«
Das Tal wurde still. Eine Gruppe nach der anderen zog sich in die Zelte zurück. Im Norden glänzte die Schneekuppe des Großen Ararat, als verstrahle sie Licht aus dem Inneren des Berges, den die Armenier »Mutter der Welt« nennen. Als die Feuer erloschen waren, kamen Schwärme von Sandfliegen, deren Stiche Kopfschmerzen und Fieber auslösen können.

Die Männer rauchten ihren scharfen Tabak, um sie zu vertreiben. Erst als die Kälte der Nacht ins Tal fiel, verstummte das Summen der Insekten.
Der Prinz verbrachte die halbe Nacht im Freien, sitzend oder liegend, und wenn die Kälte seinen Aba durchdrang, ging er auf und ab, bis ihm wieder warm war. Er betete zu Allah um Gesundheit für seine Braut Agazinh, um Söhne in seiner Ehe und um Freiheit für sein Volk. Als das Licht der Sterne verblich, legte er sich im Zelt Nadir Reshids nieder. Eine alte Sitte – der Agha schützt seinen Ehrengast, indem er das Zelt mit ihm teilt. Dort blieb er, bis der Muezzin zum ersten der fünf täglichen Gebete rief.
Zu dieser Zeit bereits ritten Malik, sein Diener Baydar und der Muhtar von Çengel auf der Straße von Arzep nach Doğubayazit. Sie hatten noch drei Stunden zu reiten und würden noch vor Beginn der großen Hitze bei Prinz Hakim ankommen: Der Muhtar und Baydar trugen unter den Abas ihre Festgewänder, Malik unter seinem Aba die khakifarbene Sommeruniform der US-Army. Er war inzwischen befördert worden – zu einem der jüngsten Obersten der US-Army – und trug ein Hemd mit gekreuzten Säbeln auf dem linken und einem Adler als Rangabzeichen eines Colonels auf dem rechten Kragenspiegel. Seine Hose steckte in halbhohen Stiefeln. Nur auf dem Kopf trug er seinen grau-schwarz gestreiften Mezer aus persischer Seide. An den Sätteln des Muhtar und Maliks hingen Hochzeitsgeschenke, Baydars Pferd trug das Funkgerät »Angry-9«.
Die drei Reiter trafen kurz nach acht Uhr in Doğubayazit ein. Die Straßen waren voll von Männern und Frauen in frischgewaschenen Kleidern. Selbst die Kurdenkinder, sonst im Gegensatz zu ihren Eltern von Schmutz starrend, waren für das Fest herausgeputzt wie Puppen. Die ankommenden Gäste wurden von den Frauen, die auf den flachen, grasbewachsenen Dächern standen und bunte Tücher schwenkten, mit ohrenbetäubenden, trillernden Schreien begrüßt. Die drei Männer ritten durch den Ort zu der außerhalb gelegenen Zeltstadt. Prinz Hakim erkannte sie, als sie von den Pferden stiegen, und kam mit ausgebreiteten Armen auf

Malik zu. Sie umarmten sich und küßten einander die Wangen.
Die beiden Männer hatten sich seit mehreren Wochen nicht gesehen und zogen sich in Hakims Zelt zurück. Es blieben noch zwei Stunden bis zum Beginn der Hochzeit. Als Malik den Aba von den Schultern nahm, sah Hakim die Uniform – er begriff, daß Malik den eingeladenen türkischen Offizieren gegenüber seine wahre Identität betonen wollte.
»Es ist gut, daß du da bist, mein Freund«, sagte er. »In kurzer Zeit werden Nadir und seine Männer den Mördern ihres Freundes gegenüberstehen, und in ihren Herzen wird der Haß brennen, den sie nicht zeigen dürfen.«
»General Güvenç ist mein Freund, Hakim. Das Erscheinen eines Drei-Sterne-Generals bei deiner Hochzeit ist nicht nur eine Auszeichnung, es könnte auch zur Entspannung zwischen euch und den Türken beitragen. Er riskiert, daß Ankara das nicht gern sieht. Güvenç gehört zu den Gemäßigten im Land – nicht alle Türken sind Teufel. Ihr habt auch Freunde unter ihnen, die den Ausgleich suchen. Das weißt du doch, mein Freund.«
»Nur dir glaube ich das«, sagte Hakim. »Allah will, daß wir den Gast nicht nur bewirten, sondern ihn auch beschützen. Wir werden uns daran halten . . . Ich muß dich jetzt allein lassen und mich um die Gäste kümmern.«
Malik blieb im Zelt des Prinzen, bis wenig später Tumgeneral Kemal Güvenç, Oberstleutnant Ertan und drei weitere Offiziere der türkischen Armee mit fünf Jeeps vorfuhren. Sie wurden nicht umjubelt wie andere Ankömmlinge – Feindschaft und Mißtrauen saßen zu tief.
Malik ging General Güvenç entgegen und begrüßte ihn in militärischer Haltung:
»Hoş geldiniz, General. Herzlich willkommen.«
»Merhaba, Albay –«, der General zögerte einen Augenblick und fügte dann lächelnd hinzu: »– Malik. Ich begrüße Sie, Oberst Malik.«
Malik überhörte die Anspielung und wandte sich dem Stadtkommandanten von Doğubayazit zu:
»Günaydin, Yarbay. Guten Tag, Oberstleutnant.« Dann zu

den beiden: »Nasilsiniz, Effendi? Wie geht es Ihnen denn?«
»Yiyim«, antwortete General Güvenç. »Gut.« Der Stadtkommandant nickte zustimmend:
»Sis nasilsiniz? Und wie geht es Ihnen?«
»Yiyim, tesekkürederim. Gut, danke. Prinz Hakim erwartet Sie im Festzelt.« Malik forderte die Gruppe mit einer Geste auf, ihm zu folgen.
Am Eingang des Zeltes standen zwei Männer, die den Gästen Wasserbecken zum Händewaschen und Tücher zum Trocknen reichten. Die Zeltwände waren mit Satteldecken, Teppichen und bunten Girlanden behängt. Auf dem Boden lagen flache Strohsäcke, darüber Teppiche und auf diesen wiederum weiße Leintücher. Die niedrigen Eßtische waren noch leer.
»Buyurun, Pasham«, sagte Malik zu dem General und deutete zum nächsten Tisch. »Nehmen Sie bitte Platz, mein General.«
Gleich darauf erschien Prinz Hakim, kreuzte die Arme vor der Brust und verbeugte sich zu General Güvenç und Oberstleutnant Ertan.
»Hoş geldiniz, General. Willkommen! Nasil icersiniz?« fragte Hakim mit kühler Höflichkeit: »Wie wollen Sie Ihren Kaffee?«
»Sade«, antwortete Güvenç. »Ohne Zucker.«
Der Oberstleutnant bat um ein Glas Limonade. Hakim schickte zwei Frauen danach und reichte, als sie die Getränke gebracht hatte, dem General den Kaffee.
»Afiyet olsun. Ich hoffe, es bekommt Ihnen«, sagte er liebenswürdig.
»Leider kann ich Ihnen nur kurze Zeit Gesellschaft leisten.«
»Aber ein paar Minuten doch, Prinz«, lachte der General. »Ich weiß es aus eigener Erfahrung, wie ein Bräutigam sich vor seiner Hochzeit fühlt. Ich erinnere mich, wie aufgeregt ich war. Ich habe die Trauringe nicht nur einmal, sondern dreimal verlegt, bis mein Trauzeuge mich von dieser Sorge befreite und sie an sich nahm.« Die freundliche Art des Generals gefiel Hakim. Das Gespräch verlor seine Förmlichkeit, man lachte und sprach über alle möglichen Dinge – nur

politische Themen wurden von beiden Seiten peinlich vermieden.
Als Malik und der General später allein waren, fragte Güvenç:
»Ne varne yok, Malik? Was gibt es Neues?«
»Lyilik saglik, Pasham. Nur Gutes, mein General.«
Die Beziehung der beiden war in den wenigen Monaten ihrer Bekanntschaft herzlich geworden. Jeder schätzte die militärischen Tugenden des anderen, und sie hatten Vertrauen zueinander gefaßt. Trotzdem sagte Malik kein Wort über die letzten Zwischenfälle an der Grenze. Der General kam auch bald von sich aus darauf zu sprechen:
»Wenn sich alle Kurden verhalten würden wie Prinz Hakim, hätten wir ein besseres Verhältnis zueinander. Er zeigt uns ein gewisses Maß an Loyalität, und wir sind dafür bereit, mit ihm über Streitfragen zu sprechen. Aber in den Bergen, vor allem in der Dreiländerecke über dem Van-See, sind die Leute anders. Die letzten Zwischenfälle an der persisch-irakischen Grenze haben es wieder gezeigt.«
»General, Sie wissen, daß ich das Vertrauen der Kurden besitze und gut über sie informiert bin.«
»Der Teufel weiß, wie Sie das schaffen.«
»Ich helfe den Kurden, wo ich kann, und belüge sie nie.«
»Wenn diese Burschen wirklich solches Vertrauen zu Ihnen haben, dann erfahren Sie doch auch, wenn sie etwas gegen uns im Schilde führen. Aber davon berichten Sie uns nie. Wenn man Sie anhört, könnte man fast glauben, die Bergtürken seien Allahs liebste Engel. Aber Sie wollten noch etwas über Ihre Informationen sagen.«
»Ja, Sir. Ich weiß mit Sicherheit, daß es weder in dem niedergebrannten Dorf noch an der persischen Grenze Provokationen von seiten der Kurden gegeben hat, von Polizistenmord ganz zu schweigen.«
Der General beugte sich über den Tisch zu Malik. »Wenn Sie das sagen, Colonel, dann weiß ich, daß es so ist. Ich werde eine Untersuchung einleiten und gegen jeden, der rechtswidrig gehandelt haben sollte, vorgehen – auch wenn es meine eigenen Leute sind – und die Geschädigten

entschädigen lassen. Bas Üstene«, fügte er noch bekräftigend hinzu. »Aber jetzt müssen wir uns wohl für die Hochzeit bereithalten. Wollen wir gehen?«

Gegen Mittag hatten sich an die dreihundert Gäste eingefunden sowie eine wesentlich größere Zahl von Neugierigen aus der Umgebung. Als der Imam, ein alter Freund des Prinzen, die Trauung in der alten Moschee beendet hatte, zog sich die Braut zurück, und die Gäste machten sich auf den Weg zum Hochzeitszelt des Prinzen. Abseits der Zelte waren die Schaf- und Ziegenherden der Familie des Prinzen und des Brautvaters Sheikh Mahmud Talabani zusammengetrieben. Aber alles sah in die entgegengesetzte Richtung – nach der Schloßruine und dem berühmten alten Kloster Kasa-Kilissa. Auf der linken Seite des Schloßbergs erschien eine Gruppe farbenprächtig gekleideter junger Männer. Sie führten in gemessenem Schritt den weißen Hengst Sinko aus dem Stall des Prinzen mit sich. Auf seinem Rücken saß ohne Sattel Agazinh Talabani, die Braut. Die jungen Männer führten das Pferd zu den Herden, dreimal um sie herum und dann weiter auf das Hochzeitszelt zu.

Hinter dem Schloßberg und hinter dem Kloster brachen jetzt in verwegenem Galopp Reiter hervor, schießend und schreiend donnerten sie auf die Braut zu, umritten sie mehrmals in gegenläufigen Kreisen, immer wieder schießend – eine halsbrecherische Darbietung ihres Könnens.

Auf halbem Weg zum Zelt des Prinzen wurde ein dreijähriger Junge hinter Agazinh in den Sattel gesetzt. Es war das Symbol für den Wunsch nach männlichen Nachkommen.

Kurz vor dem Zelt hielten die jungen Männer den Hengst an. Der Prinz trat heraus und warf lachend einen Apfel in den Schoß Agazinhs. Die Zuschauer brachen in Jubel aus. Hakim trat an das Pferd heran, streckte der Braut die Arme entgegen, hob sie herunter und trug sie langsam in das Hochzeitszelt. Die Hochzeitsgäste gingen an dem Zelt vorbei, berührten es mit der Hand und riefen dem Brautpaar, das im offenen Eingang auf seiner Liege saß, Glückwünsche zu.

Die Familien Idris und Talabani gingen als erste zu dem mit

Fahnen und Blumen geschmückten Festzelt. Die engsten Freunde Hakims und Agazinhs, etwa fünfzig, folgten ihnen. Als alle Platz genommen hatten, erschien unter ihrem Beifall das Brautpaar. An Hakims Platz lagen auf einem Holzbrett die mit den Strängen gebratenen Hoden eines Schafbocks. Der Prinz aß sie stehend, um seinen Wunsch nach Kindern zu zeigen.

Gruppen von Frauen brachten kupferne Platten und Schüsseln mit Döner Kebab und Pilaw, Mazgouf und mit Gemüse gefüllte Schnepfenbrüste, Schischkebab und große Holzschalen mit Obst, Kannen mit weißem und rotem Wein, Raki und zum Nachtisch Tatli, Süßigkeiten, darunter auch ein Lieblingsgericht der Kurden, Manna, einen aus seltenen Gebirgsinsekten ausgepreßten Honig.

Nach dem Essen wünschte der Vali, der für Doğubayazit zuständige türkische Gouverneur, dem Paar Glück und Kindersegen, ihm folgten die Mudurs und Muhtars der umliegenden Dörfer. Inzwischen hatten sich in der Mitte des Zeltes vier Männer mit ihren Instrumenten postiert. Zwei spielten Blockflöten, einer die Saz, eine persisch-arabische Laute, und der vierte die Trommel, die wie eine riesige Sanduhr aus blankgeputztem Messing aussah – oben mit gegerbter Tierhaut bespannt, unten ein offener Schalltrichter. Mit ihnen kam eine Reihe junger Mädchen, weiße, aus den Gesichtern zurückgeschlagene Schleier über den dunklen Haaren. Sie trugen Blusen in leuchtenden Farben, meist Orange, einige auch in Rot und Blau, dazu lange Faltenröcke aus schwerem, von ihnen selbst gewebtem Stoff. Sie stellten sich um die Musikanten herum im Kreis auf.

Die Musik begann mit hohen, leisen Tönen der Blockflöte, begleitet von der Saz und sanften, langsamen Trommelschlägen. Die Tänzerinnen bewegten sich wiegend zu dem Rhythmus. Es war kein gemeinsamer Tanz, mehr ein Spiel, bei dem jede ihren eigenen Eingebungen folgte. Die Musik wurde schneller und schriller, die Gäste begannen im Rhythmus mit den Händen zu klatschen, der Tanz wurde schneller. Die Tänzerinnen schüttelten die Köpfe und Arme, dann den ganzen Körper, von der schrillen Musik und dem

Dröhnen der Trommel getrieben, ihr Tanz wurde wild wie das Land, wie der Schwarze Wind, der Reshiba.
Neben Malik saß der Muhtar von Çengel. Wie im Rausch klatschte der Kurde wild mit. Trotzdem nahm er die Gestalt wahr, die im Eingang des Zeltes auftauchte. Es war Maliks Diener Baydar, der ihm zuwinkte, aber nicht den Tanz stören wollte. Die Musik steigerte sich zu einem ohrenbetäubenden Crescendo, die Tänzerinnen zuckten in tranceähnlicher Selbstvergessenheit. Aus ihren Faltenröcken zogen sie Seidentücher hervor und ließen sie zu ihrem eigenen wilden Wirbel um sich flattern, ehe sie mit einem schrillen Schrei den Tanz jäh abbrachen. Während die Gäste applaudierten, machte der Muhtar Malik auf Baydar aufmerksam. Malik stand auf und ging zum Eingang des Zelts. Zwei Boten, berichtete Baydar, warteten draußen mit einer Nachricht.
Es waren zwei Kurden. Sie meldeten, daß nordöstlich von Iğdir kurz vor Tagesanbruch fünf Zivilisten über den Aras, den Grenzfluß zwischen Sowjet-Armenien und der Türkei, gekommen seien. Die türkischen Posten hätten sie offenbar nicht bemerkt. Aber ein Kurde habe aus seinem Versteck auf dem türkischen Ufer gesehen, daß die fünf auf der russischen Seite von Männern – wahrscheinlich Soldaten – zum Ufer gebracht worden wären. Auf türkischem Boden hätte man beobachtet, wie sie abseits der Straße in Richtung Iğdir gingen. In der Oase hinter Iğdir hätte man ihre Spur verloren, doch nehme man mit Sicherheit an, daß sie nach Westen weiterführe.
Außerhalb von Iğdir hatte man schon vorher zwei geparkte Wagen mit dem Kennzeichen der Hauptstadt Ankara gesehen. Später waren die Wagen verschwunden – aller Wahrscheinlichkeit nach mit den Grenzgängern.
Malik bat einen Kurden aus Prinz Hakims Gefolge, die beiden Boten mit Essen zu versorgen. Dann ging er mit Baydar zu seinem Funkgerät und gab einen doppelt verschlüsselten Funkspruch an den CIA-Agenten in Erzurum, Robert Flanagan, auf. PASS TO TULIP AND UNCLE STOP FIVE GRASSHOPPERS JUMPED HIGH EARLY THIS MORNING STOP

NOAH. Unverschlüsselt hieß das: Weitergeben an Leila und US-Botschaft in Ankara. Fünf Russen sind heute morgen über die Grenze gekommen. Malik.
Für ihn bestand kein Zweifel, daß die Aktion der Sowjets begonnen hatte, auf die er seit General Sassons Funkspruch wartete. Die CENTO-Konferenz war der Anlaß.
Malik schickte Baydar ins Festzelt, um Prinz Hakim und General Güvenç sagen zu lassen, daß er sie sprechen müsse.
»Wie ich dich kenne«, sagte Hakim, »wirst du gleich aufbrechen. Ich muß zurück zu meinen Gästen. Morgen, spätestens übermorgen, komme ich dir nach.«
Der General ging zu seinem Jeep und gab an sein Hauptquartier in Kars den Funkbefehl, daß ab sofort alle Straßen um Kars, Erzurum und Muş zu überwachen seien. Gesucht würden zwei Pkws mit Ankara-Kennzeichen und fünf Männern, wahrscheinlich Russen. Zwei Stunden später meldete Kars:
GESUCHTE WAGEN BEI KAGIZMAN VON GENDARMEN GEFUNDEN STOP VON INSASSEN KEINE SPUR ENDE

ZWEITER TEIL

Der Plan

9

Der Brief des Präsidenten an den Junior-Senator von Nebraska, Douglas S. McMahon, datiert 10. April, war dem Adressaten noch am gleichen Tag in seiner Wohnung in Washington D. C. von einem Boten des Weißen Hauses gegen Quittung übergeben worden.

»Ich möchte Ihnen«, schrieb der Präsident, »mitteilen, daß der 20. Mai im Einvernehmen mit den CENTO-Pakt-Staaten als Beginn der CENTO-Konferenz festgelegt wurde. Ich wollte Sie als Delegations-Chef dies so früh wie möglich wissen lassen.

Der Außenminister wird in den nächsten Tagen mit Ihnen unsere grundsätzliche Haltung erörtern und Sie mit den Mitgliedern der Delegation bekannt machen. In der Annahme, daß Sie die Osterwoche und vielleicht noch einige Tage mehr im Kreise Ihrer Familie in Libertyville – und nicht in Washington – verbringen werden, bitte ich Sie, das Department of State über Ihren jeweiligen Aufenthalt während der nächsten Zeit zu unterrichten.

Lassen Sie mich Ihnen noch einmal versichern, daß ich es im Interesse unseres Landes zu schätzen weiß, einen Mann von Ihrer Persönlichkeit und Erfahrung mit dieser Mission betrauen zu können.«

Die beiden handgeschriebenen Zeilen am Ende las McMahon nicht mehr. Er steckte den Brief ein und beauftragte sein Büro, für den nächsten Morgen einen Flug nach Libertyville zu buchen. Dann rief er das State Department an und bat, dem Außenminister mitzuteilen, daß er sich ab 11. April bei seiner Familie in Nebraska auf Abruf bereithalte. Am Abend, vor dem Einschlafen, schlug McMahon ein Buch

auf, das ihn seit Tagen beschäftigte. Er hatte sich einen Absatz rot angestrichen:
»Von einem Menschen im Privatleben kann man erwarten, daß er seinen persönlichen Interessen vor allen anderen Vorrang gibt. Ist er aber im öffentlichen Leben, dann erwarten wir von ihm, daß er das Wohl der Allgemeinheit an erste Stelle setzt.«
McMahon war entschlossen, entsprechend diesem Ausspruch John F. Kennedys, seine privaten Interessen – Beruf und Familie – zum Wohle der Allgemeinheit zurückzustellen. Daß das Schicksal ihm die Möglichkeit dazu so bald zuspielen würde, hatte er nicht erwartet. Für die letzten Minuten des Tages griff er, wie immer, zur Bibel. Als er einschlief, fühlte er sich in der Hut Gottes.
Die Einsamkeit des Landhauses am Rande von Libertyville tat McMahon nach der Hektik der zehn Tage Washington gut. Er machte seinen täglichen Spaziergang durch den Park und begann pünktlich um neun mit der Arbeit. Das Mittagessen nahm er mit seiner Familie ein, danach schlief er eine Stunde. Der Verlauf des Nachmittags hing davon ab, was ihm sein Büro an Senatsarbeit aus Washington nachgeschickt hatte. Er arbeitete entweder an seinem Schreibtisch oder er nahm sich etwas zum Lesen in eine Ecke des Parks mit.
Dort las er in dem Protokollband über das Verfahren gegen die Atomspione Rosenberg, den er sich durch sein Büro in Washington hatte besorgen lassen und in dem er jenes Zitat wiederfand, das er am Tag der Vereidigung des Präsidenten seiner Frau gegenüber gebraucht hatte. Mit Pat sprach er manchmal über die Fragen von Politik und Moral – aber er redete mehr mit sich selbst als mit ihr, die ihm geduldig zuhörte. Er entwickelte ihr die Ansicht von Andrew Bonar Law, der den Krieg als etwas bezeichnete, das nicht unvermeidbar sei, sondern am Versagen der menschlichen Vernunft liege; und ein andermal zitierte er aus Dantes ›Divina Commedia‹, daß demjenigen die schlimmsten Qualen des Infernos beschieden seien, der einer Gewissensentscheidung aus dem Weg gehe.
Patricia McMahon hatte sich daran gewöhnt, daß ihr Mann

allein spazierenging. Am Ostersonntag aber bat er sie, ihn zu begleiten.

»Setzen wir uns da drüben auf die Bank, es ist so angenehm in der Sonne. Du weißt«, sagte er, als sie saßen, »daß meine politischen Vorstellungen, vor allem meine außenpolitischen, von denen des Präsidenten erheblich abweichen.«

»Ich habe immer deine Ansichten geteilt, Doug.«

»Ich weiß, Darling, im Wahlkampf. Aber jetzt auch noch? Der Präsident hat eine Erfolgssträhne, die ihm ganz Amerika mit Anerkennung honoriert. Selbst Jimmy Dillon scheint jetzt auf seiner Seite zu sein. Das werde ich nie tun. Ich kenne die Mittel, denen er seine Erfolge verdankt: Es sind die Mittel der Macht – Drohung, Einschüchterung, Erpressung.«

»Ich weiß, du hast oft darüber gesprochen.«

»Stimmt. Aber nur zu dir. Auch Jimmy habe ich nie gesagt, was ich wirklich denke. Er hätte mich nicht kandidieren lassen, wenn er gewußt hätte, wie sehr ich diese Methoden verabscheue. Unser ganzes Volk ist verblendet. Erinnere dich, was sie getan haben, als Rosenberg vor Gericht stand. Kreuziget ihn, haben sie geschrien! Erst als er hingerichtet war, haben einige begonnen, ihn zu begreifen.«

Patricia sah ihren Mann verwirrt an: »Du sollst nicht solche Vergleiche ziehen, Doug«, sagte sie leise. »Das amerikanische Volk liebt dich, und auch wenn du verloren hast, wird es dich nie verdammen. Du bist immer für unser Land dagewesen. Du hast immer deinem Gewissen gehorcht, deshalb verstehe ich auch deine Zweifel, deshalb bewundere und liebe ich dich. Bleib wie du bist und sage, was du zu sagen hast. Dann sollen die Leute sagen, was sie wollen – ich stehe zu dir.«

»Auch wenn es einmal sehr schwer wird?«

»Auch dann.«

»Manchmal muß man handeln!«

»Dann handle, Doug.«

»Ich danke dir, Pat.«

Am Abend schrieb McMahon die ersten Zeilen eines Briefes an seine Frau.

Während seiner Jünglingsjahre hatte McMahon die moralischen und politischen Überzeugungen – Vertrauen in Gott, Gerechtigkeit für jedermann und Treue zum Staat –, die ihm seine Eltern mitgegeben hatten, nicht nur behalten, sondern entschieden weiterentwickelt. Niemand war daher überrascht, als er sich entschloß, Jurist zu werden.
Noch mitten in der Wirtschaftskrise der zwanziger und dreißiger Jahre begann Douglas McMahon sein Studium an der Universität in Lincoln, der Hauptstadt des Staates Nebraska. Zunächst lebte er zurückgezogen und widmete sich ganz seinem Studium. Er war fasziniert von dem Reichtum der ihm auf einmal zur Verfügung stehenden Literatur und begierig, sein Wissen zu erweitern. Aber auch während der Studienjahre verging kein Tag, an dem er nicht Zeit für die Heilige Schrift fand.
Einer seiner Kommilitonen erweckte seine Aufmerksamkeit, wenn auch zuerst sein Mißtrauen. Er war zwei Jahre älter als McMahon, ging gelassen seinen Studien nach und sprach davon, Politiker zu werden. Aber schon bald wurde McMahons Mißtrauen unter dem persönlichen Einfluß des anderen verdrängt. Douglas S. McMahon und James W. Dillon wurden Freunde. Unter dem Einfluß seines neuen Freundes entwickelte McMahon einen geradezu militanten Patriotismus. Auf die Dauer mußte das zu einem Konflikt mit den Grundsätzen seiner Religion führen. Obwohl für ihn das Handwerk des Tötens ein Alptraum blieb, trat er dem ROTC, dem Reserve Officers Training Corps der Universität, bei und bekannte sich so, zumindest nach außen hin, zu dem einen Teil seiner divergierenden Lebensanschauungen. Es mag sein, daß sich schon in dieser Zeit in McMahon ein Bruch vollzog, der sich erst lange danach seiner Mitwelt zeigen sollte. Dem Studenten McMahon war davon jedenfalls noch nichts anzumerken. Beim Abschluß seines Studiums hatte er nicht nur das Patent eines Reserveleutnants der Artillerie erworben und das Cum-laude-Diplom eines Bachelor of Art, er galt auch als einer der Besten im Football-Team und in der Redaktion der Studentenzeitung. Er erreichte alles, was ein US-Student erreichen konnte.

Nach Beendigung des nachfolgenden Jurastudiums fuhr er, mit Empfehlungen von James Dillon in der Tasche, nach Omaha, der größten Stadt in Nebraska, um dort in verschiedenen Kanzleien seine theoretischen Kenntnisse durch praktische zu ergänzen. Im Laufe des folgenden Jahres ging die Wirtschaftskrise zu Ende und McMahon trat als Junior-Partner in eine renommierte Anwaltskanzlei ein.
Zwei Jahre später überfiel Adolf Hitler Polen: England und Frankreich erklärten Deutschland den Krieg. In den USA wurden Stimmen laut, die eine Beteiligung Amerikas am Kampf gegen den Faschismus forderten. McMahon nahm nur selten an politischen Diskussionen teil. Er arbeitete hauptsächlich als Strafverteidiger und war voll und ganz mit dem Aufbau seiner Karriere als Jurist beschäftigt.
Während der Wintersaison wurde er bei einer Wohltätigkeitsveranstaltung Mr. und Mrs. J. F. Powell und deren auffallend schöner Tochter Patricia vorgestellt. Er verliebte sich auf der Stelle, und alle Powells waren von dem jungen Anwalt begeistert, dem man eine glänzende Laufbahn voraussagte und der, wie sie selber, ein Mitglied der Christian-Science-Sekte war. Im Sommer verlobten sich Patricia und Douglas, und noch zu Weihnachten desselben Jahres heirateten sie. Ein Jahr später wurde ihnen eine Tochter geboren. Wenige Tage später, im Dezember 1941, überfielen die Japaner Pearl Harbor, und das Glück der jungen Familie wurde jäh unterbrochen – der Second Lieutenant der Reserve Douglas Sterling McMahon wurde einberufen. Auf dem Weg zu seinem Truppenteil erfuhr er, daß Deutschland Amerika den Krieg erklärt hatte.

Kurz nach Ostern erhielt McMahon ein Schreiben vom Department of State. Der Außenminister teilte ihm mit, er möge sich vom 2. Mai an zu Informationsgesprächen in Washington D. C. bereithalten. In der letzten Aprilwoche schrieb McMahon die endgültige Fassung des Briefes an seine Frau, mit dem er sie von der Unwiderruflichkeit seiner Gewissensentscheidung zu überzeugen suchte.

Der Senator las den Brief noch einmal, steckte ihn in einen Umschlag und verschloß ihn. Am Abend des 30. April gab er ihn seiner Frau.
»Was soll ich damit?« fragte Patricia.
»Du sollst ihn aufbewahren, Darling, und ihn erst dann öffnen, wenn du von mir aus Ankara ein Telegramm erhalten hast.«
Patricia sah ihren Mann unsicher an. »Warum erst dann, Doug? Was steht in dem Brief?«
»Es geht um Regierungsangelegenheiten, die erst bekannt werden dürfen, wenn die Konferenz vorüber ist. Aus dem Inhalt wirst du ersehen, warum ich ihn dir und niemandem anderen anvertraut habe. Also bitte tu, wie ich dir gesagt habe. Ich muß mich auf dich verlassen können.«
Sie griff nach seinen Händen und sah ihn liebevoll an: »Du kannst dich auf mich verlassen.«
Am nächsten Nachmittag flog McMahon zurück nach Washington. Nach seiner Ankunft telefonierte er mit seiner Frau und danach mit Senator Dillon. Am folgenden Morgen holte ein Wagen des Außenministeriums ihn in seinem Apartment ab und brachte ihn zum New-State-Department-Komplex in Washington D. C. N. W. Dort empfing ihn ein Staatssekretär des Ministeriums und führte ihn zu einem Gespräch unter vier Augen mit dem Außenminister. Es dauerte eine halbe Stunde.
Die Konferenz war für zehn Uhr angesetzt. Sie fand in einem der kleinen Konferenzsäle des Department of State statt. An einer Wand des Raumes hing eine riesige Landkarte des Mittleren Ostens, Südwestrußlands und der Balkanstaaten mit bezifferten Angaben über die militärische, politische und wirtschaftliche Lage der jeweiligen Länder. Mit einem Knopfdruck konnte die Karte durch eine andere ersetzt werden.
Der Außenminister begrüßte alle Anwesenden einzeln, mit einem sprach er einige Minuten – es war Brigadier General Frank S. Sasson vom Nachrichtendienst des Pentagon, den man als stillen Zuhörer zu der Konferenz gebeten hatte. Als er Senator McMahon vorgestellt wurde, sagte er: »Ich habe

im vorigen Jahr einige Ihrer Wahlreden gehört. Es freut mich, Sie jetzt persönlich kennenzulernen.«
»Das Vergnügen ist ganz auf meiner Seite«, antwortete der Senator steif und beeilte sich, auf seinen Platz neben dem Außenminister zu kommen.
An der Konferenz nahmen vierzehn Personen teil: Der Außenminister, ein Staatssekretär und dessen Sekretär, General Sasson, McMahon und dessen neunköpfige Delegation, bestehend aus einem politischen, einem wirtschaftlichen und einem militärischen Referenten aus dem State Department, die von je zwei Sachbearbeitern begleitet wurden.
Als erster sprach der Außenminister über die allgemeine Situation im Mittleren Osten. Danach hielten die Referenten kurze Vorträge über ihre Spezialgebiete. Dann bat der Außenminister den Senator, seine eigenen Vorstellungen über die Art der Verhandlungsführung in Ankara darzulegen.
McMahon faßte sich kurz. Er begann damit, daß man den Partnern in der CENTO Amerikas Stärke und Bündnistreue wohl vor Augen halten müsse, ohne sie aber dadurch zur Unselbständigkeit oder Vernachlässigung ihrer eigenen militärischen Sicherheitsvorkehrungen zu verleiten. In diesem Zusammenhang müßten etwaige Forderungen nach neuen Waffenlieferungen – die man mit Sicherheit von den Partnern nach dem Manöver zu hören bekommen werde – bereits im vorhinein diskutiert werden, um unreellen Wünschen die Spitze abzubrechen; und zwar auf der Basis, daß die Paktstaaten zuvor beweisen sollten, daß sie geeignete Mannschaften stellen und ausbilden könnten, um die immer komplizierter werdenden Waffensysteme zu bedienen. Dann sprach er darüber, daß man der Weltpresse die Geschlossenheit der Paktpartner darlegen müsse und daß der Sowjetunion zwar die Stärke der NATO und CENTO vor Augen geführt werde, aber daß man sie nicht mit »imperialistischem Denken« provozieren solle, wie er betont ironisch bemerkte.
Später fragte General Sasson den Außenminister unter vier

Augen: »Halten Sie es nicht für riskant, Senator McMahon mit einer Mission zu betrauen, die mit seinen wohlbekannten Überzeugungen im Widerspruch stehen muß?«
Der Außenminister sah den General ernst an. Dann sagte er: »Das hat der Präsident entschieden. Wir können jetzt nichts mehr daran ändern.«
Als McMahon nach dem Lunch in sein Büro zurückkam, fand er eine Notiz mit der Bitte, Senator Dillon anzurufen. Dillon sagte ihm, er habe vom Außenminister anerkennende Worte über McMahons Haltung bei der Konferenz gehört und freue sich über seine klare Einstellung.
»Selbst wenn den Präsidenten und mich Welten trennen«, antwortete McMahon halb scherzend, »Amerika eint uns doch.«
McMahon verbrachte die folgenden Tage in den verschiedenen Mittelost-Abteilungen des State Department, vertiefte sich in Unterlagen, die er für wichtig hielt, und sprach mit den einzelnen Referenten. Der Referent für militärische Angelegenheiten war der letzte, mit dem er sich beriet. Er schlug ihm vor, den folgenden Tag, einen Freitag – als Ergänzung zu den fast zweiwöchigen Gesprächen im State Department –, im Pentagon zu verbringen, um sich dort über die militärischen Details zu informieren.
»Nur das Wichtigste, Senator«, sagte der Referent. »Was die technischen Einzelheiten betrifft, so werden die amerikanischen Militär-Attachés und die Offiziere der Military Assistance Groups, welche die Paktstaaten beraten, in Ankara zusammengezogen, um während der Konferenz für waffentechnische Fragen und andere Spezialprobleme wie Waffenbestände, Truppenstärken und so weiter zur Verfügung stehen. Sie brauchen also Ihrem Computer hier oben«, der Referent tippte sich an die Stirn, »nicht allzuviel zuzumuten.«
»Ich habe ein gutes Gedächtnis«, sagte der Senator förmlich.
Die Vorträge im Pentagon dauerten den ganzen Tag. Dabei erfuhr der Senator den Stand der Land-, See- und Luftstreitkräfte der Paktstaaten gegenüber der Sowjetunion im Falle eines Krieges mit konventionellen Waffen. Das vor der

Mittagspause gezogene Fazit war eindeutig – auch nach Einsatz der strategischen Reserve der Vereinigten Staaten können die CENTO-Nationen einen Angriff der Sowjetunion nicht mit konventionellen Waffen allein aufhalten, geschweige denn zurückschlagen.

Nach dem Lunch gingen die Vorträge im Pentagon weiter. Über die weltweiten »Contingency-Planungen« für nukleare Präventivschläge hinaus, in die McMahon bereits in der Zeit seiner Präsidentschaftskandidatur eingeweiht worden war, erfuhr er nun die Einzelheiten für den strategischen Einsatz nuklearer Waffen im Nahen Osten.

Während dieser Phase der Vorträge zeigte McMahon ein ganz besonderes Interesse. Er war auffallend bleich und erregt, stellte Fragen in schneller Folge und machte sich Notizen mit zitternder Hand. Manchmal konnte der Vortragende seine Fragen nicht schnell genug beantworten, und als er die Gesamtlage zusammenfassen wollte, unterbrach ihn McMahon, er sei müde und wünsche nach Hause gebracht zu werden.

Als der Senator, zurück in seinem Apartment, sein Gesicht im Spiegel sah, griff er sich unwillkürlich ans Herz. Jetzt erst wurde ihm klar, wie sehr ihn die Informationen über Raketen und Nuklearwaffen erregt hatten. Er ging zu seinem Bett, legte sich auf den Rücken und versuchte tief und ruhig zu atmen. Es gelang ihm nur langsam. Ich darf keinen Anfall haben, dachte er, nicht hier in Washington! Hier konnte er eine Herzattacke nicht verbergen. Sie würden ihn ins Walter-Reed-Hospital bringen und seine Mission einem anderen geben. Zum erstenmal begriff er, daß von nun an die Zeit sein schlimmster Gegner sein würde.

McMahon stand vorsichtig auf und ging mit behutsamen Schritten im Zimmer hin und her. Es war kurz nach 17 Uhr, als er glaubte, eine Lösung gefunden zu haben. Er mußte versuchen, den Außenminister zu erreichen und ihn davon zu überzeugen, daß er mit seinem Stab am besten jetzt schon nach Ankara flog, um an Ort und Stelle das Konferenzkonzept zu vervollständigen.

Der Senator griff nach dem Telefon, zog aber die Hand

wieder zurück. Noch besser wäre Istanbul, überlegte er: Dort gibt es keine offiziellen Verpflichtungen wie in der Hauptstadt Ankara, und ich könnte mich etwas erholen. Außerdem fände ich mit meinem Team dort mehr Ruhe für die Arbeit, und den mühsamen Anflug in die Türkei hätten wir bei Beginn der Konferenz schon lange hinter uns. Und die Türken dürften sich geschmeichelt fühlen.
Er rief das State Department an. Nach wenigen Minuten war er mit dem Außenminister verbunden, der verständnisvoll McMahons Meinung teilte, eine ruhige Suite im Hilton Istanbul sei für die Abschlußarbeiten der beste Ort. In Wirklichkeit war der Minister, dem die hartnäckige Präsenz McMahons inzwischen zur Last geworden war, erleichtert, daß er ihn auf diese Weise früher loswerden konnte. Er werde versuchen, sagte er, das Regierungsflugzeug Airforce Two schon jetzt zu bekommen.
McMahon legte aufatmend den Hörer zurück und ließ sich in einen Sessel sinken. Gott ist mit mir, dachte er. Es war leichter gewesen, als er gehofft hatte.
Eine halbe Stunde später teilte das Außenministerium mit, die Airforce Two sei zur Zeit in der Inspektion, stehe aber am Sonntag um elf Uhr für den Senator und sein Team zum Abflug nach Istanbul bereit.

Eine knappe Stunde nach dem Telefongespräch zwischen dem Außenministerium und Senator McMahon verließ Harry Walker seinen Arbeitsplatz in der Flugleitung der Andrews Airforce Base, ging zur nächsten Telefonzelle und wählte eine Nummer. Es meldete sich ein Drugstore in der »M« Street. Walker verlangte den Chef.
»Jack hier«, sagte er. »Sonntagvormittag elf Uhr Airforce Two mit McMahon nach Istanbul.«
»Okay.«
Am folgenden Abend erschien Walker in dem Drugstore und kaufte sich eine Stange Zigaretten. Er wurde vom Chef bedient und klemmte das Paket fest unter den Arm. Er wußte, daß eine 100-Dollar-Note darin steckte.

10

Von den am 23. April aus Sowjet-Armenien in die Türkei eingeschleusten Russen fehlte am 12. Mai, dem Tag des Abflugs der amerikanischen Delegation nach Istanbul, noch immer jede Spur. Im »Garten Eden«, für den die Türken die grünende Oase bei Iğdir halten, war sie verlorengegangen. Die türkische Polizei schloß nicht aus, daß es sich um armenische Kurden gehandelt haben könnte, die lediglich einen Verwandtenbesuch in Anatolien machen wollten und im übrigen harmlos waren.
Malik hielt diese Möglichkeit für äußerst unwahrscheinlich. Natürlich – die Türken waren in ihrem Stolz verletzt, daß nicht sie, sondern die von ihnen verachteten Kurden den offensichtlich so wichtigen Grenzübertritt entdeckt hatten, und wollten die Sache herunterspielen. Im übrigen verließ sich Malik auf die Aussage seines Spähers auf dem türkischen Ufer des Aras: Der Mann hatte gemeldet, daß die fünf Grenzgänger von einer Gruppe von Männern an den Fluß gebracht worden seien. Selbst wenn es sich dabei nicht um Soldaten gehandelt haben sollte, bestand kaum ein Zweifel, daß der Grenzübertritt mit Wissen und Billigung der Sowjets erfolgt war. Eine so große Gruppe hätte ohne Unterstützung der sowjetischen Wachtposten unmöglich durch die Minen an das Ufer gelangen können.
Maliks Grenzposten von der persischen Grenze bis zum Schwarzen Meer waren verstärkt worden. Auch Nadir Reshid und seine Männer waren eingesetzt. Sie lagen in Beobachtungsständen, die nicht einmal die Türken kannten. Andere Kurden trieben ihre Viehherden so nah wie möglich an die Grenze heran. Lediglich da, wo Einheiten der Dritten Armee bis unmittelbar an die Grenze heranreichten, überließ Malik die Sicherung den Türken, die ebenfalls – auf General Güvenç' Befehl hin – ihre Maßnahmen verschärft hatten. Polizeichef Rahman Abdur in Erzurum hatte bei der Stadt- und Provinzpolizei höchste Aufmerksamkeit angeordnet. Doch auch seine Leute konnten keine Spur von den

Russen entdecken. Wegen der erhöhten Aktivität kam es zwischen den Landgendarmen und den kurdischen Hirten zu einigen Zusammenstößen, die sogar Rahman Abdur unangenehm waren, weil auch er wußte, daß es Maliks Kurden waren, denen man die Kenntnis von der Verletzung türkischen Hoheitsgebietes zu verdanken hatte.

Die KGB-Agenten waren, wie sie später ihrem Vorgesetzten in der Botschaft berichteten, nur bis Kağizman als Gruppe zusammengeblieben und hatten dann den Weg nach Westen getrennt fortgesetzt. Vier von ihnen trafen zwischen dem 2. und dem 9. Mai nacheinander in Ankara ein und nahmen dort unabhängig voneinander Quartier. Verbindung hielten sie nur, indem einer von ihnen täglich den stellvertretenden Kulturattaché Wladimir Popow in der Sowjetbotschaft anrief. Popow fungierte als legaler KGB-Resident der Botschaft. Als der KGB erfuhr, daß McMahon bereits am 12. Mai nach Istanbul abfliegen würde, rief Popow die Agenten zu einem ersten gemeinsamen Treffen zu sich.
Als sie in Popows Büro versammelt waren, erläuterten die beiden Elektroniker ihrem Residenten einen Plan, der ihn erstaunen ließ. Der KGB-Major türkischer Herkunft, mit besten Papieren versehen, hatte von Verbindungsleuten im Verteidigungsministerium – einer Sekretärin und einem Handwerker – erfahren, in welchem Saal des Ministeriums die CENTO-Konferenz stattfinden sollte. Dann erklärte einer der beiden Elektroniker, daß er in der Lage sei, mit Hilfe eines neuen Geräts die elektrische Installation des Konferenzraumes zu stören, ohne das Ministerium betreten zu müssen; bloß eine fast unsichtbar kleine »Wanze« müßte vorher in dem Raum angebracht werden. Dies müßte unmittelbar vor Beginn der Besprechungen geschehen, so daß die Delegationen gezwungen seien, in einem anderen Saal zu tagen. Dafür komme aber nur noch ein ganz bestimmter Raum in Frage. Dieser sei vorher mit Mikrofonen zu bestücken, die mit an Sicherheit grenzender Wahrscheinlichkeit nicht entdeckt würden, da zu einer gründli-

chen Untersuchung die Zeit fehle. Man werde also die Gespräche der Konferenzteilnehmer abhören und auf Band aufnehmen können.
Wladimir Popow hatte mit wachsendem Interesse zugehört. Als erfahrener Elektro- und Funktechniker stellte er präzise Fragen. Um sich die technische Durchführung selber klarzumachen, machte er sich Notizen und kleine Skizzen auf einem Stück Papier. Er nickte zufrieden.
»Dann also an die Arbeit«, schloß der Resident das Gespräch, knüllte das Blatt zusammen, legte es in einen Aschenbecher und hielt die Flamme seines Feuerzeugs dran.

Der Chef der Agentengruppe, Oberst Anton Korakow, war, nachdem man sich in Kağizman getrennt hatte, direkt nach Istanbul weitergereist. Er hatte beschlossen, dem Rätsel um McMahon persönlich nachzugehen. Es war eine äußerst delikate Aufgabe, von der Korakow noch nicht wußte, wie er sie angehen sollte, noch was er eigentlich erfahren sollte – General Andropow hatte den Zweck offengelassen, er hatte nicht klar definiert, um was es wirklich ging. McMahon konnte eine ganze Reihe von Beweggründen gehabt haben, die Mission anzunehmen, die für den russischen Geheimdienst uninteressant waren. Aber Oberst Korakow ging Andropows Frage nicht aus dem Kopf: warum gab sich der Pazifist McMahon dazu her, sein Land bei einer Konferenz zu vertreten, die sich hauptsächlich mit militärischen Dingen befassen wird?
Der Oberst hob in seinem Hotel in Istanbul den Telefonhörer ab und verlangte eine Nummer. Als sich nach längerem Warten der von ihm gewünschte Teilnehmer meldete, sagte er kurz: »Koks hier. Ich komme morgen, Freitagabend, zu Ihnen«, und hing den Hörer wieder auf. Korakow hatte mit Kemal Alkoç, dem illegalen KGB-Residenten in der Türkei, Verbindung aufgenommen.
Kemal Alkoç, ein feister, quicklebendiger Geschäftsmann, war Anfang 1946 aus der Osttürkei nach Istanbul gekommen, angeblich aus Angst vor einem Einmarsch der Russen,

die den fünfundzwanzig Jahre alten Nichtangriffspakt mit der Türkei gekündigt und Stützpunkte an den Meerengen sowie Teile Ostanatoliens gefordert hatten. Er hatte mit wenig Geld einen Teppichhandel eröffnet und sich durch seine zuvorkommende Art schnell beliebt gemacht. Er hatte nicht nur raschen geschäftlichen Erfolg, er verstand es auch, mit seinen einflußreichen Kunden in private Beziehungen zu treten. Fast allen ausländischen Diplomaten war er bekannt; er verkehrte in ihren Sommerresidenzen und in den Konsulaten Istanbuls. Auf den Festen am Bosporus war er regelmäßiger Gast. Natürlich machte er seinen ausländischen Kunden Freundschaftspreise, aber er tat das wie ein Patriot, der gleichzeitig ein wenig für sein Land zu werben versucht.

Am Abend des 10. Mai erschien Oberst Korakow in Alkoç' feudalem Teppichsalon, wo gerade Kunden mit dem Besitzer um Preise handelten. Als Alkoç den Russen sah, löste er sich von einem türkischen Paar und kam mit ausgestreckten Händen auf ihn zu.

»Seien Sie mir gegrüßt«, sagte er herzlich und schüttelte ihm die Hand. »Es ist immer eine Freude, wenn ein alter Kunde wieder erscheint.«

»Die Freude ist ganz meinerseits. Zufriedene Kunden kommen eben immer wieder.«

»Bitte entschuldigen Sie mich noch einen Augenblick. Wollen Sie sich ein wenig umsehen? Ich lasse Ihnen sofort Tee bringen. Oder lieber Raki?«

»Lieber Tee.«

Der Oberst schlenderte durch den Salon, blieb hier und da vor einem Teppich stehen und prüfte mit den Fingernägeln die Dichte des Gewebes auf der Rückseite. Als der Tee auf einem kleinen Messingtisch zwischen zwei Bergen von Teppichen abgestellt wurde, setzte sich Korakow, schlug die Beine übereinander und beobachtete das Feilschen zwischen Alkoç und dem jungen Paar. Nach einigen Minuten war man sich handelseinig, das Paar verließ den Salon, und Alkoç kam beflissen zu Korakow zurück.

»Bitte, mein Herr, sehen Sie sich doch auch die Teppiche in

den hinteren Räumen an. Ich habe noch einen Kunden, der vor Ihnen hier war, aber ich komme Ihnen nach, sobald ich kann.«
»Zeigen Sie mir bitte den Weg.«
»Selbstverständlich.«
Alkoç brachte den Oberst durch eine breite Tür in einen weiteren Ausstellungsraum und deutete auf eine Tür. »Da drinnen gleich rechts steht der Schrank. Hier ist der Schlüssel.«
Korakow ging in den kleinen Nebenraum, schloß die Tür hinter sich ab und öffnete den Schrank. Dort fand er zwei nicht mehr ganz neue, aber einstmals teure Reisekoffer. Er nahm sie heraus, öffnete sie und stellte befriedigt fest, daß die Anzüge, Hemden und Schuhe genau das waren, was ein einigermaßen wohlhabender Türke aus einer Kleinstadt in Istanbul tragen würde. Auch der Inhalt des Toilettenetuis – Seife, Rasierwasser – war schon benützt und wirkte glaubhaft. Wenig später hörte der Oberst ein Klopfzeichen an der Tür, er öffnete sie, und Alkoç kam herein.
»Zufrieden?« fragte er.
»Bis jetzt ja.«
»Dann sehen Sie sich das hier an.«
Alkoç zog einen Paß aus der Tasche und gab ihn dem Oberst. Das Dokument gab den Russen als einen in Samsun lebenden Türken aus, der im Fischhandel tätig war. Das Paßbild zeigte ihn etwas jünger und mit offenem Kragen.
»Gut«, stellte Korakow lakonisch fest und steckte den Paß ein. »Was ist mit dem Geld?«
»Sofort.«
Alkoç holte eine Kassette, öffnete sie und zählte 10 000 türkische Pfund in großen und kleinen Scheinen auf den Tisch. Korakow steckte ein paar Hunderter in die Brieftasche, den Rest verstaute er in einem der Koffer.
»Wo und wann treffe ich Ali?«
»Er wird Sie in Ihrem Hotel zwischen zweiundzwanzig Uhr fünfzehn und zweiundzwanzig Uhr dreißig anrufen.«
Korakow nickte und ging hinaus, ohne sich zu verabschieden.

Kurz vor 22 Uhr 30 rief Ali Oberst Korakow an. Der Türke wartete bereits in der Halle. Sie kannten sich schon von früher. Ein Jahr zuvor war der Oberst nach Istanbul geschickt worden, weil der Verdacht bestand, im dortigen Agentennetz gäbe es eine undichte Stelle. Die beiden begrüßten sich vor der Rezeption wie alte Bekannte und verließen das Hotel – ein ortskundiger Türke, der seinem Freund vom Land die Großstadt zeigen will.
Im abendlichen Menschenstrom gingen sie die Straße der Unabhängigkeit hinunter zum Taksim-Platz, wo die beiden Statuen Atatürks stehen – die eine zeigt ihn bei der Proklamation der Republik, die andere als Befehlshaber gegen die griechische Invasionsarmee.
Sie sprachen über allgemeine KGB-Aufgaben im Raum Istanbul, bis Korakow Ali aufforderte, ihm über seine Vorkehrungen zum bevorstehenden Besuch Senator McMahons zu berichten. Ali, der ebenso wie Alkoç vom russischen Konsulat in Istanbul schon im voraus über das Eintreffen der Agentengruppe und seine Aufgaben unterrichtet worden war, beschrieb dem Oberst minutiös die zehn für McMahon und seine Mannschaft reservierten Zimmer im Hilton und wie er seine Leute dort angesetzt hatte. In einer knappen Stunde war Oberst Korakow über den Stand der Dinge informiert. Vor seinem Hotel verabschiedeten sie sich mit herzlichem Händeschütteln.
Am Morgen des 12. Mai erhielt Korakow einen Anruf von Kemal Alkoç, der ihn zum Frühstück ins Hilton einlud. Als sie ein paar Minuten später in Alkoçs Wagen saßen, teilte der Türke dem Oberst die verfrühte Ankunft des Senators mit. Im übrigen habe einer Auskunft des Kellners Mahmud zufolge das amerikanische Generalkonsulat für neun Uhr einen Tisch für drei Personen im Frühstückssalon reservieren lassen. Das könne, einmal abgesehen von dem vorzüglichen ›bacon and eggs‹ des Hilton, durchaus mit McMahons verfrühter Ankunft zu tun haben. Alkoç sah den Oberst stolz an; er wollte, daß Korakow einmal selber sah, was für gute Verbindungen er hatte.
An der Schwelle zum Frühstückssalon eilte ihnen ein

Kellner entgegen, der sie zu einem Ecktisch unweit von einem größeren Tisch führte, auf dem eine Karte mit dem Wort »Reserved« stand. Nach einer leichten Kopfbewegung in Richtung des reservierten Tisches rückte er den Gästen die Stühle zurecht.

»Was darf es sein, meine Herren?«

»Zweimal ›bacon and eggs‹, Kaffee und was sonst noch alles dazugehört«, bestellte Alkoç.

Als das Frühstück kam, erschienen auch die Amerikaner. Auf dem Weg zu ihrem Tisch erkannten sie Alkoç und winkten ihm zu. Es waren jüngere Männer, wahrscheinlich Vizekonsuln oder Sekretäre. Alkoç erwiderte ihren Gruß mit einem strahlenden Lächeln und erhobenen Armen. Dann beugte er sich zu Korakow: »Ich werde versuchen, mit ihnen ins Gespräch zu kommen. Die Jungs hören sich gerne reden – vielleicht kann ich etwas erfahren.«

Kemal Alkoç und Oberst Korakow hatten ihr Frühstück beendet, gezahlt, eine Zigarette geraucht und waren im Begriff, das Lokal zu verlassen. Als sie an dem Tisch der Amerikaner vorbeikamen, die ebenfalls mit ihrem Frühstück fertig waren und sich vor halbleeren Kaffeetassen unterhielten, blieb Alkoç stehen und begrüßte die Amerikaner. Korakow ging langsam weiter. Einer der Amerikaner, der Vizekonsul in der Politischen Abteilung des Generalkonsulats, war aufgestanden und hielt Alkoç lachend seine Hand hin:

»How are you, king of all rugdealers – wie geht es Ihnen, König aller Teppichhändler?« fragte er lachend.

»I am fine – mir geht es gut«, antwortete Alkoç und verneigte sich leicht vor den beiden anderen. »Was führt Sie schon so früh ins Hilton?«

»Für uns ist das nicht früh. Wir Amerikaner sind fleißige Menschen. Wenn ich mich nicht täusche, machen Sie Ihren Laden erst um zehn Uhr auf, Alkoç Bay. Ihr Freund dort muß Sie heute aus den Federn geholt haben!«

»Es freut mich, daß Sie sich meine Geschäftszeiten gemerkt haben«, antwortete Alkoç, dem dieses Wortgeplänkel Spaß zu machen schien. »Sicherlich haben Sie einen guten Grund,

den Tag so wie einer Ihrer Dollar-Touristen zu beginnen.«
Eine Nuance ernster sagte der Amerikaner: »Wir sind hier, um dafür zu sorgen, daß eben so ein Dollar-Tourist hier ein schönes Zimmer bekommt. Ein VIP-Zimmer sozusagen.«
»Das muß aber schon ein DIP, ›a Damn Important Person‹ sein, um Sie zu zitieren, wenn euer Boß gleich drei seiner Herren herschickt, um das Bett auszuprobieren. Ist es etwa der Präsident der Vereinigten Staaten?«
Der Amerikaner lachte: »Um ein Haar wäre er es geworden. Ich glaube, ich kann Ihnen sagen, wen wir erwarten, es ist kein Geheimnis mehr. Wir erwarten Senator Douglas McMahon, den Präsidentschaftskandidaten vom vorigen Jahr.«
»Donnerwetter! Mit was für Leuten ihr zu tun habt!« Und mit dem Ausdruck eines Kindes, das gerade seinen Weihnachtswunschzettel schreibt, fügte er hinzu: »Ich würde wer weiß was drum geben, einmal einen so bedeutenden Mann kennenzulernen.«
». . . um ihm einen ganz besonders großen Teppich zu verkaufen.« Der Amerikaner hatte sich wieder gesetzt und grinste von einem Ohr zum andern: »Im Ernst, Alkoç Bay, vielleicht läßt sich das machen«, sagte er dann nachdenklich. »Warum soll der Senator nicht einen Ihrer schönen Teppiche als Souvenir mitnehmen? Wir könnten ihn ihm mit unserer Botschaftsmaschine zollfrei in die USA schicken – den Teppich, meine ich. Darüber freut er sich doch, und dann schreibt er einen guten Bericht über uns an das State Department. Wissen Sie was«, schloß der Amerikaner huldvoll, »ich werde veranlassen, daß Sie eine Einladung zu dem Empfang erhalten, den wir für Senator McMahon geben.«
Alkoç' Augen leuchteten, als er sich mit vielen Verbeugungen verabschiedete.
Oberst Korakow hatte in der Halle auf Alkoç gewartet. Als sie nun gemeinsam durch die Ladengalerie dem Ausgang zustrebten, berichtete Alkoç von seinem Erfolg. Der Oberst konnte einen triumphierenden Unterton in der Stimme des Türken nicht überhören und sprach deshalb wie ein Lehrer

zu seinem Schüler, als er Alkoç weitere Instruktionen gab: »Hören Sie mir jetzt genau zu, Alkoç. Wir wissen, daß Senator McMahon mit unserem jetzigen Botschafter in Ankara, Boris Michailowitsch Alexandrow, einmal recht gut befreundet war, und zwar als Alexandrow russischer Delegierter bei den Vereinten Nationen in New York war. Die beiden hatten vieles gemeinsam – Interessen, auch manche Anschauungen – und trafen sich wiederholt in New York und Washington. McMahon muß wissen, daß Alexandrow hier in der Türkei ist und wird ihn bestimmt während der Konferenz in Ankara aufsuchen. Jetzt passen Sie auf, Alkoç: Wenn es Ihnen gelungen ist, mit McMahon ins Gespräch zu kommen, erwähnen Sie Botschafter Alexandrow. Und dann sagen Sie ihm ganz plötzlich, daß Alexandrow am nächsten Abend aus Ankara abreist – er sei nach Moskau ins Außenministerium abberufen worden oder etwas Ähnliches. Beobachten Sie seine Reaktion genau. Ich möchte wissen, ob diese Nachricht ihn gleichgültig läßt oder ob sie eine Enttäuschung für ihn ist oder gar ein Schock. Wenn das der Fall ist, wird er spätestens am folgenden Tag irgendwie reagieren. Das Tonband seiner Telefonate möchte ich unverzüglich erhalten.«

11

Als die Airforce Two gegen zwölf Uhr mittags die Delaware-Bucht überflog und Washington D. C. hinter sich ließ, hatte sie bereits eine Höhe von 6000 Metern erreicht.
Senator Douglas S. McMahon saß allein in seinem Privatabteil. Er hatte die Stirn gegen das runde Fenster gelegt. Vor ihm tauchte noch einmal Land auf – Cape May. Das Kap glitt langsam vorbei. McMahon folgte ihm mit den Augen, bis es nach einigen Minuten im milchigen Horizont verschwand. Ohne die geringste Anwandlung von Sentimentalität fragte er sich, ob er dieses Land je wiedersehen werde.
Die Airforce Two flog jetzt in 10 000 Metern Höhe mit

Ostkurs über den Atlantik. Der Senator lehnte sich in seinen Sitz zurück. Er konzentrierte sich auf das, was vor ihm lag. In Istanbul wollte er vor allem Kraft sammeln und zwischendurch etwas arbeiten – das Klima am Bosporus müßte zu dieser Jahreszeit ideal sein. Spätestens in Ankara würde er sich an Boris Michailowitsch Alexandrow wenden, den Sowjetbotschafter in der Türkei. Zwischen ihm und dem ehemaligen UNO-Delegierten der Sowjetunion war es schon in New York und Washington zu Begegnungen gekommen, an die er sich gerne erinnerte – er hatte Alexandrow als einen kultivierten, zurückhaltenden Menschen gekannt. Wenn überhaupt mit jemandem außerhalb der USA – sagte er sich –, dann kann ich mit diesem Mann über ein persönliches Problem sprechen. Ich muß mich ihm unbemerkt nähern, dachte er weiter. Obwohl niemand etwas Böses vermuten dürfte, wenn ich eine alte Bekanntschaft erneuere, darf ich von Anfang an auch nicht die geringste Spur hinterlassen, bis es meinen Gegnern unmöglich geworden ist, mich von meinem Vorhaben zurückzuhalten. Abwarten, scharf beobachten, jede Gelegenheit ausnützen, um ans Ziel zu kommen ... MacMahon versuchte sich zu entspannen, seine Gedanken abzuschalten, zu schlafen. Es gelang ihm.

Da sie der Nacht entgegenflogen, gab es schon dreieinhalb Stunden nach dem Start das Abendessen. Vor den Fenstern der ruhig fliegenden Airforce Two funkelten die ersten Sterne. Nach dem Essen schlug McMahon den anderen vor zu schlafen, da die Nacht nur kurz sein würde. Wieder in seiner Einzelkabine, legte er sich nieder. Er fühlte seinen Puls, stellte fest, daß er regelmäßig und kräftig ging, und griff zur Bibel. Eine Viertelstunde später war er eingeschlafen. Er erwachte erst, als die Zwischenlandung in Rom über den Bordlautsprecher angekündigt wurde – Ortszeit 4 Uhr 35. McMahon fühlte sich frisch und ausgeruht. Den nur drei Tage zurückliegenden Schwächeanfall hatte er vergessen.

Nach einer kurzen Stunde, während der sich die Passagiere die Beine vertraten, hob die Airforce Two wieder ab und flog nach Südosten weiter. Beim Frühstück über Korfu machte der Senator einen frischen, gelösten Eindruck. Um 8 Uhr 30 Ortszeit war die Maschine über dem Marmara-Meer im Landeanflug auf Yeşilköy, den zwanzig Kilometer westlich der Stadt gelegenen Flughafen von Istanbul.

Der amerikanische Generalkonsul in Istanbul, Harry D. Forman, war mit zweien seiner Herren aus dem Konsulat zum Empfang McMahons in Yeşilköy erschienen. Als er den Senator zu seinem Wagen geleitete, lud er ihn ins Generalkonsulat zu einem zweiten Frühstück ein. McMahon lehnte höflich ab – sie alle benötigten Ruhe, um sich an den siebenstündigen Zeitunterschied zwischen Washington und Istanbul zu gewöhnen. In Wahrheit wollte er keine Schwäche zeigen – sein Herz flatterte wieder.

Die Chauffeure der vier Wagen mit den Amerikanern hatten den Auftrag, ihnen auf dem Weg zum Hilton-Hotel einige Sehenswürdigkeiten zu erklären. McMahon nahm die überwältigende Vielfalt der wie Rom auf sieben Hügeln erbauten Stadt kaum wahr. Lediglich bei der Sultan-Ahmed-Moschee bat er den Chauffeur zu wiederholen, was er gesagt hatte.

»Daß die Moschee die einzige in der Türkei mit sechs Minaretten ist«, antwortete der Türke.

»Wieviel Minarette hat eine Moschee gewöhnlich?«

»Vier. In Mekka gibt es eine mit sieben, früher hatte sie nur fünf, aber nachdem die Türken eine mit sechs hatten, haben sie in Mekka noch zwei dazugebaut.«

»So was Blödes«, murmelte McMahon.

»Aber wissen Sie, Effendi«, fuhr der Türke am Steuer fort, »in Istanbul haben wir über sechshundert Moscheen, das können die in Mekka uns nicht so schnell nachmachen.« Als der Fahrer berichtete, daß die Moschee dreihundertfünfzig Jahre alt sei und wegen ihrer blauen Fayencen auch »Blaue Moschee« heiße, hörte McMahon schon längst nicht mehr zu.

Im Hotel fanden die Mitglieder der Delegation ihr Gepäck bereits in den von Konsulatsangehörigen bewachten Zimmern. McMahon bedankte sich bei Forman und zog sich zurück. Er nahm ein Bad und ging auf den Balkon, von dem er zur Linken auf den Bosporus und zur Rechten über das

Goldene Horn auf das Marmara-Meer sehen konnte. Als er im Bosporus einen russischen Lenkwaffen-Zerstörer entdeckte, verlor er jeglichen Sinn für die grandiose Schönheit der Landschaft – sofort hatte sich sein Herz wieder bemerkbar gemacht, jede noch so kleine Aufregung ließ es unregelmäßig schlagen. Eine plötzliche Müdigkeit überkam ihn, er zog sich in seinen kühlen Schlafraum zurück, legte sich aufs Bett und schloß die Augen. Das leise Summen der Klimaanlage wirkte beruhigend. Aber das Kriegsschiff mit seinen Raketen ging ihm nicht aus dem Kopf. Es lenkte seine Gedanken auf den letzten Krieg, der ihn all das hassen gelehrt hatte, was tötet.

Im Februar 1944 verließ eine große Anzahl von Transportschiffen verschiedene Häfen an der amerikanischen Ostküste. Auf offener See formierten sich die Schiffe zu einem mächtigen Geleitzug. Auf einem der Schiffe befand sich First Lieutenant Douglas McMahon. Trotz äußerster Geheimhaltung hatte die deutsche Spionage von dem Unternehmen erfahren. Am vierten Tag griffen die Rudel der U-Boote an, die letzte große Geleitzugschlacht des Krieges brach los. Die Verluste der Deutschen waren verheerend. Nach Schätzung des amerikanischen Verteidigungsministeriums verloren sie zwei Drittel ihrer Boote. Aber auch der Geleitzug war, als er in Southampton eintraf, dezimiert. Der dreiunddreißigjährige Lieutenant hatte die ersten Toten gesehen.
Zwölf Wochen bester Ausbildung in verschiedenen Teilen Englands folgten. Am 5. Juni 1944 wurde McMahon zum Captain und Batteriechef ernannt. Kurz danach bezog seine Einheit ihre Ausgangsstellung an der Kanalküste. Am Abend dieses Tages wurde er noch einmal zum Stab befohlen, wo die Offiziere ihre letzten Instruktionen erhielten. Als er den Kommandostand wieder verlassen wollte, trat ihm ein Lieutenant Colonel im Generalstab entgegen. Einen Augenblick starrten sich die beiden Männer verblüfft an, dann fielen sie sich in die Arme. Der Lieutenant Colonel war James Dillon. Sie konnten nur ein paar schnelle Worte wechseln. Zum Abschied sagte Dillon:

»Mach's gut, Doug. Wenn alles gutgeht, lade ich dich zu einem Glas französischen Rotwein ein. Good luck to you, my boy.«

Im Morgengrauen des 6. Juni landeten die ersten amerikanischen Marine-Infanteristen auf der Halbinsel Cotentin. Unmittelbar nach ihnen gingen an der gleichen Stelle mehrere Artillerie-Einheiten auf Selbstfahrlafetten an Land, darunter die Batterie McMahons.

Im Juli war der Westteil der Halbinsel bis auf wenige deutsche Stützpunkte in der Hand der Invasionstruppen, die sich zum Angriff auf Saint-Lô und Caën gruppierten.

Während der schweren Kämpfe vor dem Durchbruch bei Avranches, in deren Verlauf Angriffe und Gegenangriffe pausenlos wechselten und auf beiden Seiten schwere Verluste forderten, geriet McMahons Einheit wieder voll in die Schlacht. Am Morgen hatten die Selbstfahrlafetten noch eigenen Truppen Flankenschutz gegeben. Am frühen Nachmittag tauchten die Deutschen plötzlich im Rücken der Amerikaner auf, Teile eines eingeschlossenen Regimentes, das, aus unversehrt gebliebenen Bunkern von schweren Waffen unterstützt, den Ausbruch versuchte. Keine Seite gab der anderen das geringste nach. McMahon verlor ein Kettenfahrzeug nach dem anderen, aus dem eigenen kam er nach dem Treffer einer Panzerfaust gerade noch heraus, ehe es explodierte.

Die Schlacht dauerte zweieinhalb Tage – sechzig Stunden, in denen McMahon nicht zur Ruhe kommen konnte, in denen er mehr als die Hälfte seiner Männer verlor und einzelne Bilder sich ihm zu grauenhaften Erinnerungen einprägten. Es war vor allem das Gesicht des jungen deutschen Soldaten, der an der Spitze von vier oder fünf anderen sein Lafettengeschütz gestürmt hatte und zum Stoß mit dem Bajonett ausholte, als McMahon mit seiner Pistole mehrmals in die graue Uniform feuerte. McMahon hatte zum erstenmal getötet.

Als die Schlacht verebbte, meldete er dem Divisionsstab, daß die Batterie weder personell noch materiell weiter einsatzbereit sei. Sie wurde aus der Kampflinie gezogen.

Bei Einbruch der Dunkelheit kam eine Meldung vom Divisionsstab, daß Colonel Dillon Captain McMahon erwarte. McMahon fuhr zur Division.
Auch Dillon sah abgekämpft aus, aber er war angesichts des gelungenen Durchbruchs zuversichtlich. McMahon warf einen flüchtigen Blick durch den zerbombten Saal, in dem sich das Hauptquartier befand und der einmal zu einer Schule gehört hatte: Kartentische, Ordonnanzen, Stabsoffiziere, Funker, Melder. Dillon zog McMahon ins Freie. »Ich habe ein Zimmer im Haus des Bürgermeisters«, sagte er. »Es gehört zu den wenigen, bei denen außer dem Dach nichts fehlt. Du bist ziemlich fertig, nicht wahr?«
»Ich bin müde.«
»Erinnerst du dich an den Abend vor der Invasion in England? Ich habe die Flasche – einen schönen alten Burgunder. Und Calvados!«
McMahon hörte vor Erschöpfung kaum hin. Im Haus des Bürgermeisters gingen sie die knarrende, nur notbeleuchtete Treppe hoch und kamen in ein kleines Zimmer. Dillon zündete eine Kerze an, die beiden Fenster waren verdunkelt.
»Setz dich, Doug«, sagte Dillon und zeigte auf das alte Sofa. »Zieh Schuhe und Jacke aus und leg dich hin. Ich mache die Flasche für uns auf.«
McMahon setzte sich auf das Sofa und zog die Stiefel aus. Dann lehnte er sich mit einem tiefen Aufatmen zurück. Dillon hatte inzwischen den Burgunder entkorkt.
»Trink«, sagte er, »das beruhigt. Also«, er gab McMahon ein Glas und hob sein eigenes: »Auf den Sieg. Auf unseren Einzug in Paris und den Einmarsch in Berlin.« Langsam tranken sie ihre Gläser aus.
»Ich wußte gar nicht, daß man so müde sein kann«, sagte McMahon gerade noch, bevor sein Kopf zur Seite sank. Dillon bettete ihn auf das Sofa, setzte sich an den Tisch, goß sich ein neues Glas Wein ein und zündete sich eine Zigarette an. Dann betrachtete er nachdenklich den schlafenden Freund. Nun hast du den Krieg erlebt, wie er wirklich ist, dachte er. Auch wenn du ihn gehaßt hast, bist du jetzt ein tapferer Soldat geworden. Es gibt viele Möglichkeiten, die

Angst zu überwinden – vielleicht ist es bei dir wirklich die Kraft des Glaubens. Wir werden dich brauchen, Doug.
Als Dillon die Flasche leergetrunken hatte, stand er leise auf, löschte die Kerze und verließ das Zimmer. Er bat den Bürgermeister, zu sorgen, daß McMahon Ruhe habe.
Zwanzig Stunden später erwachte McMahon. Er öffnete die Rouleaus und sah die Dorfstraße im Grau des späten Nachmittags. Zerschossene Häuser, ausgebrannte Fahrzeuge, dazwischen GIs im Gespräch mit Zivilisten – ein friedliches Bild vor der Kulisse des Krieges.
McMahon sah Dillon gelassen und elegant die Straße herunterkommen, als schlendere er bereits über die Champs-Élysées. Wenig später betrat Dillon das Zimmer und stellte einen GI-Kochgeschirrsatz von drei Behältern auf den Tisch. »So«, sagte er, »jetzt essen wir.« In der Tür erschien die Frau des Bürgermeisters mit Tellern, Besteck und einer Flasche Wein und stellte alles auf den Tisch.
»Du hast für Amerika und für die Freiheit in der Welt gekämpft«, sagte Dillon, »und du wirst es weiter tun, bis der Krieg zu Ende ist.«
»Ich werde weiter kämpfen, das ist richtig«, antwortete McMahon. »Aber, wenn es dich auch enttäuscht, Jim: Es geht mir in erster Linie nicht sosehr um eine freie Welt, sondern darum, meine Männer so gut wie möglich und ehrenvoll durch diesen Krieg zu bringen. Ich bin für meine Einheit verantwortlich – ich hoffe, ich kann dieser Verantwortung gerecht werden.«
Dillon füllte die beiden Weingläser zum drittenmal. »Du hast mehr geleistet, als das Auge sieht, Doug. Ich kenne dich, wie wenige dich kennen. Ich weiß, daß du gegen deine innere Überzeugung Soldat bist, aber daß du auch ein so ausgeprägtes Pflichtgefühl hast, daß du widrige Gefühle überwinden kannst. Das ist es, was ich an dir immer geschätzt habe: deine Bereitwilligkeit anderen zu helfen, egal wem. Was ich dir sagen wollte – wir werden nach dem Krieg Männer brauchen, die so sind wie du.«
Der Krieg dauerte noch zehn Monate. McMahon sah die Trümmerwüsten der Städte, die Not des Krieges und das

Elend der Nachkriegszeit. Sein Haß gegen alles, was mit Krieg zu tun hatte, wurde grenzenlos. Als die Waffen endlich schwiegen, war er zum überzeugten Pazifisten geworden.
Im Januar 1946 kamen beide hochdekoriert nach Amerika zurück. McMahon war äußerlich gealtert, seine Haare waren frühzeitig grau geworden. Dillon hatte erkannt, daß der Frieden – und nicht die Rache oder ein neuer Krieg – zur chancenreichsten Politik geworden war und daß er in McMahon den richtigen Mann gefunden hatte, der als Exponent einer Friedenspolitik in der amerikanischen Öffentlichkeit die führende Rolle übernehmen sollte.
Douglas McMahon stimmte zu – er spürte den Hauch eines historischen Auftrags. Er begann den Weg zu nehmen, der zwangsläufig in der Kollision mit jenem Mann enden mußte, der damals als Fünfzehnjähriger noch davon träumte, Offizier der US-Army zu werden, und der rund zwanzig Jahre später unter dem Namen Malik an der türkisch-sowjetischen Grenze gerade dafür zu sorgen hatte, daß keine fremden Agenten die CENTO-Konferenz in Ankara störten.

Kemal Alkoç erhielt die Einladung des amerikanischen Generalkonsulats mit der Morgenpost des 14. Mai. Kurz darauf traf er sich mit Oberst Korakow in dem von Menschen wimmelnden überdachten Bazar, einem Viertel mit mehr als sechstausend Geschäften und Läden jeglicher Art. In einer kleinen, lauten Kaffeestube fanden sie einen leeren Tisch. Alkoç bestellte Bananenlikör, Korakow Kaffee.
»Ich habe sie«, sagte Alkoç und klopfte gegen seine Brusttasche.
»Für wann?«
»Morgen abend. McMahon hat gestern sein Hotelzimmer nicht mehr verlassen, auch nicht zum Abendessen. Heute früh hat er einen halbstündigen Morgenspaziergang durch den Hotelpark gemacht, beschattet von zwei bulligen Türken. Gesprochen hat er mit niemandem. Kurz bevor ich

hierherkam, hat er mit der amerikanischen Botschaft in Ankara telefoniert. Das Gespräch dauerte neun Minuten und vierzig Sekunden. Hier ist das Tonband – ich hatte nicht die Zeit, es abzuhören, glaube aber nicht, daß etwas Besonderes darauf ist. Jetzt sitzt McMahon mit seinen Leuten in der ersten Besprechung. Ali wird jedes Wort mithören und aufnehmen.«
Sie zahlten und gingen noch ein Stück zusammen durch die Menschenmenge. Als sie sich trennten, sagte Korakow durch die Zähne: »Tun Sie morgen genau das, was ich Ihnen gesagt habe.«

Keine zweihundert Meter vom Hilton entfernt, unmittelbar an der Auffahrt zum Hotel, steht ein Apartmenthaus, in dessen Keller sich das beste Nachtlokal Istanbuls – Kenner behaupten, das beste in Kleinasien – befindet: die »Karawanserei«. Der Concierge im Hilton wußte, daß Kemal Alkoç ein Stammkunde des Lokals war, und steckte ihm das neueste Programm zu. Er las es im Taxi und fuhr sich dann genießerisch mit der Zunge über die Lippen. Die Elug-Sisters waren wieder da, zwei bildschöne Bauchtänzerinnen von unbestimmter orientalischer Herkunft.
Während Alkoç an dem Apartmenthaus vorbeifuhr, lief die letzte Probe der neuen Show der »Karawanserei« vor leerem Saal. Für den Abend war die Premiere angekündigt. Nubar, der elegante Bandleader und Programmchef, nickte zufrieden, als die Zwillingsschwestern zum letztenmal ihren Auftritt geprobt hatten.
»In Ordnung«, sagte er nach der Nummer. »Wenn ihr jeden Abend so gut seid, läuft die Show ein ganzes Jahr. Und jetzt wieder Bühne frei.«
Die beiden Mädchen, deren Körper von Kopf bis Fuß von hauchdünnen Schleiern umweht waren, huschten davon. Die Goldmünzen klingelten an ihren Fingern. Nubar setzte die Geige an und begann leise zu spielen. Eine Gestalt, umschlossen von einem hautengen Kostüm in den Farben einer Königsboa, glitt mit schlangenhaften Bewegungen zur Mitte

des Parketts. Zwei riesige Neger brachten einen Korb herein, stellten ihn vor der Tänzerin ab und öffneten ihn. Ein Instrument nach dem anderen fiel in Nubars Melodie ein, während eine Boa sich aus dem Korb ringelte. Die Tänzerin umtanzte die Schlange, Nubar steigerte den Rhythmus, Schlange und Tänzerin umspielten einander, bis die Boa sich langsam um den Leib der Frau legte.

In diesem Augenblick betrat ein Mann die »Karawanserei« – der Spirituosenlieferant. In dieser Eigenschaft allein hätte er nicht unangemeldet in das Büro der Klubbesitzerin vordringen dürfen; es war seine Mitgliedschaft im »Club«, die ihm dieses Recht gab.

Im Büro saßen Leila und drei Männer: ein leitender Beamter von der Flughafenverwaltung, ein Großgaragenbesitzer und der Vertreter des Portiers im Hilton – alle Mitglieder der Organisation Leilas. Sie ist offiziell registriert als »Club türkischer Staatsbürger armenischer Herkunft« und arbeitet über die Grenzen der Türkei hinaus oft mit dem türkischen Geheimdienst zusammen. Gelegentlich löst der »Club« auch Probleme der armenischen Minderheit auf eigene Faust. Es gab eisgekühlten Tee.

Leila berichtete ihren Leuten:

»Malik bittet uns, Senator McMahon nicht aus den Augen zu lassen. Er hält es nicht für ausgeschlossen, daß McMahon Kontakt zu den Russen suchen wird. Wie, über wen oder ob überhaupt, ist völlig offen. Das heißt, unser Mann darf keinen unbeobachteten Schritt machen, und jede Person, mit der er in Berührung kommt, ist verdächtig und muß gemeldet werden. Der Senator ist Geheimnisträger höchsten Grades – mehr brauche ich Ihnen wohl nicht zu sagen. Den türkischen Geheimdienst möchte Malik nicht einschalten, weil er noch keine Beweise für die Richtigkeit seiner Vermutungen hat. Außerdem sieht er die Sache als eine rein amerikanische Angelegenheit an – gerade noch an uns wollte er sich um Unterstützung wenden, weil wir inoffiziell sind. Und was uns betrifft – ich habe der türkischen Polizei unsere Aktivität in den kommenden Tagen damit erklärt, daß wir einige unserer eigenen Leute verdächtigen, Ostkontakte zu unterhalten. Besondere Aufmerksamkeit ist darauf zu richten, ob Sowjetagenten wegen McMahon nach Istanbul gekommen sind. Wir wissen, daß fünf Russen vor drei Wochen die türkische Grenze überschritten haben, aber wir wissen weder, weshalb sie im Lande sind, noch wo sie sich befinden. Verbindung zur Polizei halte ausschließlich ich, und was für Sie wichtig ist, erfahren Sie von mir. Und nochmals, Maliks Wunsch darf den Türken nicht bekannt werden.«

Leila wandte sich an den Beamten vom Flughafen. »Morgen abend ist im amerikanischen Generalkonsulat ein Empfang für Senator McMahon. Sie erhalten noch heute eine Einladung. Beobachten Sie genau, mit wem er dort spricht, und berichten Sie alles sofort, auch wenn es Ihnen unwichtig erscheint.«

Am nächsten Abend rollten um halb acht Uhr die ersten Limousinen durch den Park des amerikanischen Generalkonsulats in Bebek am Bosporus, einem Vorort Istanbuls. Harry Forman und seine Frau begrüßten die Gäste an der Tür zwischen Foyer und Salon. Es wurden Schaumwein aus Kalifornien und Fruchtsäfte serviert. Um halb neun waren alle da – über hundert Damen und Herren der Creme Istanbuls.

Alkoç war überall. Es gab kaum jemanden, den er nicht kannte. Mit jedem machte er eine Zeitlang höfliche Konversation, bevor er zum nächsten wanderte. Zwischendurch beobachtete er den Senator, der einen gelangweilten Eindruck machte.

Der Generalkonsul hielt eine kurze Begrüßungsansprache, in der er mit Komplimenten für McMahon nicht geizte. Er schloß mit den Worten: ». . . Wir alle schätzen uns glücklich, den ehrenwerten Junior-Senator von Nebraska, Douglas Sterling McMahon, heute in unserer Mitte zu haben. Ich danke Ihnen, Senator, daß Sie zu uns gekommen sind.« Dann schüttelte er McMahon die Hand und stellte sich, zusammen mit seiner Frau, an die linke Seite des Senators.

Er bedeutete den Gästen näher zu treten, um dem Ehrengast vorgestellt zu werden. Eine Reihe bildete sich – Würdensträger der Stadt, Mitglieder des Konsularischen Korps, geschäftsleute aus Amerika. Alkoç wartete, bis er das Ende der Reihe sah und schloß sich als letzter an, um ebenfalls vorgestellt zu werden. Sein Verhalten sah nach Bescheidenheit aus, in Wirklichkeit aber wollte Alkoç mit dem Senator in Ruhe ein paar Worte wechseln, ohne daß der nächste schon darauf wartete, vorgestellt zu werden.
Generalkonsul Forman stellte ihn mit den Worten vor: »Und hier, zum Schluß, Senator, ein Mann, den Gott und die Welt kennt: Der größte und beliebteste Teppichhändler der Türkei – Kemal Alkoç.«
Keine zwei Schritte entfernt unterhielt sich der Flughafenbeamte von Leilas »Club« mit einem türkischen Ehepaar. Kein Wort, das McMahon mit den Gästen gewechselt hatte, war ihm entgangen. »Schöne Orientteppiche habe ich immer schon bewundert«, sagte McMahon in seiner unverbindlichen Art. »In meinem Haus in Libertyville, Nebraska, habe ich in meinem Wohnraum einen türkischen Teppich. Ich glaube, es ist ein Kerman – oder so ähnlich.«
»Wenn Sie einen Kerman haben, Senator, dann darf ich Ihnen gratulieren. Es ist zwar kein türkischer Teppich, aber einer der schönsten und teuersten aus Persien. Ist es vielleicht sogar ein Royal Kerman?«
»Jetzt überfragen Sie mich. Wenn meine Frau hier wäre, wüßte sie es sicherlich«, antwortete McMahon. Der Gedanke an seine Frau hatte ihn fast freudig gestimmt.
»Ich liebe meinen Beruf und würde ihn gegen keinen anderen tauschen, nicht einmal gegen Ihren, Senator. Das Leben eines Diplomaten wäre für mich und für meine Frau zu unbeständig. Man kann kein wirkliches Heim haben, man wird plötzlich aus seiner Stellung herausgerissen und versetzt.« Alkoç sah, daß der Senator sich wieder zu langweilen begann, und beeilte sich: ». . . zum Beispiel der russische Botschafter Effendi Boris Michailowitsch Alexandrow.« Obwohl er jetzt schneller sprach, entging Alkoç keine Regung im Gesicht des anderen, und er bemerkte ein

plötzliches Interesse in den Augen des Senators, als er den Russen erwähnte. »Stellen Sie sich vor, was ihm passiert ist . . .«
McMahon unterbrach den Türken mit einem dünnen Lächeln um den Mund, um seine aufkommende Erregung zu verbergen. »Sie kennen den Botschafter persönlich?«
»O ja, einer meiner besten Kunden. Das ist es ja gerade, was ich Ihnen erzählen wollte. Botschafter Alexandrow – ein Kenner, müssen Sie wissen – hat vor kurzem erst einige wunderschöne Teppiche bei mir bestellt, und jetzt bekommt er sie nicht, besser gesagt, er kann sie nicht bekommen, weil er nicht mehr da sein wird, wenn sie geliefert werden. Er ist plötzlich nach Moskau abberufen worden – morgen abend verläßt er Ankara und die Türkei endgültig. Jetzt sehen Sie, Senator, warum ich nicht mit Ihnen tauschen möchte. Das Diplomatenleben ist nur für Männer wie Sie, die bereit sind, sich ihrem Beruf zu opfern, und für Ehefrauen, die ebenso wie ihre Männer bereit sind, so ein Zigeunerleben zu führen. Meine Frau wäre das bestimmt nicht«, fügte Alkoç lachend hinzu, als er sich von McMahon und den Formans mit einer Verbeugung verabschiedete.
McMahon spürte ein paar heftige Herzschläge und fühlte, wie er blaß wurde. Er wandte sich rasch den Formans zu: »Schade, ich hätte den Botschafter gern gesehen, wenn ich Ende der Woche in Ankara bin. Wir kennen uns von der UNO in New York . . . Aber jetzt muß ich mich zurückziehen, Mr. Forman. Wir haben in den nächsten Tagen noch viel Arbeit. Bitte lassen Sie mich unbemerkt gehen. Auf Wiedersehen, Mrs. Forman, und vielen Dank.«
Harry Forman ließ den Wagen des Senators vorfahren und brachte ihn zur Tür, wo er sich von ihm verabschiedete.
Alkoç ließ sich seine Zufriedenheit nicht anmerken: McMahon hatte den Köder geschluckt und seine Erregung vor ihm nicht zu verbergen vermocht. Morgen würde man sehen, ob er in irgendeiner Weise Konsequenzen zog. Kurze Zeit später verließ auch Alkoç die Gesellschaft, rief unterwegs Oberst Korakow an und verabredete sich mit ihm in einem Restaurant in der City.

Leilas Beobachter fand Alkoç höchst verdächtig, denn er zweifelte an der Echtheit seiner Geschichte. Auch er verließ die Gesellschaft und fuhr direkt zur »Karawanserei«, um Leila zu informieren. Noch während die beiden im Büro saßen, erschien der Portier aus dem Hilton. Er berichtete, McMahon habe bei seiner Rückkehr vor einer Stunde einen kranken und verwirrten Eindruck gemacht.
»Gib mir über alles Bescheid, was McMahon tut«, sagte sie zum Portier – »Tag und Nacht!«
In seinem Hotelzimmer war Senator McMahon in einem Fauteuil zusammengesunken. Er fühlte sich miserabel. Sein Herz schlug schwach und unregelmäßig, und ein Druck in seiner Brust nahm ihm den Atem. Er war sich bewußt geworden, daß sein Herzinfarkt sich zu einem permanenten Herzleiden entwickelt hatte. Es blieb ihm möglicherweise nur noch eine kurze Frist. Er mußte am nächsten Tag handeln, mußte mit dem sowjetischen Botschafter sprechen, bevor dieser Ankara verließ. Die Chance, einen so zuverlässigen Übermittler seines Wunsches, den sowjetischen Ministerpräsidenten zu sprechen, zu finden, würde nie wiederkommen.

12

»Tiere spüren, wann sie sterben müssen«, sagte General Inan, der Chef der militärischen Abwehr in der Osttürkei, zu Robert Flanagan, »Menschen sind fast immer überrascht, wenn es soweit ist. Warum wohl?«
»Das hat die Natur so eingerichtet, General. Bei den Menschen ist der Verstand ausgeprägt, bei den Tieren der Instinkt – wenn die einen oder die anderen beides besäßen, wären sie zu sehr im Vorteil.«
Robert Flanagan, von der amerikanischen Regierung als Landwirtschaftsberater in die Türkei entsandt, um die Türken in der Technisierung des Schlachthofs von Erzurum als auch in der Modernisierung der anatolischen Landwirtschaft zu beraten, sah wieder zur Rampe hinauf. Er hatte den

General zu einer Besichtigung des Schlachthofs eingeladen. Die Kälber gingen bis zur Rampe. Dort wurden sie bockig und mußten von zwei Männern mit Stockhieben weitergetrieben werden.

Am Ende der Rampe stand Adnan, der Schlächter, das klingenscharfe, blutbesudelte Messer in der Rechten. Vor ihm stand das nächste Kalb, die Nüstern angstvoll gebläht, die Augen weit aufgerissen. Er nahm es mit der linken Hand beim Hornstumpf und beruhigte es so für einen Augenblick. Das Kalb hielt still. Der Schlächter zog ihm das Messer blitzschnell durch den Hals, das Tier brach in die Knie.

Adnan verbeugte sich nach Mekka, um von Allah Verzeihung für das Töten zu erbitten. Das tat er täglich mehrere Male – das Schlachthaus versorgt nicht nur die Provinz Erzurum, sondern halb Anatolien mit Fleisch.

»Glauben Sie wirklich, daß Tiere keinen Verstand haben, Flanagan?« fragte General Inan den Amerikaner und wich einem dünnen Blutstrahl aus, der von der Rampe herunterkam. Ohne auf eine Antwort zu warten, wandte er sich angewidert von dem blutigen Schauspiel ab. Einige Angestellte des Schlachthauses kamen ihnen entgegen. Sie grüßten höflich. Als der Amerikaner und der General vorbei waren, sagte einer: »Eigenartig, daß dieser Flanagan, der soviel von Landwirtschaft versteht, sonst so ein Schwätzer ist.« Der robuste CIA-Agent wußte, daß man ihn so beurteilte, und er tat alles, um sich diesen wenig schmeichelhaften Ruf zu erhalten. Auch General Inan gefiel diese nicht mehr ganz neue, aber wirksame Tarnungsmethode.

»Von russischen Agenten gibt es noch keine Spur«, sagte Flanagan.

»Ich weiß. Sie wären leichter zu finden, wenn wir wüßten, was sie hier wollen.«

»Es gibt nur zwei Möglichkeiten. Entweder die CENTO-Konferenz oder unsere Raketenstellungen. Wobei ich letzteres für wahrscheinlicher halte.«

Sie hatten sich von der Schlachtrampe entfernt. »Wieso?« fragte der General. »Muß man nicht annehmen, daß sie die Basen schon kennen? Was sollen sie da noch herausfinden?«

»Wo die mobilen Einheiten ihre Standorte haben.«
»Wissen Sie, Flanagan, die Russen sind – wie wir – zur Erkenntnis gekommen, daß ein Gleichgewicht besteht – jedenfalls noch. Nein, nein – was die Russen interessiert, ist die Konferenz, die Manöverplanung, damit sie sich rechtzeitig darauf vorbereiten können, ihre Kontrollgeräte und Abhörsensoren in Stellung bringen, Störmaßnahmen treffen können. Ich möchte wetten, daß die Agenten deshalb eingeschleust wurden und daß sie längst in Ankara an der Arbeit sind. Es ist zum ersten Mal, daß die Vereinigten Staaten zusammen mit den CENTO-Pakt-Staaten so nahe an den russischen Grenzen Land-, Luft- und Seestreitkräfte einsetzen, vielleicht sogar mit neuen Waffensystemen. Die Russen wissen zum Beispiel, daß die amerikanischen Unterseeboote des Typs ›Polaris‹ vom Typ ›Poseidon‹ abgelöst werden sollen und damit zielsicherer und mit fast fünfmal so vielen nuklearen Sprengkörpern die UdSSR bedrohen können. Vielleicht taucht eines dieser neuen Boote im Schwarzen Meer auf, oder sogar mehrere. Die Russen wissen, daß die Amerikaner im Begriff sind, neue und um vieles wirksamere Interkontinentalraketen als die alten zu entwickeln – wie das neue MIRV-System oder die neue ›Minuteman III‹ – ein System, das drei Raketen auf einmal zehntausend Kilometer weit an ihre Ziele feuert. Und der utopische B-1-Bomber mit seiner einfach verheerenden Potenz! Diese neuen Waffensysteme kommen sicherlich während der Konferenz ins Gespräch, und die Russen werden alles versuchen, auch ›dabei zu sein‹.«
Flanagan hatte fast gelangweilt dem General zugehört und dem Rauch seiner Zigarette nachgesehen. Er war offensichtlich über die ihm erteilte Belehrung verärgert, als er sagte: »Nun, wie Sie meinen, General. Vielleicht haben Sie recht. Auf jeden Fall halten wir jetzt ein besonderes Augenmerk auf das Gebiet entlang der armenischen Grenze, nach allem, was geschehen ist.«
General Inan überhörte diese Anspielung auf die Nachlässigkeit der türkischen Grenzbehörden und fragte:
»Wer ist wir?«

»Malik und seine Kurden, General. Darüber wollte ich ohnehin mit Ihnen sprechen.«
»Wer ist eigentlich Malik?« General Inan sprach leiser, als rede er jetzt zu sich selber. »Amerikanischer Berater beim türkischen Generalstab, wo man ihn meines Wissens nur alle paar Wochen sieht. Sonst ist er oben bei den Bergtürken, an den Grenzen.«
»Malik ist ein überzeugter Antikommunist und Freund der Türken.«
»Das glaube ich schon. Aber angenommen, seine Freundschaft zu den Bergtürken – den Kurden, wie sie genannt sein wollen – ist größer als die zu den Türken: könnte dann nicht gerade das entstehen, was verhindert werden muß?«
»Was meinen Sie damit, General?«
»Eine kurdische Armee in der Türkei, als Vorstufe eines kurdischen Nationalstaates, der Teile Irans, Iraks und der Türkei zusammenschließt. Barzani im Irak ist bereits auf dem besten Weg, die Autonomie zu erkämpfen, ausgebildete Kurdentruppen in der Türkei wären bloß eine Verlängerung seines Arms. Es ist erstaunlich, was für einen Einfluß Malik auf die Kurden hat, es gab noch nie so wenig Zwischenfälle wie in letzter Zeit. Verstehen Sie mich nicht falsch, Flanagan, ich mißtraue Ihrem Mann nicht, aber vielleicht muß er eines Tages mit den Kurden gegen Türken kämpfen.«
»Als ein Lawrence of Kurdistan«, sagte Flanagan nachdenklich.
»Nein, General, das ist ausgeschlossen. Malik ist ein hoher amerikanischer Offizier, der direkt dem Pentagon untersteht und sich gar nicht auf diese Weise engagieren kann. Sie kennen ja seine Aufgabe bei den Kurden – er soll im Interesse der NATO, und daher auch im Interesse des NATO-Staates Türkei, um die Gunst der Kurden werben, da sie – strategisch gesehen – einmal von Bedeutung sein können. Er tut dies, indem er als erstes versucht, sie mit den Türken zu versöhnen, die, wie Sie wohl wissen, General, immer nur hart gegen sie vorgegangen sind. Das ist keine leichte Aufgabe, denn der Haß auf beiden Seiten sitzt noch tief. Bis jetzt konnte er kleine Teilerfolge erzielen, vor allem,

daß er das Vertrauen der Kurden gewonnen hat und nicht zuletzt, daß dank ihres guten Verhaltens die türkische Armee immer weniger Strafexpeditionen gegen sie führt. In diesem Zusammenhang wollte ich mit Ihnen sprechen. Und zwar habe ich eine Bitte vorzutragen: daß Sie Maliks Kurden einen Monat lang die Erlaubnis erteilen, sich ungehindert zu bewegen; und diese Vergünstigung auf unbestimmte Zeit verlängern, falls dieser Monat reibungslos verlaufen ist.«
»Sie verlangen viel, Flanagan. Warum?«
»Aus zwei Gründen, General: erstens, um Malik in seinen Aufgaben zu unterstützen, und zweitens, um in dieser Frist Malik beweisen zu lassen, daß er und seine Kurden der Türkei wichtige Dienste erweisen können. Schauen Sie doch, was sie unter den gegebenen Umständen schon leisten konnten: der gesamte Rauschgifthandel hat deutlich nachgelassen. Das verdanken Sie ihm und . . .« Flanagan fügte Wort für Wort betonend hinzu, » . . und seinen Kurden.«
»Das ist richtig.«
»Daß wir über die Sowjetagenten etwas wissen, verdanken wir nicht türkischen Einheiten an der Grenze, sondern Maliks Kurden, die sie entdeckten. Und daß keine weiteren auf dem Landweg eingeschleust werden können, wird auch ein Verdienst dieser Leute sein, und Sie können es ihnen erleichtern, wenn Sie meinen Wunsch bewilligen. Kein türkischer Soldat an der Grenze kennt jeden Schlupfwinkel so wie sie. Und jenseits der Grenze, in Armenien, sind es wiederum Kurden, die uns und Ihnen wertvolle Informationen liefern. Sie wissen, General, daß in der gar nicht so weit zurückliegenden Geschichte Kurden oft auf seiten der Türken kämpften.«
Der General ging, die Hände auf dem Rücken, ein paar Schritte weiter über den Hof des Schlachthauses. Dann blieb er stehen und sah Flanagan ernst an:
»Vielleicht haben Sie recht«, sagte er langsam. »Die Vorteile überwiegen das Risiko. Also gut, ich werde Ihnen ein Code-Wort zukommen lassen, das allen mit Malik arbeitenden Kurden bis auf weiteres das Passieren türkischer Kontrollpunkte ermöglicht. Aber zuerst muß ich mit mei-

nem Vorgesetzten, dem kommandierenden General der Ditten Armee, darüber sprechen und von ihm die Erlaubnis dafür erhalten.«
Flanagan ergriff spontan die Hand des Generals:
»Das ist ein Entschluß, den Sie nicht bereuen werden . . .«
Was der General nicht ahnte, war, daß er damit Flanagan half, Malik eine Gefälligkeit zu weisen; Flanagan wollte sein gutes Verhältnis zu Malik weiter festigen.
»Sehen Sie heute noch den Polizeichef, General?« fragte Flanagan.
»Ich habe vor, später zu ihm zu fahren, nachdem ich mit dem General gesprochen habe. Er muß ja gegebenenfalls seine Polizeisperren informieren.«
»Ich hätte Ihnen gerne diesen Weg abgenommen, aber wie Sie wissen, weiß der Polizeichef nur über meine offizielle Tätigkeit Bescheid. Ich kann mit ihm über nichts anderes als über Viehzucht sprechen. Güle, güle, Pasha.«
Der General lächelte und verließ mit schnellen Schritten das Schlachthaus-Areal.

13

Der 12. Mai, der Tag, an dem Douglas McMahon mit der Airforce Two von Washington nach Istanbul gestartet war, hatte für Patricia McMahon wie ein normaler Sonntag begonnen – ein Tag, an dem sie mit ihrer Tochter Elizabeth, dem Schwiegersohn und den Enkeln zum Kirchgang in die Stadt fuhr und der dann ganz der Familie gehörte, ein Tag ohne besondere Verpflichtungen.
Auf der Rückfahrt zum Landhaus genoß Patricia den schon sommerlich warmen Frühlingstag. Sie sah auf die Uhr. »Jetzt ungefähr wird Pa abfliegen«, sagte sie. »Hoffentlich hat er gutes Wetter und einen angenehmen Flug. Er freut sich sehr darauf, hat er gestern abend gesagt.«
Die allabendlichen Anrufe ihres Mannes aus Washington hatten sie nach ihren verwirrenden Gesprächen in Liberty-

ville wieder beruhigt. »Heute abend kann er nicht anrufen«, sagte sie. Eine Weile, so wußte sie, würde sie nicht mehr regelmäßig von ihm hören.
»Du kennst ihn doch, er ruft an, sobald er kann«, sagte Elizabeth.
Patricia McMahon antwortete nicht. Ihre Gedanken waren bereits anderswo. Sie dachte an den Brief und an das, was Doug ihr dazu gesagt hatte. In den letzten Tagen hatte er allerdings nicht mehr davon gesprochen. Vielleicht war der Brief gar nicht so wichtig, denn anstatt ihn in den Safe zu legen, hatte er ihn ihr zur Aufbewahrung gegeben. Sicher könnte sie ihn jetzt schon lesen, ohne Schaden anzurichten. Aber nein, dann würde sie gegen ihr Versprechen handeln.
»An was denkst du, Ma?« fragte Elizabeth. Patricia sah ihre Tochter überrascht an. »Ich habe an Pa gedacht.«
»Ihr liebt euch noch wie am ersten Tag, nicht wahr?«
»Mehr, Liz, mehr.«
»Es muß schön sein, wenn man das noch nach so vielen Jahren sagen kann.«
»Es ist das wahre Glück, mein Kind«, antwortete Patricia McMahon und sah aus dem Wagen über die sattgrünen Getreidefelder. Den Nachmittag verbrachte die Familie mit Freunden aus der Nachbarschaft im blumenübersäten Park des Landhauses. Es wurde über Gott und die Welt gesprochen, über die Kinder und natürlich auch immer wieder über den Senator. Dann lebte Patricia McMahon auf, wie immer, wenn sie sah, wieviel Sympathie und Anerkennung ihrem Mann entgegengebracht wurden.
Als Mrs. McMahon mit der Familie beim Abendessen saß, wirkte sie heiter und gelöst. Später, zwischen acht und neun Uhr, der Zeit, zu der Doug anzurufen pflegte, zog sie sich in sein Arbeitszimmer zurück, setzte sich an seinen Schreibtisch und starrte auf das Telefon. Sie wußte, daß der Apparat stumm bleiben würde. Wieder mußte sie an den Brief denken.
Warum hatte er ihn ihr anvertraut und nicht seiner Sekretärin oder dem Chef seines Senatsbüros in Washington? Außer im Wahlkampf – wenn die Familie des Kandidaten tradi-

tionsgemäß mit ihm für den Sieg kämpft – hatte er seine Arbeit immer von ihr ferngehalten. Wie hatte er gesagt? Es gehe »um Regierungsangelegenheiten, die erst nach der Konferenz bekanntgegeben werden dürfen«. Also wäre doch sein Büro der richtige Ort gewesen. Er hatte sie noch nie angelogen, es mußte sich also wirklich um Regierungsangelegenheiten handeln, aber er hatte auch gesagt: »Aus dem Inhalt wirst du sehen, warum ich ihn dir und niemandem sonst anvertraut habe.« Sicher enthielt der Brief beides – etwas Persönliches, das aber auch mit der Regierung zu tun hatte. Vielleicht etwas mit dem Präsidenten, den er so haßte? Etwas, das nur veröffentlicht werden darf, solange er außerhalb der Vereinigten Staaten ist?

O Gott, dachte sie, was kann das nur sein? Was machst du mir für Sorgen, Doug. Hier in Griffweite liegt der Brief im Schubfach. Wenn ich ihn öffne, dachte sie, habe ich die Antwort auf meine Fragen, und vielleicht sind dann alle meine Ängste wie fortgeblasen. Aber sie holte den Brief nicht heraus.

Als sie das Zimmer wieder verließ, waren Elizabeth und die Kinder schon schlafen gegangen. Patricia fand erst lange nach Mitternacht den Schlaf.

Als die Familie am nächsten Morgen beim Frühstück saß, läutete die Türglocke. Lucy brachte ein Telegramm ins Zimmer. Patricia hatte Mühe, es ruhig zu lesen – vielleicht enthielt es den Auftrag, den Brief zu öffnen. Aber er hatte doch gesagt, er würde das Telegramm erst nach der Konferenz schicken, und die hatte noch gar nicht begonnen!

»Ist es von Pa?« fragte Elizabeth.

Patricia las es bereits zum zweitenmal und nickte.

»Ist er gut angekommen?«

»Ja, ja. Es geht ihm gut.«

»Was steht denn drin? Lies doch mal vor.«

»Bin gut angekommen«, las Patricia langsam vor. »Werde dich 14. Mai gegen 11 Uhr CST anrufen. All meine Liebe, Doug.«

»Das ist doch schön, Ma. Freust du dich denn nicht?«

»Doch, doch, natürlich freue ich mich.«

»Morgen wird er anrufen. Wenn Pa so etwas sagt, dann tut er es auch.«
Patricia McMahon nickte lächelnd: »Ja, so ist er. Wenn er sich etwas vornimmt, ist es schon so gut wie geschehen.«
Patricia McMahon begann den Vormittag des 14. Mai in erwartungsvoller Stimmung. Doug würde anrufen, und sie würde versuchen, das Gespräch auf den Brief zu bringen. Aber dann gab sie den Gedanken wieder auf – wie sie ihn kannte, wäre es nutzlos, ihn zu drängen.
Gegen Mittag wurde Patricia nervös. Sie hielt sich stets in der Nähe eines der Telefone auf in der Sorge, die Verbindung von Istanbul könne unterbrochen werden, bevor sie an den Apparat kam. Sie spielte mit dem Gedanken, Elizabeth einzuweihen und sich mit ihr zu beraten, verwarf aber diese Idee sofort und schämte sich ihres Anflugs von Mißtrauen.

Am Abend des 14. Mai – zur Stunde, zu der Douglas McMahon von Istanbul hätte anrufen müssen – saß der Senator mit seinen State-Department-Männern auf der großen Bosporus-Terrasse des Hilton. Aus dem Pavillon, in dem sich der Night-Club »Sadirvan« befindet, drang leise Musik, die sich mit dem Plätschern der Springbrunnen auf der Terrasse mischte. Es war eine angenehme Stimmung, in der sie sich über einige noch offene Tagungsfragen unterhielten. Der Sicherheitsbeauftragte der Delegation hatte diesen Platz gewählt, weil man hier vor »Wanzen« sicherer war als in einem Raum im Inneren des Hotels, wo er im Telefon des Senators bereits ein Abhörgerät gefunden hatte. Der große Tisch auf der Terrasse war erst kurz vor dem Erscheinen der Amerikaner aufgestellt worden, und türkische Geheimpolizei belegte den einzigen Nebentisch.
An den anderen Tischen wurde gelacht und getrunken. Man hörte Satzfetzen in verschiedenen Sprachen, und gelegentlich ging ein Paar in den Nachtklub, um zu tanzen.
McMahon nahm an der Besprechung nur scheinbar interessiert teil. Er war mit dem Problem beschäftigt, wie er die Verbindung zum Sowjet-Botschafter in Ankara unbemerkt

aufnehmen konnte. Ein- oder zweimal sah er auf die Uhr, weil ihm eingefallen war, daß er Patricia einen Anruf versprochen hatte. Aber immer wieder richteten seine Leute Fragen an ihn, und auch seine eigenen Gedanken lenkten ihn davon ab.

Als sich die Runde kurz vor Mitternacht auflöste, war Douglas McMahon so erschöpft, daß er nur noch an sein Bett dachte. In seinem Zimmer legte er sich sofort hin und vergaß den Anruf total.

Gegen zwei Uhr mußte Patricia McMahon das Haus verlassen, um am Nachmittag ehrenamtlich als Rotkreuzschwester im Central Hospital von Libertyville zu arbeiten. Es wäre für sie unvorstellbar gewesen, dieser Pflicht aus persönlichen Gründen nicht nachzukommen.

Als sie am Abend zurückkehrte und erfuhr, daß ihr Mann noch immer nicht angerufen hatte, befiel sie Verzweiflung. Sie aß fast nichts, ging wieder früh zu Bett und schlief erst gegen Morgen ein. Als sie nach kurzem Schlaf erwachte, entschloß sie sich, den Brief zu öffnen, doch dann schob sie ihr Vorhaben den ganzen Tag über vor sich her.

»Er muß verhindert worden sein«, versuchte Elizabeth ihre Mutter zu beruhigen. »Wenn ihm etwas zugestoßen wäre, hätte man dich doch sofort benachrichtigt.«

»Du hast schon recht. Aber wenn ich bis morgen mittag nichts von ihm höre, rufe ich James Dillon an, um zu fragen, ob er etwas weiß.«

Gegen zehn Uhr zog sie sich in ihr Zimmer zurück und blieb dort, bis Elizabeth die Kinder zu Bett brachte. Dann ging sie leise ins Arbeitszimmer, schloß die Tür zu, holte den Brief aus der Schublade, zögerte noch Sekunden und riß den Umschlag mit zitternden Fingern auf. Als sie die mit dünnen großen Buchstaben beschriebenen Blätter in der Hand hielt, las sie nur Worte, deren Bedeutung sie zunächst gar nicht begriff.

»Meine über alles geliebte Patricia,
ich habe in der Zeit meiner Kandidatur für die Präsidentschaft durch unsere Militärs Kenntnis von Plänen erhalten, die ein Inferno entfesseln können, das in seinem Ausmaß unvorstellbar ist. Der Präsident der Vereinigten Staaten und seine Regierung betrügen nicht nur ihr Land, sondern die ganze Welt, wenn sie behaupten, die Sowjetunion gefährde den Weltfrieden, denn die Gefahr kommt nicht von den Russen, die ihr Atompotential nur als Abschreckungswaffe anwenden, sondern von Amerika, von dieser Regierung unter diesem Präsidenten, der sich gerechtfertigt glaubt, auch bei einem nur geringen Anlaß einen nuklearen Präventivschlag gegen Rußland zu führen. Wenn das geschieht, wird sich die Hölle auftun, und alle, auch wir, werden im Aschenregen untergehen und verenden wie einst die sündigen Menschen in Sodom und Gomorrha.
Wäre ich Präsident der Vereinigten Staaten geworden, hätte ich den Weg gefunden, der zu einem dauerhaften Weltfrieden führt. Nun aber wollte es der Allmächtige anders, und so mußte ich jetzt einen anderen Weg gehen, um das Ziel, das ich mir gesetzt habe, zu erreichen.
Wie Du weißt, bin ich immer meinem Gewissen gefolgt und habe auch jetzt darum gekämpft, das, was die Regierung für richtig hält, mit meinem Gewissen in Einklang zu bringen – ich konnte es einfach nicht! Anstelle dessen hat Gott mir jetzt den Weg gezeigt, wie ich das Grauenhafte verhindern kann. Er hat nicht nur mich zu seinem Werkzeug gemacht, sondern auch den Präsidenten, als dieser mir den Auftrag erteilte, die amerikanische Delegation zu leiten. Was ich tun werde, geliebte Pat, wird man mir als Verrat auslegen an dem Land, das ich liebe und dem ich mein Leben geweiht habe. Verrat? Nach dem Gesetz der Menschen vielleicht, nach dem göttlichen Gesetz der Menschenliebe nicht. Wenn Du diese Zeilen liest, habe ich bereits dem Ministerpräsidenten der Sowjetunion meine Kenntnisse übermittelt, die das atomare Patt wiederherstellen werden. Ich werde ihm die Informationen geliefert haben, denen die USA zur Zeit ihre strategische Überlegenheit verdanken. Dann aber – und nur

dann – wird es möglich sein, diesen Präsidenten der Vereinigten Staaten zu zwingen, von seinen ungeheuerlichen Absichten Abstand zu nehmen, auch wenn somit sein Wunschtraum zu Ende ist, als siegreicher Kriegsherr in die Geschichte einzugehen.
Mein Leben liegt in Gottes Hand. Ich weiß, daß Du mich verstehen wirst. In ewiger Liebe, Dein Doug.«
Patricia McMahon hielt den Brief mit zitternder Hand. Nur langsam trat das Ungeheuerliche vor ihre Augen, und sie ließ die Blätter, als glühten sie, auf den Schreibtisch fallen. Dillon, dachte sie in panischer Angst, Jimmy Dillon ist jetzt der einzige Mensch, der weiß, was getan werden muß.
Minuten später hatte Patricia McMahon die Telefonverbindung nach Washington. Als sie Dillons verschlafene Stimme hörte, löste sich ihre Erstarrung. Sie las ihm, von Weinkrämpfen unterbrochen, den Brief vor.
»Das«, hörte sie Dillon erregt sagen, »kann eine Katastrophe bedeuten. Das kann das Ende sein. Und ich habe ihn dorthin gebracht. Ich . . .«
Der Hörer fiel ihr aus der Hand – ihr Kopf schlug auf die Platte des Tisches.

14

Senator Dillon legte den Telefonhörer auf und sah auf die Uhr. Es war einige Minuten vor Mitternacht. Sein Verstand arbeitete präzise. Der Präsident mußte sofort von dem ungeheuerlichen Geschehen unterrichtet werden. Nur wenige Minuten nach dem Anruf Patricias aus Libertyville hatte er den diensthabenden Beamten im Weißen Haus am Telefon.
»Hier spricht Senator Dillon. Verbinden Sie mich bitte sofort mit dem Präsidenten.«
Der Mann am Telefon zögerte, doch Dillon drängte. »Falls er schlafen sollte, lassen Sie ihn wecken. Auf meine Verantwortung. Es ist außergewöhnlich dringend.«

»Ich werde es versuchen, Senator.«
Ein Knacken in der Leitung, dann meldete sich ein Sekretär des Präsidenten.
»Der Präsident hat sich bereits zurückgezogen, Senator.«
»Ich muß ihn sprechen. Es geht um die nationale Sicherheit. Verbinden Sie mich bitte sofort – auf meine Verantwortung.«
Kurz danach meldete sich der Präsident. Dillon zwang sich zur Ruhe.
»Mr. President«, sagte er, »ich bitte um Entschuldigung, aber können Sie mich sofort empfangen? Die Sache duldet keinen Aufschub.«
»Können Sie mir andeuten, worum es geht, Senator?«
»Es betrifft die nationale Sicherheit, Mr. President. Mehr kann ich telefonisch nicht sagen.«
»Gut, wann können Sie hier sein?«
»In zwanzig Minuten.«
»Dann machen Sie sich auf den Weg. Ich erwarte Sie.«
»Danke.«
Dillon legte auf. Um 0 Uhr 30 betrat er das Weiße Haus. Ein Beamter empfing ihn in der Halle und führte ihn zum Grünen Zimmer. »Ich verständige den Präsidenten von Ihrem Eintreffen, Senator«, sagte er und entfernte sich. Dillons Blick glitt über den grünen Seiden-Moiré an den Wänden und blieb an dem Gemälde über dem Marmorkamin hängen. Benjamin Franklin sah fast mitleidig aus dem Rahmen auf den Mann aus Nebraska hinunter.
»Hallo, Senator.« Die Stimme des Präsidenten riß Dillon aus seiner Betrachtung. »Bitte, nehmen Sie Platz.«
Sie setzten sich in zwei gegenüberstehende Fauteuils vor dem Kamin. James Dillon berichtete kurz von Mrs. McMahons Anruf und gab dem Präsidenten den Inhalt des Briefes wieder. Der Präsident wurde bleich.
»Das ist eine Katastrophe, Senator. Wie schnell kann ich den Brief haben? Ich brauche den genauen Wortlaut.«
»Libertyville ist mehr als tausend Meilen entfernt. Auch wenn wir die schnellste Maschine der Airforce schicken, verlieren wir zuviel Zeit. Ich schlage vor, Mrs. McMahon zu

bitten, uns den Brief am Telefon noch einmal vorzulesen, und hier auf Tonband aufzunehmen.«

»Das ist riskant.«

»Wir müssen das Risiko eingehen, Mr. President. Jede Minute kann entscheidend sein.«

Der Präsident nickte. »Okay, Senator. Ich lasse die Verbindung herstellen.«

Die beiden Männer saßen einander schweigend gegenüber, bis das Telefon surrte. Der Präsident drückte auf die Aufnahmetaste des Tonbandgerätes. Dillon nahm den Hörer ab.

»Hier spricht Jim Dillon, Pat. Entschuldige, daß ich dich störe, es geht nicht anders. Hör zu, ich bin jetzt im Weißen Haus und habe berichtet, was du mir gesagt hast. Bleib bitte ruhig, Pat. Hast du den Brief bei dir? Gut. Ich gebe dir jetzt den Präsidenten. Lies ihm den Inhalt bitte noch einmal vor, und bitte langsam. Es kommt auf jedes Wort an. Ich übergebe jetzt.«

Er hielt dem Präsidenten den Hörer hin. »Guten Abend, Mrs. McMahon. Können Sie jetzt bitte vorlesen, was Ihr Mann geschrieben hat?«

Minutenlang konnte man im Grünen Zimmer nur das leise Summen des Tonbandgerätes hören.

»Ich danke Ihnen, Madam«, sagte der Präsident nach einer Zeit und gab Dillon den Hörer in die Hand.

»Hallo, Pat – hier ist noch einmal Jim. Wir müssen jetzt alle tapfer sein und vor allem strengstes Stillschweigen über die ganze Angelegenheit bewahren. Kein Wort darüber, auch nicht zu deiner Familie. Das mußt du mir versprechen. Hörst du mich? Sag ihnen, du hättest eine starke Migräne und mußt im Bett bleiben. Und nimm bitte gleich ein Beruhigungsmittel. Gut, Pat. Nur noch eine Frage: hat Doug dir den Brief aus Istanbul geschrieben? Nein? Erklär mir das doch bitte.« Er hörte eine Weile zu und sagte dann: »Bitte verständige mich oder die Privatsekretärin des Präsidenten sofort, wenn das Telegramm da ist.«

»Er hat den Brief vor seiner Abreise geschrieben«, erläuterte er dem Präsidenten, »und verschlossen zurückgelassen.

Seiner Frau hat er aufgetragen, sie dürfe ihn nur nach Erhalt eines Telegramms aus Ankara öffnen. Sie werden es auf dem Tonband noch einmal hören, Mr. President.«
»Und das Telegramm ist heute gekommen?«
»Nein, eben nicht. Das gibt mir Hoffnung, denn McMahon ist ein konsequenter Mensch. Er würde dieses Telegramm erst dann schicken, wenn er sicher ist, daß niemand ihn mehr an der Ausführung seines Plans hindern kann. Die Tatsache, daß er es noch nicht geschickt hat, läßt mich hoffen, daß er noch nichts verraten hat.«
»Wenn es im Laufe der nächsten vierundzwanzig Stunden nicht eintrifft, haben wir eine Chance, ihn an der Verwirklichung seines Plans zu hindern. Ich rufe den Nationalen Sicherheitsrat zusammen, noch heute nacht.«
Über eine Sprechanlage gab der Präsident seine Anweisungen: Die Mitglieder des Sicherheitsrates sollten sich um zwei Uhr im Konferenzzimmer des Westflügels einfinden. Dann sah er auf die Uhr. »Bleiben Sie hier, Senator. Ich bestelle einen starken Kaffee für uns.«
Der Kaffee kam sofort. Die Adjutanten kannten die Angewohnheit ihres Chefs, zum Arbeitsbeginn eine Tasse Kaffee zu trinken, und hatten ihn bereits zubereitet.
Der Präsident fuhr fort: »Ich möchte mit Entscheidungen und Beschlüssen warten, bis der Sicherheitsrat zusammengetreten ist. Ein Skandal wie dieser könnte unserer Regierung sehr schaden. Die Presse darf jetzt noch nichts davon erfahren. All das muß dann besprochen werden. Aber zurück zu Senator McMahon. Sie sind doch sein bester Freund. Sie kennen seine Stärken und seine Schwächen – wie man ihn anpacken muß, wenn man etwas bei ihm erreichen will. Was halten Sie davon, noch heute nacht nach Istanbul zu fliegen und ihn zu bewegen, von seiner Wahnsinnstat Abstand zu nehmen?«
»Vielleicht hätte ich eine Chance, Mr. President. Aber, so wie ich Douglas McMahon kenne, kann man ihn nicht von dem abhalten, was er für richtig hält.«
Der Präsident erhob sich abrupt aus dem Sessel und ging mit kurzen Schritten im Raum hin und her, ehe er vor Dillon

stehenblieb. »Sie sagten, Sie hätten vielleicht eine Chance – in unserer Lage ist das schon viel, denn wir dürfen keine Chance ungenützt an uns vorbeigehen lassen. Wären Sie bereit, Senator Dillon, noch heute nacht zu fliegen?«
»Selbstverständlich.«
»Gut. Das wollte ich hören. Ich lasse Ihnen sofort eine Maschine der Airforce bereitstellen. Für die Sitzung des Sicherheitsrates brauche ich Sie aber noch.«
Der Präsident setzte sich wieder und sah Dillon eindringlich an. »Und noch etwas, Senator. Ich gebrauchte vorhin den Ausdruck ›Wahnsinnstat‹ – und ich meinte das wörtlich. Ist Ihnen je der Gedanke gekommen, daß Senator McMahon nicht ganz bei Sinnen sein könnte? Ich meine nicht seinen Entschluß, diesen ungeheuerlichen Schritt zu tun. Das hat es öfter in der Geschichte gegeben, daß Menschen Hochverrat begingen. Sie taten es bei vollem Bewußtsein, getrieben von einer starken Überzeugung, der Moral oder dem Gewissen, wie Sie wollen. Ich meine vielmehr McMahons Einschätzung der Fakten. Sein Brief ist ein einziger Vorwurf gegen mich, eine unglaubliche Unterstellung. Wir sind im Wahlkampf beide nicht gerade schonend miteinander umgegangen. In seiner Kritik an meiner Politik und meiner Person sah ich also nichts Ungewöhnliches. Er hält mich für einen harten Präsidenten, einen Mann, der offensiv reagiert, auch in der Außenpolitik. Er nennt mich einen Falken, und er hat recht damit. Aus diesem Brief aber«, der Präsident deutete auf das Tonbandgerät, »geht hervor, daß er mich nicht nur für fähig hält, einen nuklearen Präventivschlag zu führen, wenn unser Land unmittelbar bedroht ist, sondern daß er mich für entschlossen hält, den Anlaß dafür geradezu herauszufordern. Das ist doch eine eklatante Fehleinschätzung! Bitte verstehen Sie, Senator, ich sage das nicht aus persönlicher Verletztheit. Es geht mir nur darum, herauszufinden, wie es in McMahons Kopf aussieht. Nichts in der Welt, keine meiner Äußerungen, keiner meiner Schritte rechtfertigt diesen Verdacht. Das sind doch Hirngespinste!«
Der Präsident stand auf und ging erregt hin und her.
»Phantastereien! Wahnvorstellungen! Der Mann gehört in

eine Klinik und nicht auf eine Konferenz in Ankara. Ich mache mir schwere Vorwürfe, daß ich ihn mit dieser Mission betraut habe. Sind denn auch Sie so blind gewesen, Dillon? Als sein engster Vertrauter? Hat der Mann denn keinen Arzt, der einen Blick für so etwas hat?«

»Er hat überhaupt keinen Arzt. McMahon ist Mitglied der Christian-Science-Sekte. Die lassen keinen Mediziner an sich heran . . . Aber wo Sie davon sprechen, Mr. President – kennen Sie Dr. Rodney Smith? Nein? Eine der auffälligsten Gestalten, denen man hin und wieder in der Lobby des Senats begegnet. Groß, hager, mit schwarzem Bart. Dr. Smith gehört zu dem Ärzteteam, das die Senatoren betreut. Nach einer der letzten öffentlichen Ausschußsitzungen setzte er sich in der Lounge unaufgefordert zu mir an den Tisch. Er kam mit einem Whiskyglas von der Bar und sagte: ›Senator, ist Ihnen eigentlich schon einmal aufgefallen, daß Ihr Junior-Senator ein kranker Mann ist? Haben Sie einmal beobachtet, wie sehr dieser Mann von unterschiedlichen Stimmungen befallen wird? Wie er sich leidenschaftlich erregt und dann wieder in tiefe Erstarrung fällt, als sei er völlig abwesend? Sehen Sie sich doch einmal seine Augen und seine Hände an. Die Medizin hat für so etwas klare Begriffe, aber Ihr Freund gibt sich ja mit Ärzten nicht ab . . .‹«

»Schizophrenie?« unterbrach ihn der Präsident.

»Davon war nicht die Rede. Dr. Smith sagte nur etwas von gespaltener Natur, Zwangsvorstellungen und anderen Dingen, von denen ich, offen gestanden, wenig verstehe.«

Der Stab des Weißen Hauses war unterdessen alarmiert worden und bereits tätig. Der Präsident gab den Auftrag, auf der Andrews Airforce Base eine Maschine für Senator Dillon bis drei Uhr bereitzustellen, und der Sicherheitschef des Weißen Hauses veranlaßte, daß vier Beamte des Federal Bureau of Investigation (FBI) den Senator auf seiner Reise begleiteten, um ihn in unvorhergesehenen Situationen zu unterstützen. Dillon würde als Sonderkurier des Außenministeriums unter dem Namen Thomas B. Jones reisen.

Kurz nach zwei Uhr war der Sicherheitsrat versammelt. Für

den Verteidigungsminister, der an einer NATO-Tagung in Brüssel teilnahm, war sein Stellvertreter erschienen. Unter den Männern befand sich nur ein Offizier in Uniform, der Chef des Vereinigten Generalstabs. Alle sahen müde aus. Man hatte sie geweckt und mit Regierungslimousinen ins Weiße Haus gefahren. Sie erhoben sich schweigend, als der Präsident mit James Dillon den Raum betrat.

»Ich danke Ihnen für Ihr Erscheinen«, sagte der Präsident, während er zum großen Konferenztisch ging. »Nehmen Sie bitte Platz. Meine Herren«, begann der Präsident ohne weitere Einleitung, »Sie hören jetzt ein Tonband, auf dem Mrs. McMahon, die Frau des Senators Douglas McMahon, Ihnen einen Brief vorlesen wird, den ihr Mann vor seiner Abreise nach Ankara bei ihr hinterlegt hat.«

Mit einem Knopfdruck setzte Senator Dillon das Tonbandgerät in Gang.

Als die Zuhörer die immer wieder von Weinkrämpfen unterbrochene Stimme Patricia McMahons hörten, trat der Ausdruck unverhüllten Entsetzens in ihre Züge. Nur das Gesicht des Außenministers zeigte keine Bewegung. Er erinnerte sich an ein Gespräch, das er in Washington anläßlich der Vorbereitung McMahons für die CENTO-Konferenz mit General Sasson geführt hatte. Er hörte noch die unterkühlte Stimme des Generals: »Halten Sie es nicht für riskant, Senator McMahon mit einer Mission zu betrauen, die mit seinen Überzeugungen im Widerspruch stehen muß?« Und er erinnerte sich genau, mit welchen Worten er versucht hatte, diese Verantwortung von sich abzuwälzen: »Das hat der Präsident so entschieden.«

Der Außenminister sah zum Präsidenten hinüber, der mit geschlossenen Augen und zwei senkrechten Falten auf der Stirn am Kopfende des Konferenztisches saß. Als das Tonband abgelaufen war, blickte der Präsident auf:

»Gentlemen, wenn die Russen in den Besitz der Pläne kommen, dann können sie uns das Messer an die Kehle setzen. Denn dann kennen sie nicht nur, was sie jetzt vermutlich bereits wissen – die genauen Standorte unserer Reaketenbasen –, sondern auch die Zielorte, die Zeitpläne

sowie die Bestückung. Diese Kenntnisse würden ihnen zwei enorme Vorteile bieten: erstens den einer Konzentration ihrer Abwehr auf unsere Ziele und die zeitliche Reihenfolge der Abschüsse. Das heißt: in dem Moment, in dem sie den Aufstieg unserer ersten Rakete beobachten, können sie ihre Abfangraketen gezielt feuern. Zweitens hätten sie den Vorteil einer Ausweichmöglichkeit, indem sie jetzt schon ihre Abschußbasen verlegen können, bevor sie ihren eigenen Präventivschlag gegen uns entfesseln. Das Messer würde so lange an unserer Kehle sitzen, bis wir durch mühevolle Arbeit – Satelliten im All und Menschen auf der Erde – ausfindig machen, wohin unser Gegner seine Stellungen verlegt hat. In der Zwischenzeit, während der er im Vorteil ist, wäre es sinnlos, Nuklearwaffen von unseren – dann allein einsatzbereiten – beweglichen Abschußbasen – von Bombern oder Atom-U-Booten – einzusetzen, da das mangels Kenntnis militärischer Ziele allenfalls auf die Verwüstung von Städten hinauslaufen würde.«
Der Präsident trank einen Schluck Wasser und informierte die Anwesenden über die in aller Eile getroffene erste Entscheidung, Senator Dillon, den langjährigen Freund McMahons, in Begleitung von vier FBI-Agenten nach Ankara fliegen zu lassen, um den Senator, vielleicht in letzter Minute, und wenn nötig, mit Gewalt, zur Umkehr zu bewegen.
Dann ergriff der Außenminister das Wort. »Mr. President, ich glaube, wir sollten sofort unseren Botschafter in Ankara anweisen, mit einigen Sicherheitsbeamten nach Istanbul zu fliegen, um erstens Senator McMahon zu isolieren und zweitens die türkischen Behörden zu beruhigen, falls sie von dieser Affäre schon wissen sollten.«
Der Präsident überlegte einen Augenblick.
»Ja, bitte instruieren Sie den Botschafter entsprechend, und zwar mit folgender Begründung: Da gab es doch kürzlich Studentenunruhen. Wenn ich mich recht erinnere, sind auch amerikanische Flaggen verbrannt worden. Sagen Sie dem Botschafter, er soll McMahon sagen, daß neue Unruhen erwartet würden und ein Attentat auf ihn geplant sei.

McMahon muß sofort aus dem Verkehr gezogen werden.«

Der Außenminister verließ den Raum, um mit Ankara zu telefonieren. Während er durch die leeren Gänge des Weißen Hauses eilte, mischten sich leichte Zweifel in seine Bewunderung für diesen Mann, der sich in prekären Situationen so kühl und überlegen zeigte. General Sasson hatte seinerzeit recht gehabt: ein Mann wie McMahon war für Ankara nicht geeignet. Und doch hatte der Präsident ihn auf diese Reise geschickt. Warum hat er das getan? Ein einflußreicher oppositioneller Senator wie Dillon hatte ihm vorgeschlagen, McMahon diese Mission zu übertragen. Eine Ablehnung hätte als eine Brüskierung der Opposition aufgefaßt und vielleicht sogar als Tiefschlag gegen den unterlegenen Kandidaten ausgelegt werden können. Der Präsident war nicht frei von Eitelkeit – er wollte als ein fairer Sieger erscheinen. Und von der Presse hätte er zu hören bekommen, er hätte die »Taube« zu Hause behalten und dafür einen »Falken« geschickt.
Er öffnete die Tür und winkte dem emporschnellenden Beamten zu: »Bleiben Sie sitzen. Ich möchte sofort mit unserem Botschafter in Ankara sprechen. Ich spreche nebenan.« Er deutete auf die Tür des angrenzenden Zimmers. »Es ist zwei Uhr fünfundvierzig. Wieviel Uhr ist es jetzt in Ankara?«
»Neun Uhr fünfundvierzig, Sir.«
»Es kann sein, daß er noch nicht in der Botschaft ist. Versuchen Sie ihn zuerst in seiner Residenz zu erreichen.«
Der Außenminister ging in den Nebenraum. Wenige Minuten später summte das Telefon.
»Hallo? Gut, daß ich Sie so schnell erreichen konnte, Botschafter. Ich rufe aus dem Weißen Haus an, weil hier soeben die Nachricht einlief, daß türkische Studenten ein Attentat auf Senator McMahon planen. Diesen Tip haben wir nicht von der türkischen Regierung erhalten, deshalb wollen wir auch nicht ihren Geheimdienst einschalten. Es genügt, wenn Sie sich mit einigen Ihrer Leute darum kümmern. Aber, und das ist eine persönliche Bitte des

Präsidenten, tun Sie das schnellstens. Isolieren Sie Senator McMahon völlig von der Außenwelt, sogar von seiner eigenen Delegation, die die Konferenzvorbereitungen weiterführen soll. Noch etwas: In spätestens einer Stunde fliegen Senator Dillon und vier Herren vom FBI von hier ab, direkt nach Istanbul. Dillon reist als Sonderkurier Thomas B. Jones vom Außenministerium. Sie erfahren von ihm alles weitere. Den türkischen Botschafter hier werde ich darüber informieren. Und ich bitte, jegliches, ich betone, jegliches Aufsehen zu vermeiden. Ich hoffe, Sie verstehen mich. Ich verlasse mich auf Sie und erwarte Ihren Bericht.«
Mit schnellen Schritten kehrte der Außenminister zum Konferenzzimmer zurück. Als er die Tür öffnete, hörte er den Präsidenten zu Dillon sagen: »Appellieren Sie an Ihren Freund McMahon als Patriot, als Amerikaner. Falls er nicht umzustimmen ist –« die Gestalt des Präsidenten straffte sich – »nun, sein Vorhaben darf er nie und nimmer ausführen. Wir werden ihn um jeden Preis daran hindern müssen.«

15

In der Nacht nach dem Empfang im US-Generalkonsulat schlief Douglas McMahon trotz eines Schlafmittels schlecht. In den Stunden des Wachseins betete er. Das erste Tageslicht riß ihn aus wirren Träumen. Gegen sechs Uhr stand er auf, öffnete den Vorhang und ging ins Bad.
Senator Dillons Telefon in Washington hatte gerade geläutet. Es war ein Anruf aus Libertyville.
McMahon zog sich an und las noch einmal die Notizen, die er sich für sein Gespräch mit dem sowjetischen Ministerpräsidenten gemacht hatte. Für einen Uneingeweihten waren es belanglose Stichworte, ein Kurzstenogramm, das alles mögliche bedeuten konnte – kein Code, den man hätte brechen können. Nur für McMahon war jedes Wort ein Erinnerungsschlüssel. Den Inhalt – Zahlen, Daten, Namen, Orte – hatte McMahon im Kopf. Sein in jahrzehntelangem Training

perfektioniertes Gedächtnis hatte das Wissen gespeichert, das ihn zu dem kolossalsten Verrat des Jahrhunderts trieb. Der Senator straffte sich. Die Vorstellung, den Sowjetbotschafter nicht mehr zu erreichen, ließ ihn jegliche Schwäche vergessen. Er ging auf den Balkon und sah auf den Bosporus. Der Anblick der schneeweißen graziösen Dolmabahçe-Moschee unmittelbar am Wasser stimmte ihn friedlich und beruhigte ihn.

McMahon sah auf die Uhr. Es war halb sieben. Er bestellte sein Frühstück und legte ein paar Akten auf den Arbeitstisch. Es sah aus, als arbeite er schon seit Stunden. Als der Etagenkellner sich bemerkbar machte, deutete der Senator auf den Tisch und ließ so den Kellner wissen, daß er nicht auf dem Balkon frühstücken wolle. Er aß ohne Appetit. Dann stand er auf und vergewisserte sich, daß alles im Zimmer so aussah wie sonst. Nur das Bild seiner Frau mit Tochter und Enkeln stand nicht mehr auf dem Nachttisch. Es steckte in der Brieftasche bei den Notizen. Noch einmal sah er sich in den beiden Räumen um. Es fiel ihm nicht schwer, alles – auch seine privaten Sachen – zurückzulassen. Als er noch einen Blick ins Bad warf, huschte Befriedigung über sein strenges Gesicht. Zahnbürste, Rasierapparat, Rasierwasser, Kamm – auch hier deutete alles auf seine baldige Rückkehr. Um neun würde man vermuten, er frühstücke noch. Um halb zehn würde man nach ihm sehen, aber es gab nichts, was den Verdacht erregen könnte, daß er nicht wiederkommen würde.

McMahon wollte so schnell wie möglich mit Alexandrow telefonieren – aber nicht vom Hilton aus, wo man bereits ein Mikrofon in seinem Zimmer gefunden hatte. Er mußte raus aus dem Hotel. McMahon setzte seinen Strohhut auf und verließ das Apartment. Vor der Tür empfingen ihn seine beiden türkischen Leibwächter mit strammem Gruß. Er grüßte mit einer legeren Handbewegung zurück. Er mußte sie loswerden.

»Ich gehe nur eine Viertelstunde vors Haus«, sagte er. »Sie können hierbleiben.«

»Yes, Sirrr«, schnarrten die beiden und folgten ihm.

»Sie können wirklich hierbleiben, ich brauche Sie nicht.«
»Yes, Sirrr.« Sie ließen sich nicht abschütteln. Jeder weitere Versuch konnte ihr Mißtrauen erregen.
Der Senator ging gemächlich über die Terrasse zum Swimming-pool hinunter und weiter zu den Tennisplätzen, wo sich ein Trainer mit zwei Balljungen unterhielt. Außer ihnen war niemand zu sehen. Er setzte sich auf eine Bank und winkte seine Leibwächter zu sich. »Hier ist es angenehm. Ich möchte hier bleiben, aber nicht ganz ohne Arbeit«, sagte er zu den Türken. »Auf dem Arbeitstisch liegt eine grüne Ledermappe mit Akten – wenn Sie mir die bringen könnten. Und meinen Füllfederhalter, er liegt dabei.«
»Yes, Sirr«, antwortete einer der beiden und ging mit schnellen Schritten zum Hotel zurück.
»Es ist schon recht warm für die frühe Stunde«, wandte sich der Senator an den anderen. »Gibt es hier irgendwo einen kalten Drink?«
»An der Bar drüben.«
»Dann besorgen Sie mir doch einen Grape-Juice, kühl, aber bitte ohne Eis.«
Der zweite Leibwächter machte eine kurze Verbeugung und ging ebenfalls. Als er sich kurz vor der Bar noch einmal umdrehte, sah er McMahon mit dem Trainer sprechen. Auf dem Rückweg, mit Glas und Karaffe in der Hand, sah er, daß McMahon langsam den Hang hinter den Tennisplätzen zur Straße hinaufging. »Sirr!« rief er und beschleunigte seine Schritte. »Sirrr!«
Der Senator schien ihn nicht zu hören. Er ging weiter den Hang zur Cumhuriyet Caddesi hinauf. Als er den Straßeneingang zu den Tennisplätzen erreicht hatte, löste sich aus dem Verkehrsstrom ein Taxi und hielt vor ihm. Das war die Chance.
Der Leibwächter hatte, als McMahon auf sein Rufen nicht reagierte, Glas und Karaffe ins Gras gestellt und war ihm den Hang hinauf nachgerannt, ohne sehen zu können, was auf der Straße geschah: Zwei junge Männer in weißem Tennis-Dreß stiegen aus. Während einer noch zahlte, stieg McMahon bereits ein und zog hastig die Tür zu.

»Wohin, bitte?« fragte der Fahrer auf englisch.
»Zum russischen Generalkonsulat.«
»Evet effendi – yes, Sir.«
Als der Leibwächter die Straße erreichte, konnte er gerade noch McMahons Strohhut im Fond eines abfahrenden Taxis erkennen. Es reihte sich in den Verkehr ein – das Kennzeichen konnte der Türke nicht mehr entziffern. Er rannte zum Hotel zurück. In der Halle begegnete er einem Mitglied der Delegation McMahons. Mit fliegendem Atem berichtete er, was geschehen war.
Der Amerikaner sah auf die Uhr. »Viertel nach acht«, sagte er. »Ich nehme an, daß er Sie ein Weilchen loswerden wollte, um sich in der Stadt umzusehen. Sie sollten es aber auf jeden Fall Ihrem Vorgesetzten melden.«

McMahon betrat das sowjetische Konsulatsgebäude um Viertel vor neun. Als er sich dem Russen am Empfang als Senator McMahon vorstellte und seinen Wunsch äußerte, den Generalkonsul zu sprechen, sah der ihn verständnislos an. Er sprach Russisch und Türkisch, aber kein Englisch. McMahon hielt ihm seinen Paß hin, den der Russe nahm und damit verschwand. Wenig später kam er mit einem in korrektem Schwarz gekleideten Herrn zurück.
»Entschuldigen Sie bitte die Verzögerung, Mr. McMahon«, sagte er in gutturalem Englisch, als er ihm seinen Paß zurückgab, »der Generalkonsul läßt bitten.«
Kurz danach saßen sie dem Konsul gegenüber. »Ihr Besuch ist uns eine angenehme Überraschung«, sagte er, »was verschafft uns die Ehre?«
»Herr Generalkonsul, ich fasse mich kurz – ich muß dringend Botschafter Alexandrow sprechen. Bitte verbinden Sie mich mit ihm.«
Der Mann sah ihn einen Augenblick durch seine randlose Brille scharf an. »Ich nehme an, die Angelegenheit ist streng vertraulich, sonst wären Sie nicht hier. Schreiben Sie mir bitte auf, was Sie dem Botschafter mitteilen wollen, ich lasse es sofort chiffrieren und an ihn weiterleiten. Sie kennen sich ja, nicht wahr?«

»Ja, wir kennen uns von der UNO in New York. Ich möchte mit ihm über schwerwiegende politische Angelegenheiten sprechen, die nicht den geringsten Aufschub dulden.«
Der Konsul erhob sich. »Dann wollen wir gleich an die Arbeit gehen, Sir. Wenn Sie mit mir kommen würden – gestatten Sie, bitte, daß ich vorausgehe.«

Während Douglas McMahon seine Nachricht an Botschafter Alexandrow formulierte, meldete sich in Leilas Büro in der »Karawanserei« einer ihrer Mitarbeiter, der mit zwei weiteren zur Überwachung des sowjetischen Konsulats angesetzt war.
»Zwischen acht und acht Uhr vierzig«, berichtete er sachlich, »sind vier Wagen mit CC-Schildern angekommen und auf das Konsulatsgelände gefahren, drei davon nur mit einer Person, einer mit Fahrer und einer Frau im Fond, wahrscheinlich lauter Konsulatsangehörige. Kurz vor halb neun hat ein privater Wagen am Gartentor gehalten, der Fahrer hat dem Posten ein Päckchen gegeben und ist weitergefahren.«
»Das polizeiliche Kennzeichen –«
»– habe ich aufgeschrieben.«
»Gut, weiter –«
»Um acht Uhr dreiundvierzig kam ein Taxi, im Fond ein Fahrgast. Er hat darauf bestanden, nicht vor dem Gartentor auszusteigen, sondern bis ans Portal gefahren zu werden. Darüber ist es zu einem Wortwechsel zwischen dem Fahrer und dem Posten gekommen, an dem sich auch der Fahrgast beteiligt hat. Nach einiger Zeit hat der Posten dann das Taxi vor das Gebäude fahren lassen.
»Wie hat der Fahrgast ausgesehen?«
»Das war leider aus dreißig Meter Entfernung nicht zu erkennen. Das einzige, was ich sehen konnte, war ein heller Hut.«
»Die Taxinummer?«
»Hier.« Der Mann legte einen Zettel auf den Tisch. »Die erste ist von dem Privatwagen, die zweite vom Taxi.«
»Gut, geh zurück auf deinen Posten. Wir werden versuchen,

die Wagen zu finden. Vielleicht hat der Taxifahrer eine Ahnung, wen er gefahren hat.«
Der Mann ging. Leila rief den Chefportier im Hilton an. »Ist McMahon im Hotel?« fragte sie.
»Ich habe ihn nur kurz gesehen. Er hat um halb sieben sein Frühstück bestellt und arbeitete bereits, als der Etagenkellner kam. Kurz nach acht ist er an der Rezeption vorbeigekommen, hat seinen Schlüssel abgegeben und ist dann auf die Terrasse gegangen, gefolgt von seinen beiden Leibwächtern.«
»Hat er einen Hut getragen?«
»Ja, er hatte einen hellen Strohhut auf.«
»Versuch festzustellen, wo er ist, und berichte mir sofort.«
Als Leila allein war, bestellte sie sich einen Tee und überlegte: Das Konsulat ist etwa fünfzehn Kilometer vom Hilton entfernt – per Taxi in fünfundzwanzig bis dreißig Minuten erreichbar. Der Mann, der dort in einem Taxi vorfuhr, hätte durchaus vom Hilton kommen können, wenn er das Hotel zwischen 8 und 8 Uhr 15 verlassen hätte. Es könnte McMahon gewesen sein, der ins russische Konsulat gefahren ist, um – wie Malik vermutete – Kontakt mit den Russen aufzunehmen. Und Malik war kein Mann, der leichtfertig einen Verdacht aussprach. Dann: der helle Hut! Aber all dies waren keine Beweise, nur Annahmen. Es ist besser, keine Spur zu verfolgen, dachte Leila, als eine falsche.

In der russischen Botschaft in Ankara kam der Text aus Istanbul Satz für Satz dechiffriert auf den Tisch des Botschafters. Bei ihm saß der legale KGB-Resident, Kulturattaché Wladimir Popow. Sie lasen mit wachsender Spannung.
»Den Ministerpräsidenten will er sprechen«, murmelte Popow beim Lesen. »Hm, den Ministerpräsidenten und keinen Geringeren.«
»Es muß um etwas Besonderes gehen – ich kenne ihn. Aber warum hat er es so eilig, sich mit mir in Verbindung zu setzen? Er wäre am Montag ohnehin nach Ankara gekommen.«

»Unser Mann in Istanbul hat ihm gestern abend beim Empfang im amerikanischen Konsulat beiläufig erzählt, daß Sie abberufen seien und heute nach Moskau zurückkehrten.«
»Geschickt«, sagte der Botschafter anerkennend. »Und was geschieht jetzt?«
»Ich lasse ihn herbringen.«
»Ist das nicht riskant?«
»Wir müssen es riskieren. Ich schätze, er hat uns allerhand zu erzählen.«
»Den Eindruck habe ich auch. Wie wollen Sie ihn herbringen, Genosse Popow? Und wann?«
»Heute noch. Gegen Abend ist er da. Muß er da sein. Vor allem muß er von Istanbul weg. Wenn bekannt wird, daß er verschwunden ist, werden alle nach ihm suchen – Türken, Amerikaner und weiß Gott wer noch. Ich werde Oberst Korakow beauftragen, ihn herzubringen. Ich rufe sofort an.«

Wenige Minuten, nachdem McMahon in Istanbul seinen letzten Satz in die Chiffrier-Abteilung gegeben hatte, läutete das Telefon. Der Generalkonsul horchte schweigend in die Muschel.
»Sind Sie bereit, Senator«, fragte er, nachdem er den Hörer wieder aufgelegt hatte, »in einer halben Stunde per Auto nach Ankara zu fahren?«
»Kommen wir unentdeckt durch?«
»Nur auf diese Weise – für den Luftweg sind Sie zu prominent«, antwortete der Russe. »Allerdings müssen wir erst ein paar Veränderungen an Ihrem Aussehen vornehmen, Sir.«
»Ja, natürlich, ich verstehe. Lassen Sie mich bitte noch vorher im Hilton anrufen. Ich muß meine Leute beruhigen, bevor sie Nachforschungen nach mir anstellen.«
Der Russe nickte. »Einen Augenblick, Sir, ich lasse sofort eine Verbindung herstellen.«
»Geben Sie mir Mr. Stone«, verlangte der Senator, als sich das Hotel meldete. Ungeduldig schaute er auf die Uhr. Es

war 8 Uhr 50. In einigen Minuten sollte die Sitzung beginnen.

Leilas Telefon läutete. Es war der Portier im Hilton. Er sprach mit leiser Stimme: »Madame, die beiden Leibwächter des Senators haben unserem Hausdetektiv gesagt, der Senator wäre ihnen durch den Eingang zu den Tennisplätzen entschlüpft und in einem Taxi in die Stadt gefahren. Die Leibwächter haben es den Amerikanern gemeldet, doch haben die sich nicht deswegen beunruhigt. Einen Moment, bitte warten Sie, Madame – ich bekomme gerade wieder einen Bericht.« Leila konnte hören, wie der Portier leise mit jemandem sprach, dann kam er wieder an den Apparat und sagte: »Madame, entschuldigen Sie, daß ich Sie warten ließ – ich habe noch etwas für Sie. Senator McMahon hat gerade aus der Stadt angerufen und mit einem Herrn seiner Delegation gesprochen. Unsere Telefonistin hat den genauen Wortlaut notiert. Ich lese vor: ›Hallo, hier spricht McMahon. Sie werden es ja schon gehört haben, daß ich meine Bewacher abgeschüttelt habe. Es machte mich nervös, auf Schritt und Tritt bewacht zu sein. Ich bin jetzt in der Altstadt und finde es sehr interessant hier. Verschieben Sie die Sitzung auf morgen. Ich werde wahrscheinlich erst am Nachmittag zurückkommen. So long.‹«
»Danke. Bitte halten Sie mich auf dem laufenden.«
Ich werde veranlassen, daß das russische Konsulat noch schärfer überwacht wird, entschied Leila. Sie sah auf ihre Schreibtischuhr – es war 8 Uhr 55.

Als McMahon eine halbe Stunde nach seinem Anruf im Hilton vor dem Spiegel stand, erkannte er sich selbst nicht mehr. Er trug jetzt statt des hellgrauen, unverkennbar amerikanischen Straßenanzugs einen dunkleren, etwas altmodisch wirkenden Anzug aus einem türkischen Laden. Sein schlohweißes Haar steckte unter einer grauen Kurzhaar-Perücke, über die er einen dunklen Hut trug. Die

Augenpartie war durch die breiten Ränder einer Hornbrille unkenntlich gemacht. Man hatte ein neues Paßbild angefertigt und in eine türkische Identitätskarte geklebt, die ihm der Konsul überreichte. Die Karte trug den Vermerk: ZWEIMAL APOPLEXIE, SPRACHGESTÖRT.

Inzwischen hatte sich der KGB-Apparat in Istanbul in Bewegung gesetzt. Kemal Alkoç hatte einen Leihwagen besorgt, und Ali hatte eine seiner zuverlässigsten Mitarbeiterinnen geholt, eine vierundfünfzigjährige Türkin, aktives Mitglied der türkischen Freiheitspartei, in Wirklichkeit Altkommunistin. Oberst Korakow, der von Wladimir Popow mit der Leitung der Aktion beauftragt worden war, kam ins Konsulat und wurde als Chauffeur eingekleidet.

Danach wurden McMahon und die Türkin über ihre neue Identität aufgeklärt: Sie waren Grundbesitzer aus Edirne – nahe der türkisch-griechischen Grenze – und reisten nach Beypazari an der Straße nach Ankara, um Verwandte zu besuchen.

Um halb zehn brachte einer von Alkoç' Leuten den Leihwagen, und kurz danach verließen sie das Konsulatsgelände. Am Steuer Korakow, neben ihm ein junger Türke, ein staatlich zugelassener Fremdenführer, sonst aber KGB-Mann unter Alkoç, im Fond saß das ältere Ehepaar aus Edirne. Der schwarze Wagen unterschied sich in nichts von tausend anderen, die zu dieser Zeit durch die Straßen Istanbuls fuhren, niemand nahm von ihm Notiz. Lediglich Leilas Leute meldeten routinemäßig, daß ein Wagen – »Farbe schwarz« – mit Chauffeur und einem türkisch aussehenden Ehepaar und einem jungen Mann, wahrscheinlich dem Sohn, um 9 Uhr 40 vom Konsulat abgefahren sei. Der ältere Herr im Fond habe mit McMahons Beschreibung nichts Gemeinsames und sehe aus, wie eben ein älterer Türke aussieht. Man habe das Kennzeichen überprüfen lassen, es handle sich um einen Leihwagen aus Ankara.

Korakow durchquerte in zügiger Fahrt die Innenstadt. Er erreichte über den Barbaros Boulevard, an der Dolmabahçe-Moschee vorbei, den Fähren-Anlegeplatz Kabatas, auf den das auf einem hohen Hügel gelegene Hilton herunterschaut.

Als Korakow hinter einer Reihe wartender Wagen hielt, legte die Fähre, vom asiatischen Teil Istanbuls kommend, gerade an. Die ersten Wagen rollten langsam herunter, Fußgänger drängten an Land. Es dauerte gute zehn Minuten, bevor sich die Kolonne in Bewegung setzte. McMahon saß in Schweiß gebadet in seinem Sitz, die Hitze, die Perücke und die Aufregung hatten ihn mitgenommen. Der schwarze Wagen rollte als letzter auf die Fähre.

»Wie lange bleiben wir auf dem Schiff?« fragte McMahon.

»Weniger als eine halbe Stunde«, antwortete der Fremdenführer. »Bis Üşküdar.«

»Üşküdar?«

»Das ist der Stadtteil auf der anderen Seite.«

»Üşküdar . . .«, wiederholte McMahon fast wehmütig. Er dachte an den Wahlkampf, als die schwarze Sängerin Eartha Kitt, seine begeisterte Anhängerin, ihr Lied »Üşküdar« auf einer seiner Kundgebungen gesungen hatte. Doch bald freute ihn diese Erinnerung nicht mehr, sondern bedrückte ihn, und als das Fährschiff über den Bosporus glitt und das europäische Ufer zurücksank, überkam ihn eine plötzliche Depression.

Korakow beobachtete ihn im Rückspiegel. Der Senator saß kerzengerade gegen die Lehne gepreßt, die Lippen schmal, den Blick starr geradeaus gerichtet. Sie hätten ihm ein Beruhigungsmittel geben sollen, dachte der Russe, als er zwei Polizisten gemächlich durch die zwei Reihen der Autos kommen sah. Am Wagen vor ihnen blieben sie stehen und unterhielten sich durch die offenen Fenster mit den Insassen. Die Türkin bemerkte McMahons Erregung und griff nach seiner Hand, was er gar nicht zu bemerken schien. Korakow fragte sich, was geschehen würde, wenn McMahon die Nerven verlor?

Er drehte sich um. »Sie müssen sich zusammennehmen«, sagte er leise. »Die Polizisten machen ihren Routinegang, kein Grund zur Aufregung. Schauen Sie doch lieber mal zurück auf den Sultanspalast – ist das nicht ein herrlicher Anblick?« fügte er lauter hinzu, als die Polizisten grüßend an ihrem Wagen vorbeigingen. Er wandte sich an den

Fremdenführer. »Das ist dein Fach, Ahmed – erzähl dem Senator etwas über den Palast.«
Der junge Mann erzählte, und als sie in Üşküdar anlegten, war es ihm gelungen, McMahons Interesse zu gewinnen und ihn zu beruhigen.
Korakow steuerte den Wagen über die Halk- und die Tunusbagi-Straße dem Stadtrand entgegen. In der Nähe der Semiliye-Moschee hatte eine dichte Reihe von Soldaten die Straße gesperrt. »Dermo«, flüsterte der Oberst, »Scheiße«, fuhr aber langsam weiter. Um 8 Uhr ist er aus dem Hotel verschwunden, rechnete er kühl, um 8 Uhr 50 hat er seinen Leuten gesagt, er würde erst am Nachmittag aus der Altstadt zurückkommen. Auf keinen Fall würden sie jetzt schon – er sah auf seine Uhr –, um halb elf, die Suche nach ihm aufgenommen haben. Also weiter.
»Biegen Sie rechts ab, Oberst«, sagte der junge Mann neben ihm. »Da kommen wir auch auf die Straße nach Ankara.«
Sie bogen ab und fuhren an der Moschee vorbei. »Und jetzt?« fragte Korakow.
»Geradeaus. Nach einem halben Kilometer kommt die Hauptstraße.«
Nach einer Kreuzung macht die Straße einen Bogen nach rechts. Auch hier hatte Militär abgeriegelt. Korakow hätte gerne auch das geringste Risiko, entdeckt zu werden, vermieden, aber es gab keine Seitenstraße mehr, und umzukehren könnte Verdacht erregen. Er biß die Lippen zusammen und fuhr weiter auf die Sperre zu.
»Warum machen Sie nicht kehrt?« stieß McMahon hervor. »Wir müssen doch denen nicht einfach in die Arme fahren.«
»Überlassen Sie das jetzt mir!« herrschte Korakow ihn an. Und zu dem Türken: »Ich halte an, du steigst aus und fragst einfach, was los ist.« Er hielt ein paar Schritte vor der Absperrung. Der Türke stieg aus und ging auf die Soldaten zu. Ein Unteroffizier kam ihm entgegen.
»Wir müssen zum Haydarpaşa-Bahnhof«, sagte der Fremdenführer und hielt ihm seinen amtlichen Ausweis hin. »Aber man kommt ja nirgends durch. Was ist denn hier los?«

»Der Verteidigungsminister und der Kommandierende General der Ersten Armee besuchen die Semiliye-Kaserne. Fahrt zur Moschee zurück und biegt scharf rechts ab, die Straße ist dort frei.«
»Allah segne dich.« Ahmed schlenderte zum Wagen zurück. »Ein Minister und ein General«, sagte er zu Korakow.
»Ich dachte mir, daß das nicht uns galt – sonst wäre die Polizei dabeigewesen.« Korakow wendete und erklärte McMahon den Grund der Sperre. Erleichtert sank der Senator in seinen Sitz zurück.

16

Nachdenklich legte der amerikanische Botschafter in Ankara nach dem Anruf seines Außenministers den Hörer auf. Seine Erfahrung sagte ihm, daß es um mehr gehen mußte als ein geplantes Attentat von randalierenden Studenten. Es muß schon ein dringender Grund vorliegen, wenn ein Außenminister so früh anruft, statt ein chiffriertes Telegramm zu schicken, und sich dann noch auf den Präsidenten bezieht. Und was sollten der Deckname und die vier FBI-Beamten?
Er drehte sich langsam zu seiner Frau um: »Pech, Meg, aber ich muß nach Istanbul. Mach mir bitte den kleinen Koffer fertig.«
Der Frau des Botschafters war so etwas nicht fremd. Trotzdem hörte sie beunruhigt zu, als ihr Mann ins Telefon sprach:
»Lassen Sie sofort meine Maschine für einen Flug nach Istanbul startklar machen und benachrichtigen Sie Smith, Miller und Sergeant Percy. Sie sollen sich unverzüglich auf dem Flugplatz einfinden, mit Gepäck. Ich fahre ebenfalls sofort los. Und benachrichtigen Sie Konsul Forman, er möchte uns abholen.«
Die Namen, die der Botschafter genannt hatte, gehörten – wie Meg wußte – den drei besten Sicherheitsbeamten der Botschaft. Und ›mit Gepäck‹ hieß: bewaffnet.

Um 10 Uhr 45 saßen der Botschafter und seine drei Begleiter im Flugzeug. Um 11 Uhr 20 glitt es über den tiefblauen Bosporus im Landeanflug auf den Flughafen Yeşilköy. Unter ihnen kreuzten die Fähren die Meerenge. Kurze Zeit zuvor hatte auf einer von ihnen eine schwarze Limousine gestanden. Und im Fond hatte ein Mann gesessen, der für die Schönheit der Szenerie in jenem Augenblick ebensowenig Sinn zeigte wie eine knappe Stunde später der amerikanische Botschafter.

Die Uhr auf dem Flughafen Yeşilköy zeigte 11 Uhr 35, als die Maschine des amerikanischen Botschafters aufsetzte. Ein kleiner schwarz-gelb karierter »Follow me«-Wagen übernahm die Führung und dirigierte sie zu einem abgetrennten Teil des Vorfeldes. Als sie zum Stehen kam, stellten sich zwei Limousinen des Generalkonsuls Forman vor die aufgefahrene Treppe. Die Passagiere kamen die Stufen herunter.
»Good morning, Herr Botschafter.«
»Good morning, Forman. Lassen Sie uns so schnell wie möglich zum Hilton fahren. Ich erkläre Ihnen alles unterwegs.«
Der Botschafter stieg in Formans Limousine, seine drei Sicherheitsbeamten in den zweiten Wagen. Sie fuhren rasch davon. Während die Wagen sich einen Weg durch den Verkehr und die Menschenmenge bahnten, unterrichtete der Botschafter den Konsul von den Befürchtungen des Außenministers, Studenten könnten ein Attentat auf McMahon verüben.
»Den Türken in Ankara sagte ich, daß mein Besuch hier Ihnen gilt«, schloß der Botschafter. »Also kein Wort über Senator McMahon zu den türkischen Dienststellen, auch nicht einmal zu Ihren eigenen Leuten. Und jetzt gehen wir beide zu Senator McMahon und versuchen ihm begreiflich zu machen, daß er abgesondert werden muß, bis Senator Dillon da ist. Meine Männer werden sich vor seinem Zimmer und in der Halle postieren und etwaige Besucher zurückweisen.«

»Können Sie mir sagen, Herr Botschafter, warum Senator Dillon herübergeflogen kommt?« fragte Forman.
»Nein.«
Diese knappe Antwort machte den Konsul stutzig, aber er wagte keine weiteren Fragen zu stellen.
Der Wagen fuhr in die Auffahrt zum Hotel. Die Fahrgäste stiegen aus und gingen an der Rezeption vorbei in die Halle, in der einige Mitglieder der amerikanischen CENTO-Delegation Kaffee tranken. Der Botschafter ging direkt auf sie zu.
»Herr Botschafter!« rief Stone. »Freut mich, Sie bereits hier begrüßen zu können. Wir dachten, wir würden Sie erst in Ankara treffen.«
»Hallo, Mr. Stone.« Weitere Begrüßungen ersparte sich der Botschafter. »Sagen Sie, wo ist Senator McMahon?«
»Er muß noch in der Stadt sein. Genaues wissen wir nicht, nur daß um etwa Viertel nach acht einer der zwei türkischen Geheimpolizisten, die ihn beschatten sollten, uns berichtete, er habe den Senator aus den Augen verloren, als er in ein Taxi sprang. Eine halbe Stunde später rief Senator McMahon an und sagte, er habe sich von seinen Bewachern freigemacht, um sich ein wenig in der Stadt umzusehen. Er komme nicht zu der für neun Uhr angesagten Sitzung zurück, sondern wahrscheinlich erst am Nachmittag.«
Der Botschafter sah auf die Uhr. »Jetzt ist es zwölf. Und Sie haben nichts unternommen, nicht nach ihm suchen lassen?«
Stone verneinte. Wortlos drehte sich der Botschafter um und ging zur Rezeption, an der die Männer von seiner Botschaft auf ihn warteten.
»Senator McMahon hat seine türkischen Leibwächter abgeschüttelt und hält sich angeblich in der Altstadt auf. Wir müssen ihn finden! Würden Sie ihn erkennen? Während des Wahlkampfes war sein Bild in allen Zeitungen.« Alle drei nickten. »Percy«, fuhr der Botschafter fort, »fahren Sie ins Topkapi, den alten Sultanspalast, vielleicht schaut sich der Senator dort die Juwelensammlung an. Sie beide« – er wandte sich den beiden anderen zu – »suchen ihn im Bazar, Sie kennen ja die Orte, die für Touristen von Interesse sind.

Tun Sie, was Sie können, um den Senator heil zurückzubringen. Ich erwarte Sie spätestens um sechzehn Uhr hier in der Halle zurück, mit oder ohne den Senator. In der Zwischenzeit können Sie mich hier erreichen.«
Damit waren die Männer entlassen. Der Botschafter drehte sich zum Chefportier an der Rezeption um, der ihn von gelegentlichen Empfängen im Hilton her kannte.
»Ist Senator McMahon in seinem Zimmer?«
»Nein, Exzellenz. Der Schlüssel ist da«, antwortete er und wandte sich wieder dem Botschafter zu.
»Das ist aber schlecht. Ich benötige dringend einige Unterlagen aus seinem Zimmer. Würden Sie mich bitte begleiten?«
Der Chefportier verneigte sich tief. »Wie Sie wünschen, Exzellenz.«
Sie gingen gemeinsam zum Lift, fuhren in den zehnten Stock und gingen den Korridor hinunter bis zu einem Eckzimmer.
»Bitte, Exzellenz.« Der Chefportier öffnete McMahons Tür mit dem Hauptschlüssel, nicht ohne vorher diskret geklopft zu haben. Der Botschafter trat ein, geblendet von dem grellen Sonnenlicht, das durch die beiden riesigen Fenster fiel. Dann sah er sich um. Das Zimmer war aufgeräumt, nichts deutete auf einen Zwischenfall hin. Die Koffer lagen auf einem Gestell. Auf dem Schreibtisch zeigten Papiere und Kugelschreiber, daß noch gearbeitet werden sollte. Der Botschafter ging zum Schreibtisch und studierte einige Minuten lang die Papiere. Dann nahm er einige Blätter und steckte sie in seine Tasche. »Es sind natürlich nur belanglose Papiere, die der Senator hier herumliegen ließ. Doch mit dieser Gästeliste ist mir jetzt geholfen. Wir können gehen.«
Als sie mit dem Aufzug hinunterfuhren, fragte der Botschafter beiläufig: »Kann ich bei Ihnen ungestört mit Washington telefonieren?«
Der Portier nickte. »Selbstverständlich, Exzellenz. Wenn Sie mir bitte die Nummer geben, ich werde sie selbst wählen. Die Zentrale«, sagte er mit einem Anflug von Vertraulichkeit, »kann sich dann nicht einschalten.«
»Danke.« Der Botschafter schrieb die Nummer des Außenministeriums auf einen Zettel und wartete in einem kleinen

Raum mit samtbespannten Wänden und einer dick gepolsterten Tür. Mit einem schnellen Schritt war er am Apparat, als es läutete.
»Hallo. Hier ist der Botschafter in Ankara, bitte geben Sie mir den Minister, er erwartet meinen Anruf.«
Der Außenminister meldete sich. »Hallo, Botschafter. Gut, daß Sie schon in Istanbul sind. Wie sieht es bei Ihnen aus?«
»Nicht gut, Herr Minister. Der Kollege, den ich hier treffen wollte, ist nicht da. Freunde von ihm sagten, er sei heute früh spazierengegangen und habe sich dabei von seinen türkischen Begleitern getrennt. Gegen neun Uhr hiesiger Zeit rief er dann an und sagte, er sei in der Altstadt und werde erst am Nachmittag zurück sein. Ich lasse jetzt nach ihm suchen.«
»Sehr bedauerlich. Halten Sie mich auf dem laufenden. Mr. Jones ist bereits zu Ihnen unterwegs.«
»Sehr gut, Herr Minister. Um wieviel Uhr ist Mr. Jones abgeflogen?«
»Noch vor vier Uhr, denke ich. Er müßte etwa um dreiundzwanzig Uhr Ihrer Zeit bei Ihnen eintreffen. Sonst noch etwas?«
»Nein, Herr Minister.«
Das Gespräch war beendet. Der Botschafter hätte gerne noch Fragen gestellt, aber er wußte, daß dafür weder die richtige Zeit noch der geeignete Ort war. In wenigen Stunden würde Dillon ihm alles erklären.

In ihrem Büro in der »Karawanserei« malte Leila nachdenklich Figürchen mit ihrem goldenen Kugelschreiber. Das Telefon läutete. Es war der Chefportier des Hilton.
»Madame, der amerikanische Botschafter ist vor einer halben Stunde aus Ankara gekommen. Er sucht Senator McMahon, der seit meiner letzten Information an Sie noch nicht wieder erschienen ist. Der Botschafter hat seine Leute losgeschickt, um ihn zu finden. Jetzt eben telefonierte er mit Washington, mit dem Außenminister, und berichtete ihm über Senator McMahons Verschwinden. Kann ich etwas für Sie tun, Madame?«

»Ja. Verschaff mir eine Gelegenheit, mit dem Botschafter zu sprechen. Ich komme ins Hotel.«
»Ich werde es arrangieren.«
Wieder spielten Leilas schlanke Finger mit dem Kugelschreiber. Punkte und Striche fügten sich zu einem Gebäude. Jäh brach sie ihre Spielerei ab . . .
Der Leihwagen aus Ankara! Der Mann im Fond soll wie ein älterer Türke ausgesehen haben. Das bedeutet doch nicht, daß er das auch ist. Das russische Generalkonsulat hat doch seine Spezialisten für Masken. Hier muß der Schlüssel sein. Und ohne wirklich den Weg zu kennen, den der Wagen genommen hatte, griff Leila entschlossen zum Telefonhörer, wählte eine Nummer in Ankara und sprach, als sich ein Mann meldete, ohne ihren Namen zu nennen:
»Allah sei mit dir, Chosrow. Schicke sofort zwei Leute zur russischen Botschaft. Sie sollen dort Tag und Nacht die Augen aufhalten und jeden – hörst du – jeden Personenverkehr melden. Gib mir stündlich Bericht, was sie gesehen haben. Außergewöhnliches melde mir sofort.«

»Ich hoffe, Exzellenz hatten eine gute Verbindung – sogar mit Ankara haben wir leider oft Schwierigkeiten.« Der Chefportier des Hilton verbeugte sich mehrfach vor dem Botschafter.
»Ja, danke, die Verbindung war recht gut.«
Der Botschafter griff zu seiner Brieftasche.
»Hier – für Ihre Bemühungen«, sagte er, als er dem Concierge einen Schein in die Hand drückte. Der Chefportier lächelte freundlich. »Exzellenz verzeihen, daß ich mit Ihnen über etwas sprechen möchte, das nicht in den Rahmen meiner Pflichten fällt. Aber wenn ich mir einen Vorschlag erlauben darf, dann bitte ich Exzellenz, nicht ungehalten zu sein, sondern mich anzuhören.«
Als der Botschafter ihn verwundert ansah, fuhr er fort:
»Es scheint mir, daß Exzellenz sich über das Verschwinden des Senators McMahon Sorgen machen. Ich möchte Exzellenz deshalb mit jemandem in Verbindung bringen, der als Haupt einer offiziellen, das heißt legalen Organisation

Exzellenz behilflich sein könnte – besser vielleicht als Ihre eigenen Leute oder die türkische Polizei, weil sie unauffällig arbeitet und so überall da mithören und mitwirken kann, wo Beamte nicht hinkommen. Es handelt sich um den ›Club türkischer Staatsbürger armenischer Herkunft‹. Ja, das klingt vielleicht unbedeutend«, fügte der Concierge hinzu, als er den zweifelnden Ausdruck im Gesicht des Botschafters sah, »aber Mitglieder dieser Organisation sind in allen Schichten der Bevölkerung zu finden – überall in der Türkei, bis zur russischen und persischen Grenze – und darüber hinaus. Der Leiter, auch das wird Sie überraschen, ist nicht ein Mann, sondern eine Frau. Streng vertraulich, Herr Botschafter: auch ich gehöre zu dieser Organisation und weiß, daß Senator McMahon seit seiner Ankunft in der Türkei von uns überwacht worden ist. Denn wir sind interessiert an dem Wohlbefinden aller Amerikaner, die wir von jeher als unsere Freunde betrachten. Wir glauben eine Spur zu Senator McMahon gefunden zu haben.«

»Was schlagen Sie vor?« Der Botschafter verhehlte sein Interesse nicht.

»Kann ich mit Ihren Leuten Kontakt aufnehmen?«

Der Concierge lächelte verbindlich: »Leila, das Oberhaupt der Organisation, hat mich beauftragt, Ihnen auszurichten, sie könne in Kürze hier sein, falls Sie mit ihr zu sprechen wünschen.«

Der Botschafter, verblüfft von der unerwarteten Entwicklung der Situation, folgte dem Portier, der mit den Worten: »Darf ich bitten, Exzellenz?« zu einem der Hotelaufzüge voranging.

In der Zwischenzeit hatte sich Leila, überzeugt, daß der Botschafter sie sprechen wollte, in ihre Privaträume in der »Karawanserei« zurückgezogen, um sich für ihren Besuch im Hilton zurechtzumachen. Sie wählte ein unauffälliges Pariser Schneiderkostüm. Wie gewöhnlich wenig geschminkt, die Haare glatt aus der Stirn frisiert, wartete sie auf den Anruf des Concierge. Als das Telefon läutete, sagte sie nur zwei Worte: »Ich komme.«

Im Hilton wurde sie vom Chefportier in ein kleines

Konferenzzimmer im ersten Stock des Hotels geführt. Der Botschafter stand am Fenster und drehte sich um. Sein Erstaunen war groß, als er eine schöne Frau vor sich sah – er hatte eine wesentlich ältere, vielleicht auch härtere Erscheinung erwartet. Als der Concierge die Tür hinter sich schloß und sich wieder in die Rezeption begab, leuchtete sein Gesicht – von unverhohlener Zufriedenheit. Es war ihm gelungen, eine wichtige Querverbindung herzustellen, durch die auch in Zukunft seinem Volk geholfen werden könnte.
Nach einer halben Stunde erschien Leila wieder in der Halle und ging am Empfang vorbei zum Hotelausgang. Ein Beobachter hätte in ihr nur einen Gast auf dem Weg zum Einkaufen in die Stadt vermutet. Wenig später trat der Botschafter aus dem Aufzug und bat den Chefportier um eine Verbindung mit derselben Telefonnummer wie kurz zuvor.
Die müde Stimme des Außenministers in Washington meldete sich: »Wo befinden Sie sich zur Zeit?«
»Ich bin noch im Hotel in Istanbul, Herr Minister. Aufgrund einer Information, die ich für zuverlässig halte, glauben wir, daß die Spur nach Ankara führt. Deshalb halte ich es für richtig, sofort in die Hauptstadt zurückzufliegen. Ich werde meine Leute und die Delegation des Senators mitnehmen. Forman kann die Suche im Raume Istanbul fortsetzen.«
Nach kurzem Überlegen fügte er hinzu: »Ich möchte noch vorschlagen, daß Sie Mr. Jones über Funk in seiner Airforce-Maschine verständigen, direkt nach Ankara zu fliegen, denn dort wird sich wohl alles weitere abspielen. Er könnte dann gegen vierundzwanzig Uhr in Ankara landen.«
Anschließend meldete der Botschafter ein dringendes Gespräch nach Ankara an. Als sich sein erster Sekretär in der Botschaft meldete, beauftragte er ihn, die Sowjetbotschaft beobachten zu lassen. Man solle das Augenmerk insbesondere auf eine schwarze Limousine mit dem Ankara-Kennzeichen 4082 mit vier Insassen, darunter einem älteren Herrn und einer Frau, richten. Falls der gesuchte Wagen bereits eingetroffen sei und mit den genannten Personen die Bot-

schaft wieder verlasse, solle eine unauffällige Verfolgung aufgenommen werden. Die türkische Polizei dürfe von all dem noch nichts erfahren. Abschließend wies er den Sekretär an, ihn mit vier Wagen vom Flugplatz Esanboğa abholen zu lassen – voraussichtliche Ankunftszeit 18 Uhr. Die vorgesehenen Quartiere für die amerikanischen Delegationsmitglieder seien sofort bezugsfertig zu machen. Dann bat er noch darum, seine Frau von seiner Rückkehr zu verständigen.

Der Chefportier hatte gerade noch Zeit, den Hörer aufzulegen, als der Botschafter an ihm vorbei zu Generalkonsul Forman ging, der immer noch in der Halle saß.

»Es ist jetzt sechzehn Uhr dreißig. Sind meine Leute aus der Stadt zurück?«

»Yes, Sir, alle – leider ohne etwas Positives melden zu können.« Forman war überrascht, daß der Botschafter ohne ein Anzeichen der Enttäuschung einfach fortfuhr: »Verständigen Sie alle Herren, auch die der CENTO-Delegation, daß wir unverzüglich nach Ankara abfliegen. Um Zeit zu gewinnen, lassen Sie die Hotelrechnungen bitte über Ihr Konsulat begleichen. Sergeant Percy!« Der Ledernacken-Sergeant hatte den Botschafter nicht aus den Augen gelassen. »Sorgen Sie dafür«, befahl ihm der Botschafter, »daß alles Gepäck in einer halben Stunde verladen ist und die Wagen fahrbereit sind.«

»Ay, ay, Sir!«

Der Botschafter wandte sich wieder an den Generalkonsul: »Forman, ich glaube kaum, daß wir uns wegen des Senators weiter allzu große Sorgen machen müssen, doch möchte ich Sie bitten, hier in Istanbul die Suche nach ihm mit Ihren Leuten fortzusetzen. Falls er auftaucht, halten Sie ihn völlig isoliert und verständigen Sie mich sofort. Die türkischen Behörden lassen Sie aus dem Spiel. Keine alarmierenden Auskünfte an die Polizei oder die Presse. Wir müssen weiterarbeiten – vor Beginn der Konferenz ist noch eine Menge zu tun. Auf den Senator und seine Mätzchen können wir keine Rücksicht nehmen. Er kann ja nach Ankara nachkommen, aber hier in Istanbul müssen wir ihn in der

Zwischenzeit wegen der Gefahr eines Attentats gewissermaßen in Schutzhaft nehmen. Und jetzt verständigen Sie noch Yeşilköy, daß meine Maschine startklar gemacht wird. Auf Wiedersehen und viel Glück.«
Es war genau 17 Uhr, als die vollbeladene Wagenkolonne der Amerikaner vom Hilton zum Flughafen Yeşilköy abfuhr.
Inzwischen hatten sich auch die türkischen Dienststellen über das Verschwinden des Senators Gedanken gemacht. Im Büro des türkischen Geheimdienstes in Istanbul wurden die beiden Leibwächter zum wiederholten Male vernommen. Da sich nach ihrer Aussage die Amerikaner nicht alarmiert gezeigt hatten und – wie gerade gemeldet wurde – in aller Ruhe nach Yeşilköy abgefahren waren, beschloß man die Erklärung McMahons, er wolle einen ungestörten Stadtbummel machen, bis auf weiteres zu akzeptieren. Die Suche wurde jedoch fortgesetzt und der Vorfall nach Ankara gemeldet. Die beiden Hubschrauber, die der Polizei im Raum Istanbul zur Verfügung stehen, wurden vorsorglich in Bereitschaft gehalten.

In ihrem Büro in der »Karawanserei« sagte Leila, bevor sie sich hinter ihren Schreibtisch setzte, zu ihrem Sekretär: »Bitte melden Sie sofort ein dringendes Gespräch nach Erzurum an – Telefonnummer dreitausendachthundertvierzig. Und gleich danach verbinden Sie mich nochmals mit Chosrow in Ankara.«
Wie immer, wenn sie nachdachte, malte sie mit ihrem goldenen Kugelschreiber Figürchen in ihrem Notizblock. Vor allem muß ich Malik berichten, sagte sie sich, die Ereignisse scheinen sich nach Osten zu verlagern. Vermutlich wird er auch von seiner Botschaft unterrichtet – aber sicher ist sicher. Zu dumm, daß ich ihn nur über diesen Flanagan erreichen kann – Leila mochte den Mann nicht, obwohl sie ihn nur über das Telefon kannte. Hinter seiner arroganten Art spürte sie Mißtrauen.
Der Sekretär reichte ihr den Hörer: »Erzurum.«

»Hier spricht Leila«, sagte sie kühl, als sie Flanagans Stimme erkannte, »bitte geben Sie folgendes an Noah weiter: Senator McMahon ist aus Istanbul verschwunden, die Spur führt möglicherweise nach Ankara. Es besteht der Verdacht, daß er mit den Sowjets Verbindung aufgenommen hat, doch ist das nicht erwiesen. Ende.« Der routinierte CIA-Mann am anderen Ende der Leitung stellte keine Fragen. Flanagan sagte nur »Okay« und legte den Hörer auf. Er hatte seine eigenen Informationsquellen.

Kurz danach war Chosrow am Apparat. »Die Sache wird äußerst dringend«, sagte Leila. »Die Überwachung der Botschaft genügt nicht mehr. Wir suchen auch einen Leihwagen mit Kennzeichen Ankara viertausendzweiundachtzig, einen schwarzen Chevrolet, Baujahr sechsundfünfzig oder siebenundfünfzig. Er ist heute vormittag nach zehn Uhr von Istanbul abgefahren, vermutlich in Richtung Ankara.«

Dann beschrieb sie Chosrow die Insassen. »Ob McMahon freiwillig oder unfreiwillig die Fahrt macht, wissen wir nicht«, schloß Leila, »aber wir glauben, er ist freiwillig unterwegs. Möglicherweise fährt der Wagen nicht zur Botschaft, sondern zur Wohnung eines der Botschaftsangehörigen. Wenn Sie den Senator finden, lassen Sie ihn nicht mehr aus den Augen. Ich weiß nicht, ob die Türken schon eingeschaltet sind. Auf jeden Fall möchte ich McMahon vor den Türken oder Amerikanern gefunden haben.«

Chosrow war ein schlauer alter Fuchs. Viele Jahre war er gejagt worden – von der GPU, vom KGB, von den Türken und Arabern, als die Armenier noch Freiwild waren. Erst durch seine Verbindung mit Leila war er zum Jäger geworden, und seine Erfahrungen als Gejagter waren ihm dabei von Nutzen. Von Beruf war er Leiter einer Taxigesellschaft in Ankara. Er stellte nur Armenier als Fahrer ein.

Heute war Dienstag. Er konnte vielleicht ein Dutzend seiner Leute erreichen. Vier Funktaxis amerikanischer Bauart waren in den Straßen der Stadt unterwegs. Der gesuchte Wagen müßte jetzt – es war 16 Uhr 15 – schon irgendwo im Stoßverkehr Ankaras sein. Er schaltete das Funkgerät auf seinem Schreibtisch ein und sprach in das Mikrofon: »Es folgt ein Auftrag von Dringlichkeitsstufe 6. Wir suchen einen schwarzen Leihwagen, Marke Chevrolet, Baujahr sechsundfünfzig oder siebenundfünfzig, Ankara-Kennzeichen viertausendzweiundachtzig, mit vier Insassen, vorne Fahrer und ein männlicher Fahrgast, im Fond ein älterer Mann und eine Frau. Sofort melden, wenn der Wagen gefunden wird, und unauffällig verfolgen. Nicht aus den Augen lassen, bis ich Sie abrufe. Vahan und Zareh, beobachten Sie ab sofort die von den Russen bewohnten Villen im Kavaklidere-Viertel. An alle anderen – nehmt je zwei unserer Männer in eurem Wagen mit. Kreuzt durch die Altstadt Ulus und beobachtet die Hotels dort. Yerwand, du überwachst ab sofort den Verkehr auf dem Atatürk-Bulvari von der Innenstadt in Richtung Kavaklidere. Wenn du den Wagen entdeckst – unauffällig verfolgen. Taxigäste werden bis auf weiteres nicht gefahren. Das Funknetz bleibt offen – Positionsmeldungen alle zehn Minuten – Wichtiges sofort. Bitte abmelden.«

»Vahan verstanden, Ende.«

»Zareh okay, Ende.«

»Yerwand – taman. Ich bin bereits beim Atatürk-Monument am Boulevard und beobachte von hier aus den Verkehr, Ende.«

17

Auf der rund 450 Kilometer langen Nationalstraße Nr. 1 über Izmit nach Ankara hielten sie nur einmal zum Tanken. Käsesandwiches und Thermosflaschen mit Tee hatten sie im Wagen. McMahon hörte kaum hin, wenn der Fremdenführer auf die Sehenswürdigkeiten entlang der Straße hinwies. Die Frau neben sich beachtete er überhaupt nicht. Erst als sie den Stadtrand Ankaras erreichten, kam wieder Leben in ihn.

»Wann sind wir bei der Botschaft?« fragte er.

»Wir kommen genau in den Stoßverkehr – aber in einer halben Stunde werden wir dort sein«, antwortete Korakow.

McMahon sah auf die Uhr. Es war halb fünf. »Der

Botschafter reist heute ab. Wissen Sie, um wieviel Uhr?«
»Keine Ahnung.«
In einer Seitenstraße der Istanbul Caddesi wartete ein Wagen der Sowjetbotschaft. Korakow hielt unmittelbar dahinter, stieg aus und öffnete McMahon die Tür. »Das ist ein CD-Wagen«, sagte er. »Er hat auf Sie gewartet und bringt Sie zum Botschafter. Steigen Sie bitte ein.«
Als McMahon abgefahren war, wandte sich Oberst Korakow an den Fremdenführer und die Türkin. »Ihr fahrt sofort zurück. Bis Mitternacht seid ihr wieder in Istanbul. Ihr habt eure Sache gut gemacht.« Dann ging er mit schnellen Schritten weg.
Der CD-Wagen brachte McMahon den Atatürk-Bulvari hinauf, am Atatürk-Monument und der sowjetischen Botschaft vorbei zu einem Haus, das, umgeben von einem größeren Garten, im Villenviertel Kavaklidere lag. Als der Senator ausstieg, hatte er Schwäche und Müdigkeit überwunden. Die Tatsache, daß er ohne Zwischenfall bis Ankara gekommen war, gab ihm Vertrauen in die Geschicklichkeit und Zuverlässigkeit der Russen. Als er sich der Eingangstür der Villa näherte, öffnete sie sich wie von selbst.
Botschafter Alexandrow erwartete ihn in der großräumigen Diele des Hauses. Er kam langsam und fast feierlich auf McMahon zu und gab ihm die Hand. »Ich freue mich, Senator«, sagte er in makellosem Englisch, »daß Sie den Weg zu uns gefunden haben. Wenn ich nicht wüßte, wer Sie sind, hätte ich Sie allerdings nicht wiedererkannt. Meine Frau hat einen kleinen Imbiß vorbereiten lassen, und dann wollen wir gleich über unsere Probleme sprechen. Ich hoffe, Sie verstehen, warum ich Sie nicht in der Botschaft empfangen habe.«
»Ich bin Ihnen dankbar dafür, Sir. Auch daß ich Sie noch antreffe – Sie verlassen doch heute abend noch Ankara?«
Über das Gesicht des Botschafters huschte ein feines Lächeln. »Meine Regierung hat mich beauftragt, hierzubleiben, bis Ihre Angelegenheiten erledigt sind. Kommen Sie, bitte – ein bißchen Kaviar und Krimsekt wird uns guttun.«
McMahon aß fast nichts und nippte nur nervös am Sekt. Auf die Versuche der Frau des Botschafters, mit ihm die übliche

Konversation zu führen, reagierte er nur zerstreut. Der Botschafter bemerkte die Unruhe seines Gastes. Er gab seiner Frau mit den Augen ein Zeichen, worauf sie den Butler anwies, für die Herren Tee im Salon zu servieren.
Alexandrow stand auf. »Gehen wir hinüber.«
McMahon erhob sich und verabschiedete sich mit einer steifen Verbeugung von Madame Alexandrowa.
Im Salon stand bereits ein Samowar auf dem Tisch vor dem Kamin.
»Nehmen Sie Platz, Senator«, sagte Alexandrow und setzte sich ebenfalls. Der Diener schenkte Tee ein und verschwand. »So, jetzt können wir reden.«
McMahon saß steif in einem großen Fauteuil. »Vor allem muß ich Sie um Ihr Verständnis bitten, daß ich Sie nur über die Bedeutung der Information unterrichten kann, die ich ausschließlich Ihrem Ministerpräsidenten mitteilen werde. Es hat deshalb keinen Sinn, daß Sie mich bitten, Ihnen meinen Bericht direkt zu geben.«
Der Botschafter nickte stumm.
»Lassen Sie mich damit beginnen, was mich dazu gebracht hat, zu Ihnen zu kommen. Während des Wahlkampfes wurde ich – wie jeder Präsidentschaftskandidat in den Vereinigten Staaten – über militärische Daten und Pläne von höchster Geheimhaltungsstufe unterrichtet. In meiner gegenwärtigen Funktion als Delegationschef bei der CENTO-Konferenz bin ich über weiteres Top-Secret-Material informiert worden. Ich bin heute bereit, mein Wissen Ihrem Land preiszugeben. Ich sage Ihnen meine Gründe: Wir haben bis vor kurzem ein nukleares Patt gehabt. Doch hat sich dieses Gleichgewicht des Schreckens in letzter Zeit aufgrund unserer strategischen Planung und neuer Waffensysteme zugunsten Amerikas verschoben – und das in den Händen dieses Präsidenten. Im Pentagon gibt es Pläne für Präventivschläge – genau wie bei Ihnen. Der Unterschied allerdings besteht darin, daß der amtierende Präsident der Vereinigten Staaten nur nach einem Anlaß sucht, den nuklearen Schlag wirklich zu führen, um Amerika die Vorherrschaft auf der Welt zu sichern. Vielleicht spielen auch seine persönlichen

Ambitionen dabei eine Rolle. Ich bin zu der Überzeugung gekommen, daß die Katastrophe nur verhindert werden kann, wenn der Präsident der USA weiß, daß die Sowjetunion, sobald sie unsere Pläne kennt, nicht nur einem Präventivschlag zumindest teilweise ausweichen kann, sondern daß sie auch in der Lage ist, gezielte Gegenschläge zu führen. Andererseits gehe ich davon aus, daß die Sowjetunion ihre Atomraketen weiterhin als Abschreckungswaffe unterhält und sich den von mir erhaltenen Vorteil nicht für aggressive Zwecke zunutze macht, denn die Gegenschläge der Amerikaner würden immer noch verheerend genug sein, um auch Ihr Land in einen Aschenhaufen zu verwandeln. Beide Großmächte können von einem dauerhaften Frieden nur profitieren, und vielleicht wird man später einmal meine Handlungsweise nicht, wie jetzt, als Verrat ansehen, sondern als einen Dienst an der Menschheit.«

»Senator, vertrauen Sie mir persönlich Ihre Informationen an, dann fliege ich noch heute nacht damit nach Moskau. So können Sie uns allen viel Mühe ersparen.«

»Sie scheinen mich nicht verstanden zu haben. Ich kann Sie nur als Vermittler eines Gesprächs, nicht aber als Überbringer meiner Botschaft in Anspruch nehmen. Benachrichtigen Sie den Ministerpräsidenten umgehend. Es geht um das Schicksal unserer Nationen.«

Botschafter Alexandrow stand auf und blieb vor McMahon stehen. »Der Ministerpräsident kann nicht nach Ankara kommen – das wäre ein Staatsbesuch, der schon vor Monaten hätte vereinbart werden müssen. Also müssen wir überlegen, wie wir Sie sicher in die Sowjetunion bringen können.«

»Es gibt nur einen Weg«, sagte McMahon.

»Nämlich?«

»Der, auf dem Ihre Leute mich hierhergebracht haben. Der Landweg. Es ist die einzige Möglichkeit für mich, unerkannt zu reisen. Bald ist es zwölf Stunden her, daß ich aus Istanbul verschwunden bin, und ich werde mit Sicherheit bereits überall gesucht. Mit der besten Tarnung käme ich nicht durch die Kontrollen eines Flughafens oder eines größeren

Bahnhofs. Nur auf den Straßen der Osttürkei haben wir eine Chance durchzukommen.«
Der Botschafter nickte. »Entschuldigen Sie mich einen Augenblick, ich muß Moskau verständigen.«
Botschafter Alexandrow gab eine Blitzmeldung an den Kreml auf. Sie forderte umgehende und präzise Anweisungen.
»Ich habe Moskau verständigt«, sagte er zu McMahon, als er in den Salon zurückkam, »und angeordnet, daß alle Vorbereitungen für Ihren Transport zur armenischen Grenze getroffen werden.«
»Gut – ich danke Ihnen. Könnte ich bitte ein Blatt Papier haben?«
Der Botschafter holte einen Notizblock vom Kaminsims.
McMahon schrieb mit zittriger Schrift seine Adresse in Libertyville. Und dann:
»ÖFFNE DEN BRIEF. VERGIB MIR. IN LIEBE – DOUG.«
Er riß das Blatt ab und gab es dem Botschafter. »Erst wenn ich unterwegs bin, lassen Sie bitte dieses Telegramm aufgeben. Es geht an meine Frau.«

DRITTER TEIL

Codewort ARARAT

18

Der 16. Mai, ein Donnerstag, war in Moskau – wie in Istanbul und Ankara – klar und frühsommerlich warm.
Als am späten Nachmittag die wöchentliche Tagung des Politbüros im Großen Sitzungssaal zu Ende ging, standen im Kreml viele Fenster offen.
Die meisten Politbüro-Mitglieder verließen die Stadt sofort, um den schönen Frühlingsabend in ihren Datschas auf dem Lande zu genießen. Andere zogen sich in ihre Arbeitsräume zurück. Auch der Erste Sekretär der KPdSU und der Vorsitzende des Ministerrats schlossen sich nach einem kurzen Imbiß im kleinen Nußbaumzimmer ein, dem Allerheiligsten des Kreml, um die Ergebnisse der Sitzung zusammenzufassen und die übliche Freitags-Tagung des Sekretariats des Zentralkomitees vorzubereiten.
Der Generalsekretär, kleiner und gedrungener in Gestalt, als die Bilder in der Prawda ihn zeigten, rief sein Büro an. »Ich möchte nicht gestört werden – nur wenn es etwas Wichtiges gibt.« Er legte den Hörer auf und sah den Ministerpräsidenten aus schmalen, blaufunkelnden Augen an.
»Du hältst ihn also für gefährlich?«
»Zweifellos. Ein amerikanischer Präsident hat enorme Macht. Das kann uns nützen und hat uns auch schon genützt, wenn er kein ›Falke‹ ist. Dieser ist einer.«
Der Generalsekretär ging mit kurzen, temperamentvollen Schritten in dem nußbaumgetäfelten Zimmer hin und her. »Ich weiß, alle Berichte deuten darauf hin. Unsere Botschaft in Washington sagt es pausenlos, und im vergangenen Wahlkampf hat sein Gegenkandidat es zu seinem Hauptthema gemacht. Wie hieß er noch – Mac, Mac . . . ich kann mir

diese angelsächsischen Namen nicht merken, für mich klingen sie alle gleich.«
»McMahon, Senator McMahon.«
»Richtig, so heißt er. Ist er eigentlich noch in Istanbul? Jurij Andropow glaubte doch, daß er möglicherweise mit uns Kontakt aufnehmen will.«
»Den letzten Bericht erhielt ich kurz vor der Sitzung – ich hielt ihn nicht für so gewichtig, ihn jetzt schon vorzubringen. McMahon wollte unbemerkt Kontakt zu Genosse Alexandrow in Ankara aufnehmen, um mit ihm – wie es hieß – in einer schwerwiegenden politischen Angelegenheit zu sprechen. Das kann alles mögliche bedeuten – vielleicht will er im vorhinein unsere Haltung zur CENTO-Konferenz ermitteln, vielleicht überbringt er eine spezielle Botschaft des Präsidenten. Wie du weißt, gehen die Amerikaner manchmal eigenartige diplomatische Wege – du erinnerst dich, wie sie sich den Chinesen über ihre Gesandtschaft in Warschau näherten. Unsere Leute in Istanbul konnten einen Weg finden, ihn unbemerkt nach Ankara zu schaffen. Er müßte jetzt auf dem Wege sein, vielleicht ist er sogar schon dort. Jurij Andropows Aufgabe ist es, jeden zu verdächtigen – auch uns. Es ist noch zu früh, um zu wissen, was Senator McMahon mit seiner Geheimnistuerei bezweckt. Sollte sich General Andropows Verdacht bestätigen, dann wäre das ein Volltreffer, denn als ehemaliger Präsidentschaftskandidat weiß McMahon alles. Ich erwarte stündlich einen Bericht aus Ankara.«
»Gut. Wo waren wir? Also, wir sind uns einig, daß unsere innenpolitischen Probleme zur Zeit den Vorrang haben und wir deshalb unsere Außenpolitik entschärfen sollten. Aber der Falke in Amerika, wie du ihn nennst, bedeutet eine gewisse Gefahr für uns. Was sollen wir tun?«
»Verhandeln. Wie ich schon vorhin vor den Genossen gesagt habe – die Sowjetunion und Washington müssen an den Verhandlungstisch, je früher, desto besser.«
»Natürlich«, antwortete der Generalsekretär. »Aber unsere Ausgangsposition ist schlecht. Die westliche Presse macht ein gewaltiges Geschrei um die Unruhen in Polen – und sie

übertreibt kaum, das weißt du so gut wie ich. Was in der Tschechoslowakei los ist, brauche ich dir auch nicht zu sagen. Und wenn das auch noch in der DDR anfängt . . .«

»Vergiß nicht die chinesischen Atombomben«, unterbrach ihn der Ministerpräsident, »gerade wegen Mao müssen wir mit Washington ins Gespräch kommen.«

»Da bin ich ganz anderer Meinung. Trotz aller Fehler Maos müssen wir das Gemeinsame mit ihm suchen und unsere Beziehungen normalisieren. Erst dann sind wir in der Position, um mit Washington . . .«

Das Telefon läutete leise. Der Generalsekretär nahm den Hörer. »Von wem?« fragte er nach ein paar Sekunden. »Wann? Schicken Sie das sofort rüber. Warten Sie.« Er machte eine Pause. Nach einigen Augenblicken fuhr er fort: »Jetzt ist es wenige Minuten nach achtzehn Uhr. Um, sagen wir, zwanzig Uhr dreißig findet eine Sondersitzung im Großen Saal des Politbüros statt. Verständigen Sie alle Genossen vom Politbüro, die Sie erreichen können. Dann die Generäle Andropow, Zirianow, Iwaschutin. Zirianow schicken Sie gleich einen Wagen – er wohnt am weitesten von hier. Und dann noch den Genossen Verteidigungsminister.«

Der Generalsekretär legte den Hörer auf und wandte sich lächelnd dem Ministerpräsidenten zu: «McMahon befindet sich in unserer Botschaft in Ankara. Er besteht darauf, in die Sowjetunion gebracht zu werden, um dich – und niemand anderen als dich – über die geheimsten strategischen Pläne der Amerikaner zu unterrichten.«

Der Ministerpräsident blieb gelassen. »Ein fauler CIA-Trick, weiter nichts.«

»Das schließe ich nicht aus, doch glaube ich nicht, daß der CIA einen Mann wie McMahon zu so einer Aufgabe überreden konnte. Der Mann hat den Ruf, gradlinig zu sein, und würde sich zu einem Täuschungsmanöver nicht hergeben. Jurij Andropow hat uns bereits vor Wochen auf diesen Mann aufmerksam gemacht, eine bemerkenswerte Leistung Andropows, der übrigens in letzter Zeit die Wirksamkeit des KGB mit einigen Reformen erheblich verbessern konnte.

Ich werde in einer der nächsten Sitzungen seine Ernennung zum Chef des Geheimdienstes vorschlagen . . . und jetzt ziehe ich mich für eine halbe Stunde zurück.«
Der Ministerpräsident nickte lächelnd. Er kannte die Angewohnheit des Generalsekretärs, vor wichtigen Konferenzen in seinem kleinen Privatgemach neben dem Sitzungssaal kurz zu schlafen, und beneidete ihn um diese Fähigkeit.

Gegen halb neun – in den Straßen Moskaus brannten schon die Laternen – hatten sich die Geladenen im Großen Sitzungssaal des Politbüros versammelt. Die Fenster waren geschlossen, die schweren Stores heruntergelassen, die Ventilatoren saugten leise summend den Zigarettenrauch ab. Am oberen Ende des langen, mit grünem Filz ausgelegten Tisches saßen der Generalsekretär, der Ministerpräsident, der Verteidigungsminister und die drei Generäle.
Der Generalsekretär berichtete kurz und sachlich, was seit dem Vormittag in Istanbul und Ankara geschehen war. Da der Verdacht geäußert worden war, es könne sich um einen Trick des US-Geheimdienstes CIA handeln, forderte er General Andropow auf, die vom KGB bis jetzt ermittelten Einzelheiten mitzuteilen.
Andropow sprach leise und schnell, wobei er die Versammelten durch seine randlose Brille kühl musterte. Oberst Korakow, der Chef seiner Agentengruppe in der Türkei, erklärte er, habe ihm einen Bericht zukommen lassen, aus dem hervorgehe, daß Senator McMahon dem russischen Botschafter in Ankara den Wunsch vorgetragen habe, dem Ministerpräsidenten der UdSSR Informationen zu übermitteln, von denen er, als Geheimnisträger höchsten Grades, Kenntnis habe.
General Andropow berichtete den Anwesenden, was ihm Botschafter Alexandrow und Oberst Korakow über die Beweggründe McMahons mitgeteilt hatten. Seine Zuhörer saßen betroffen um den Tisch. Die verschrobene Denkweise McMahons hatte sie verblüfft, und es fiel ihnen schwer, seiner Logik zu folgen. Der Generalsekretär brach endlich das Schweigen.

»Über die Bedeutung der Informationen, die der Senator uns zukommen lassen will, möchte ich Ihnen nur sagen, daß – falls sie so gewichtig sind, wie wir annehmen – unser ganzes außenpolitisches Konzept, auch das wirtschaftliche, sich im positiven Sinne für uns ändern würde. Mit dem Genossen Außenminister habe ich morgen früh eine separate Besprechung in dieser Sache vorgesehen, und ich bitte auch Sie, Marschall«, der Generalsekretär wandte sich dem Verteidigungsminister zu, »sich dazu einzufinden. Genossen, Sie fragen sich vielleicht: Warum nehmen wir Senator McMahon und seine Informationen so ernst? Wenn die Amerikaner von seinem Verrat erfahren, werden sie nicht einfach ihre Pläne ändern? Natürlich werden sie das tun, nur kann man in der Planung für einen nuklearen Krieg lediglich beschränkte Änderungen vornehmen – das allgemeine Konzept bleibt. Darf ich nun um Fragen und Vorschläge von Ihnen bitten.«
Es wurde beschlossen, Andropow sofort nach Erivan zu schicken, um mit den dortigen KGB-Stellen das Nötige zu veranlassen.
Der Generaloberst stand auf. »Ich mache mich sofort an die Arbeit. Wir werden mit gebotener Vorsicht operieren.«
Er verließ als erster den Sitzungssaal.

Am späten Vormittag des 17. Mai erhielt Patricia McMahon das Telegramm ihres Mannes, in dem er ihr auftrug, den Brief zu öffnen. Sofort verständigte sie die Sekretärin des Präsidenten, nachdem sie Senator Dillon nicht hatte erreichen können. Als der Präsident die Nachricht erhalten hatte, beauftragte er den Außenminister, Senator Dillon und den Botschafter in Ankara zu informieren.

19

Der Funkspruch Flanagans traf ein, als Malik und Baydar vom Jeep aus die russische Grenze auf der anderen Seite des Flusses Aras durch ihre Gläser beobachteten. Auf dem sonst glatt gekämmten Sandstreifen, der zwanzig Meter breit zwischen dem Minenfeld und dem Fluß an der Grenze entlangläuft, hatten in der Nacht zuvor russische Soldaten mit Hunden nach Fußspuren gesucht. Malik hätte gern gewußt, in welcher Richtung der Grenzgänger den Fluß überquert hatte.

Malik funkte an Flanagan zurück, er wolle sich mit ihm umgehend in Çengel treffen. Dann bat er einige Kurden aus seiner Begleitung, das andere Ufer weiter zu beobachten.

Flanagan war bereits zur Stelle, sein Landrover stand am Dorfeingang, aber er wagte nicht auszusteigen. Die riesigen Hunde umkreisten mit wütendem Kläffen den Wagen, einige bissen in die Reifen und Kotflügel. Als der Mudur Malik erkannte, erschien er mit einigen Männern. Auf seinen Pfiff hin kauerten die Hunde sich friedlich auf den Boden.

Malik begrüßte Flanagan und ging voraus ins Haus. Fatima hatte kaum das Gebell gehört, als sie bereits heißes Wasser für den Tee bereitstellte.

Flanagan winkte ab: »Ich habe dir etwas Besseres als Tee mitgebracht, Malik.« Er zog aus seiner Jackentasche eine Flasche Bourbon. »Good old bonded Bourbon, mit Empfehlung vom CIA.« Er öffnete die Flasche und reichte sie Malik.

»Auch mir kommt der Çai schon zu den Ohren heraus.« Malik füllte seinen Becher. »Die beste Eigenschaft des Tees ist, daß er dieselbe Farbe hat wie Whisky.«

Sie setzten sich. Flanagan berichtete, General Inan, Chef der türkischen Abwehr in der Osttürkei, habe dem Ersuchen zugestimmt, Maliks Kurden mit Hilfe eines Losungswortes freie Bewegung im Land zu ermöglichen.

»Well done.« Malik nickte zufrieden. »Gib mir die Liste der Worte und der entsprechenden Tage. Ich will sie sofort weitergeben.«

»Inan gibt mir die Liste erst, wenn er weiß, daß du ausdrücklich die Verantwortung für deine Kurden übernimmst.«
»Das tue ich«, sagte Malik, »sag ihm das.«
Flanagan nahm Leilas Nachricht aus seiner Hemdtasche. »McMahon ist also aus Istanbul verschwunden, wahrscheinlich in Richtung Ankara. Und es besteht der Verdacht, daß er die Russen kontaktiert. Warum erzählt Leila uns das alles? Wir sind mehr als tausend Kilometer weit weg.«
»Aber Flanagan«, Malik zeigte ein leicht verärgertes Gesicht, »hat man dir bei der Ausbildung in Langley nicht gesagt, daß jede Information wertvoll ist, bis sie sich als wertlos erweist? Der Verdacht, von dem Leila spricht, kann sehr wohl berechtigt sein. Über McMahons politische Haltung brauche ich dir nichts zu sagen. Hier, außerhalb der Vereinigten Staaten, bietet sich ihm am ehesten die Möglichkeit, mit den Russen zu sprechen. In Washington überwachen die Sicherheitsbehörden alles, auch Telefongespräche, und ›Wanzen‹ sind überall versteckt. Und was, wenn ihn die Russen einfach nach Moskau einlüden? Das könnte er ja offiziell annehmen, als Senator oder auch als Privatmann. Er brauchte nur ins Flugzeug zu steigen und nach Moskau zu fliegen. Aber glaubst du wirklich, daß die Amerikaner ihm ein Gespräch unter vier Augen im Kreml gestatten würden? Ihm als Geheimnisträger höchsten Grades, dessen Einstellung man kennt? Nein, Bob, zumindest unser Botschafter in Moskau wäre bei allen Gesprächen anwesend. Falls er etwas im Schilde führt, dann will er auch sicher sein, daß seine Gespräche mit den Russen ungestört verlaufen. Hier ist er in einem Land, das an die Sowjetunion grenzt. Die Russen würden ihm schon helfen, hinüberzukommen. Dort könnte er mit der obersten Führung zumindest weiter über den Weltfrieden verhandeln, um dann als Retter der Menschheit nach Amerika zurückzukehren, wenn – Bob, ich sage das nur sehr ungern – der Mann nichts Schlimmeres vorhat.«
»Hochverrat?«
»Ja. Wir müssen Leilas Nachricht sehr ernst nehmen – wer weiß, was da noch alles auf uns zukommt.«

»Ich sehe die Dinge nicht so schwarz«, sagte Flanagan, »aber ich werde mich sofort mit meinen Leuten in der Botschaft in Verbindung setzen, um zu hören, was sie wissen.«
Malik nickte zustimmend: »Und ich rufe meine Kurdenführer zusammen und . . .«
Baydar erschien in der Tür: »Eine Funknachricht. Ich hatte noch keine Zeit, das Gerät hereinzutragen. Ankara will wissen, ob du da bist, Malik. Komm bitte mit.«
Baydar ging Malik voran zum Jeep zurück, der zwanzig Meter unterhalb des Hauses geparkt war. Das Gerät summte, es war auf Empfang geschaltet. Malik meldete sich empfangsbereit, worauf Ankara eine etwa zehn Minuten lange verschlüsselte Nachricht durchgab, die mit dem Wort ARARAT begann – das bedeutete eine Direktmeldung höchster Priorität von General Sasson. Erst einmal zuvor hatte Malik eine ARARAT-Nachricht erhalten, als er einen hohen Überläufer aus der Sowjetunion in die Türkei bringen sollte. Malik schrieb. Zurück in seinem Zimmer, nahm er ein kleines Codebuch aus seiner Hüfttasche, drehte die Lampe an und begann die mühsame Arbeit des Entschlüsselns. Flanagan saß in einer Ecke und las in einer alten Zeitung. Malik erhob sich, und Flanagan blickte gespannt auf.
»McMahon?«
»Ja. General Sasson hat mir gerade einen Befehl von höchster Dringlichkeit erteilt – ich soll mit allen mir zur Verfügung stehenden Mitteln Senator McMahon in meinem Bereich suchen, finden und festhalten.«
Eine Zeitlang schien Flanagan sprachlos, dann sagte er: »Auf mich kannst du zählen. Ich werde dir helfen.«
Malik hörte kaum hin, als Flanagan sich verabschiedete, um nach Erzurum zurückzukehren. Sassons Befehl klang, als sei er, Malik, der letzte Strohhalm, an den sich Washington klammerte. Das Unternehmen mußte mit größter Sorgfalt vorbereitet und ausgeführt werden. Malik begann zu planen. Wen konnte er einsetzen? Die Kurden, Flanagan, die Türken, Leilas Leute und vielleicht Levon Mardikian. Malik hatte den jungen Armenier erst vor wenigen Monaten in Erivan kennengelernt.

20

Levon Mardikian studierte die Karte, die vor ihm lag. Es war eine Karte, wie sie Piloten benützen. Die Zeichen und Symbole darauf waren für andere kaum verständlich. Zum hundertsten Male träumte er von einem Flug, zu dem es vielleicht nie kommen würde. Ein Flug über die Grenzen der Sowjetunion hinaus in die Welt des Westens, wo man tun und lassen, reden und schreiben konnte, was man wollte, solange es nicht gegen die Gesetze verstieß, die das Volk selber gewollt hatte.
Levon war vierundzwanzig Jahre alt, der Sohn des Generaldirektors der Staatlichen Armenischen Elektrowerke. Levon hatte mehrmals versucht, die Erlaubnis für eine Reise in den Westen zu erhalten. Doch die zuständigen Stellen hatten abgelehnt, und auch sein Vater hatte nichts für die Erfüllung seines Wunsches getan. An seine Verwandten im Ausland konnte er nicht mehr schreiben. Nachdem die Russen die einmalige Ausreise von viertausend in Frankreich geborenen Armeniern bewilligt hatten, waren die Grenzen wieder geschlossen. Die Post wurde streng zensiert – an Auswanderer zu schreiben, hätte zumindest ein Verhör beim KGB zur Folge gehabt. Levon änderte daher seine Taktik. Nach außen hin schien er seinen Wunsch, eine Reise in den Westen zu machen, fallengelassen zu haben. Aber insgeheim wurden seine Gedanken in dieser Richtung immer intensiver. Er faßte einen Plan, der ihn, wenn auch nicht sofort, an das Ziel seines Wunsches bringen sollte. Levon wurde Mitglied des Aeroklubs von Erivan, einer Organisation der DOSAAF, in der Freiwillige eine Pilotenvorschule für Heer oder Marine absolvieren konnten. Er lernte fliegen. Nach sechs Monaten erhielt er seinen Sportfliegerschein und flog regelmäßig zweimal die Woche eine Stunde oder mehr. Parakar, der Flughafen von Erivan, war nur zehn Kilometer von der Stadt und zwanzig Kilometer von der türkischen Grenze entfernt. In fünf Minuten konnte man drüben sein – aber nur als Toter, abgeschossen von den Russen oder, falls es ihnen nicht gelingen sollte, von den Türken. Jedesmal, wenn er mit

seiner Yak- oder AN-Maschine einige hundert Meter aufgestiegen war, konnte er tief in die Türkei hineinsehen, und er rechnete sich dann aus, wie lange er von Erzurum, dem nächsten türkischen Zivilflughafen, brauchen würde, um nach Paris oder London zu fliegen. Aber das waren nur Träumereien, und die Sportfliegerlizenz war nur der erste Schritt. Er mußte irgendwie einen Kontakt zum Westen herstellen.

An der Universität von Erivan gab es zwei junge Kurden, die wie Levon Rechtswissenschaft studierten und kurz vor dem Abschluß standen. Zu dritt hatten sie in ungezählten nächtlichen Debatten die Welt verändert. Die beiden Kurden hatten Levon erzählt, daß sie Verwandte in den Nachbarstaaten hätten und daß einige von ihnen schon über die Grenze gekommen seien – Leute, die jeden Meter der Grenzvorrichtungen auf beiden Seiten kannten. Diese Verwandten meinten, daß die Kurden in der Sowjetunion besser behandelt würden als die Kurden in den Nachbarländern Türkei, Iran, Irak – wo sie völlig unterdrückt wären.

Levon hatte solchen Berichten immer interessiert zugehört, ließ sich aber von seiner guten Meinung vom Westen nicht abbringen. Die beiden wußten zu berichten, es gebe auf der türkischen Seite seit ein paar Monaten einen Amerikaner, der den Kurden schon vielfach geholfen habe und den sie Malik nannten. Levon horchte auf. Er fragte, ob sie diesen Mann kannten oder schon einmal gesehen hätten. Sie selber nicht, sagten die beiden Studenten, aber ihre Väter hätten einmal mit ihm gesprochen, als Malik, in den Kleidern eines Kolchosbauern, herübergekommen sei, um auf dieser Seite der Grenze Freunde anzuwerben.

All das hatte sich vor über einem Jahr zugetragen, und Levon hatte den Wunsch geäußert, Malik kennenzulernen. Die Väter der jungen Kurden zögerten zunächst. Schließlich willigten sie ein, nachdem sie sich vergewissert hatten, daß Levon kein Spitzel war.

Malik kam einige Wochen später wieder, um einen Russen über die Grenze in die Türkei zu bringen. Er mußte einige Tage warten, bis der Mann in der Kleinstadt Echmiedzin unweit der Grenze eintraf. In dieser Zeit lernte Levon Malik kennen. Er faßte Vertrauen zu ihm. Im Gespräch bei einem Glas Wosgewas-Wein erfuhr Malik, daß Levon einen Sportfliegerschein besaß und als Mitglied des Aeroklubs die Möglichkeit hatte, zu fliegen. Malik witterte eine für die Zukunft günstige Verbindung.

»Sagen Sie, Levon«, fragte er lachend, »warum wollen Sie unbedingt hier herumfliegen? Hier sind Sie doch räumlich beschränkt. Auf der einen Seite haben Sie den Ararat und die türkische Grenze und dazwischen ein Meer von Militäranlagen, die man nicht überfliegen kann, ohne abgeschossen zu werden. Also nur im Norden ein Stückchen bis zum Kaukasus, dann geht es auch dort nicht weiter. Wäre nicht Ihre Zeit mit Tennis besser ausgefüllt?«

Levon zögerte einen Augenblick, dann entschied er sich, offen mit Malik zu sprechen.

»Wissen Sie, Malik, meine Erziehung, meine Freunde, meine Interessen und Liebhabereien – all das hat aus mir einen freidenkenden Menschen gemacht. Ich kann mich dem hiesigen System nicht beugen. Und ich will es nicht. Sie werden fragen – was hat das mit Fliegen zu tun? Nun, wenn ich fliege, fühle ich mich losgelöst vom konventionellen Leben auf der Erde – in der Sowjetunion – in Erivan. Wenn ich mit meiner Maschine hochsteige und am Ararat vorbei in den Westen blicke, dann empfinde ich ein unbeschreibliches Verlangen, dort zu sein und all das zu erleben, was ich mir von hier aus vorstelle.« Levon machte eine Pause und sah Malik prüfend an, bevor er fortfuhr:

»Wenn überhaupt jemandem, dann kann ich wohl Ihnen den wahren Grund angeben, warum ich fliege. Ich warte auf die Gelegenheit, in einem Sturzflug innerhalb weniger Minuten in die Türkei zu kommen, und von dort zu meinen Verwandten in die Staaten.« Levon senkte den Kopf, als sei das alles doch nur ein hoffnungsloser Wunsch.

»Niemand weiß davon – schon gar nicht mein Vater, der kein Verständnis dafür hätte, denn es geht uns ja hier nicht schlecht.«

Ab jetzt gab es einen Mitwisser. Zum ersten Male hatte

Levon sich einem anderen offenbart. Er wartete gespannt auf Maliks Reaktion. Würde er ihn für einen dummen Jungen halten? Für einen Träumer, der zu viele Romane gelesen hatte? Oder würde er sagen: Laß das Fliegen, komm mit mir in die Türkei, ich nehm' dich mit?
Malik sagte gar nichts. Er war aufgestanden und ging hin und her. »Ich nehme an«, begann er endlich, »die Gelegenheit, in die Türkei zu fliegen, war Ihnen bis jetzt nicht geboten – sonst wären Sie vielleicht schon drüben. Daß Sie andererseits das Risiko eingehen, mir Ihr Vertrauen zu schenken, zeigt, daß Sie – vielleicht unbewußt – davon ausgegangen sind, ich könnte Ihnen helfen. Stimmt's, was ich sage?« Er wandte sich Levon zu und sah ihm direkt in die Augen. Levon fühlte sich überrumpelt. Hatte er einen fatalen Fehler begangen? Was, wenn dieser Mann ein Doppelagent war? Wird er mich an den KGB verraten? Will er jetzt nur noch mehr aus mir herauslocken?
Levon senkte den Blick. Dieser Mann hatte ein ehrliches Gesicht, und die Väter seiner kurdischen Freunde waren vorsichtige Männer. Auch gab es jetzt keinen Weg mehr zurück, nachdem er sein Geheimnis preisgegeben hatte.
»Ich bin bereit, Ihnen im gegebenen Moment zu helfen«, fuhr Malik fort.
»Diesmal kann ich Sie nicht mitnehmen. Zu dritt wäre es zu gefährlich – für uns alle. Auch muß so etwas gut geplant sein – von mir, aber mehr noch von Ihnen. Und überhaupt finde ich Ihre Chancen mit dem Flugzeug besser, als mit mir durch die Minenfelder zu stolpern. Lassen wir die Sache ruhen bis zum richtigen Moment. Aber dann müssen wir vorbereitet sein, deshalb passen Sie nun genau auf: In Ihren Maschinen haben Sie Funkgeräte. Können Sie damit im VHF-Bereich senden?«
»Wir haben die Apparate von Riga, die besten, die es in der Sowjetunion gibt, auch mit VHF-Bereich zwischen 118 und 135,9 Megahertz.«
»Gut. Auch ich habe einen Very-High-Frequency-Apparat. Ich habe ihn immer bei mir – zu Pferde, im Jeep oder zu Hause. Auf VHF 122,35 MHz, zum Beispiel, können Sie

mich immer erreichen. Melden Sie sich mit Aras – ›Aras ruft Kilam‹ – das bin ich – von rückwärts geschrieben.« Malik lächelte. »Rufen Sie mich aber nur, wenn Sie für mich etwas von großer Wichtigkeit haben oder wenn Sie mich dringend benötigen – ich denke in erste Linie an Ihren Fluchtversuch. Sie müssen mir genügend Zeit geben, damit ich den Türken sagen kann, nicht auf Sie zu schießen. Wir sprechen unverschlüsselt – bis die Russen reagieren, haben wir bereits unser Spielchen gemacht. Sie verstehen, ich kann Sie nicht erreichen, da ich nicht weiß, wann Sie in Ihrer Maschine sind. Oder können Sie mir vielleicht fixe Zeiten angeben, während derer ich mit Ihnen Kontakt aufnehmen kann?«

»Das kann ich. Ich fliege jetzt schon seit Wochen zur selben Zeit – jeden Dienstag und Donnerstag von neun bis elf Uhr vormittags.«

»Gut, verbleiben wir so. Heute ist Sonntag. Bis Donnerstag nächster Woche bin ich längst wieder drüben. Wir machen dann einen Test, ohne unsere neuen Decknamen preiszugeben – die benützen wir nur, wenn es ernst wird. Ich schlage vor, Sie rufen mich nächsten Donnerstag um zehn Uhr auf 122,35 MHz. Sie sprechen kein Wort, sondern blasen zweimal ins Mikrofon, und ich antwortete mit zwei Knacksern, so . . .« Malik schnalzte zweimal mit Daumen und Mittelfinger. »Ein Abhörer würde glauben, der eine teste sein Mikrofon vor Durchgabe, merke dann aber, daß er auf der falschen Welle ist. Das zweite Signal klingt bloß wie ein Krachen im Apparat. Was halten Sie davon?«

»Malik, Ihr Angebot nehme ich dankbar an und werde meinerseits alles tun, was Sie von mir in Zukunft verlangen. Ich werde mich Donnerstag um zehn Uhr früh melden, und falls ich jemals etwas erfahren sollte, was für Sie von Bedeutung sein könnte, werde ich es Ihnen sofort durchgeben. Von jetzt ab kann ich meine Flucht ernsthaft planen – und brauche nicht mehr nur davon zu träumen.« Levon hatte Mühe, sein Glück zu verbergen, als er auf die Straße trat und in seinen Wolga stieg.

Am folgenden Donnerstag kreuzte Levon hoch über dem Flughafen von Parakar. Ein Beobachter auf der türkischen

Seite hätte den kleinen Silberfleck gegen den blauen Himmel sehen können. Um Punkt zehn Uhr war er auf 122,35 MHz und schaltete seinen Sender ein. Er blies zweimal in das Mikrofon, als ob er es prüfen wollte, so wie es die Gewohnheit vieler Piloten ist, bevor sie ihre Meldung durchgeben. Kurz darauf knackste es zweimal laut in seinem Empfänger. Levon atmete tief ein und lehnte sich in seinen Sitz zurück.

Malik erinnerte sich gut an Levon Mardikian, der den Radiotest seither zweimal wiederholt hatte – wahrscheinlich wollte er sich vergewissern, daß der Mann noch da war, der ihm bei seinem großen Abenteuer helfen wollte. Der Moment war offensichtlich noch nicht gekommen, dachte Malik weiter, sicher gab es für Levon noch manches zu regeln, auch war da noch Rita, Levons Braut, von der Levon ihm erzählt hatte.

21

McMahon und Botschafter Alexandrow saßen einander wortlos gegenüber. McMahon, von der Reise und den Aufregungen des Tages erschöpft, war in seinem übergroßen Fauteuil zusammengesunken, aschfahl im Gesicht und dunkle Schatten unter den Augen. Der Botschafter beherrschte seine Ungeduld – er erwartete jeden Augenblick den Rückruf Moskaus. Auch wollte er nicht den Senator aus seinen tiefen Gedanken holen – die Ruhe der Vali Doktor Resit Caddesi, der eleganten Straße, in der die Villa der Russen lag, schien für McMahons Zustand gerade richtig.
Alexandrows Sekretär trat ein und bat den Botschafter, ihm zu folgen. Alexandrow ging in die Diele des Hauses, wo ihm ein Telefonhörer in die Hand gedrückt wurde. Es war Wladimir Popow, der legale KGB-Resident seiner Botschaft. »Jeder Meter unseres Geländes scheint unter Beobachtung zu stehen«, berichtete Popow. »Polizei in Uniform und in Zivil – darunter auch einige bekannte amerikanische

Gesichter – haben die Botschaft umstellt. Dasselbe ist uns vom Generalkonsulat in Istanbul gemeldet worden. Haben Sie irgendwelche Anweisungen für uns?«

»Ja«, antwortete der Botschafter. »Rufen Sie das Innenministerium an, verlangen Sie den Chef der Politischen Abteilung, bestellen Sie einen Gruß von mir mit der Bitte, die Situation zu überprüfen. Ja, ja, ich weiß, Popow, daß das nicht die richtige Stelle ist, aber manchmal, Towarisch, wenn man sich dummstellt, gibt man seinem Gegenspieler die Möglichkeit, nach seinem Belieben zu handeln und sich so aus der Affäre zu ziehen.« Der Botschafter legte den Hörer auf und wandte sich seinem Sekretär zu.

»Moskau wird zweifellos verlangen, daß wir weiter versuchen, den Senator zu überreden, uns – und nicht erst dem Ministerpräsidenten – seine Informationen anzuvertrauen. Wie ich aber den Senator einschätze, wird er darauf bestehen, nur mit dem Premier zu sprechen. Dann aber wird Moskau uns beauftragen, ihn auf dem schnellsten Weg in die Sowjetunion zu bringen. Nun scheinen aber die Türken und Amerikaner die ernste Absicht zu haben, sich einzumischen, vielleicht sogar uns McMahon wegzuschnappen. Das darf auf keinen Fall geschehen. Seine Aussagen können uns jahrelange Abwehrarbeit ersparen, und diese Chance muß genützt werden. Wir müssen ihn heil in die Sowjetunion bringen, um jeden Preis.« Der Botschafter zündete sich eine Havanna an und ging auf und ab. »Die Zeit drängt, wir müssen uns beeilen, bevor man McMahon hier entdeckt. Wenn der Auftrag von Moskau eintrifft, müssen wir bereits startbereit sein. Ruf Hikmet an, er soll sofort mit dem großen Cadillac-Krankenwagen hierherkommen – das ist der schnellste in Ankara. Er soll aber vor dem Eingang Cevher-Straße warten. Sag ihm, der Kranke sei ein VIP – wie die Amerikaner sagen –, wir erwarteten also strengste Diskretion von ihm. Dafür wird mit doppelter Gebühr bezahlt. Noch etwas – er soll vollgetankt kommen. Dann schick Wladimir zur Apotheke. Er soll zu Fuß gehen und eine Rolle Verbandszeug bringen. Und Hüsnü soll gebrauchte Männerkleidung beschaffen, wie man sie in Ostanatolien trägt – Schirmkappe und so weiter. Er stammt aus Oltu und wird schon wissen, was wir wollen. Los, beeil dich.«

Der Botschafter kehrte in das Wohnzimmer zurück. Senator McMahon war aufgestanden. Aus seinen tiefeingesunkenen Augen funkelte wieder Leben.

»Ich kann mir nicht vorstellen, daß Moskau mein Angebot ablehnt. Die müssen doch wissen, wie wertvoll ich für sie bin. Haben Sie schon etwas gehört?«

Der Botschafter schüttelte den Kopf.

»Senator, wir kennen uns schon lange«, sagte er. »Ich glaube auch Ihr Vertrauen zu haben, sonst wären Sie nicht zu mir gekommen. Wenn Sie mir Ihre Informationen geben, würden Sie sich selber und etlichen anderen Leuten viel Mühe – und auch Gefahr ersparen. Ich versichere Ihnen, daß ich über alles, was Sie mir anvertrauen, wie ein Priester im Beichtstuhl Schweigen bewahren werde, bis ich persönlich mit dem Ministerpräsidenten spreche. Also, warum sagen Sie mir nicht, was Sie zu sagen haben? Es gibt hier kein verstecktes Tonband, und ich werde die notwendigen Aufzeichnungen persönlich machen.«

McMahon antwortete nicht. Er hatte einen wehmütigen Zug um den Mund, als er verneinend den Kopf bewegte.

Resigniert fuhr Alexandrow fort: »Ich kann Ihre Entscheidung nicht ändern, Senator. Ich bin überzeugt, daß Moskau Sie so schnell wie möglich auf sowjetischem Boden sehen möchte. Ich habe mir deshalb erlaubt, einige Vorbereitungen zu treffen, und darf Ihnen kurz unseren Plan entwickeln.«

Der Botschafter sah, daß seine Worte McMahon erregten.

»Darf ich Ihnen zunächst etwas zu trinken anbieten – vielleicht eine Tasse Tee oder Kaffee? Ein Imbiß wird bereits für Sie vorbereitet. Ich bitte Sie, etwas zu sich zu nehmen, da Sie in den nächsten Stunden kaum Gelegenheit haben werden, sich zu stärken.«

Der Senator zeigte Ungeduld. »Dann eine Tasse Kaffee, wenn ich bitten darf, aber nicht zu stark.« Alexandrow läutete, sein Sekretär erschien und nahm den Auftrag entgegen.

»Bitte, setzen Sie sich doch, Senator.« Die Ruhe, die Alexandrow ausstrahle, wirkte. McMahon setzte sich wieder in den großen Sessel, kreuzte bequem seine Beine, so daß der Knöchel des oberen auf dem Knie des unteren lag. Das ist auch nur in Amerika üblich, dachte Alexandrow, dieser Mann hat noch nie davon gehört, daß es in manchen Ländern eine Beleidigung ist, seinem Gegenüber die Schuhsohle zu zeigen.
McMahon faltete seine Finger ineinander, wie im Gebet, stützte sein Kinn darauf und betrachtete Alexandrow erwartungsvoll.
»Sie haben völlig recht, Senator. Der Landweg bietet die beste Möglichkeit, Sie unerkannt in die Sowjetunion zu bringen. Ihr Verschwinden aus Istanbul ist inzwischen allgemein bekannt. Unsere Botschaft steht mehr als gewöhnlich unter Beobachtung. Der Grund dafür können nur Sie sein.«
Der Kaffee wurde serviert. McMahon trank ihn in kleinen Schlucken.
Alexandrow sah auf seine Uhr. »Jetzt ist es siebzehn Uhr dreißig. Von Moskau hoffe ich in Kürze zu hören, denn ohne Zustimmung meiner Vorgesetzten darf ich in Ihrem Fall nichts weiter unternehmen. Wir dürfen aber keine Zeit verlieren und müssen startbereit sein, wenn Moskau unseren Plan gebilligt hat.«
Alexandrow war aufgestanden und ging im Zimmer auf und ab.
»Um neunzehn Uhr dreißig fährt der Orientexpreß von Ankara Richtung Osten ab. Damit sollen Sie bis Erzurum fahren – das ist ungefähr zweihundertfünfzig Kilometer vor der russischen Grenze. Den Zug hier in Ankara zu besteigen, ist allerdings riskant. Wir müssen davon ausgehen, daß die Türken alle größeren Bahnhöfe, Flugplätze und Ausfallstraßen überwachen. Wir werden Sie deshalb erst drei Stationen hinter Ankara in den Zug setzen – im Bahnhof von Kirikkale, ungefähr achtzig Kilometer von hier. Der Expreß hält dort genau eine Minute und fährt um einundzwanzig Uhr einundzwanzig weiter. Um Sie so schnell wie möglich

und für Sie so bequem wie möglich dorthin zu schaffen, werden wir Sie – mit einem Kopfverband getarnt – in einem Krankenwagen transportieren. Mit Blaulicht müßten Sie gut durch den Abendverkehr kommen. Morgen abend sind Sie dann in Erzurum, wo unsere Leute Sie übernehmen und zur Grenze bringen werden.«
Der Imbiß wurde hereingetragen und dem Senator auf einem kleinen Tischchen serviert. Achtlos aß er von der kalten Platte.
»Unsere besten Leute«, fuhr der Botschafter fort, »werden Sie begleiten und für Ihren Schutz sorgen – unter der Leitung von Oberst Korakow, den Sie ja schon kennen.«
McMahon unterbrach den Botschafter: »Das ganze Unternehmen erscheint mir sehr riskant. Ich sehe allenfalls eine Erfolgschance von fünfzig zu fünfzig. Angenommen, wir werden entdeckt – wie werden sich Ihre Leute verhalten? Als was werden sie sich zu erkennen geben? Sie müssen doch unbedingt einen Affront gegenüber der Türkei vermeiden.«
»Alle Beteiligten, außer Ihnen und Oberst Korakow, werden als türkische Staatsbürger reisen – perfekt in der Sprache und mit türkischen Pässen. Zwei von den Männern sind tatsächlich Türken. In Erzurum haben wir eine gut getarnte Agentenzelle, die Sie über die Grenze bringen wird. Falls Sie wirklich unterwegs angehalten und identifiziert werden sollten, dann behaupten Sie einfach, Sie seien entführt worden. Und was Oberst Korakow betrifft – da müssen Sie sich keine Sorgen machen. Um den zu fassen, braucht man ein ganzes Regiment.«
Ein müdes Lächeln huschte über McMahons Gesicht. »Meine Absichten sind den Amerikanern inzwischen völlig klargeworden. Wahrscheinlich ist auch der Präsident der Vereinigten Staaten darüber informiert. In aller Augen werde ich dort mit Sicherheit schon jetzt als Verräter angesehen. Das im Falle einer Gefangennahme abzuleugnen, wäre lächerlich, im übrigen –«
Der Sekretär kam herein.
»Moskau.«
Alexandrow eilte wortlos aus dem Zimmer. Eine halbe

Stunde später kehrte er zurück. »Verzeihen Sie meine lange Abwesenheit, Senator, aber Konversationen in Code brauchen eben ihre Zeit. Ich habe unseren Herren in Moskau meinen Plan erklärt – man ist einverstanden.«
Der Botschafter läutete und gab seinem Sekretär einige Anweisungen.
»Senator, Ihre gegenwärtige Tarnung ist unzureichend. Erlauben Sie, daß wir Ihren Kopf bandagieren, damit Sie im Krankenwagen wie ein Schwerverletzter aussehen.«
Der Diener Wladimir erschien mit einer Rolle Verbandszeug, das er McMahon geschickt um das Kinn und die Stirn wickelte.
Dann traf der Fahrer des türkischen Krankenwagens ein.
»Hikmet«, sagte der Botschafter, »gehen Sie in die Küche und lassen Sie sich eine große Tasse Kaffee machen. Sie haben heute nacht noch eine längere Fahrt vor sich.«
Nach zehn Minuten erschien Hikmet wieder und fragte, ob er eine Trage holen solle oder der Patient gehen könne. McMahon, dem diese Frage übersetzt wurde, spielte ohne zu zögern seine Rolle, indem er andeutete, daß er durchaus in der Lage sei zu gehen, sich aber dann schwer auf Hikmet stützte. Der Botschafter ging voraus bis zur Eingangstür. Er drehte sich zu McMahon um und ergriff ihn bei den Schultern.
»Möge Ihre Mission von Glück begleitet und von Erfolg gekrönt sein. Ihr Land wird Sie verfluchen, aber die Menschheit wird es Ihnen danken.«
Nach russischer Sitte küßte er McMahon auf die vom Verband verdeckten Wangen. Dann wandte er sich in fließendem Türkisch und mit einem Anflug von Ärger in seiner Stimme an Hikmet.
»Warum bist du nicht beim Eingang Cevher-Straße vorgefahren, wie ich es gewünscht hatte?« Mit einer abwehrenden Handbewegung ließ Alexandrow den Mann gar nicht erst zu Wort kommen. »Das ist nicht mehr zu ändern. Nun hör aber gut zu.« Er deutete mit einer leichten Kopfbewegung zum Senator. »Dieser Mann versucht, Gutes zu tun. Bring ihn unversehrt an sein Ziel – zum Bahnhof in Kirikkale. Es

ist möglich, daß Feinde der Türken versuchen, ihn zu kidnappen. Das muß um jeden Preis verhindert werden. Folge den Anweisungen des Mannes, der neben dir sitzen wird.«

Hikmet, von der Wichtigkeit der ihm anvertrauten Aufgabe beeindruckt, versprach, sein Bestes zu tun.

Es war 19 Uhr 20, als Botschafter Alexandrow vom Eingang der Villa zurücktrat, damit er durch die geöffnete Tür nicht gesehen werden konnte. Korakow saß bereits im Sitz neben dem Fahrer. Im Innern des Krankenwagens befanden sich zwei weitere Männer. Als McMahon, von Hikmet gestützt, einstieg, legten sie ihn sofort auf die Liege und schnallten ihn fest. Fast geräuschlos glitt der Wagen aus der Einfahrt.

Oberst Korakows Plan war es, die großen Boulevards zu vermeiden und über Nebenstraßen, die zum Teil über Felder führten, an der Harp Okulu – der Militärakademie – vorbei die Hauptstraße nach Osten zu erreichen.

Vahan und Zareh, die beiden armenischen Taxifahrer, hatten sich über Chosrows Auftrag, die von Russen bewohnten Villen in Kavaklidere zu überwachen, Gedanken gemacht. Da sie nur zwei Wagen zur Verfügung hatten, um die einzelnen Häuser zu beobachten, beschlossen sie, das Stadtviertel zu teilen. Zareh übernahm den Teil östlich vom Atatürk-Bulvari, Vahan das Gebiet westlich davon. Beide hatten ja zwei Männer bei sich, die sie so postierten, daß sie die bis auf Hörweite vom Taxi entfernten Russenvillen beobachten konnten. Diese Männer hatten Fahrradklingeln in der Hand – dreimaliges kurzes Läuten hieß für den Mann im Taxi, daß sie etwas von Bedeutung bemerkt hatten. Das schrille Klingeln konnte in dieser Gegend, wo es viele Radfahrer gab, nicht auffallen. Auf diese Weise konten die Armenier bis zu acht von Russen bewohnte Villen beobachten und miteinander in Kontakt bleiben. Vahan hatte sich an einer Kreuzung hinter den Gärten der rumänischen Gesandtschaft aufgestellt. Seine beiden Männer waren etwas tiefer im Villenviertel postiert. Einer von ihnen beobachtete ein Haus, in dem die Russen wichtige Gäste unterzubringen pflegten. Der andere plazierte sich an der Ecke einer Ausfallstraße aus dem Villenviertel. Es begann dunkel zu werden, als Vahan das verabredete Klingelsignal von dem Mann hörte, der die russische Gästevilla überwachte. Vahan fuhr langsam auf den Mann zu, der sich hinter einem Baum versteckt hielt, und blieb neben ihm stehen. Ohne sich zu bewegen, sprach der Mann halblaut durch das offene Fenster des Wagens mit Vahan.

»Ein Krankenwagen einer Privatfirma ist vor mehr als einer Viertelstunde vor der Russenvilla vorgefahren. Der Fahrer ist in aller Gemütsruhe ausgestiegen und in das Haus gegangen – nur ein Sanitäter also, nicht die üblichen zwei. Ein Notfall kann das nicht sein. Und jetzt ist er schon eine Weile drin. Ich finde das alles merkwürdig. Und die vielen Lichter, die in dem Haus brennen, und alle Vorhänge zugezogen. Was meinst du?«

Die Eingangstür öffnete sich. Drei Männer kamen heraus und gingen zum Krankenwagen. Im Licht, das aus der Diele strahlte, waren sie gut zu erkennen. Der erste, mit Hut und Trenchcoat, sah aus wie ein Offizier in Zivil. Er setzte sich auf den Platz neben dem Fahrer. Die andern beiden Männer waren typisch türkische Erscheinungen – schlank und dunkelhäutig. Sie setzten sich in den rückwärtigen Teil des Krankenwagens. Vahan schaltete sein Funkgerät ein und flüsterte: »Chosrow, Chosrow, Vahan hier.«

Chosrow meldete sich sofort. »Sprich, Vahan. Was gibt es?«

»Wir sind vor der Russenvilla in der Vali Doktor Resit Caddesi. Eigenartiges geht hier vor sich . . .« Die Tür öffnete sich. Zwei weitere Männer kamen heraus und gingen zum Krankenwagen. Der eine stützte den anderen, der ein älterer Mann zu sein schien und den Kopf verbunden hatte.

»Der Gesunde ist der Fahrer«, flüsterte der Mann im Schatten des Taxis. Vahan, immer noch in Verbindung mit Chosrow, berichtete, was er sah. Chosrow befahl, dem Krankenwagen unauffällig zu folgen und ihn auf keinen Fall aus den Augen zu verlieren. Anschließend informierte er Leila.

Vahan folgte dem Krankenwagen, der in mäßigem Tempo die Vali Doktor Resit Caddesi zum Atatürk-Bulvari hinunterrollte. Am Bulvari angekommen, beschleunigte er seine Geschwindigkeit und fuhr mit Blaulicht, aber ohne Sirene. Vahan hatte Mühe, ihm zu folgen. Der Mann, der ihn zur Villa geholt hatte, war zu ihm gestiegen und hielt den Sprechfunkkontakt zu Chosrow, der inzwischen Yerwand alarmiert hatte. Auch die beiden übrigen Taxis setzte er auf den Krankenwagen an. Er war überzeugt, daß die Insassen der Ambulanz die von Leila Gesuchten waren.

McMahon lag angeschnallt, aber bequem auf der Liege, als die beiden Männer neben ihm – darunter der mit Korakows Agentengruppe eingereiste KGB-Major – entdeckten, daß ihnen ein Wagen folgte. Es war ein Taxi mit zwei Männern.
»Seit wann folgen sie uns?« fragte Korakow.
»Er hat sein Licht erst eingeschaltet, als wir auf den Boulevard kamen. Er muß uns schon vorher gefolgt sein.«
Oberst Korakow, der seinen ursprünglichen Plan, den Weg über die Felder am Stadtrand zu nehmen, aufgegeben hatte, um Zeit zu gewinnen, wollte gerade dem Fahrer die Anweisung geben, links in die Zufahrt zur Nationalstraße Nr. 2 nach Osten abzubiegen. Er überlegte blitzschnell. Auf keinen Fall durfte das Reiseziel verraten werden – nicht einmal die allgemeine Richtung. »Fahr geradeaus nach Ulus, Hikmet«, befahl er. »Wir werden verfolgt. Fahr so schnell wie möglich. Wir müssen sie abschütteln – am besten in der Altstadt . . .«
Korakow wurde zur Seite geschleudert, als Hikmet das Steuer scharf herumriß. Ein Taxi war von links direkt auf den Krankenwagen zugefahren. Es war Yerwand, der die vorbeirasende Ambulanz gegen den Randstein zwingen wollte. Auch die Türken im Fond hatten das Taxi mit Entsetzen auf sie zukommen sehen und mußten den Senator festhalten, der trotz der Gurte herumgeworfen wurde. Nun folgte ihnen auch das zweite Taxi. Hikmet raste weiter den Atatürk-Bulvari hinunter und ließ von Zeit zu Zeit seine

Sirene aufheulen. Er hoffte an einer Ampel seine Verfolger abzuhängen. Doch diese fuhren in so dichtem Abstand hinter ihm her, daß sie mit ihm, wie eine Einheit, auch bei Rotlicht die Straßen kreuzten. Als die Jagd beim Bahnhof vorbei zum Talatpasa-Bulvari kam, wollte Hikmet links zum Hippodrom abbiegen, um über die Schnellstraße wieder in östliche Richtung zu fahren. Doch Korakow winkte ab. »Weiter«, sagte er. »Nach Ulus, an der Fatin Caddesi, gibt es Krankenhäuser – wir müssen sie täuschen.«
Jetzt fuhren sie in Ulus ein. In wenigen Augenblicken mußten sie am Fuß des großen Hügels sein, auf dem das Zentrum der Altstadt lag. Ins Gewimmel der Menschen, die ihre Abendeinkäufe machten, mischten sich Ochsenkarren und kleine Ziegen- und Schafherden.
»Nach der Hauptpost nimmst du die Posta Caddesi nach rechts, dann die zweite nach links. In diesen engen Einbahnstraßen haben wir am ehesten eine Chance, sie abzuschütteln.«
Hikmet wollte gerade Korakows Anweisungen folgen, als er zwei Polizisten auf dem Gehsteig sah. Er stieg voll auf die Bremsen des Cadillac. Der Taxifahrer hinter ihm mußte so scharf bremsen, daß sein Wagen schleuderte und quer zu stehen kam. Das zweite Taxi konnte einen Aufprall nicht mehr verhindern und fuhr dem andern mit quietschenden Reifen in die Seite. Die Polizisten fuhren herum, als sie das Aufeinanderkrachen von Blech hörten, und liefen zur Unfallstelle. Während Hikmet mit Vollgas davonbrauste, versuchte der Fahrer des ersten Taxis, der unverletzt geblieben war, seinen Wagen zu wenden und die Verfolgung wieder aufzunehmen, doch die Stoßstangen des anderen hatten sich fest unter seiner linken Tür verklemmt.
»Reiß dich los!« rief er Yerwand zu.
Das zweite Taxi konnte sich losreißen, aber seine Stoßstange und die linke Tür des ersten Wagens lagen auf der Straße. In diesem Augenblick waren die beiden Polizisten am Platz. Sie waren bereit, von einer Anzeige abzusehen, da die beiden Taxis zur selben Gesellschaft gehörten, aber sie bestanden darauf, daß die Straße völlig gesäubert sein müsse, bevor sie

weiterfuhren. Neugierige behinderten die beiden Fahrer in ihrer Arbeit. Als sie die herumliegenden Teile verstaut hatten, war von dem Krankenwagen längst nichts mehr zu sehen. Yerwand und Vahan trennten sich, der eine fuhr rechts die Altstadt hinauf, der andere links in die Istanbul Caddesi. Vahan hoffte, in Richtung Istanbul wieder auf die Spur der Ambulanz zu kommen. Kurz danach mußte Yerwand halten. Sein Kühler hatte ein Leck, und der Motor kochte. Auch Vahan hatte Schwierigkeiten. Sein linkes Vorderrad begann zu schlottern. Die Spurstange hatte sich durch den Aufprall gelockert. Bedrückt gaben sie Chosrow Nachricht, der ihren Bericht an Leila weitermeldete.

Der Krankenwagen hatte das Straßengewirr der Altstadt verlassen und befand sich auf der Zufahrt zur Nationalstraße Nr. 2 nach Osten. Hikmet fuhr jetzt mit normaler Geschwindigkeit und ohne Blaulicht. Korakow wollte jedes Aufsehen vermeiden. Sein einziges Problem war im Augenblick der Senator, den die Jagd sehr aufgeregt hatte. McMahon klagte über Schmerzen in der Brust. Korakow versicherte ihm, daß der schwierigste Teil der Fahrt nun hinter ihm lag und daß er sich bald in einem Zugabteil ausruhen könne. Tatsächlich waren es noch gute achtzig Kilometer bis Kirikkale über eine Straße, die sich nicht im allerbesten Zustand befand. Korakow sah auf seine Uhr – es war jetzt 19 Uhr 50. Er rechnete mit eineinhalb Stunden bis Kirikkale, von wo der Expreß um 21 Uhr 21 abfahren sollte. »Hikmet, wir müssen um einundzwanzig Uhr fünfzehn in Kirikkale sein. Fahr so schnell wie möglich, aber mit größter Vorsicht.«

Einige Minuten vor Eintreffen des Zuges in Kirikkale bog der Krankenwagen auf den Platz vor dem Bahnhof ein. Korakow und der KGB-Major halfen dem Senator in den Wartesaal. Hikmet wartete am Steuer des Cadillac. Korakow kam noch einmal zurück. »Das hast du großartig gemacht, Hikmet, ich werde einen Bericht schreiben, damit du eine zusätzliche Belohnung erhältst. Fahr jetzt nicht nach Ankara zurück. Die ganze Stadt wird nach dir fahnden. Fahr nach Kalecik, das ist nur dreißig Kilometer von hier, und

übernachte dort. Vor Morgengrauen fährst du zurück und bringst den Wagen direkt in die Garage. Falls du gesehen wirst, glaubt man, daß du von Norden kommst, vom Schwarzen Meer. Sollte die Polizei dich vernehmen, sagst du: ›Ja, ich habe gestern abend einen am Kopf verletzten Mann von der Vali Doktor Resit Caddesi Nr. 27 abgeholt und ihn in Ulus vor dem Telefongebäude abgeliefert. Danach bin ich nach Kalecik gefahren, um eine Freundin zu besuchen, die aber nicht mehr dort wohnt. Ich blieb über Nacht in Kalecik.‹ Du hast deinem Land einen großen Dienst erwiesen. Möge Allah dich dafür belohnen.« Als Korakow in die Wartehalle zurückeilte, fuhr der Orientexpreß in die Station ein.
Im Schlafwagen waren drei Abteile für Senator McMahon und seine Begleiter reserviert. Drei Russen, angeführt von dem im Nahkampf erfahrenen KGB-Agenten, der mit Oberst Korakow über die Grenze gekommen war, hatten die Plätze belegt. Außer dem Schlafwagen gab es noch vier Waggons und einen Speisewagen. Der Expreß hatte mit dem Zug, der unter gleichem Namen zwischen Paris und Istanbul verkehrt, kaum etwas Gemeinsames. Die Türken hatten die romantische Bezeichnung des Zuges ohne Zustimmung der internationalen Reisebehörden aus nationalem Stolz beibehalten. Speisewagen und Schlafwagen waren Überreste eines Luxus, wie er vor dreißig Jahren üblich war.
Der Senator fiel erschöpft auf sein Bett. Sein Herz wollte einfach nicht zur Ruhe kommen. Er spürte die Anzeichen eines drohenden neuen Infarkts – einen leichten Schmerz auf der rechten Brustseite und den flatternden Puls. Nur das nicht! Herrgott im Himmel, nur das nicht jetzt! Laß mich durchhalten, bis ich meine Pflicht erfüllt habe!
Sein Zustand verschlechterte sich so, daß Oberst Korakow in Kayseri – nach ungefähr einem Viertel der Strecke – seinen Verbindungsmann in Erzurum vom Bahnhof aus anrief und verlangte, daß ein Arzt bei der Ankunft mit den nötigen Medikamenten zur Verfügung stehe.
Auf jedem Bahnhof kamen Polizei und Militär in den Zug und durchsuchten die Abteile. Die Fahndung nach dem

Senator war in vollem Gang. Doch erwies sich seine Tarnung als wirksam, das ärztliche Attest, das er bei sich trug, beschrieb seine Verletzung als die Folgen eines Unfalls, und seine übrigen Papiere waren fehlerfrei. McMahon war ein Schwerverletzter, der auf Rat des behandelnden Arztes zur Erholung ins Gebirge im Osten reiste. Sprechen konnte er nicht, da der Verband auch seinen Mund bedeckte.

Zwischen Kayseri und Sivas meldete der Karatekämpfer dem Obersten, ein Mann, dem Aussehen nach Armenier, sei auf dem Gang mehrmals auf und ab gegangen und habe alle Abteile im Spiegel der Waggonfenster beobachtet. Wo das nicht möglich war, habe er die Abteiltüren geöffnet, die Lage überblickt und sich dann mit einer Entschuldigung zurückgezogen. Jetzt habe er sich am Ende des Ganges postiert und scheine die drei von ihnen belegten Abteile nicht aus den Augen zu lassen. Der Agent bat Korakow um Erlaubnis, den Mann nötigenfalls unschädlich zu machen. Der Oberst nickte.

Der Mann, Mitglied des »Clubs«, war auf einen Befehl Leilas hin in Kayseri zugestiegen und hatte den Zug systematisch durchsucht. Drei Abteile waren verschlossen. An der Tür des mittleren Abteils war ein Zettel angebracht – »Schwerkranker, bitte nicht stören«. Doch immer wieder kam oder ging jemand von den anderen beiden Abteilen in das mittlere. Der Armenier beschloß, beim nächsten Halt vom Bahnsteig aus in das Abteilfenster zu blicken. Er stellte fest, daß die Waggontür nur durch einen einfachen Hebel verriegelt war. Als der Zug hielt, schlüpfte er die Stufen hinunter und eilte am Waggon entlang. Der Vorhang des Fensters war zugezogen, doch durch eine kleine Lücke auf der Seite fiel ein Lichtstrahl. Er zog sich am Fensterrand hoch und konnte so einen kurzen Blick in das Abteil werfen. Was er sah, machte ihn stutzig. Zu den Füßen eines Mannes, der angezogen auf dem Bett lag, saßen zwei Männer in Hemdärmeln und unterhielten sich. Den Kopf des liegenden Mannes konnte er nicht sehen.

Der Zug fuhr an, und er mußte sich beeilen, wieder einzusteigen. Als er die Waggontüre von innen verriegelte,

ahnte er, daß jemand hinter ihm stand. Im nächsten Moment spürte er einen scharfen Schmerz an seinem Hals. Sein letztes Gefühl war, daß er zusammensackte, aber nichts dagegen tun konnte.
Der Russe hob den kleinen Armenier hoch, öffnete die Waggontür und schleuderte den leblosen Körper auf den Schotter des Bahndamms. Der Zug hatte bereits seine volle Geschwindigkeit erreicht.

Eine Nacht und einen Tag lang rollte der »Expreß« nach Erzurum. Es war 18 Uhr am 18. Mai, als zwei Männer auf dem Bahnsteig standen, um Senator McMahon in Empfang zu nehmen. Ein bleicher junger Mann mit Spitzbart und einer runden schwarzen Tasche in der Hand und ein großer sehniger Kerl mit Schnurrbart und blitzenden Augen, in der Kleidung eines Türken der unteren Klassen. Es war der Schlächter aus dem Schlachthaus Erzurum.
Am späten Nachmittag des 18. Mai war auch im KGB-Hauptquartier in der Nalbandianstraße in Erivan Hochbetrieb. Ein Befehl höchster Priorität war aus Moskau eingetroffen, unterzeichnet vom neuernannten Chef des KGB, General-Polkownik Jurij Andropow. Oberst Korakow, so hieß es, sei mit acht Personen, darunter dem US-Senator McMahon, im Begriff, sich von der Türkei her der russischen Grenze zu nähern. Vier von ihnen – darunter der vermutlich herzleidende Senator – hätten die Absicht, die Grenze illegal zu überschreiten. Dabei sei ihnen jede nur mögliche Unterstützung von sowjetischer Seite zu gewähren. Da man bis jetzt nicht wisse, wo der Übergang stattfinden werde, seien, so lautete der Befehl ferner – die nötigen Vorkehrungen zu treffen, daß an allen Stellen, wo ein Übergang in Frage komme, KGB-Personal, unterstützt von Grenztruppeneinheiten, bereit stehe, um die Gruppe zu empfangen und weiterzubefördern.
General Valerian Petrowitsch Filatow, Chef des armenischen KGB, saß General Zirianow gegenüber, dem Befehlshaber aller KGB-Grenztruppen. Zirianow war gerade aus Moskau eingetroffen. Vor ihnen an der Wand hing eine

riesige Karte, die die Grenze zur Türkei und einen Teil der Grenze zum Iran darstellte. Sie war gespickt mit militärischen Zeichen, welche die Stellungen sowjetischer, türkischer und persischer Truppen angaben.

»An wieviel Stellen halten Sie den Übergang prinzipiell für möglich, Genosse Valerian Petrowitsch?« fragte General Zirianow.

»An elf Stellen, Genosse General.« Filatow war aufgestanden und zeigte mit einem langen Stab auf die Stellen, die er mit kleinen roten Pfeilen markiert hatte. »Zwischen Hopa am Schwarzen Meer und dem Kleinen Ararat an der persischen Grenze gibt es maximal elf Stellen, an denen auch einem Kranken der Übertritt möglich wäre.« General Zirianow betrachtete eine Stelle nach der andern genau, dann nickte er zustimmend. Er selber kannte jeden Meter der Grenze.

»Und was für Vorkehrungen sind an diesen Stellen getroffen worden?«

»Zusätzlich zu dem Normalaufgebot Ihrer Truppen entlang der Grenze, Genosse General, das heißt, der Männer in den Wachtürmen und der Patrouillen zwischen den Türmen, werden an jeder dieser Stellen in Kürze zwei KGB-Männer sein, eine Militärambulanz mit einem Arzt und ein Begleitzug von zwei Jeeps mit je vier bewaffneten Männern.«

»Oberst Korakow«, sagte Zirianow, »ist leider nicht in der Lage, uns mitzuteilen, wo er die Grenze passieren will. Deshalb frage ich Sie jetzt – welche dieser elf Stellen kommen Ihnen am wahrscheinlichsten vor, Valerian Petrowitsch?«

Ohne zu zögern zeigte General Filatow mit seinem Stab auf vier Punkte.

»In der Gegend des Sees Çildir gibt es eine Reihe von Zufahrtsstraßen zur Grenze, die den Transport des Kranken erleichtern würden. Dann in der Gegend des Eisenbahnübergangs zwischen uns und der Türkei – dort gibt es flaches und befahrbares Terrain. Weiter im Süden an der Stelle zwischen Tuzluça und Vagarşapat; dort führen Hauptstraßen auf beiden Seiten bis in die Nähe der Grenze. Und

schließlich die südlichste Stelle, hier – von der Gegend des türkischen Dorfes Iğdir aus. Von dort sind es nur noch wenige Kilometer bis Erivan. Am wahrscheinlichsten finde ich die beiden letztgenannten Stellen.«
General Zirianow blickte lange auf die Karte, bevor er sagte: »Alles, was wir haben, ist das, was die Botschaft in Ankara uns gestern durchgab. Mehr wissen wir nicht, und mehr läßt sich nicht herausquetschen. Der Botschafter hat ausdrücklich gesagt, er werde uns über jede neue Entwicklung verständigen. Er bat aber, man solle keine weiteren Nachfragen stellen. Zweifellos will er Aufsehen durch zuviel Funkverkehr vermeiden. Also müssen wir russisches Roulett spielen! Nun, angenommen, alles hat bis jetzt geklappt und Korakow ist mit seiner Gruppe bereits im Grenzgebiet. Und weiter angenommen, sie kommen mit Senator McMahon heil über die Grenze. Ich habe den Auftrag erhalten, mit Ihrer Hilfe den Senator nach Erivan zu bringen, entweder hierher in das Hauptquartier oder in die Klinik von Professor Natirbow – einem unserer besten Herzspezialisten, wie Sie wissen. Das wird alles von McMahons Zustand abhängen. Bitte verständigen Sie Professor Natirbow, halten Sie auch einen Sanitätshubschrauber der Armee in Bereitschaft und veranlassen Sie alle sonstigen Maßnahmen. Ich bleibe hier, bis die Aktion zu Ende ist. Bitte geben Sie alle Berichte unserer Einheiten an der Grenze an mich weiter, mit Ausnahme von Routinemeldungen. Und noch eins, General Filatow. Wir müssen noch einmal versuchen, den Senator hier in Erivan zum Reden zu bringen, bevor wir den Genossen Vorsitzenden des Ministerrats zu uns bemühen. Deshalb halten Sie auch Ihren Dolmetscher bereit.«

22

Es war 11 Uhr 30 am 17. Mai, als Malik sich unverzüglich an die Arbeit machte. Sein Plan war, so viele seiner Kurden wie möglich zusammenzuziehen, um sie gegebenenfalls schnell an kritischen Stellen einsetzen zu können. Eine dünne Linie

entlang der ganzen Grenze aufzuziehen, so wie er es bei anderen Gelegenheiten gemacht hatte, erschien ihm in diesem besonderen Fall als unzureichend.
Während der nächsten Stunden war Malik ununterbrochen an seinem Funkgerät – Baydar klagte bereits über Krämpfe in seinen Beinen. Als erstes setzte Malik sich mit General Güvenç in Kars in Verbindung und bat ihn um einen Termin noch für denselben Abend. Dann sandte er über Nadir Reshids Funkgerät eine Nachricht an Prinz Hakim, der sich noch in seiner Zeltstadt Doğubayazit aufhielt. Er ließ ihm übermitteln, er möge mit so vielen Männern wie möglich umgehend zu ihm stoßen. Auch die Männer an der Grenze solle er aufsammeln und mitnehmen. Er werde ihm später alles erklären. Für Nadir Reshid hätte er eine spezielle Aufgabe. Hakim antwortete, er könnte mit mindestens fünfzig Männern schon am nächsten Abend eintreffen.
Zusammen mit den über dreißig Männern, die in den letzten zwei Wochen aus dem Westen und Südwesten zu ihm gekommen waren und bereits entlang der Grenze in Beobachtungsposten lagen, konnte Malik mit einer ansehnlichen Truppe rechnen.
Danach beauftragte er Mahmud, seinen Verbindungsmann im Norden, die Straße von Hopa am Schwarzen Meer bis Kars überwachen zu lassen. Nach Möglichkeit sei jeder, der diese Linie nach Osten hin überschreite, anzuhalten und zu identifizieren. Gesucht werde ein älterer Amerikaner – möglicherweise getarnt –, der in Begleitung oder Bewachung mehrerer Männer die Absicht habe, in die Sowjetunion zu fliehen. Die Kurden könnten sich mit Erlaubnis der türkischen Behörden zur Zeit frei bewegen, solange sie sich der soeben ausgegebenen Parolen bedienten.
»Kars«, sagte Malik, als er in den Jeep stieg. Baydar hatte Käse, Brot und Tee mit im Jeep, da er bereits damit gerechnet hatte, daß Malik keine Zeit mehr haben würde, das von Fatima zubereitete Mittagsmahl zu sich zu nehmen.
»Du denkst auch an alles, Baydar«, sagte Malik, als der Jeep losfuhr.
»Während ich mit General Güvenç spreche, laß dir von

seiner Ordonnanz einen Anhänger für den Jeep geben. Wir werden ihn brauchen, jedenfalls hoffe ich es.«
Es war 16 Uhr am 17. Mai, als sie vor dem Hauptquartier des Korpsgenerals Güvenç in Kars vorfuhren. Der General empfing Malik sofort.
»Warum so geheimnisvoll, Malik? Gibt es schon wieder eine Hochzeit?«
Malik begrüßte den General in militärischer Haltung, dann nahm er ihm gegenüber Platz.
»Nein, Sir. Ich weiß von keinen weiteren Hochzeiten. Ich bin in einer schwierigen Lage und komme deshalb zu Ihnen.«
Malik machte eine Pause, als ein Unteroffizier plötzlich in der Tür stand. Der General fragte: »Kave oder Çai, Malik?«
»Kave Seker li, lütfen, Pasha.«
Die Ordonnanz verschwand, und Malik berichtete. Der General hörte aufmerksam zu.
»Ich bin bereits über den Fall informiert«, sagte er schließlich. »Erzurum orientierte mich heute früh über das Verschwinden des Senators und über die möglichen Folgen. Verzeihen Sie, daß ich Ihnen nicht die Mühe ersparte, mir so ausführlich zu berichten, was ich schon wußte, aber ich wollte Ihre – die amerikanische – Version hören.«
»Ich bin aus zwei Gründen zu Ihnen gekommen«, fuhr Malik fort, als der Kaffee serviert war. »Zum einen wollte ich Sie über die Lage und über meine Absichten informieren. Und dann brauche ich wieder einmal Ihre Hilfe. Zum ersten Punkt . . .«
Malik trank seinen Kaffee in zwei kurzen Zügen aus.
». . . zu meinen Absichten in dieser Sache: Ich habe von meinen Vorgesetzten in Washington den Befehl, den Senator abzufangen und festzuhalten – ihn auf keinen Fall über die russische Grenze zu lassen. Ich habe deshalb so viele meiner Kurden wie möglich zu mir gerufen, die ja dank General Inans weiser Voraussicht sich zur Zeit frei bewegen können. In Çengel werde ich an die hundert Kurden zusammenziehen, um sie zwischen Kars und der persischen Grenze zu stationieren. Die Männer im Norden habe ich beauftragt,

verdächtige Personen zwischen Hopa und Kars festzuhalten, falls sie sich in Richtung auf die russische Grenze bewegen. Alle derartigen Vorfälle werde ich Ihnen sofort melden, Sir. Den Schwerpunkt der gesamten Aktion werde ich um den Paß bei Sarikamiş vorbereiten und auf der Straße entlang dem Aras nach Osten. Ich nehme an, daß die Russen mit McMahon an einer dieser beiden Stellen früher oder später auftauchen werden und ich sie dort am besten abfangen kann.«

Der General hatte keine Frage gestellt. Er wußte, daß Malik Ostanatolien so gut kannte wie er selber. Seine Ausführungen hätten ebensogut von einem türkischen Generalstabsoffizier stammen können.

Malik fuhr fort: »Und nun zum zweiten Grund meines Besuchs. Der ganze Fall McMahon ist eine rein inneramerikanische Angelegenheit, die sich zufällig auf türkischem Boden abspielt. Nun, wir wollen unsere schmutzige Wäsche selber waschen und haben deshalb Unterstützung von türkischen Behörden dankend abgelehnt, mit Ausnahme der Kontrolle von Flughäfen, Bahnstrecken und anderen Verkehrsknotenpunkten.«

Der General unterbrach Malik: »Dasselbe wurde mir in Erzurum gesagt. Wir sollten uns nicht einmischen, außer wenn türkisches Leben gefährdet oder türkisches Gebiet verletzt wird.«

Malik nickte. »Erschrecken Sie bitte nicht, General, wenn ich Ihnen sage, um was ich Sie bitten werde.«

General Güvenç blickte überrascht auf.

»Ich brauche dreißig türkische Monturen – komplett von der Kappe über den Patronengürtel zu den Stiefeln. Waffen haben wir selber, auch türkische. Ich möchte meine besten Leute damit einkleiden und an den kritischen Stellen einsetzen. Sie müssen in der Lage sein, Verdächtige anzuhalten und zu durchsuchen, ohne auf Widerspruch zu stoßen. Ich verspreche Ihnen, daß kein Mißbrauch damit getrieben wird und daß Sie die Uniformen nach beendeter Aktion zurückerhalten.« Malik zögerte kurz, als er den General entgeistert den Kopf schütteln sah, ließ sich aber nicht unterbrechen. Er

lehnte sich vor, in beschwichtigendem und ernstem Ton sprach er langsam weiter:
»Der wahre Grund, Pasha, für die Notwendigkeit einer solchen Verkleidung ist der: Wenn Senator McMahon in der Begleitung russischer Agenten von Kurden angehalten wird – ich sage ausdrücklich: angehalten wird, denn einen Überfall müssen wir vermeiden wegen der Gefahr, daß der Senator dabei verletzt wird –, dann könnte es doch passieren, daß die Presse davon Wind bekommt und die Türkei in Verlegenheit gerät, weil innerhalb ihrer Grenzen solche Zustände herrschen. Unter der Nase der türkischen Behörden beherrschen Kurden die Straßen! Andererseits, wenn türkische Behörden offiziell eingreifen, dann käme die Türkei in eine direkte und unerwünschte Konfrontation mit den Russen. Nun aber nehmen wir meinen Vorschlag: Wir verkleiden Kurden als Türken – wenn die Aktion gelingt, dann ist sowieso alles okay und schnell vergessen. Und wenn nicht, dann kann man die Kurden entlarven und den Russen, falls sie sich beschweren sollten, sagen: ›Seht, was für Ganoven die Kurden sind. Sie verkleiden sich als türkische Soldaten und überfallen Reisende!‹ Aber ich glaube kaum, daß die Russen in der Lage sind, sich offiziell zu beschweren. Im Gegenteil, sie müßten sich für ihre Handlungsweise nicht nur bei den Türken, sondern auch bei den Amerikanern entschuldigen – was sie äußerst ungern tun. Und was die Kurden betrifft, denen ist es völlig egal, falls wir sie entlarven sollten. Nun, General Güvenç, sehen Sie die Vorteile meines Vorschlags?«
Güvenç atmete tief ein. Der raffinierte Plan war ihm unheimlich.
»Nicht schlecht, Malik«, sagte er. »Ein cleverer Plan. Aber für meinen Geschmack zu unorthodox. Wenn die Aktion danebengeht, werde ich zur Verantwortung gezogen. Und wenn sie klappt, wie kann ich erklären, daß ich mich entgegen allen Anweisungen eingemischt habe, daß ich wissentlich so etwas geschehen ließ? Nein, Malik, in aller Freundschaft – das geht zu weit.«
Malik lächelte.

»Eines nach dem andern, Pasha. Wenn die Aktion klappt und wir unseren Mann haben, dann soll die Welt nie erfahren, wie das zustande kam – und Sie kommen nie ins Gerede. Und wenn es danebengeht, werden die Amerikaner nichts sagen, und Ihre Vorgesetzten werden Sie von jeder Verantwortung freisprechen, da Sie von nichts wußten. Und was die Uniformen betrifft – die haben wir gestohlen. Und vergessen Sie nicht, General, wir haben es hier nicht nur mit einem US-Bürger zu tun, sondern auch mit den Russen, und daher ist dieser Plan auch in Ihrem Interesse. Und das werden Ihre Vorgesetzten nicht nur einsehen, sondern sie werden Ihnen Ihr Verhalten hoch anrechnen«, und mit einem Augenzwinkern fügte Malik hinzu, »auch wenn Sie von nichts gewußt haben.«

Malik bekam die Uniformen. Gegen 20 Uhr war er wieder in Çengel.

Am Nachmittag des folgenden Tages – es war der 18. Mai – sah es in Çengel wie in einem Kriesglager aus. Der Prinz war mit über sechzig seiner Leute aus Doğubayazit eingetroffen. Nadir Reshid und seine Freunde aus dem Süden waren ebenfalls da. Und zwei Stammesoberhäupter aus der Gegend von Malazgirt und Tutak kamen gerade mit mehr als dreißig Männern an – sie hätten gehört, es gebe einen Kampf, und sie freuten sich darauf, vor allem die Kurden von Malazgirt, die an den Nordhängen des nach dem Ararat zweithöchsten Berges, des 4500 Meter hohen Süphan Dağ, ansässig waren und zu den härtesten Männern der Gegend zählten. Man sagt von ihnen, sie könnten mit ihren Gewehren – alten russischen Modellen des Baujahres 1914 – einen Bergfalken im Sturzflug treffen. Malik rief die Stammesoberhäupter zusammen. Sie saßen unter der Platane, während die Frauen Tee und Börek anboten. Als Malik zu sprechen begann, verstummte das Gemurmel.

»Als erstes – unsere Aufmerksamkeit ist nicht mehr auf verdächtigen Verkehr aus der Sowjetunion, sondern in Richtung der russischen Grenze zu lenken. Und zwar von Kars herunter bis hierher zur persischen Grenze. Mahmud hat die Verantwortung für die Gegend nördlich von Kars bis

zum Schwarzen Meer. Unsere Aktion betrifft einen älteren Amerikaner, der als Türke oder Kurde getarnt ...« – schallendes Gelächter unterbrach Malik – »... und von mehreren russischen Agenten begleitet, versucht, illegal in die Sowjetunion zu kommen. Das müssen wir um jeden Preis verhindern, wenn nötig mit der Waffe, doch soll der Amerikaner unverletzt bleiben, obwohl er ein Verräter ist. Die Russen sind mit Sicherheit bewaffnet und gefährlich, daher ist größte Vorsicht geboten. Nun zu Einzelheiten.«
Malik zeigte auf eine von ihm vorbereitete Skizze, die die Straßen und Orte zwischen dem Dreieck Kars, Erzurum und dem Berg Ararat zeigte sowie die Grenze und den Fluß Aras.
»Eine Abteilung unter der Führung von Nadir Reshid soll drei Sperren errichten. Eine auf der Straße von Horasan nach Kars, vielleicht am besten am Sarikamiş-Paß, eine auf der Straße von Horasan nach Kağizman, die dritte auf der Straße von Horasan nach Aĝri. Auf diese Weise kontrollieren wir bereits tief im Landesinneren die Hauptzufahrtsstraßen zur russischen Grenze. Wem es gelingen sollte, dort durchzukommen, der wird von Prinz Hakim oder Mahmud und ihren Männern entlang der Grenze abgefangen.«
Ein Murmeln der Anerkennung ging durch die Reihen der Kurden.
Malik wandte sich an Nadir Reshid: »Nadir, wir haben noch einiges zu besprechen. Reite nicht ab, bevor du Genaueres von mir erfahren hast.« Und wieder zur ganzen Gruppe gewandt: »Prinz Hakim hat die Aufgabe, mit seinen Männern auf der Straße entlang der Grenze zu patrouillieren. Ich bleibe hier in Çengel und werde mit Nadir und Prinz Hakim in Funkverbindung stehen.«
Ein Raunen ging durch die Gruppe, Fragen wurden gestellt. Malik beantwortete eine nach der anderen – »... wir schätzen, es sind zwischen fünf und zehn bewaffnete Russen ...« – »... ja, wir müssen sofort aufbrechen, die Russen sind wahrscheinlich schon in unserer Richtung unterwegs ...« – »... ja, es ist anzunehmen, daß sie versuchen, die Grenze in der Dunkelheit zu überschreiten ...« –

». . . ja, die türkischen Posten erlauben euch freie Bewegung, solange ihr für jeden Tag das richtige Kennwort ausgebt. Das gilt bis zum 1. Juni – noch dreizehn Tage. Für heute gilt das Wort . . .«, Malik blätterte in seinem Taschenbuch nach, ». . . Kara Denis.«

Malik winkte Hakim zu sich. »Es ist keine Minute zu verlieren. Falls du keine Fragen hast, dann zieh mit deinen Leuten los. Du selber hältst dich nicht zu entfernt von mir auf – wegen des besseren Funkverkehrs zwischen uns –, und vielleicht brauche ich dich hier. Verteil deine Männer, dann komm langsam zurück.«

Prinz Hakim rief seine Männer zusammen, und kurz darauf galoppierten sie auf ihren Pferden davon.

Nadir Reshid stand vor Malik und wartete.

»Nadir, ich habe eine Spezialaufgabe für dich. Du hast gehört, was du zu tun hast, aber nicht, wie du es tun sollst. Du wirst überrascht sein – komm mit, Nadir.«

Malik ging voraus zu seinem Jeep mit dem Anhänger, den Baydar von den Türken in Kars geliehen hatte. Ein geteertes Segeltuch war über den Anhänger gespannt. Malik schlug die Plane zurück und betrachtete Nadir belustigt, der beim Anblick der türkischen Uniformen große Augen machte.

»Was soll das, Malik? Sag mir nicht, wir sollen türkische Uniformen tragen – wir würden uns totlachen!« Nadir zog eine Uniform heraus und hielt sie vor sich hin. Es war die eines Unteroffiziers. »Die paßt, die nehme ich!«

Malik sagte ernst:

»Ja, Nadir, du sollst diese Uniform während der Aktion tragen. Die Türken wissen Bescheid. Hier –«, Malik gab Nadir einen Briefumschlag, »das ist die schriftliche Bewilligung des Korpsgenerals Güvenç, daß dreißig Kurden für die Dauer von einer Woche das Tragen von türkischen Uniformen erlaubt ist. Mach aber von diesem Schreiben nur Gebrauch, falls türkische Kontrollen euch erkannt und gestellt haben. Nimm deine fünf Freunde mit dir und die Männer von Malazgirt und Tutak. Zieht euch diese Uniformen an und rückt sofort aus. In diesen Uniformen könnt ihr Personen und Fahrzeuge, auch türkische Militärfahrzeuge,

anhalten und durchsuchen, falls nötig, festhalten. Dulde aber keinen Mißbrauch, und laß nur Männer reden, die Türkisch sprechen, sonst erweckt ihr Verdacht! Los Nadir, und viel Glück! Ich erwarte deinen stündlichen Bericht.«
Es gab noch Gelächter und Geschrei unter den Männern, als sie ihre Uniformen anzogen. Kurz darauf preschten auch sie davon.
Malik war allein mit Baydar zurückgeblieben. Es begann zu dämmern. Das Funkgerät war nun im Wohnraum aufgestellt und auf Empfang geschaltet. Jetzt mußte er warten, bis die ersten Nachrichten eintreffen würden. Erst dann konnte er sich selber wieder einschalten.

23

Zwei Wagen älteren Baujahrs fuhren Senator McMahon und seine Begleiter vom Bahnhof in Erzurum durch den südlichen Teil der Provinzhauptstadt, die auf den Senator einen grauen und unwirtlichen Eindruck machte. Zwei- bis dreistöckige Gebäude in primitivem Baustil, zwischendurch eine kleine Moschee oder eines der vielen Militärgebäude. Sie fuhren vorbei an dem Gebäude, in dem Rahman Abdur amtierte. Auch er war über das Verschwinden des Senators verständigt worden.
Auffallend war das viele Militär auf den Straßen, zu Fuß oder in Fahrzeugen, und immer wieder Pferdegespanne, oft mit schwarzgekleideten, verschleierten Frauen darauf. McMahon nahm all das nur beiläufig wahr. Neben ihm saß der Arzt, der sich mit ihm in englischer Sprache zu unterhalten versuchte. McMahon wollte sich auf sein Gespräch mit dem russischen Ministerpräsidenten konzentrieren, er überprüfte sein Gedächtnis, das die vielen Zahlen und Spezialbezeichnungen, die seinen Informationen für die Russen zugrunde lagen, gespeichert hatte.
Der Fahrer war der sehnige Türke mit dem wilden Blick, neben ihm saß Korakow. Die anderen Bewacher des Sena-

tors befanden sich im nachfolgenden Wagen. Es begann zu dunkeln, als sie am Rande der Stadt vor einem großen Gebäudekomplex vorfuhren und an einer Rampe hielten, die in das Kellergeschoß führte. Als der Senator, auf Korakow gestützt, die Rampe hinunterging, sagte er mürrisch: »Da riecht es ja wie im Schlachthof von Chicago.«
Korakow nickte nur beruhigend. Im Keller wurden sie von zwei Männern empfangen, die sie durch eine getarnte Tür und mehrere Gänge in einen riesigen Wohnraum führten, in dem sich ein Billardtisch, eine Tischtennisplatte, Trainingsgeräte und in einer Ecke ein Filmprojektor sowie eine Leinwand und Stühle für etwa zwanzig Personen befanden. Danach kam wieder ein Gang. Die Türen rechts und links trugen Schilder wie »Konferenzzimmer« – »Fotolabor« – »Klimaanlage« – »Schlafzimmer 1« – »Badezimmer 1« – »Schlafzimmer 2« – »Dusche«. Es war die Zentrale des KGB in Ostanatolien. Die Agenten mußten sich hier oft wochenlang versteckt halten.
Am Ende des Gangs befand sich ein kleines Wohnzimmer mit einer Schlafecke. Das Bett war aufgedeckt, ein Pyjama lag auf den frischen Bettüchern. Oberst Korakow, der vorangegangen war, machte mit einem dünnen Lächeln um seine Lippen eine einladende Handbewegung zu McMahon, der sich den lästigen Verband vom Kopf riß. Auch eine Mahlzeit war vorbereitet. Sie stand auf einem kleinen Tisch, der aussah, als wäre er von einem Bastler zusammengenagelt worden.
McMahon roch den Duft einer Fleischbrühe. Er zog die Schuhe aus und ließ sich auf das Bett fallen. Korakow betrachtete ihn mit besorgtem Blick:
»Wir werden die Nacht hier verbringen, Senator. Ich bitte Sie dringend, diese Gelegenheit zu nützen und Ihre Kräfte zu sammeln. Schlafen Sie und nehmen Sie etwas zu sich. Sie haben anstrengende Stunden hinter sich und haben noch anstrengendere vor sich. Sie müssen sich stärken, auch wenn Sie sich dazu zwingen müssen. Der Arzt wird sogleich zu Ihnen kommen und Ihnen ein Beruhigungsmittel für die Nacht geben. Wir kennen Ihre Prinzipien, was Medikamen-

te und ärztliche Hilfe betrifft, und respektieren sie –, aber jetzt darf es kein Versagen geben. Deshalb widersetzen Sie sich bitte nicht. Ihre Mission kann sonst in Frage gestellt sein.«

McMahon antwortete nicht. Er war zu erschöpft, um sich mit Korakow auseinanderzusetzen. Er hörte gar nicht, daß der Arzt eintrat, er spürte nur plötzlich, daß eine Nadel in seinen rechten Unterarm gestochen wurde – er war einfach zu schwach, um sich zu wehren. O Gott, gib mir noch genügend Kraft, meine Aufgabe zu erfüllen! dachte er. Der Arzt brachte das Tablett mit dem Essen ans Bett und flößte es dem Senator wie einem Kind ein. Als McMahon eingeschlafen war, zog er ihm die Kleidung aus.

Am nächsten Tag, im Morgengrauen des 19. Mai, weckte Oberst Korakow den Senator mit den Worten:

»Sir, wir müssen früh aufbrechen und den ganzen Tag reisen.«

McMahon raffte sich hoch. Er hatte nicht geschlafen, als Korakow gekommen war, sondern gebetet. Dankend nahm er die Tasse heißen Tees aus der Hand des Oberst und trank sie langsam.

»Der Arzt wird jetzt kommen und Ihnen noch eine Stärkungsspritze geben«, sagte Korakow. »Ich bitte Sie, sich nicht zu widersetzen, es ist unumgänglich. Er wird bis zur Grenze stets an Ihrer Seite sein und Ihnen helfen, falls Sie sich nicht wohl fühlen sollten. Heute früh müssen wir die sogenannte ›Erzurum-Verteidigungslinie‹ der türkischen Armee passieren. Wir werden dort wahrscheinlich einer genauen Inspektion unterzogen. Sie werden wieder wie ein Türke vom Land gekleidet sein, doch würde das nicht genügen, Sie durch die wahrscheinlich verschärften Kontrollen zu bringen. Wir brauchen eine besondere Tarnung. Deshalb haben wir folgendes beschlossen: Wie Sie bemerkt haben, befinden wir uns in den Kellergewölben eines Schlachthauses. Wir werden einen großen Gefrierwagen des Schlachthofs fahren, in dem gewöhnlich Rinderhälften an die Metzger geliefert werden. Es ist ein gutgefedertes, klimagekühltes Fahrzeug. Eine angenehme Temperatur wird

für Sie eingeschaltet sein. Wir werden achtunddreißig Kilometer – ungefähr eine Stunde – in diesem Fahrzeug zurücklegen, bis wir durch die türkischen Linien sind und die Armeekontrollen hinter uns haben. Wir haben während der Nacht an diesem Fahrzeug gearbeitet und für den Raum zwischen dem Fahrersitz und dem Laderaum eine Trennwand hergestellt, hinter der Sie und der Doktor versteckt werden und die Ihnen auch den widerlichen Anblick auf das Fleisch ersparen wird. Wir werden zuerst Sie und den Arzt in das Fahrzeug bringen, dann die Wand einbauen und danach erst die Rinderhälften aufladen. Für Sie wird eine Liege aufgestellt, auf der Sie ruhen können. Unsere Freunde folgen uns in zwei türkischen Armee-Krankenwagen, die wir uns über Nacht beschaffen konnten. Später werden Sie in einer dieser Ambulanzen weiterfahren. Wir haben heute gute vierhundert Kilometer bis Erivan zurückzulegen, ungefähr elf Stunden Fahrt über oft schlechte Straßen. Glauben Sie, daß Sie das schaffen können? Haben Sie irgendwelche Fragen, Herr Senator?«
McMahon saß noch immer im Bett, die Tasse Tee in der Hand. Er hatte fassungslos zugehört. Hätte der Mann, der vor ihm stand, nicht in einer militärisch formulierten und persönlich so detachierten Weise gesprochen, würde er glauben, er hätte das alles nur geträumt.
Korakow fragte nochmals: »Haben Sie irgendwelche Fragen dazu? Glauben Sie, diese Strapazen auf sich nehmen zu können, Senator?«
»Nein, Colonel«, antwortete McMahon mit einem leicht hysterischen Lächeln. »Ich habe keine Fragen. Von der Geschicklichkeit der Russen bin ich bereits überzeugt. Sie haben mich trotz großer Schwierigkeiten bis hierher gebracht. Ich bin sicher, Sie werden mich auch gut bis ans Ziel unserer Reise bringen. Wenn Sie einen Karkassenwagen als Transportmittel vorschlagen, dann soll es eben ein Karkassenwagen sein. Also los!«
20 Minuten vor 6 Uhr früh fuhr ein Gefrierwagen des staatlichen Schlachthauses in Erzurum aus dem Ladegewölbe heraus und durch die noch schlafende Stadt. Als er die

Höhe im Osten der Stadt erreichte, blendeten die Strahlen der Morgensonne den Fahrer. Auch der Mann neben ihm klappte die Sonnenblende herunter. Es war Oberst Korakow, der in den blauen Overall mit weißer Schürze gekleidet war, wie ihn die Arbeiter des Schlachthauses trugen. Zwischen den beiden Männern und den in zwei Reihen nebeneinander hängenden vierzig Rinderhälften lag Senator McMahon auf einer Armeepritsche. In einem Klappstuhl zu seinen Füßen saß der Arzt mit seiner großen schwarzen Tasche. Von den toten Rindern waren sie durch eine Spanholzplatte getrennt, die so zugeschnitten war, daß sie genau die Breite und Höhe des Wageninneren ausfüllte. Mit einfachen Winkeleisen war sie an der Decke und am Boden des Wagens befestigt. Sie war weiß angestrichen, wie das ganze Innere des Kühlwagens. Daß sich hinter ihr ein Hohlraum verbarg, war von der Ladetür aus nicht zu erkennen.

Der Geruch der toten Tiere wurde durch die Klimaanlage so vermindert, daß ihn McMahon kaum wahrnahm. Was ihn aber schon nach ein paar Minuten störte, war, daß er dem Schwingen des Wagens ausgeliefert war, ohne eine Sicht nach außen zu haben. Der Senator spürte die ersten Anzeichen von Seekrankheit, und auch der Arzt, der ihn behandeln sollte, fühlte sich nicht wohl. Beide baten den Fahrer, so ruhig wie möglich zu fahren. Der Fahrer hielt sich daran. Trotzdem wurde beiden Männern schlecht, und sie übergaben sich. Der Geruch des Erbrochenen peinigte sie.

Nach einer halben Stunde Fahrt erreichten sie die erste Militärkontrolle vor der Erzurum-Verteidigungslinie. Diese Linie war gegen einen möglichen Einbruch der Russen nach dem Muster der Maginotlinie gebaut worden. Sie war etwa 150 Kilometer lang und zog sich von Nordwest bis Südost. Die Befestigungen vor Erzurum waren der Kern des Verteidigungssystems.

Der Wagen hielt an. McMahon hörte türkische Stimmen, halb scherzend, halb schimpfend. Der Fahrer war ausgestiegen und sprach mit den Männern, offenbar Soldaten. Kurz darauf wurde die Tür zum Laderaum geöffnet, und ein

Mann kam die Sprossen hoch, die in den Laderaum führten. McMahons Herz schlug wild. Er winkte aber ab, als der bleiche Doktor nach seiner Tasche griff. Der Mann, den sie im Laderaum gehört hatten, stieg wieder aus, und die Tür wurde geschlossen. McMahon hörte noch einen lauten Wortwechsel, dann fuhr der Wagen wieder an.

»Jetzt fahren wir durch die Befestigungen«, erklärte der Doktor. »An der Ausfahrt, in ungefähr zwanzig Minuten, kommt noch eine Kontrolle. Also regen Sie sich nicht auf, Senator, wenn wir noch einmal durchsucht werden. Normalerweise werden Autos hier nicht durchsucht, schon gar nicht ein staatlicher Kühlwagen wie dieser. Der Grund für diese Kontrolle ist höchstwahrscheinlich die Suche nach Ihnen. Kann ich etwas für Sie tun? Auf Ihr und ...«, der junge Mann lächelte bedauernd, »... mein Unwohlsein war ich leider nicht vorbereitet. Aber bei Schmerzen oder Herz- und Kreislaufbeschwerden kann ich Ihnen helfen.«

»Ich werde diesen Tag überleben und das Ziel erreichen«, antwortete McMahon. »Danach ist ja alles egal. Ich danke Ihnen für Ihr Angebot, nein, ich brauche nichts. Ihre Spritze von heute früh muß bis zum Ende der Reise langen.«

Nach einer knappen halben Stunde kam die zweite Kontrolle, die nicht anders als die erste verlief. Kurz danach fuhren sie durch eine Ortschaft, wenige Minuten später hielt der Wagen, und der Fahrer stellte den Motor ab. McMahon konnte hören, wie zwei oder drei andere Fahrzeuge hinter ihnen hielten. Dann war es draußen still. Die Tür wurde geöffnet, die Schritte einiger Männer näherten sich der Trennwand. McMahon zitterte am ganzen Körper – wer war das, warum sprach niemand? Auch der Arzt schien nervös. Waren sie von einer Streife angehalten worden? Hatten sie bei der letzten Kontrolle Mißtrauen erweckt?

Als Korakows Stimme zu hören war, sackte McMahon zusammen. Schweißperlen standen auf seiner Stirn, und er atmete tief ein, als das Brett entfernt und auf den Boden des Wagens gelegt wurde. Frische Luft drang durch die weitgeöffnete Tür.

»Darf ich Sie bitten, Senator, auszusteigen. Wir können uns

einige Minuten lang bewegen. Aber nicht länger. Wir dürfen hier nicht gesehen werden und müssen weiter.«
Der Senator wankte zur Tür des Wagens. Dann mußte Korakow ihn stützen, sonst hätte er die drei Sprossen nicht geschafft.
»Von jetzt ab werden Sie Luft und Sicht haben, Sir, doch muß ich Ihnen vor der Weiterreise leider wieder den Kopfverband anlegen. Zwischendurch können wir ihn für kurze Zeit abnehmen, falls Sie es wünschen sollten.«
McMahon war ausgestiegen und sah sich um. Sie hatten auf einem Feldweg gehalten, nicht weit von der Hauptstraße. Man konnte sie nicht sehen, wohl aber den Verkehr hören. Hinter dem Kühlwagen hatten zwei Krankenwagen der türkischen Armee gehalten. Die »Sanitäter« steckten in türkischer Uniform. McMahon erkannte unter ihnen den KGB-Major und den jungen Russen, der wie ein Bulle gebaut war. Im ganzen schienen es sieben Mann zu sein.
»Aufsitzen!« befahl Korakow. In der ersten Ambulanz hatten der Fahrer und neben ihm der KGB-Major Platz genommen, zwei Sanitäter saßen im Fond des Wagens. Im zweiten Wagen fuhren vorne der Fahrer und Oberst Korakow, und im Fond saßen Senator McMahon, der Arzt und der junge athletische Russe. Alle waren in Uniform, auch Korakow hatte sich an der Haltestelle umgezogen. Er trug die Uniform eines Hauptmanns der Sanitätsgruppe. Der einzige Zivilist war Senator McMahon, der wie ein alter Türke aussah und einen leichten Verband um das Gesicht trug. Falls sie angehalten und gefragt würden, wer er sei, würde man antworten, er sei der Bürgermeister von Benhamnet, einem Dorf zwischen Kars und Sarikamiş. Er hätte bei einem Verkehrsunfall eine Mundverletzung erlitten und könne nicht sprechen. Die beiden Ambulanzen seien auf dem Weg zurück von der Armeewerkstätte in Horasan zu ihrer Einheit in der Nähe von Sarikamiş gewesen, als sie an der Unfallstelle angehalten worden seien, den Mann bis Benhamnet mitzunehmen.
Die Kolonne setzte sich in Bewegung. Der Senator lag auf der Bahre. Hinter seinem Kopf hatte er in einem Behälter

zwei automatische Waffen gesehen. Der alte Frontsoldat McMahon hatte sie als amerikanische Thompson-Maschinenpistolen erkannt. Daneben steckten einige Magazine mit je dreißig Schuß Munition. Ein zweiter Behälter war gefüllt mit Eierhandgranaten. An der Trennungswand hinter dem Fahrer war ein ebenfalls amerikanisches Funkgerät vom Typ SCR 508 angebracht. Der Typ dieser Ambulanzen war der »3/4 ton« der US-Army, ein hart gefedertes Militärvehikel, das mit seinen sechs Vorwärtsgängen und Vierradantrieb jedes Terrain bewältigen konnte. McMahon sehnte sich nach dem Cadillac zurück, als er anfing, durchgerüttelt zu werden. Wie viele Kilometer hatte der Oberst gesagt? Vierhundert?

24

Am Nachmittag des 18. Mai, gegen 14 Uhr, hatte der amerikanische Botschafter in Ankara einen langen Telefonbericht von Leila aus Istanbul erhalten. Sie hatte keinen Zweifel daran gelassen, daß Senator McMahon am Abend zuvor aus einer von Russen bewohnten Villa in Ankara im Krankenwagen einer Privatfirma entführt worden sei, falls er nicht freiwillig mitgefahren sei. Den Fahrer des Krankenwagens habe man am Morgen in Ankara entdeckt. Er sei ins Verhör genommen worden, aber bis jetzt habe man nichts aus ihm herausbekommen können. McMahons gegenwärtiger Aufenthalt sei unbekannt, doch müsse man annehmen, daß er entweder Richtung Norden, zum Schwarzen Meer, oder nach Osten gebracht worden sei. In Ankara jedenfalls scheint er nicht mehr zu sein. Der Botschafter, der nach McMahons Verschwinden unterdessen die Leitung der US-Delegation bei der CENTO-Konferenz übernommen hatte, konnte den Mann nur verwünschen, der ihn in eine so schwierige Lage gebracht hatte. Die wiederholten Fragen nach dem Senator waren für ihn äußerst peinlich. Die internationale Presse und die Diplomaten anderer Länder

wollten wissen, wo er sei, wie es ihm gehe, ob er seiner Mission enthoben worden sei. Er konnte nur allen die stereotype Antwort geben, der Senator habe eine leichte Herzattacke erlitten und liege zur Zeit in einer Privatklinik. Auf die Frage, in welcher, antwortete er, er werde nicht einmal das Land verraten, in dem sich die Klinik befinde.
Es gelang dem Botschafter, vom Außenminister in Washington die Zustimmung zu erwirken, daß Senator Dillon, der inzwischen in Ankara eingetroffen war und nun untätig in seinem Hotel saß, McMahon bei der CENTO-Konferenz vertrat. Als Mitglied des Senatsausschusses für Auswärtige Angelegenheiten sei er doch vollauf qualifiziert dafür. Senator Dillon, der erkannt worden war und der daher sein Pseudonym fallenlassen mußte, konnte sein Erscheinen in Ankara damit begründen, daß er, nachdem er von Senator McMahons Erkrankung gehört hatte, mit Zustimmung des Präsidenten herübergeflogen sei, um seinen Freund bei der Konferenz zu unterstützen und gegebenenfalls zu vertreten.
Der Botschafter hatte kaum Leilas Bericht erhalten, als er sich sofort mit Washington verbinden ließ. Er berichtete dem Außenminister, was er aus zuverlässiger Quelle gehört hatte, und fügte seine eigene Beurteilung der Lage hinzu: Senator McMahon versuche allen Anzeichen nach über die türkisch-russische Grenze in die Sowjetunion zu gelangen.
Der Außenminister war entsetzt und versuchte, einen sofortigen Termin beim Präsidenten zu bekommen. Als dieser den Grund erfuhr, ließ er erneut den Nationalen Sicherheitsrat zusammenrufen. Der Außenminister berichtete dem Sicherheitsrat über die jüngsten Ereignisse und betonte, daß der Botschafter in Ankara die Quelle seiner Informationen als absolut zuverlässig bezeichnet hatte. Daraufhin forderte der Präsident die einzelnen Konferenzteilnehmer auf, ihre Meinung zu äußern, wie sie die Konsequenzen eines Verrats durch einen Geheimnisträger dieses Ranges einschätzten. Die Befragten schlossen die Möglichkeit der militärischen Vernichtung der Vereinigten Staaten als Folge des Verrats nicht aus.
Verschiedene Stimmen wurden laut. Der Verteidigungsmini-

ster erwähnte die Möglichkeit eines Präventivschlages gegen die Sowjetunion, ehe McMahon die entsprechenden Pläne dazu preisgeben könnte. Der Präsident lehnte dies in der Hoffnung, Senator McMahon doch noch abfangen zu können, entschieden als verfrüht ab.

Eine Karte der Türkei erschien auf einem übergroßen Bildschirm. Der Chef des Vereinigten Generalstabs schlug vor, General Sasson vom Armeenachrichtendienst hinzuzuziehen; er sei der Experte für diese Gegend. Sasson wurde aus dem Pentagon gerufen und erschien eine halbe Stunde später. Der Präsident forderte ihn auf, eine Beschreibung der Gegend sowie seine Beurteilung des Falls McMahon zu geben und Vorschläge zu machen.

»Mr. President, Gentlemen«, begann General Sasson, »wie Sie sicherlich bereits wissen, nehmen unsere Informanten in der Türkei, die wir als zu fünfundachtzig Prozent zuverlässig einschätzen, an, daß Senator McMahon mit an Sicherheit grenzender Wahrscheinlichkeit über eine uns leider noch unbekannte Route durch die Osttürkei in die Sowjetunion gebracht wird ... Es wird ferner angenommen, daß er darauf besteht, mit der obersten Führung der Sowjets zu sprechen, sonst hätte er schon in Istanbul oder Ankara sein Wissen preisgegeben.« Sasson machte eine kurze Pause und fuhr fort, als keine Fragen kamen.

»Dieses entlegene und nur schwach bevölkerte Gebiet bietet sich für eine solche Aktion an, weil es schwer zu übersehen und daher schwer zu überwachen ist. Um Ihnen einen Begriff von den Entfernungen zu geben, Gentlemen – von Ankara, wo man den Senator zuletzt vermutet hat, nach Erzurum ...« der General zeigte mit einem Lichtstrahl, den er von seiner Hand aus steuerte, die einzelnen Orte auf der Karte – »... sind es tausend Kilometer, das sind rund sechshundertfünfundzwanzig Meilen, eine Entfernung in der Luftlinie wie von Washington nach Chicago. Und Anatolien, das Hochplateau der Türkei in diesem Abschnitt, ist dreihundertfünfzig Meilen breit. Jemanden in diesem Gebiet zu finden, wenn man nicht genau weiß, wohin er will, ist eine äußerst schwierige Aufgabe.«

Der Präsident und die übrigen Anwesenden hörten aufmerksam zu. »Wie gesagt, meine Herren, wir haben Grund anzunehmen, daß der Senator und seine Begleiter oder, besser gesagt, Bewacher, sich zur Zeit von Ankara weg in östlicher Richtung bewegen. – Einen Fluchtversuch über das Schwarze Meer können wir ausschalten, da die türkische Küstenwache hervorragend funktioniert und jeden Meter Strand und jeden Hafen Tag und Nacht unter Beobachtung hat. Auch wenn es den Russen gelingen sollte, diese Sperre zu überwinden, dann würde der Küstenradar, darunter auch unserer, jedes nicht gemeldete Schiff sofort entdecken und verfolgen lassen. Es bleibt also nur der Landweg nach Osten offen. Nun ist die Frage: An welcher Stelle, zumindest in welchem Abschnitt, werden sie versuchen, den Senator über die Grenze zu bringen?«
Der Präsident unterbrach ihn: »Sagen Sie uns, General, wen haben wir da draußen, der Senator McMahon finden und festhalten könnte?«
Einen Moment zögerte Sasson, dann fuhr er fort: »Mr. President, gestatten Sie, daß ich zunächst erwähne, daß wir mit den türkischen Behörden vereinbart haben, die Regelung dieser für uns peinlichen Angelegenheit uns zu überlassen. Die Türken haben dafür Verständnis gezeigt, doch sind wir sicher, daß ihr Geheimdienst die Entwicklung beobachtet, da ja die Türkei als NATO-Partner durch einen Verrat des Senators ebenfalls in eine sehr prekäre Lage kommen würde. Mit einem Wort, noch sind wir auf uns allein angewiesen.«
Sein Lichtstrahl landete auf einem Punkt südöstlich von Erzurum. »Hier, meine Herren, ist unsere Army-Security-Agency-Anlage. Sie ist die größte der Welt, man kann mit ihr sogar Telefongespräche in Moskau abhören. Sie haben mit Sicherheit schon davon gehört – die Russen haben sich bereits mehrmals laut und deutlich über ihre Tätigkeit beschwert. Dort haben wir ein Kontingent von ungefähr einhundertfünfzig Technikern und Spezialisten, die meisten davon in Uniform, aber kaum für eine Aufgabe wie im Falle McMahon zu gebrauchen. Und die kleine Sicherheitstruppe, die die Anlage vor Sabotage oder Überfall schützt, kann

nicht für andere Zwecke verwendet werden. Hier und hier . . .« – der General deutete auf zwei Ortschaften an der Küste des Schwarzen Meeres – ». . . befinden sich zwei große Radarstationen, die über das Schwarze Meer hinaus tief in die Sowjetunion blicken können. Auch hier sind es nur Spezialisten und keine Kampftruppen. Und hier schließlich . . .« – Sasson deutete auf Ankara, Erzurum, Konya und Istanbul – ». . . sind Vertreter unserer JUSMAT-Gruppe, der ›Joint United States Military Assistance to Turkey‹-Gruppe, deren Zentrale in Ankara den türkischen Generalstab berät und die ihre Berater den drei türkischen Armeen – der Ersten mit dem Hauptquartier in Istanbul, der Zweiten in Konya, der Dritten in Erzurum – sowie der türkischen Flotte und Luftwaffe zur Verfügung stellt. Ihre Hauptaufgabe ist es, das türkische Militär in die Handhabung der Waffen einzuweisen, die wir ihnen mit dem Military Assistance Program jährlich liefern. In Erzurum also, wo wir vielleicht noch Hilfe brauchen werden, haben wir fünf oder sechs höhere Offiziere der verschiedenen Waffengattungen, die meistens unterwegs bei türkischen Einheiten sind. Sie zu sammeln wäre allzu zeitraubend.«

»Ist das alles, was wir dort haben, General?« fragte der Präsident.

»Nein, Sir. In Erzurum haben wir einen Mann des Central Intelligence Agency. Möchte vielleicht sein Chef hier etwas über ihn sagen, oder soll ich fortfahren?«

»Fahren Sie bitte fort, General Sasson«, sagte der Direktor des CIA. »Falls ich etwas dazu zu bemerken habe, werde ich mich schon melden.«

»Nun, dieser Mann ist schon über ein Jahr in der Gegend und hat uns wertvolle Berichte geliefert, die zeigen, daß er sich in seine Stellung gut eingearbeitet hat. Aber er arbeitet als Einzelgänger, und seine Tarnung als Geschäftsmann – er ist Angestellter des staatlichen Schlachthofes in Erzurum – ist auf lange Sicht mühevoll vorbereitet worden und sollte nicht enttarnt werden. Als einzelner könnte er sowieso gegen eine Gruppe erfahrener Agenten nichts ausrichten.«

Der General spürte, daß Unruhe und Enttäuschung über

seine skeptische Beschreibung der Lage unter den Zuhörern aufkam.

»Gentlemen«, fuhr er fort, »wir haben noch einen versteckten Trumpf in der Hand, den wir jetzt im Begriffe sind auszuspielen. Es ist ein Mann unseres Armee-Nachrichtendienstes. Er heißt Colonel Van Holden und ist mir persönlich bekannt. Ich habe ihn vor zwei Jahren aus einer Reihe von kriegserfahrenen Offizieren für die Aufgabe ausgewählt, die im Grenzgebiet der Osttürkei immer stärker werdende russische Agententätigkeit zu unterbinden. Offiziell ist er Berater des türkischen Generalstabs für die Panzertruppe. Er ist ein außergewöhnlicher Mann – in vielem ähnlich einem Lawrence von Arabien. Hier – «, Sasson ließ seinen Lichtpfeil über das östliche Ende von Kleinasien schweifen, » – hier ist ein großer Raum, genannt Kurdistan. Trotz seiner zehn Millionen Einwohner ist es kein Nationalstaat. Kurdistan gehört fünf Ländern, darunter mit einem kleinen Stück auch der Sowjetunion. Die Kurden erkennen die Grenzen, die ihr Gebiet zerschneiden, nicht an und kämpfen schon seit Jahren mit Mut und Geschick, am meisten gegen den Irak, für Autonomie. Van Holden hat sich mit den Kurden angefreundet, die ihn wegen seiner Härte und seines Muts von Anfang an schätzten. Dazu kam, daß er ihnen bei den Türken wiederholt Vergünstigungen erwirken konnte, die sie vorher nicht hatten. Die Türken wiederum sehen Van Holden gerne bei den Kurden – er hält sie von Aktionen gegen sie zurück. ›Malik den Wolf‹ nennen ihn die Kurden. Es ist ein Ehrenname, und sie folgen ihm in die Hölle.«

Die Stimmung im Oval-Raum des Weißen Hauses hatte sich schlagartig geändert. Die Aufmerksamkeit war wieder da, die Spannung wuchs.

»Ja, meine Herren, wir haben Malik bereits beauftragt, mit allen ihm zur Verfügung stehenden Mitteln Senator McMahon zu finden und festzuhalten, bis wir ihn von ihm übernehmen können. Malik und seine Kurden sind bereits im Einsatz. Mit ihrer Hilfe kann unser Mann weite Strecken überwachen und notfalls auch einen Kampf mit den russischen Agenten aufnehmen.«

General Sasson schloß seine Ausführung mit den Worten: »Über unsere Botschaft in Ankara bin ich vierundzwanzig Stunden täglich mit Malik in Verbindung. Ich werde Sie über alle wichtigen Geschehnisse unterrichten. Mr. President, meine Herren, haben Sie Fragen?«
Ein längeres Schweigen folgte. Der Verteidigungsminister sprach als erster.
»Was geschieht im Falle, daß Senator McMahon – mit oder ohne seine russischen Wächter – Malik und seinen Kurden entkommt und die Gefahr eines Verrats durch ihn weiterbesteht? Dann gibt es doch nur noch die Möglichkeit, ihm nachzujagen und ihn unschädlich zu machen – als letztes Mittel, ihn von seinem Verrat abzuhalten. Können wir Malik einen solchen Handlungsspielraum gewähren?«
Die Überlegung des Verteidigungsministers löste Betroffenheit aus. General Sassons tiefliegende Augen gingen langsam von einem zum anderen, auch er mußte eine Antwort auf diese Frage haben.
Sie alle vermieden seinen Blick, auch der Verteidigungsminister schlug seine Augen nieder, als sie die des Generals trafen. Der Präsident saß tief in seinem Stuhl, sein Gesicht hatte sich gerötet. Er wußte, daß alle Blicke auf ihn gerichtet waren. In diesem Augenblick empfand er den Verteidigungsminister als unangenehmer denn je. Warum mußte er diese Frage gerade jetzt, vor allen anderen, aufwerfen? Er hätte ihn genausogut nach der Sitzung unter vier Augen fragen können. Aber etwas mußte jetzt gesagt werden. Die Entscheidung lag bei ihm und keinem anderen. Er sagte nichts. Aber als er aufstand, bedeutete das für jeden, daß er die Frage des Verteidigungsministers mit einem Ja beantwortet hatte.
Es war dies in der Geschichte der Vereinigten Staaten, soweit sie bekannt ist, der erste und einzige Fall, in dem ein Präsident, wenn auch stillschweigend, die Beseitigung eines Mitglieds des Senats gebilligt hatte.
General Sasson kehrte in sein Büro im Kellergewölbe des Pentagon zurück und sandte sofort eine verschlüsselte ARARAT-Nachricht an Malik:

ZUSÄTZLICH ZU VORANGEGANGENEN INSTRUKTIONEN ERFORDERLICHENFALLES MUSS GESUCHTER UNSCHÄDLICH GEMACHT WERDEN STOP BESTÄTIGUNG DAFÜR IST CODE ARCHE GEFUNDEN ICH WIEDERHOLE ARCHE GEFUNDEN ENDE

25

Nadir Reshid, seine fünf Freunde aus dem Süden und die Männer aus Malazgirt und Tutak beeilten sich, an ihr Ziel zu gelangen. Nadir wollte die ihm zugewiesenen Stellungen noch vor Morgengrauen beziehen. Das hieß, die 150 Kilometer in zehn Stunden zurückzulegen, also die Nacht durchzureiten, mit Ausnahme von wenigen kurzen Ruhepausen, um die Pferde ausschnaufen zu lassen und zu füttern.
Malik hatte Nadir eine kleine Karte angefertigt und ihm gezeigt, wo die drei Sperren sein sollten. Alles weitere hatte er Nadir überlassen.
Nach dreistündigem scharfem Ritt wurde angehalten, um etwas zu essen und die Pferde rasten zu lassen. Nadir sonderte sich ab und überlegte anhand der Karte, wie er am besten seinen Auftrag erfüllen könnte. Er entschied sich rasch. Während der letzten Rast würde er den Männern seinen Plan erklären.
Zweimal während der Nacht waren sie von türkischen Militärstreifen und Standposten angehalten worden. Das gab jedesmal eine Verzögerung, bis die Türken sich von der erstaunlichen Tatsache überzeugen ließen, daß Kurden türkische Uniformen tragen durften. Ohne das Erkennungswort und das Schreiben des Korpsgenerals von Kars wäre es zu ernsten Auseinandersetzungen gekommen. Trotzdem kamen sie gut vorwärts. Als sie zum letztenmal vor ihrem Ziel rasteten, rief Nadir die Männer zusammen.
»Wie ihr wißt, haben wir den Auftrag, drei Straßensperren zu errichten. Die drei Straßen laufen fast parallel zueinander. Es sind Hauptstraßen, die von Westen nach Osten führen –

Richtung Rußland. Ich nehme die in der Mitte, diese hier, die von Horasan nach Kağizman führt.« Mit seiner türkischen Armeetaschenlampe leuchtete Nadir auf die Karte. »Genauer gesagt, ich werde mit meinen Männern hier sein, bei der Straßenkreuzung. Von dieser Stellung aus werde ich durch das Funkgerät Verbindung mit Malik aufrechterhalten. Außerdem können wir den andern beiden Gruppen von hier am besten zu Hilfe kommen, falls sie uns brauchen sollten. Meine fünf Freunde aus dem Süden bleiben bei mir, und du, Muhtar von Malazgirt, gibst mir drei deiner Männer. Mit dem Rest überwachst du den Gebirgspaß von Sarikamiş, nördlich von mir. Über ihn führt die Hauptstraße nach Kars. Du wirst viel zu tun haben, um den nach Osten ziehenden Verkehr zu kontrollieren. Und du, Mudur von Tutak – auch du mußt mir drei Männer geben, und mit dem Rest schicke ich dich dorthin, wo du fast zu Hause bist und wo du jeden Winkel kennst – hier, beim Dorf Aras, wo der Fluß entspringt, sollst du die Straße nach Ağri überwachen. Schickt mir stündlich einen Meldereiter – oder eher, falls sich etwas Besonderes ereignet. Der Mann bleibt dann bei mir, und ich schicke euch einen anderen eurer Männer zurück. Auf diese Weise kontrollieren wir auch das Gelände zwischen uns. Im übrigen könnt ihr mir mit unseren üblichen Feuersignalen Nachrichten schicken. Wenn ihr nichts einzuwenden habt, dann los, wir wollen bei Morgengrauen an Ort und Stelle sein.«
Die Männer murmelten ihre Zustimmung. Nach zwei weiteren Stunden Ritt, kurz nach Anbruch des ersten Tageslichts, sahen sie das Dorf Başköy im Tal liegen. Nadir zeigte es den Malazgirten und sagte:
»Gleich hinter dem Dorf ist die Kreuzung, wo die Straße nach Sarikamiş führt. Du . . .«, er wandte sich an den Mudur von Tutak, »reitest weiter, bis du ins Dorf Aras kommst. Ich und meine Männer bleiben an der Kreuzung bei Başköy. Möge Allah euch beschützen.«
Sie ritten hinunter und durch das noch schlafende Dorf. Kurz danach trennten sich ihre Wege. Die Männer von Malazgirt ritten nach Norden, die von Tutak geradeaus und

dann nach Süden. Nadir ließ absitzen und die Pferde in einer Mulde unweit der Straße grasen. Sie ließen sich rechts und links der Straße hinter Sträuchern und Steinen nieder und rasteten nach dem langen Ritt. Nadir und sein Freund Mustafa übernahmen die erste Wache an der Straße. Sie wechselten sich stündlich ab, zumindest einer der Wachhabenden mußte Türkisch sprechen können.
Eine Stunde später – es war inzwischen 7 Uhr früh geworden – bezog auch der Muhtar vom Malazgirt seine Stellung am Paß von Sarikamiş und machte sich sofort daran, den ständig ostwärts fließenden Verkehr zu überprüfen. Die Straße über den Sarikamiş-Paß war die Hauptstraße von Erzurum nach Kars und wurde daher von zahlreichen Zivil- und Militärfahrzeugen benützt. Einige der Kurden sprachen gut Türkisch und unterhielten sich in freundlichem Ton mit allen, die sie anhielten, besonders aber mit Kommandanten von Militärkolonnen, die keinen Argwohn schöpften, als sie von ihren eigenen Truppen durchsucht wurden. Sie fragten nur neugierig, um was es gehe und nach wem gefahndet würde. Die Kurden antworteten, daß die Fahndung einem Spion gelte. Es war 10 Uhr vormittags, als der Verkehr bei der Kontrollstelle am Sarikamiş-Paß anfing, sich zu stauen, und der Muhtar seinen Männern die Anweisung gab, einige Laster schneller abzufertigen. Als nächstes kamen zwei Armee-Krankenwagen und danach wieder einige Zivilfahrzeuge.

Oberst Korakow war mit seinen beiden Ambulanzen gut vorwärts gekommen. Der Senator hatte die meiste Zeit auf seiner Bahre gelegen, er hatte sogar etwas gegessen. Der Doktor, der neben ihm saß, war die Liebenswürdigkeit in Person, und McMahon konnte sich mit ihm über Politik und Personen im öffentlichen Leben unterhalten, auch über Politiker in den Vereinigten Staaten. Als der Doktor ihm seine Meinung über den amerikanischen Präsidenten sagte und ihn einen gemeingefährlichen Egoisten nannte, lebte McMahon auf, und die Reise wurde fast zu einem Vergnügen für ihn. Die Stunden waren vorbeigeflogen, als der

Doktor erwähnte, daß sie sich dem Sarikamiş-Paß näherten, wo Zar Alexander sich ein Jagschloß hatte hinstellen lassen, als diese Gegend vorübergehend zu Rußland gehörte. Gerade als McMahon fragen wollte, wieso man den Russen nachsagen könne, sie hätten niemals einen Meter Land zurückgegeben, den sie einmal besessen hätten, hielt der Krankenwagen an. Oberst Korakow stieg aus, und als er zurückkam, sagte er durch das Verbindungsfenster vom Fahrerabteil:

»Vor uns scheinen türkische Soldaten den Verkehr zu überprüfen. Kein Grund zur Besorgnis. Immerhin gehören wir zur selben Armee«, fügte er ironisch hinzu.

Kurz darauf kamen zwei türkische Soldaten – einer von rechts und einer von links – auf die Ambulanz zu und verlangten die Reiseorders ihrer Einheit zu sehen. Der KGB-Major antwortete, sie wären ohne Orders unterwegs, da sie, die Mannschaften beider Wagen – er deutete auf den Wagen nach ihnen –, nach Horasan in einem Laster gebracht worden seien, um die frisch überholten Krankenwagen von der dortigen Armeewerkstätte abzuholen.

Einer der beiden Soldaten war der Muhtar von Malazgirt. Er hatte seinerzeit Dienst in der türkischen Armee machen müssen und war der Sanitätstruppe zugeteilt worden, weil er keine Waffe tragen wollte, die er unter Umständen gegen sein eigenes Volk hätte gebrauchen müssen. Er war mit dem Reglement noch genügend vertraut, um zu wissen, daß kein Fahrzeug über Land fahren durfte ohne schriftlichen Fahrbefehl, der zumindest Zweck, Ziel und Datum der Reise anführen mußte. Es war ihm auch aufgefallen, daß Fahrer und Beifahrer automatische Waffen neben sich liegen hatten, was in der Sanitätstruppe gemäß der Genfer Konvention nicht erlaubt ist. Langsam ging der Muhtar um die Ambulanz herum und öffnete die Tür im Heck des Wagens. Er sah zwei Soldaten auf der Bank sitzen – sie nickten ihm freundlich zu. Seinem Blick entging es aber nicht, daß in Gitterbehältern an der Trennungswand zwischen Fahrer und dem Fond des Wagens Eierhandgranaten lagen und zwei Maschinenpistolen mit Magazinen an der Wand hin-

gen. Als er seine Tour um den Wagen beendete, flüsterte er dem anderen Kurden zu: »Schnell, hol die andern her, hier stimmt was nicht.«
Der andere schulterte die Waffe und ging die etwa zwanzig Schritt auf der Straße zurück, bis er in die Nähe seiner Kameraden kam, die sich am Rande der Straße versteckt hielten. Er stieß einen kurzen Pfiff aus. Die Männer traten auf die Straße und folgten ihm zur ersten Ambulanz. In der Zwischenzeit war der Muhtar zur zweiten Ambulanz gegangen, wo er Oberst Korakow, der wieder ausgestiegen war, in ein Gespräch zu ziehen versuchte. Der Muhtar stellte sofort fest, daß der Oberst nur ein paar Worte Türkisch sprach. Wieder ging er zur Rückseite der Ambulanz und öffnete die Hecktür. Die Waffen befanden sich an denselben Plätzen wie in der ersten Ambulanz. Dann bemerkte er einen in Zivil gekleideten Mann mit verbundenem Kopf auf der Bahre – offenbar ein alter Türke. Neben ihm saß ein junger Soldat, der ihn feindselig betrachtete und den er, trotz seiner Uniform, aufgrund seiner ausgeprägten Gesichtszüge als Russen erkannte; und ein zweiter junger Mann, bleich, mit schwarzem Bart, der ihn, im Gegensatz zu dem anderen, ängstlich ansah.
Plötzlich wurde Muhtar klar, wen er vor sich hatte. Er schlug die Türe zu und befahl seinen Männern mit ein paar knappen kurdischen Worten, die beiden Krankenwagen zu umstellen und bei der geringsten verdächtigen Bewegung der Insassen zu schießen.
Der KGB-Major war ausgestiegen, um mit dem Muhtar zu sprechen, der ihm befahl, sich sofort wieder auf seinen Platz in den ersten Wagen zu begeben. Der Russe gehorchte. Als Korakow versuchte auszusteigen, trat einer der Kurden gegen die Wagentür.
Korakow konnte gerade noch seinen Fuß zurückziehen. Es war ihm klargeworden, daß sie erkannt worden waren. Durch das kleine Verbindungsfenster befahl er: »Sofort schießen, wenn wir den Motor anlassen, Wladimir.« Dann brüllte er auf russisch zum Fenster hinaus: »Losfahren!«
Der junge Russe in Korakows Wagen eröffnete das Feuer.

Mit seiner Schnellfeuerwaffe schoß er auf die Kurden, die nur drei oder vier Schritte vom Wagen entfernt standen, und traf sie alle. Sie wälzten sich sterbend im Staub der Straße. Von beiden Seiten wurde auf kürzeste Distanz geschossen. Der KGB-Major tötete mit einem Schuß den Muhtar, als dieser die Wagentür des ersten Fahrzeuges aufreißen wollte. Die beiden Männer im Inneren des Wagens bestrichen beide Seiten mit automatischem Feuer.

Die Kurden hatten keine Chance. Sie erwiderten das Feuer mit Einzelschüssen aus ihren Gewehren, aber ohne die in ihren Wagen verschanzten Russen zu treffen. Nur das Funkgerät erhielt einen Treffer, die Splitter flogen herum.

Die erste Ambulanz startete, die zweite folgte knapp hinterher. Der junge Russe warf schnell hintereinander zwei Handgranaten zum Wagen hinaus. Als sich der Staub gelegt hatte, sah er, daß sich keiner der Kurden mehr bewegte. Es war ein Kampf zwischen Männern in türkischen Uniformen gewesen – und doch waren es keine Türken, nicht auf der einen und nicht auf der anderen Seite.

Die Zivilfahrzeuge, die hinter den beiden Ambulanzen im Stau gestanden hatten, waren von Schüssen getroffen worden, doch die Männer in den Ambulanzen hörten nicht mehr die Schreie der Verwundeten.

Die beiden Russen im Fond des ersten Krankenwagens waren leicht verletzt. Sie verbanden sich gegenseitig ihre Wunden. In der zweiten Ambulanz war niemand getroffen worden. McMahon hatte während des Kampfes wie gelähmt auf seiner Bahre gelegen. Schmerzen durchzuckten seine Brust, er hielt beide Hände gegen das Herz gepreßt. Er war wieder in der Schlacht von Avranches, als ein eingeschlossenes deutsches Regiment auszubrechen versuchte und über seine Kettenfahrzeuge herfiel. Es war dasselbe Geschrei kämpfender und verwundeter Männer, dasselbe Dröhnen in den Ohren, und vor seinen Augen erschien das Gesicht des jungen Deutschen.

Der Arzt neben ihm zitterte am ganzen Körper: »Ich gebe Ihnen eine Injektion, Senator«, sagte er mit schwacher Stimme. Seine Hand zitterte so stark, daß er sie mit der anderen am Gelenk halten mußte. Der junge Russe, Wladimir, krempelte den Hemdärmel des Senators hoch und hielt seinen Arm still.

Als sie den Sarikamiş-Paß auf der anderen Seite hinunterfuhren, fiel McMahon in einen Halbschlaf. Oberst Korakow setzte sein Fahrzeug vor das andere und übernahm die Führung. Er überlegte. Die Hauptstraße in Richtung Kars weiterzufahren, wäre falsch. Obwohl es längere Zeit – er schätzte mindestens eine Stunde – dauern würde, bis die Insassen der Zivilfahrzeuge, die hinter ihnen gestanden hatten, die Behörden verständigen konnten, mußte er damit rechnen, daß die Türken ihn noch vor Kars zum Halten zwingen konnten, denn ein Ausbrechen von der Hauptstraße war in den dichten Wäldern zu beiden Seiten der Straße unmöglich. Dann wäre alles umsonst gewesen.

Er studierte seine Karte. Nach etwa 30 Kilometern könnte er nach Süden abzweigen und versuchen, über Kağizman zur Grenze zu kommen. Jetzt war es 11 Uhr vormittags. Bis Kağizman waren es etwa 100 Kilometer und von Kağizman zur Grenze 150 Kilometer. Auf der Karte waren die Straßen als gut bezeichnet, also müßte er, wenn alles klappte, die 250 Kilometer in etwa sieben Stunden zurücklegen können. Bis sie an der Grenze waren, würde es dunkel sein – genauso hatte er es gewollt. Auch hatten sie noch genug Benzin für einen Krankenwagen.

Korakow befahl dem Fahrer, von der Straße weg ein Stück in den Wald zu fahren. Der zweite Krankenwagen folgte knapp hinter ihnen. Sie hielten auf einer kleinen Lichtung. Die Männer sprangen aus den Fahrzeugen und redeten wild durcheinander. Die Reaktion nach dem Kampf, sagte sich Korakow, gib ihnen ein paar Minuten. McMahon war auf seiner Bahre im Fahrzeug liegengeblieben.

»Hört mir alle zu«, rief der Oberst. Seine Leute hatten sich beruhigt, und Korakow spürte ihr Vertrauen.

»Nach diesem Gefecht müssen wir unsere Pläne abändern. Wir müssen uns trennen. Die Türken werden vor allem nach zwei Militär-Ambulanzen fahnden. Wir werden daher mit nur einem Krankenwagen weiterfahren. Ich wünschte, wir

hätten ein neutrales Fahrzeug – aber wir haben keine Wahl. Jetzt einen Personenwagen zu organisieren, könnte zu einem neuen Kampf führen und noch mehr Aufsehen erregen. Das können wir uns nicht leisten. Wir müssen uns also trennen. Du –«, er deutete auf den KGB-Major, »bist von jetzt ab der Fahrer unseres Krankenwagens. Und ihr vier –«, jetzt sprach er in gebrochenem Türkisch zu den beiden Fahrern und den »Sanitätern«, »ihr bleibt ja sowieso in der Türkei zurück. Vernichtet euer Fahrzeug und die Uniformen, beschafft euch Zivilkleidung und kehrt so schnell wie möglich nach Erzurum in die Zentrale zurück. Unser Funkgerät ist zerschossen, deshalb müßt ihr bis sechzehn Uhr dort sein, um dem Mister eine wichtige Nachricht von mir zu überbringen. Sagt ihm, mein Plan sei, heute abend noch bei der Blauen Dame zu kreuzen. Er weiß dann, was zu tun ist. Füllt euer restliches Benzin in unseren Tank und gebt uns eure Reservekanister – wir können unterwegs nicht tanken. Und laßt eure Wunden –«, er wandte sich an die beiden leicht verletzten Türken, »erst in der Zentrale behandeln. Vergeßt nicht – bis sechzehn Uhr solltet ihr beim Mister sein und ihm von meinem Plan berichten. Ich danke euch für eure Tapferkeit. Viel Glück!«
Korakow stieg in seinen Krankenwagen. Der Senator lag, von der Injektion noch halb betäubt, vor ihm. »Tut mir leid, Senator, aber die Schießerei war unvermeidlich. Ich bitte Sie nochmals, sich so wenig wie möglich aufzuregen. Machen Sie sich um den Rest unserer Reise keine Sorgen. Wir werden es schaffen. Aber Sie müssen Ihre Kräfte sammeln, denn das letzte Stück wird das anstrengendste sein. Wir müssen zu Fuß über die Grenze gehen.«
Der erste Krankenwagen mit dem Oberst und seiner Gruppe bog nach rechts auf die Hauptstraße ein – Richtung Rußland. Einige Minuten später fuhren die vier Türken mit dem anderen Wagen tiefer in den Wald, bis sie zu einer sumpfigen Mulde kamen. Dort legten sie eine Handgranate in den fast leeren Benzintank und eine zweite unter die Motorhaube. Der dichte Wald verschluckte die Explosion.

Zehn Kurden hatte der Muhtar von Malazgirt in seiner Truppe gehabt. Acht hatte er entlang der Straße postiert, einen wie abgemacht als Meldereiter zu Nadir Reshid geschickt, und einer war bei den Pferden im Wald geblieben. Als die ersten Schüsse fielen, lief der Mann von den Pferden weg auf den Hügel, der ihm die Sicht auf die Straße versperrte, und sah, daß seine Kameraden zwei Krankenwagen umstellt hatten und einer nach dem anderen unter den Feuergarben automatischer Waffen zusammenbrach. Dahinter sah er Zivilfahrzeuge, Laster und Personenwagen, deren Insassen ins Freie flohen. Er sah, wie der Muhtar zu Tode getroffen niedersank. Er überlegte kurz, dann traf er seine Entscheidung. Es wäre sinnlos, den Kameraden zu Hilfe zu eilen, er allein konnte das Blatt nicht wenden. Noch bevor er bei der Straße war, hätten sie ihn abgeknallt. Die Zivilisten würden sich später um die Verwundeten kümmern, er allein konnte nichts für sie tun. Viel wichtiger war es, Nadir zu berichten. Er eilte zurück, sprang auf sein Pferd und ritt in gestrecktem Galopp davon. Auf halbem Wege stieß er auf den Meldereiter, den Nadir zurückgeschickt hatte. In kurzen Sätzen erzählte er dem Mann, was geschehen war, und schickte ihn zu Nadir zurück. Er selber wolle zur Kampfstelle zurückeilen, um nach den Kameraden zu sehen und die Pferde und Waffen zu holen. Dann machten beide Männer kehrt und rasten davon.
Als Nadir eine knappe halbe Stunde später gehört hatte, was geschehen war, funkte er an Malik, der ihm befahl, mit allen seinen Männern sofort zu ihm zurückzukehren, und ihm versicherte, ärztliche Hilfe für die Verwundeten zu veranlassen.

VIERTER TEIL

Die Stunde des Wolfs

26

Malik saß vor der Karte, die auf dem großen Tisch vor ihm lag. Wohl hatte er Straßensperren an den richtigen Stellen errichtet, aber er hatte die Russen unterschätzt und die Kurden vielleicht überschätzt. Die Verluste waren groß und die Spur wieder verloren. Die Russen kamen der Grenze immer näher, und die Zeit wurde immer knapper.
Unmittelbar nach Nadirs Meldung sprach Malik mit General Güvenç über Funk. Er bat ihn, Ärzte und Krankenwagen an die Kampfstelle zu schicken, sich aber sonst nicht zu engagieren und den Bericht nach Erzurum so abzufassen, daß auch von dort keine direkte Einmischung erfolge.
»Eine Massenfahndung nach den Russen würde diesen routinierten Agenten mehr helfen als schaden. Ich bin auch weiterhin der Überzeugung, daß eine Lösung des Problems am besten auf meine Weise erreicht werden kann . . .«
General Güvenç erklärte, er habe bereits veranlaßt, die gefallenen Kurden in ihre Heimatorte zu bringen und die Verwundeten in das Militärkrankenhaus in Kars zu transportieren. Was den weiteren Wunsch Maliks betreffe, so lehne er jede Verantwortung nach dem Debakel am Sarikamiş-Paß, in dem auch Zivilisten verwundet wurden, ab, falls er nicht direkt eingreifen könne. Er habe bereits seinem Vorgesetzten, dem Kommandierenden General der Dritten Armee in Erzurum, Bericht erstattet, und er erwarte von dort jeden Moment entsprechende Anweisungen. Doch sei ein Eingreifen der Armee vor Abend unwahrscheinlich. Auch die Presse habe von dem Zwischenfall erfahren, sich jedoch mit der Erklärung zufriedengegeben, eine internationale Bande habe die zwei Ambulanzen gestohlen.

Malik lächelte. Der Türke war ein wahrer Freund. Er mußte sich seinem Vorgesetzten gegenüber decken, ließ aber Malik die Möglichkeit, allein weiter zu handeln. Jetzt war es 12 Uhr 30. Heute abend mußte die Entscheidung an der Grenze fallen, und der General würde vor Abend nicht eingreifen. Malik blieb also allein auf sich und seine Kurden angewiesen. Aber was tun?

Vom Sarikamiş-Paß, wo die Russen zuletzt gesehen worden waren, konnten sie etliche Stellen entlang der Grenze erreichen, wo ein Übergang für sie – mit Unterstützung von der anderen Seite – möglich war. Sie würden voraussichtlich am Abend in der Nähe der Grenze eintreffen und sich auf den Übergang vorbereiten, um dann im Schutz der Dunkelheit über die Grenze zu wechseln. Wenn er nur wüßte, wo! Mit seinen Kurden könnte er sie dann ohne Aufsehen abfangen. Von der gesamten türkisch-russischen Grenzlinie kamen nur 200 Kilometer in Frage. Die Strecke zwischen Çildir und dem Schwarzen Meer im Norden konnte er ausschließen. Das war zu weit von Sarikamiş, sie könnten bis heute nacht unmöglich dort sein, und einen weiteren Tag in der Türkei würden sie nach den Ereignissen bestimmt nicht riskieren wollen. Die nächste Möglichkeit bot sich weiter südlich an, irgendwo im Süden von Kars. Malik versetzte sich in die Lage der Russen. Nach dem Gefecht bei Sarikamiş würden die Türken eine Weiterreise auf der Hauptstraße nach Kars für das Wahrscheinlichste halten. Deswegen werden die Russen dies nicht machen, überlegte Malik. Oder würden sie sich deswegen erst recht dafür entscheiden? Weil es ein offensichtlich naiver Plan war . . .? Wo noch? Zwischen Kars und Tuzluça? Das wäre eine Möglichkeit, dachte Malik, dort gibt es aber nur eine gute Zufahrtsstraße zur Grenze – über Digor –, und der Arpaçay-Fluß verläuft entlang der Grenze; sein Wasser ist zwar nur knietief, aber der Senator würde durchnäßt werden und müßte außerdem von dort noch einen langen Fußmarsch zurücklegen. Ein Übergang über den Arpaçay war also kaum anzunehmen. Im übrigen stand Prinz Hakim mit seinen Männern von Digor ab nach Süden auf Posten. Noch

weiter im Süden, mehr oder weniger unter meiner Nase, überlegte Malik weiter, sind die leichtesten Übergänge: Direkt bei Tuzluça und bei Cennetabat, zwischen der Grenze und dem Dorf Iğdir, nähern sich die Straßen auf beiden Seiten der Grenze ... Das Funkgerät meldete sich. Eine ARARAT-Nachricht, eine Direktnachricht von General Sasson aus Washington, wurde angekündigt, die dritte, die Malik erreichte.
Malik begann die Mitschrift der verschlüsselten Nachricht mit Datum und Zeit – 18. Mai 13.00 EST, Eastern Standard Time – Malik stutzte, die Nachricht war vierundzwanzig Stunden unterwegs gewesen! Er schrieb weiter, und als er die Nachricht entschlüsselt hatte, las er sie wieder und dann noch einmal ... »Arche gefunden«, murmelte Malik vor sich hin. Die Ungeheuerlichkeit des Befehls und die ihm damit übertragene Verantwortung schockierten Malik. Eigenmächtig hätte sein Vorgesetzter niemals diesen Befehl erteilen können. Er mußte von ganz oben, wahrscheinlich von allerhöchster Stelle dazu ermächtigt worden sein. Vom Chef des Vereinigten Generalstabs? Vom Präsidenten?
Jetzt erst verstand Malik, als wie schwerwiegend Washington einen möglichen Verrat McMahons einschätzte. Das Bewußtsein, daß Washington sich jetzt nur noch auf ihn zu verlassen schien, bedrückte ihn. Er dachte daran, General Güvenç doch noch zu bitten, die ganze Grenze abzuriegeln. Aber dann verwarf er wieder diesen Gedanken. Es mußte auf seine Weise gelingen. Sein Prestige und das der USA standen auf dem Spiel.
Aber warum hatte die Nachricht so lange gebraucht, ihn zu erreichen? Nach Abzug des siebenstündigen Zeitunterschieds zwischen Washington und der Türkei waren immer noch siebzehn Stunden vergangen, ehe sie zu ihm gelangt war. Sie mußte in der Botschaft in Ankara aufgehalten worden sein. Wahrscheinlich hatte der diensthabende Funker während der Nacht geschlafen ... Malik wußte nicht, daß der Botschafter dem Funkraum den Auftrag gegeben hatte, ihm alle Nachrichten zwischen Washington und Malik vorzulegen. Die letzte ARARAT-Nachricht hatte er Senator

Dillon gezeigt, der darauf bestand, sie zwölf Stunden lang aufzuhalten – in der Hoffnung, Senator McMahon in der Zwischenzeit noch festnehmen zu können.
Malik war nervös. Es war die Bedeutung des Auftrags, nicht die Angst, töten zu müssen oder vielleicht selber getötet zu werden. Er dachte an die Ungeheuerlichkeit des Zufalls, der ihn in diesem hintersten Winkel der Erde ausgerechnet mit dem Mann zusammenführte, dessen möglicher Sieg ihn in der Wahlnacht so sehr beunruhigt hatte.
Malik versuchte sich auf die unmittelbar bevorstehenden Schritte zu konzentrieren. Nadir konnte mit den verbliebenen Männern erst frühestens gegen 22 Uhr zurück sein. Seine Leute und ihre Pferde würden völlig erschöpft ankommen. In den letzten dreißig Stunden hatten sie kaum geschlafen und über 300 Kilometer zurückgelegt. Eine Gewaltleistung, nach der sie nicht weiter überfordert werden durften. Auch wäre es riskant, sie in ihrem übermüdeten Zustand in einer so heiklen Aktion einzusetzen. Aber, um ihren Stolz nicht zu kränken, würde er sie beauftragen, das 10 Kilometer lange Straßenstück zwischen Iğdir und dem Großen Ararat zu überwachen. Dort – unmittelbar vor der Grenze zum Iran – würden die müden Kurden kaum in einen Kampf verwickelt werden, und die Lücke bis zum Ararat wäre geschlossen. Abgesehen von Mahmud im Norden, hatte Malik nun alles auf Prinz Hakim und seine sechzig Männer gesetzt, die er zwischen Iğdir und Digor verteilt hatte. Er fühlte sich hilflos, da er nichts weiter tun konnte, als hier in seinem Zimmer vor dem Funkgerät zu sitzen und auf die weitere Entwicklung der Dinge zu warten. Es war inzwischen 17 Uhr geworden.

Nachdem die vier Agenten ihr Fahrzeug im Wald verbrannt hatten, waren sie, noch immer in ihren türkischen Uniformen, zur Hauptstraße zurückgegangen. Sie hatten Glück. Ein Armeelastwagen hielt an, der Fahrer fragte, wohin sie wollten, und ließ sie aufsteigen. Als sie zur Kampfstelle kamen, herrschte dort lebhafter Betrieb. Militärambulanzen waren gerade im Begriff, mit den Verwundeten abzufahren. Ein Offizier kam auf den Lastwagen zu und befahl den vier Männern auszusteigen und beim Räumen der Straße zu helfen. Eine Viertelstunde später durften sie weiterfahren. Um 15 Uhr 30 waren sie bereits wieder in Erzurum und fanden noch Zeit, auf dem Weg zum Schlachthof in einer Lokanta einige Rakis zu trinken, ehe sie sich pünktlich um 16 Uhr beim Mister im Schlachthof meldeten. Als sie ihren Bericht gegeben hatten, gingen sie in den Keller und verbrannten die Uniformen. Oberst Korakows Anweisung, ihre Uniformen noch vor ihrer Rückkehr nach Erzurum zu verbrennen, hatten sie nicht befolgt.

Der Mister hatte aufmerksam zur Kenntnis genommen, was Korakow ihm sagen ließ. Dann ging er zu dem großen Funkgerät in einem der Kellerräume und schaltete den Generator ein. Er ließ ihn eine Zeitlang surren, bevor er eine verschlüsselte Meldung nach Erivan sandte:

KORAKOW KREUZT HEUTE ABEND BEI DER BLAUEN DAME ENDE

Die »Blaue Dame« war der Punkt an der Grenze, wo der Aras mit dem Arpaçay zusammenfließt und wo bereits öfters in der Vergangenheit die Grenze in beiden Richtungen überschritten worden war. Knapp vor seinem Zusammenfluß mit dem Aras war der Arpaçay seicht und leicht zu durchschreiten, doch mußte man die Minenfelder auf beiden Seiten des Ufers kennen. Die russischen Soldaten kannten sie.

Der Mister nahm den Hörer seines Telefons ab und verlangte eine Nummer in Istanbul. Als Leila an den Apparat kam, sagte er kurz: »McMahon soll heute abend bei Iğdir über die Grenze gebracht werden. Verständigen Sie Malik, ich kann ihn nicht erreichen. Ende.«

Leila hatte die kühle und unpersönliche Stimme sofort erkannt. Sie zögerte nicht einen Augenblick, die entscheidende Nachricht so schnell wie möglich an Malik zu übermitteln. Sein Funkgerät war wahrscheinlich nicht in Ordnung, sonst hätte man sie nicht zwischenschalten müssen. Sie meldete ein dringendes Gespräch mit Iğdir an.

»Ich muß mit Sezai sprechen«, sagte sie dem armenischen Wirt, der sich am anderen Ende meldete.
»Bleiben Sie am Apparat, bis er kommt. Wir müssen weitersprechen, sonst werden wir unterbrochen«, sagte er.
Sie hörte, wie er jemandem etwas zuflüsterte, dann sprach er wieder zu ihr: »Wir hatten trockenes Wetter in den letzten Wochen. Das Wasser wird knapp . . .«
Als Sezai an den Apparat kam, sagte Leila kurz:
»Reite so schnell du kannst zu Malik. Er ist in Çengel. Sage ihm – aus guter Quelle – der Senator wird heute abend bei Iğdir die Grenze passieren. Beeile dich.«
Sezai sah auf seine Uhr. Es war 16 Uhr 45. In einer halben Stunde konnte er die 13 Kilometer nach Çengel zurücklegen, wenn er die ganze Strecke galoppierte.

Oberst Korakow war kurz zuvor in nur geringem Abstand an Nadir Reshid und seinen Männern vorbeigefahren, die bereits zu Malik aufgebrochen waren und sich jetzt ein paar Kilometer hinter ihm auf derselben Straße in der gleichen Richtung bewegten. Und der Mudur von Tutak ritt mit seiner Gruppe auf derselben Straße.
Oberst Korakow hatte seinen Fahrer, den KGB-Major, nicht angetrieben. Im Gegenteil, er wollte kein Aufsehen durch allzu schnelles Fahren erregen, vor allem aber wollte er sich der Grenze und den vermutlich verschärften türkischen Kontrollen nicht vor Dunkelheit nähern. Als sie ohne Zwischenfall gegen 14 Uhr Kağizman passiert hatten – die erwartete Kontrolle war ausgeblieben –, ließ er den Wagen auf einer kleinen Lichtung im Wald neben der Straße halten. Von hier waren es nur noch 70 Kilometer bis zur Grenze.
Die Männer stiegen aus ihren Fahrzeugen und streckten die Glieder. Auch der Senator ging, abseits von den anderen, auf und ab. Es schien ihm besser zu gehen. Benzin wurde nachgefüllt und Konserven wurden geöffnet. Die Männer tranken Wasser aus einem kleinen Bach und erfrischten ihre Gesichter.
Der Oberst begab sich zu McMahon: »Wir bleiben eine gute

Stunde hier, um uns vor der letzten Etappe auszuruhen. Sir, bis hierher sind wir gut gekommen. Die Schwierigkeiten, denen wir bis jetzt begegnet sind, waren zu erwarten. Immerhin haben wir seit Istanbul trotz massiver Verfolgung fast zweitausend Kilometer zurückgelegt. Wir werden auch das letzte und schwierigste Stück bewältigen.«

Der Senator war von den Fähigkeiten des russischen Oberst längst überzeugt. Ebenso überzeugt war er, daß dieser Mann alles daransetzen würde, um ihn so heil und so schnell wie möglich in die Sowjetunion zu schaffen.

McMahon betrachtete den Oberst von der Seite. Der freundliche Gesichtsausdruck war gekünstelt. Dieser Mann machte sich nicht die geringsten Sorgen um ihn – es ging ihm nur um das Ziel.

»Ich habe volles Vertrauen, Colonel«, sagte McMahon mit einer leichten Verbeugung, die fast spöttisch erschien. »Im übrigen habe ich keine andere Wahl, als mich Ihrer Führung anzuschließen. Was haben wir noch vor uns?«

Korakow blieb stehen. Auf seiner Stirn erschienen Falten der Besorgnis, als er mit ernster Stimme erklärte: »Wir haben noch fast siebzig Kilometer vor uns. Wir werden die letzten Kilometer in der Dunkelheit fahren, dann den Wagen verlassen und einige hundert Meter bis zum Fluß Aras querfeldein zu Fuß zurücklegen. Da man uns erwartet, hoffe ich, schon auf der türkischen Seite auf einen oder mehrere unserer Leute zu stoßen, die uns durch die Minenfelder und über den Fluß führen werden. Auf der russischen Seite werden höchstwahrscheinlich Fahrzeuge auf uns warten, mit denen wir nach Erivan gebracht werden. Wie fühlen Sie sich, Senator? Glauben Sie, diesen letzten Strapazen gewachsen zu sein?«

McMahon nickte und machte kehrt. Wie ähnlich sich doch die Militärs aller Nationen sind! Dieser hier könnte ein Westpointer sein . . . Es war 15 Uhr am 19. Mai. Die Russen und McMahon waren nur noch 70 Kilometer von der Blauen Dame entfernt.

Es war genau 17 Uhr 20, als Sezai in das Dorf Çengel galoppierte und zu Maliks Haus hinaufeilte. Malik hatte sich gerade entschlossen, an die Grenze zu Prinz Hakim zu fahren. Er hielt es nicht aus, untätig an einer Stelle zu warten. An Nadir, der schon auf dem Rückweg von Başköy war, hatte er den Auftrag durchgegeben, entlang der Straße von Iğdir nach Süden Abfangposten aufzuziehen. Baydar montierte bereits das Funkgerät auf den Jeep.

»Malik, ich begrüße dich und bringe dir Grüße von Leila.« Sezai stand atemlos auf der Schwelle. »Gut, daß ich dich noch hier finde, denn ich habe eine wichtige Botschaft.«

Malik reichte Sezai die Hand und forderte ihn auf, sich zu setzen. Mit einer Handbewegung bedeutete er Fatima, Gazöz zu bringen, Sprudel mit Fruchtgeschmack.

»Sprich, Sezai, was hast du für mich?«

»Leila sagt«, antwortete Sezai, und er kam sich wichtig vor. »Ich wiederhole genau, was sie gesagt hat. Leila sagte: ›Aus guter Quelle – der Senator wird heute abend bei Iğdir die Grenze passieren.‹ «

Dann sah er Malik erwartungsvoll an.

»Sag mir, Sezai«, fragte Malik, »sonst hat Leila nichts gesagt?«

Sezai schüttelte den Kopf.

»Weißt du, warum sie diese Nachricht über dich und nicht wie gewöhnlich über Erzurum geschickt hat?«

Sezai schüttelte wieder den Kopf.

Malik war in Gedanken, als Baydar in der Tür erschien.

»Der Jeep ist geladen, Malik. Kommt noch etwas aus dem Haus mit?«

»Nein, Baydar. Den Rest bringe ich mit. Ich komme gleich.«

Malik stand auf. »Sezai, ich danke dir. Du hast mir sehr geholfen. Reite nach Iğdir zurück und sage Leila, daß du mir ihre Botschaft bestellt hast. Allah beschütze dich.«

Malik sah auf seine Uhr, es war 17 Uhr 45. Um 19 Uhr 30 ist es dunkel, bis dann müßte er spätestens an der Grenze sein. Doch der Grenzabschnitt bei Iğdir war lang, 30 Kilometer etwa. Er brauchte dringend Hilfe. Nadir und seine Männer würden erst nach Einbruch der Dunkelheit eintreffen, das war zu spät. Nur Prinz Hakim und seine Gruppe standen ihm zur Verfügung. Er mußte sie so schnell wie möglich

nach Süden verschieben und zwischen Aralik und Iğdir zusammenziehen. Er ging zu seinem Jeep hinaus und gab dem wartenden Baydar das Zeichen, den Motor zu starten. Dann schaltete er das Funkgerät ein und sprach:
»Eule, Eule, melde dich. Hier ist der Wolf, hier ist der Wolf.« Einige Sekunden später kam die Antwort:
»Hier Eule, hier Eule. Sprich, Wolf.«
»Eule, äußerst dringend. Konzentriere alle deine Männer, ich wiederhole, alle deine Männer zwischen Iğdir und Aralik. Sofort. Ich fahre jetzt nach Cennetabat und treffe dich dort, womöglich noch vor Einbruch der Dunkelheit.«
Hakim schloß das Gespräch: »Verstanden. Ende.«
Malik ging in das Haus zurück. Im Schlafraum nahm er aus seinem Waffenlager vier Eierhandgranaten, die beiden Maschinenpistolen und vier Magazine mit je dreißig Schuß.
Baydar grinste, als er Malik mit den Waffen kommen sah: »Ich dachte schon, die Waffen wären nur dazu da, deinen Schlafraum zu schmücken!«
Malik gab Baydar wortlos eine Maschinenpistole mit zwei Magazinen und zwei Handgranaten. Dann stieg er ein und sagte: »Iğdir.« Als sie im Licht der Abendsonne bergabwärts fuhren, war Malik, wie schon so oft vorher, von der Schönheit der Landschaft betroffen, die sich vor ihm ausbreitete. Unter ihm lag das Dorf, das sich »Der Garten von Eden« nannte. Die Türken behaupten, daß der Ort des Paradieses nicht in Mesopotamien, sondern hier gewesen sei. Mit dem Großen Ararat und seinem Tag und Nacht leuchtenden Schneegipfel als Hintergrund, der die Landschaft auf Meilen weit beherrschte, lag das kleine Dorf in einer Oase von Palmen und Blumen und war von einem kleinen Bach durchflossen, der am Ararat entsprang. Malik fiel sein alter Wunsch ein, den er sich noch nicht hatte erfüllen können, weil ihm bisher die Zeit fehlte – er dachte an die Berichte, denen zufolge türkische Soldaten, die nach dem Erdbeben von 1840 auf den Berg geschickt worden waren, um Mauerstützen gegen Erdrutsche zu bauen, den Bug eines uralten Schiffes aus dem Eis hatten herausragen sehen. Interessierte Wissenschaftler sollen Holzproben aus

dem Bug genommen und verschiedenen Universitäten zur Überprüfung geliefert haben. Das Holz wurde von ihnen auf 4000 bis 6000 Jahre alte Eiche geschätzt. Das würde ungefähr mit der Bibel übereinstimmen, die angab, daß die große Flut 1656 Jahre nach dem ersten Menschen über die Erde kam – also um 2500 v. Chr. Um die Arche zu finden, müßte er eine Expedition organisieren, dachte Malik, und mindestens zwei Wochen Urlaub nehmen. Vielleicht, wenn all dies vorbei ist, würde er General Sasson deswegen ansprechen.
Malik riß sich zusammen. Es war keine Zeit für Träumereien. Die Aufgabe, die vor ihm lag, war bedrückend und allein an seine Person gebunden. Niemand anders als er durfte in eine direkte Konfrontation mit Senator McMahon geraten. Ein amerikanischer Staatsbürger von der Bedeutung eines McMahon sollte nur von einem Beamten der Vereinigten Staaten, und nicht etwa von türkischen Soldaten oder Grenzpolizisten festgenommen werden. Die Wahl Washingtons war auf ihn, Malik, und nicht auf Flanagan gefallen. Auch jegliche Unterstützung der Kurden durfte er bei dieser Aktion nur bis zum Augenblick kurz vor der Festnahme des Senators in Anspruch nehmen. Von dem Moment an mußte er persönlich zur Stelle sein, um McMahon festzunehmen oder . . . Eigenartig, dachte Malik – er fühlte kein Mitleid mit dem Mann und nicht mehr Erbarmen als einem feindlichen Soldaten in Korea gegenüber, der ihm offen mit der Waffe entgegengetreten war.
Kurz nachdem Prinz Hakim seine Posten nach Süden aufrollte, war Korakow mit seiner Gruppe einige Kilometer vor Tuzluça um 18 Uhr 30 in ein Dickicht gefahren, um dort den Einbruch der Dunkelheit abzuwarten. Die Kurden hatten ihn nicht entdeckt.

27

Cennetabat liegt unmittelbar an der türkisch-russischen Grenze. Es ist ein Nest von nicht einmal zwanzig Lehmhäusern, in denen die Bauern leben, die das fruchtbare Grenzland bestellen. Es gibt ein paar Läden, zwei Çai-Häuser und die Lokanta – einzige Abwechslung im monotonen Grenzdienst der Soldaten, die in der außerhalb des Dorfs gelegenen Kaserne stationiert sind. Die Bebauung dieser Gegend ist russisch und stammt aus der Zeit zwischen 1828 bis 1921, als der Streifen Land zwischen Iğdir und Tuzluça, in dem auch Cennetabat liegt, zu Rußland gehörte. In den Verträgen von Moskau und Kars wurde das Gebiet gegen Batum eingetauscht, das die Russen später zu einem wichtigen Schwarzmeerhafen entwickelten. Für die Türken bedeutete dies einen schlechten Tausch. Um 18 Uhr 30 traf Malik in Cennetabat ein. Der Prinz war noch nicht da.
»Wenn Prinz Hakim kommt«, sagte Malik zu Baydar, »richte ihm aus, er möge mir nicht folgen, sondern hier auf mich warten. Ich gehe jetzt zum Turm sechsunddreißig und bleibe dort, bis es dunkel wird.«
Malik schulterte eine Maschinenpistole, steckte zwei Magazine und zwei Handgranaten in seinen Gürtel und verschwand in Richtung Grenze.
Auf seinem Weg zum türkischen Wachtturm einige hundert Meter vor ihm überdachte Malik noch einmal Leilas Nachricht: Heute abend bei Iğdir ... Iğdir: das konnte den ganzen Raum zwischen Iğdir und dem Dorf Aralik nahe der persischen Grenze bedeuten, eine Strecke von 50 Kilometern. Wo würden die Russen es versuchen? Nördlich von Iğdir war streckenweise der Sandstein an den Ufern des Aras abgebröckelt, Canyons hatten sich gebildet, Schluchten, die oft bis zu dreißig Meter tief waren. Dort gab es keine Zufahrtsstraßen, und eine Überquerung der Grenze wäre nur mühsam und für einen Mann wie Senator McMahon allzu beschwerlich. An anderen Stellen war das Gelände zu flach und leer; es bot keine Deckung, so daß man von den

russischen wie auch von den türkischen Wachttürmen schon von weit her gesehen werden konnte – auch bei Nacht. Die Russen würden es nicht wagen, dort mit einer drei- oder fünfköpfigen Gruppe die Grenze zu wechseln.

Die noch stehenden Brücken über den Aras zu benützen, wäre reiner Wahnsinn. Sie waren gesperrt, mit Sprengladungen versehen und ständig bewacht. Dann kamen noch die Punkte an der Grenze in Frage, wo gegenüber auf der russischen Seite Kommandostellen lagen, wie Bataillonsstäbe, Kasernen oder Fernmeldeeinrichtungen. Obwohl die russische Gruppe mit McMahon von solchen Stellen Unterstützung erwarten konnte, würden sie es auch da nicht wagen, da die Türken auf diese Abschnitte ihre besondere Aufmerksamkeit richteten.

Also blieb – so schien es Malik, der sich in die Perspektive der Russen versetzt hatte – das Stück Land direkt vor ihm, wo er auch selber schon zweimal in der Vergangenheit erfolgreich die Grenzen überschritten hatte.

Im Gegensatz zu den im allgemeinen kahlen und sandigen Ufern des Aras ist das Gelände um den Turm Nr. 36 bebaut und grün. Der Boden ist außergewöhnlich gut, und die Bauern können dreimal im Jahr ernten. Die Felder auf beiden Seiten der Grenze sind mit Sträuchern und Bäumen umgeben und bieten die Möglichkeit, sich versteckt zu bewegen. Auf den Anhöhen zu beiden Seiten des Flusses stehen die Wachttürme, vor denen das Gelände sanft zu den Ufern abfällt. Das dazwischenliegende Niemandsland ist bis zu zweihundert Meter breit und auf beiden Seiten von einem zwei Meter hohen Drahtzaun begrenzt, hinter dem ein Minenstreifen von etwa zwanzig Meter Breite verläuft. Der Fluß ist die Demarkationslinie. Er ist, außer in den Wintermonaten, höchstens knietief.

Im Gegensatz zu den meisten russischen Wachttürmen, die aus Holz gebaut sind und alle fünfhundert bis tausend Meter entlang der Grenze stehen, sind die in der Anzahl geringeren Türme auf der türkischen Seite aus Stein oder Beton errichtet. Sie sind etwa zwanzig Meter hoch und haben eine normale Besatzung von einem Offizier oder Unteroffizier und zwei bis drei Mann, die alle zwei Stunden abgelöst wird. Die Männer sind mit Schnellfeuerwaffen und Handgranaten bewaffnet. Außerdem gehören ein Gewehr mit Infrarot-Zielfernrohr, ein leichtes Maschinengewehr, ein Periskop, ein Teleskop und ein Scheinwerfer zur Ausrüstung eines jeden türkischen Turms.

Am Fuß des Turms Nr. 36 wurde Malik von einem jungen Offizier begrüßt, der die dreißig Stufen heruntergeeilt war, als er Malik kommen sah. Er kannte Malik von früheren Grenzzwischenfällen her.

»Merhaba, Malik«, grüßte er freundlich und salutierte. »Ich freue mich, Sie zu sehen. Wenn Sie auftauchen, gibt es immer eine Abwechslung. Was Besonderes? Geht es diesmal hinüber oder herüber?«

»Hinüber.« Malik ging an dem Leutnant vorbei hinauf zur überdeckten Plattform des Turms. Der Unteroffizier und die beiden Soldaten standen stramm, als Malik eintrat.

Er ging direkt zum Periskop. Er wollte den achthundert Meter entfernten russischen Turm beobachten und feststellen, ob mehr als die üblichen drei Mann Besatzung – oder sonst etwas Außergewöhnliches – zu sehen war. Er konnte nur drei Mann erkennen. Aber, was ihn stutzig machte, eine Militärambulanz war halb verdeckt am Fuß des Turms geparkt. Das war außergewöhnlich, denn allenfalls war dort einmal ein Jeep zu sehen. Der Leutnant, der nachgekommen war, reichte Malik eine Tasse Tee, die einer der Soldaten zubereitet hatte.

»Ja, Malik, der Krankenwagen ist mir auch aufgefallen. Er steht schon seit fast zwei Stunden da. Die Sanitäter sind schon einige Male ausgestiegen, um ihre Beine zu vertreten. Aber wir konnten auch jemanden in Zivilkleidung herumgehen sehen. Ob das ein und derselbe Mann war oder mehrere, konnten wir nicht feststellen. Er war schwarz gekleidet. Wir nehmen an, daß er mit einem weiteren Fahrzeug gekommen ist, das wir von hier nicht ausmachen können. Ich habe schon alles nach Iğdir gemeldet. Was halten Sie davon?«

Malik versuchte seine Erregung nicht zu zeigen.

»Teğmen, arkadaş – Leutnant, mein Freund, ich glaube, daß

Sie diesem Wagen da meine Anwesenheit hier verdanken und vielleicht die ersehnte Abwechslung. Bitte melden Sie Iğdir, daß ich hier bin und einen voraussichtlich illegalen Grenzübertritt aus der Türkei persönlich, das heißt, ohne Unterstützung des türkischen Militärs, stoppen möchte. General Güvenç ist über den Fall orientiert.«

Der Leutnant machte sich an seinem Feldtelefon zu schaffen und gab Maliks Nachricht an seinen Bataillonskommandanten in Iğdir weiter. Unterdessen war Malik an das Teleskop getreten und hatte es auf die anderen, entfernter gelegenen russischen Wachttürme gerichtet. Zur Rechten konnte er gerade noch einen Turm nahe der persischen Grenze ausmachen, zur Linken waren zwei Türme zu sehen, der erste war in voller Höhe erkennbar, der nächste, schon zwei Kilometer entfernt, nur zur oberen Hälfte. Malik übersah von seiner Stellung aus ein großes Stück des Grenzabschnitts vor Iğdir. Im letzten Tageslicht konnte er nichts Besonderes entdecken, vor allem keine Fahrzeuge in der Nähe der Türme. Also müßte sich Leilas Information an diesem Punkt – unmittelbar vor ihm – bestätigen. Der russische Krankenwagen konnte nur die Aufgabe haben, den vermutlich völlig erschöpften Senator abzutransportieren.

Inzwischen müßte Prinz Hakim mit seinen Männern die Abfanglinie besetzt haben und auch Nadir Reshid im Anmarsch auf seine Stellung sein. Malik hatte das beruhigende Gefühl, alles getan zu haben, was er bis zu diesem Augenblick tun konnte. Er wollte sich gerade von den Türken verabschieden, als der Leutnant einen leisen Pfiff durch die Zähne ausstieß und auf zwei in der einbrechenden Dunkelheit gerade noch erkennbare Gestalten zeigte, die zum Fluß hinuntereilten. Ein Scheinwerfer vom gegenüberliegenden russischen Turm blitzte auf, suchte kurz das Gelände ab, erfaßte die zwei Gestalten für einen Moment, beleuchete dann das Gelände vor ihnen, als wollte er ihnen den Weg zeigen, und blieb einen Augenblick lang auf einer kleinen Öffnung im türkischen Zaun ruhen, bevor er erlosch.

Malik und die Türken hatten diesen sekundenlangen Vorgang gebannt beobachtet. Jetzt aber zögerte Malik nicht länger und raste die Treppe hinunter, die Maschinenpistole in der rechten Hand, und stürmte den beiden Gestalten nach. Sie bemerkten ihn offenbar, denn eine von ihnen bog nach links ab und verschwand im Gestrüpp. Die andere Gestalt lief weiter auf die Lücke im Zaun zu, doch Malik holte sie langsam ein. Er bemerkte, daß auf dem anderen Ufer einige Männer durch das russische Minenfeld zum Fluß hinunterkamen, als wollten sie der rennenden Gestalt vor ihm entgegeneilen. Vom türkischen Turm her hörte Malik Flüche, wahrscheinlich war der Scheinwerfer wieder einmal nicht zu gebrauchen.

Malik fiel auf, daß die Gestalt vor ihm erstaunlich schnell lief und sich elastisch bewegte, nicht wie ein älterer und kränklicher Mann, als den man ihm McMahon beschrieben hatte. Vielleicht war McMahons Krankheit nur ein Täuschungsmanöver gewesen.

Malik war der Gestalt auf zwanzig Meter nahe gekommen. Sie war jetzt knapp vor der Lücke im Zaun. Die Gestalten von der anderen Seite hatten den Fluß überquert und waren nur noch fünfzig Meter von ihm entfernt. Sie standen in einer Reihe im türkischen Minenfeld, das sie zu kennen schienen. Jetzt ging es um Sekunden.

Malik entsicherte seine Waffe.

»Stop, Sir«, rief er, »please stop at once!«

Der Mann schien einen Augenblick lang zu zögern, dann lief er weiter den Gestalten auf der anderen Seite des Zauns entgegen. Malik rief noch einmal kurz, und als der Mann auch dann nicht stehenblieb, gab er einen kurzen Feuerstoß aus seiner Thompson auf ihn ab. Der Mann fiel nach vorn – ob getroffen oder um in Deckung zu gehen, konnte Malik nicht erkennen. Von den Russen, die in Schußlinie hinter dem Mann waren, kam ein Schrei und ein Fluchen, als ob jemand getroffen worden sei. Malik lief zu dem Mann, der in den Zauneinschnitt gefallen war, und drehte den leblosen Körper um. Es war ein Türke, den er noch nie gesehen hatte. Malik wußte nicht, daß es der Schlächter aus Erzurum war, der hier seinen letzten Auftrag für den KGB erfüllt hatte: er

sollte die Gegner ablenken und wurde dabei als Zielscheibe geopfert.
Unter Garben aus russischen Maschinenpistolen zog sich Malik zurück. Die Türken auf Turm Nr. 36, die inzwischen ihren Scheinwerfer in Betrieb gesetzt hatten, gaben ihm Feuerschutz. Die Gruppe jenseits des Zauns wich unter ihrem Maschinengewehrfeuer zurück.

Ungefähr zur selben Zeit, als Malik den Türken bei Cennetabat tötete und Prinz Hakim seine Männer im Abschnitt Iğdir konzentrierte und so die übrige Grenze entblößte, überschritt Oberst Korakow mit Senator McMahon und seinen KGB-Leuten ungehindert die türkisch-russische Grenze bei der »Blauen Dame«.

28

Während Malik enttäuscht und verwirrt zu Baydar zurückkehrte und seinem Freund Hakim berichtete, was geschehen war, wurde die KGB-Gruppe mit dem Senator auf russischer Seite begrüßt und beglückwünscht. Der Senator, geschwächt von dem Marsch durch Stacheldraht, Minenfelder und das Wasser des Aras, begab sich sofort in den Krankenwagen, entledigte sich seiner nassen Kleidung und legte sich nieder. Der russische Arzt, der mit dem Krankenwagen an der Grenze eingetroffen war, prüfte seinen Puls und sein Herz und wollte ihm eine Beruhigungstablette geben. McMahon wies das entschieden zurück.
Die über siebzig Kilometer lange Fahrt nach Erivan wurde unverzüglich angetreten. An der Spitze des Konvois fuhr ein Jeep mit KGB-Männern aus Erivan. Oberst Korakow und seine Gruppe folgten dem Krankenwagen in einem zweiten Jeep. Die ersten Kilometer führten über eine holprige und staubige Straße, die hauptsächlich für Panzer und andere schwere Militärfahrzeuge gedacht war. Obwohl er auf der

Bahre festgeschnallt war, wurde McMahon hin und her geworfen – er konnte seinen Kopf nicht ruhig auf dem Kissen halten. Diese neuen Anstrengungen ermüdeten ihn so sehr, daß er nach einer halben Stunde Fahrt, als der Konvoi in die »Ebene des Ararat« einbog, darum bat, anzuhalten und ihm eine Viertelstunde Ruhe zu gewähren. Seine Bitte wurde mit der Begründung abgeschlagen, daß man in Erivan erwartet werde und in spätestens zwei Stunden dort sei. McMahon wurde aschfahl im Gesicht und brach in kalten Schweiß aus. Er griff sich an sein Brustbein und stöhnte laut vor Schmerzen. Er konnte kaum atmen, und zum erstenmal befiel ihn Todesangst. Der Arzt ließ sofort halten und stellte fest, daß der Senator soeben einen schweren Herzanfall erlitten hatte. Er gab ihm eine Spritze in den Unterarm, Antikoagutate, um die Gerinnfähigkeit des Blutes zu senken, und zerquetschte eine Glyzerinkapsel im Mund des Senators, um die Herzkranzgefäße zu erweitern. Er befahl, bis zum nächsten Dorf äußerst vorsichtig weiterzufahren – der Senator brauche so schnell wie möglich Bettruhe. Der Jeep mit den Agenten aus Erivan fuhr voraus, um alles vorzubereiten. Es war 21 Uhr, als der Krankenwagen vor dem Haus des Polizeipräfekten hielt. Das Gästezimmer war für McMahon vorbereitet worden. Als er in das Haus getragen wurde, sprach er im Halbkoma unverständliche Dinge vor sich hin. Oberst Korakow beugte sich über ihn.
»My dear mayor«, hörte er den Senator flüstern, »when I give a pledge I keep it – my constituents can vouch for that . . .«
»Was sagt er?« fragte der Arzt.
Oberst Korakow übersetzte: »Mein lieber Bürgermeister, wenn ich etwas verspreche, halte ich es auch. Meine Wähler können das bestätigen.«
Der Arzt sah Korakow direkt in die Augen: »Was haben Sie mit diesem Mann gemacht, Oberst? Er ist ja mehr tot als lebendig. Er kann jeden Moment sterben. Senator McMahon muß schon seit langem an einem Herzleiden erkrankt sein. Genau kann ich seinen Zustand nicht beurteilen. Aber eines steht fest, er braucht absolute Ruhe. Schade, daß wir ihn

jetzt nicht im 8. Spital haben. Die Herzspezialisten dort könnten ihn vielleicht noch durchbringen.«
Die Augen des Oberst bekamen plötzlich den kalten Ausdruck, der stets seine Entscheidungen ankündigte. »Doktor, Erivan weiß, daß wir unterwegs sind. Ich rufe sofort an und gebe einen Zwischenbericht. Außerdem werde ich Erivan einen Vorschlag machen. Ich denke an einen Transport von hier in das 8. Spital per Hubschrauber. Es müßte möglich sein, im Hof des Krankenhauses zu landen. Können Sie den Senator so weit medikamentös betäuben, daß er diesen Flug ohne Aufregung und Verschlechterung seines Zustands übersteht? Wir müssen alles Menschenmögliche unternehmen, daß der Senator bei vollen Sinnen ist, wenn er mit dem Genossen Ministerpräsident spricht, auch wenn er nur für eine kurze Zeit in diesem Zustand gehalten werden kann.«
Der junge Arzt erschrak vor der Entschlossenheit des Oberst. Das war also einer der Männer, von denen man nur hinter vorgehaltener Hand flüsterte. Gegen die Gnadenlosigkeit dieser Leute konnte man sich allenfalls mit fachlichen Argumenten behaupten – und doch würden sie schließlich ihren Willen haben. »Ja«, sagte der Arzt. »Ich kann dem Senator eine Spritze geben, daß er erst im Krankenhaus wieder zu sich kommen wird. Aber falls er während des Flugs sterben sollte – übernehmen Sie die Verantwortung? Falls ja, sind Sie bereit, es mir schriftlich zu geben?«
Oberst Korakow nickte und eilte aus dem Schlafzimmer.
Den Polizeipräfekten, der in der Halle wartete, herrschte er an: »Schnell, zum Telefon in Ihrem Büro.«
Es war 20 Uhr 30 am 19. Mai, als Oberst Korakow Generalmajor Valerian Petrowitsch Filatow, dem Chef des armenischen KGB in Erivan, Bericht erstattete und einen Militärhubschrauber anforderte. Der Hubschrauber sollte für einen Krankentransport ausgerüstet sein und sollte am Hauptplatz von Echmiedzin vor der Polizeipräfektur landen. Ferner: das 8. Spital solle davon verständigt werden, daß in der Nacht ein schwer herzkranker Patient per Hubschrauber im Hof des Spitals landen werde – das erste Ärzteteam des

Spitals, mit Professor Natirbow an der Spitze, sollte bereitstehen. Der Ministerpräsident sei unverzüglich über den Zustand des Senators zu unterrichten und nach Möglichkeit dazu zu bewegen, sofort nach Erivan zu fliegen, da McMahon als schwer Herzkranker unmöglich nach Moskau transportiert werden könne.

Korakow kehrte in das Schlafzimmer zurück und las die Zeilen auf dem Papier, das ihm der Arzt reichte. Er unterschrieb sie kommentarlos. Dann blickte er auf den Senator herab, der mit eingefallenem Gesicht und schwer atmend auf dem Bett lag.

»Wie steht's mit ihm?« fragte Korakow den Arzt.

»Ich glaube nicht, daß für den Augenblick die Gefahr besteht, daß er einen Nachfolgeanfall bekommt oder stirbt. Sein Blutdruck hat sich verbessert, und sein Puls ist etwas ruhiger geworden. Haben Sie etwas erreicht?«

»Ja, General Filatow hat meinen Vorschlägen zugestimmt. Ein Hubschrauber wird in Kürze vor dem Eingang landen. Das 8. Spital ist verständigt worden, Professor Natirbow und seine Ärzte stehen bereit. Geben Sie jetzt dem Senator die Spritze.« Wortlos öffnete der Arzt seine Tasche und bereitete die Injektion vor.

Am liebsten verbrachte Levon Mardikian sein Wochenende fern von seinem Elternhaus irgendwo auf dem Lande mit seiner Freundin Margarita Chachatrian. Rita, wie er sie nannte, war wie er das einzige Kind einer angesehenen Erivaner Familie.

Am Nachmittag des Freitag waren Levon und Rita bereits in Echmiedzin eingetroffen, um das Wochenende dort zu verbringen. Sie waren schon öfters in dem beliebten Ausflugsort mit den schönen Villen und Bädern gewesen. Hier konnte man, keine 20 Kilometer von der Hauptstraße entfernt, ungestört spazierengehen. Wie schon einige Male zuvor hatte Levon das Zimmer in einer Villa zur Verfügung, die den nach Frankreich ausgewanderten Eltern eines Freundes gehörte. Die Villa war vom Staat nicht konfisziert worden, da der Sohn politisch unverdächtig war, selber die Villa die meiste Zeit bewohnte und zwei der sechs Zimmer sehr preiswert an ein Arbeiterehepaar vermietet hatte.

Am Nachmittag des 19. Mai machte Levon mit Rita einen längeren Spaziergang durch die an den Ort grenzenden Wiesen und Felder, hinter denen sich der Große Ararat erhob.

Als Levon und Rita, nach Einbruch der Dunkelheit, über den Hauptplatz zu der Villa zurückgehen wollten, lief ihnen ein Polizist nach und bat Levon, seinen Wagen sofort zu entfernen, da in Kürze ein Hubschrauber vor der Präfektur landen würde. Mit dem Polizeipräfekten der Stadt war Levon befreundet. Ab und zu hatte er ihn eingeladen, mit ihm von Parakar, dem Flughafen Erivans, über die Stadt und die Umgebung zu fliegen. Darum hatte man nichts dagegen, wenn Levon seinen Wolga vor der Präfektur parkte.

Auf Levons Fragen erklärte der Mann, daß ein schwerkranker Mann in der Präfektur liege und ins Spital nach Erivan gebracht werden müsse. Wer der Mann sei, fragte Levon, doch der Beamte sagte, er wisse es nicht, und wenn er es wüßte, dürfte er es nicht sagen.

Levon fuhr den Wagen in eine Seitenstraße, zog den Zündschlüssel ab und blieb in Gedanken sitzen.

»Was ist, Golubtschik? Stimmt was nicht?« fragte Rita.

»Sehr eigenartig«, sagte Levon. »So etwas hat es hier noch nie gegeben. Wer mag das sein, den sie da nach Erivan fliegen wollen? Macht es dir etwas aus, wenn wir etwas später essen? Ich weiß nicht, ob sie mich unter diesen Umständen in die Präfektur lassen, aber ich will versuchen, mit dem Präfekten zu sprechen.«

Levon fuhr das Mädchen zur Villa und parkte dann wieder in der Seitenstraße, unweit der Präfektur.

Vor der Präfektur stand ein Wachtposten. Levon kannte ihn, grüßte und wollte an ihm vorbeigehen. Der Posten nahm seinen Arm und sagte freundlich:

»Es tut mir leid, Genosse Mardikian, ich habe den Auftrag, niemanden einzulassen.«

»Ich wollte nur den Genossen Präfekt kurz fragen, ob er am

kommenden Dienstag mit mir fliegen möchte. Würden Sie so liebenswürdig sein und ihn fragen?«
»Einen Moment bitte, ich will es versuchen.«
Der Polizist erschien kurz darauf mit dem Präfekten an der Tür.
»Was ist los, Genosse Präfekt?« Lachend begrüßte Levon den Chef der Stadt- und Provinzpolizei. »Warum der Wachtposten und die Geheimnistuerei?«
Der Präfekt war verlegen, er wich Levons Frage aus:
»Levon, mein Freund, Sie wollten wissen, ob ich Dienstag mit Ihnen fliegen möchte. Gerne, wie immer, wenn es der Wettergott so erlaubt.«
Levon ergriff die Gelegenheit: »Ich habe gehört, daß ein Kranker per Hubschrauber nach Erivan gebracht werden soll. Ist so ein Nachtflug nicht riskant? Ist denn der Patient so schwer krank und so wichtig, daß er diesen ganzen Aufwand verdient?«
»Es ist ein Amerikaner.« Der Präfekt sprach leise. »Er ist sehr krank und kommt ins 8. Spital. Aber jetzt muß ich zurück. Auf Wiedersehen am Dienstag. Poka, Levon. Bis bald!«
Langsam ging Levon über den Platz und setzte sich auf eine Bank. Ein Amerikaner! Hier in Echmiedzin! Was macht ein Amerikaner hier in Echmiedzin, nahe der sowjetisch-türkischen Grenze? Malik! Der Gedanke durchzuckte ihn schmerzhaft. Ist es Malik? Haben Sie ihn geschnappt? Es kann nur Malik sein. Er wurde verletzt, und nun wollen sie ihn in die KGB-Zentrale zum Verhör bringen, so schnell wie möglich, bevor er stirbt. Deshalb der Hubschrauber. Tiefe Enttäuschung befiel ihn bei dem Gedanken, daß der Mann, auf den er so gesetzt hatte, nun nicht mehr da sein würde. Einen Augenblick lang fühlte er sich versucht, zu seiner Maschine in Parakar zu fahren, sein Funkgerät einzuschalten, in der Hoffnung, KILAMS Stimme zu hören. Unsinn! sagte er sich. Ich werde hier warten, bis der Hubschrauber kommt. Ich möchte Malik sehen. Vielleicht kann ich ihm wenigstens ein Zeichen der Sympathie geben.
Nicht viel später konnte man in der Ferne das Klappern

eines Hubschraubers vernehmen. Levon saß noch immer auf der Bank gegenüber dem Eingang der Polizeipräfektur. Er sah Polizisten aus der Präfektur herauskommen, die sich formierten, um Neugierige fernzuhalten. Auf dem Hauptplatz von Echmiedzin war vermutlich noch nie ein Hubschrauber gelandet. Levon fiel ein, was der Name dieser Kleinstadt bedeutet. Echmiedzin hieß soviel wie »Der vom Himmel kam» – der Name erinnerte an die Vision eines Priesters, der hier Jesus vom Himmel herunterkommen sah.
Mit lautem Geklapper und staubaufwirbelnd landete der Hubschrauber auf dem Platz. Der Pilot stellte den Motor ab. Es war 22 Uhr 30 – und die schon schlafende Stadt wurde wieder lebendig. Fenster wurden aufgerissen, Stimmen wurden laut, hastig bekleidete Menschen kamen auf den Platz, um das Ungetüm aus der Nähe zu betrachten. Die wenigen Polizisten hatten Mühe, die Menschen von der Maschine und vom Eingang der Präfektur fernzuhalten. Levon hatte sich in die Menge gemischt und arbeitete sich zum Eingang vor. Die Maschine interessierte ihn nicht. Er wollte nur Malik sehen und ihn wissen lassen, daß ein Freund in der Nähe war.
Kurz danach erschienen Männer mit einer Tragbahre im Eingang. Einige Zivilisten folgten. Levon hatte einen Platz auf den Stufen des Aufgangs gefunden. Als die Bahre an ihm vorbeigetragen wurde, konnte er das Gesicht des Mannes darauf deutlich sehen. Levon wollte einen Jubelschrei ausstoßen. Er war nicht Malik! Es war ein alter Mann mit weißen Haaren.
Nach einigen Minuten stieg der Hubschrauber mit Krach und Getöse inmitten der Menschen auf, die seinen Abflug mit offenem Mund bestaunten, ehe sie wieder nach Hause gingen, um weiterzuschlafen. Auch Levon eilte davon, zurück zu seinem Auto. Er war glücklich, daß der Mann nicht Malik war, aber seine Gedanken ließen ihm keine Ruhe. Wer war der alte Amerikaner? Mechanisch startete er seinen Wagen und fuhr los. Wie kam der Mann hierher? Was kann er hier zu tun gehabt haben? Er sah miserabel aus. War er krank, oder war er verletzt?

Levon hielt den Wagen vor der Villa an und blieb nachdenklich hinter dem Steuer sitzen. Das ganze Ereignis war höchst eigenartig. Dieser Amerikaner mußte schon ein sehr wichtiger Mann sein, wenn man soviel Theater machte. Verdammt noch mal, das muß ich doch Malik melden! Levon griff sich an den Kopf. Das ist doch der typische Fall, von dem er mir gesagt hat, ich soll ihm ohne Verschlüsselung über Funk so etwas sofort melden. Levon stieg aus, sein Entschluß war gefaßt. Aber er mußte vorher mit Rita sprechen und ihr erklären, daß er noch einmal fortgehen müsse. Von seinen Fluchtplänen hatte er ihr noch nie etwas gesagt, sie waren zu unsicher und er wollte sie damit nicht vorzeitig belasten.
Er fand sie lesend im Bett.
»Milutschka, hast du den Hubschrauber gehört?«
»Ja, Levon, was war denn los?«
»Ein alter Amerikaner. Er sah wie ein Diplomat aus. Wahrscheinlich ein Herzanfall. Rita, ich muß noch mal weg, sei mir nicht böse. Aber der Präfekt bat mich, mit ihnen noch ein Glas Wein zu trinken. Ich kann es nicht ablehnen. In einer Stunde bin ich wieder da. Do svidanija, Golubuschka.«
Parakar liegt auf halbem Weg zwischen Echmiedzin und Erivan. Levon hatte zehn Kilometer zu fahren. Zeit genug, um zu überlegen, wie er in eine Maschine gelangen könnte, ohne gesehen zu werden. Es mußte nicht eine der Maschinen sein, die er gewöhnlich flog. Irgendeine, die nicht im Hangar stand, sondern so im Freien geparkt war, daß ein Funkspruch nicht blockiert wurde. Am besten eine Maschine weit draußen, nahe dem Zaun – er mußte sich an sie heranschleichen können. Das Funkgerät durfte nur mit Batteriestrom senden, für den stärkeren Strom aus der Lichtmaschine hätte er den Motor anlassen müssen – aber das hätte einen Alarm auf dem Flughafen ausgelöst.
Es war 23 Uhr 15, als er sich dem Flughafen von Parakar näherte. Der Platz lag wie ausgestorben, alle Lichter waren gelöscht. Auch Levon stellte seine Scheinwerfer ab. Zu dieser Stunde gab es in diesem Grenzgebiet keinen Luftverkehr mehr. Außer einigen Militärwachtposten war niemand

mehr im Dienst. Es war hell – der Vollmond und die im Widerschein leuchtende Kuppel des Ararat warfen Licht über die Landschaft. Langsam fuhr Levon am Zaun entlang, der den Flughafen säumte. Er wußte ungefähr, wo die Posten standen – bei seiner Nachtflugprüfung für den Pilotenschein hatte er sie gesehen. Ungefähr hundert Meter entfernt stand eine zweimotorige Maschine allein auf dem Flugfeld. Die wäre ideal, dachte Levon und legte den Rückwärtsgang ein, um seinen Wagen in dem Waldstück neben der Straße zu verstecken.

Der Zaun war kein Problem. Auf der anderen Seite wartete er, geduckt, einige Augenblicke, dann lief er zu der Maschine und kletterte an ihr hoch. Die Tür zum Pilotensitz war verschlossen. Levon huschte unter der Maschine durch, kletterte auf der anderen Seite hoch und versuchte es an der Tür des Kopiloten. Sie war offen. Das Gerät surrte kraftvoll, als Levon es einschaltete. Er stellte den VHF-Bereich auf 122,35 MHz ein und wollte in das Mikrofon sprechen, als er die langsam näher kommenden Schritte eines Wachtpostens hörte.

Levon drehte das Gerät ab. Das kleine, aber stark leuchtende hellgrüne Kontrollämpchen erlosch. Levon legte sich flach auf die Bank. Hatte der Posten das Surren gehört? Oder das Licht gesehen? Die Schritte kamen näher und hielten neben der Maschine an. Levons Herz schlug rasend . . . Aber der Posten ging weiter. Vielleicht wollte er nur die schöne Maschine aus der Nähe betrachten. Mit einem Seufzer der Erleichterung setzte sich Levon wieder auf und sandte seine Nachricht an KILAM.

»KILAM, KILAM, hier ist Aras, hier ist Aras. Ein alter kranker Amerikaner wurde vor einer Stunde mit Hubschrauber nach Erivan in das 8. Spital gebracht. Hast du verstanden?«

Die Antwort kam sofort: »Verstanden, stand by – warte.«

Levon hörte, wie Malik seinen Sender abschaltete. Er wartete. Nach einigen Minuten kam die Nachricht, die Levon so erregte, daß er zu stottern anfing, als er sagte:

»Ver-ver-verstanden. Ende.«

Maliks Instruktionen waren wörtlich: »Ich komme mit

Freund zu dir. Triff mich um drei Uhr mit Auto, wo wir das letzte Mal zusammen waren. Du fliegst uns bei Sonnenaufgang zu dritt zurück. Bereite alles vor. Hast du verstanden?«

Als Levon um 1 Uhr wieder bei Rita war, war sie eingeschlafen. Levon zog sich aus und legte sich neben sie, umarmte sie zärtlich und küßte sie. Als sie wach war, liebte er sie leidenschaftlich. Glücklich lagen sie auf dem zerwühlten Bett und sprachen von ihrer Liebe. Levon löste sich langsam aus der Umarmung und stand auf. Er setzte sich auf den Stuhl vor dem offenen Fenster und erzählte Rita von seiner Sehnsucht nach dem Westen, von Malik, von dem kranken Amerikaner und allem, was geschehen war. Er werde vorausreisen – nach Amerika – und sie nachkommen lassen, denn eine Frau erhalte eher eine Ausreisegenehmigung als ein Mann mit Hochschulstudium. Rita verstand nicht alles, was er ihr sagte, aber genug, um einzusehen, daß sie ihn nicht aufhalten konnte. Sie weinte und ergab sich in ihr Schicksal.
Inzwischen war es nach 2 Uhr, Levon mußte sich beeilen. Der Platz, wo er Malik zum erstenmal getroffen hatte, war ein Heuschuppen südlich von Echmiedzin, nur wenige Kilometer von der Grenze entfernt und mit dem Wagen in ein paar Minuten erreichbar, aber Levon wollte lange vor Malik dort sein, um etwaiges Aufsehen, das er vielleicht mit seinem Auto zu dieser Stunde erregen würde, zu verwischen.

Der Hubschrauber mit Senator McMahon und dem Arzt beendete seinen kurzen Flug nach Erivan im Hof des 8. Spitals im Norden der Stadt ohne Zwischenfall. Es war 23 Uhr 15, als der Senator unter ein Sauerstoffzelt gelegt wurde. Professor Natirbow hatte ihn mit zwei Assistenten erwartet. McMahon war noch nicht zu Bewußtsein gekommen. Die Ärzte erkannten nach einer kurzen Untersuchung, daß der

Senator ein schweres Herzleiden hatte und völlige Ruhe brauchte. Das 8. Spital war spezialisiert auf Herz- und Kreislauferkrankungen, und Professor Natirbow galt als die führende Kapazität auf diesem Gebiet in der ASSR, wenn nicht in der ganzen UdSSR. Der Gesundheitsminister der Sozialistischen Sowjet-Republik Armenien, Genosse Narimanow, hatte das jedenfalls behauptet.
Der Senator lag in einem großen Zimmer im zweiten Stock des Krankenhauses. Ein Arzt und eine Krankenschwester waren ständig bei ihm. Vor der Tür des Zimmers wurde ein Posten aufgestellt, ein KGB-Mann hatte dort Tag und Nacht Dienst und den Auftrag, nur die Personen einzulassen, deren Namen auf einer Liste standen, die man ihm gegeben hatte. Auch die Kontrollen am Haupteingang des Krankenhauses wurden verschärft, aber so, daß der Öffentlichkeit dies nicht als eine besondere Maßnahme auffiel. McMahon war während kurzer Perioden bei klarem Bewußtsein, weigerte sich aber, mit irgend jemandem zu sprechen, auch nicht mit Professor Natirbow. Er hatte kategorisch erklärt, er werde mit keinem Menschen außer dem Ministerpräsidenten reden. Generalmajor Filatow hatte lange mit General-Polkownik Andropow, dem neuernannten Chef des KGB in Moskau, gesprochen. Dann reichte er den Hörer an Professor Natirbow weiter. Beide Männer erklärten Andropow, daß Senator McMahon eine schwere Herzattacke erlitten habe, trotzdem aber die meiste Zeit vernehmungsfähig und bei vollen Sinnen sei. Er dürfe aber auf keinen Fall bewegt oder gar transportiert werden. McMahon weigere sich nach wie vor hartnäckig, sein Wissen irgendeinem anderen als dem Ministerpräsidenten der UdSSR anzuvertrauen. Daher drängte Filatow seinen Chef, den Ministerpräsidenten dazu zu bewegen, sofort in persona nach Erivan zu fliegen, um mit McMahon zu sprechen, solange dieser noch am Leben sei. Ein plötzliches Ableben des Senators sei nicht auszuschließen.
General Andropow erfaßte die Lage und begab sich unverzüglich zum Ministerpräsidenten, der sich von der Dringlichkeit der Reise leicht überzeugen ließ. Seit der ersten

Nachricht seines Botschafters in Ankara hatte er mit Spannung den ganzen Fall verfolgt.
Um genau 24 Uhr am 19. Mai erging der Befehl, eine Maschine startklar zu machen. Der Ministerpräsident wünsche in der Begleitung von General-Polkownik Andropow in einer Stunde nach Erivan zu fliegen.

29

Nachdem Malik den Türken getötet hatte, ging der Schußwechsel zwischen den Mannschaften der beiden Wachtürme noch eine Zeitlang weiter. Malik war zu Hakim und Baydar zurückgekehrt und äußerte seine Enttäuschung über die Geschehnisse an der Grenze:
»Ich kann es einfach nicht verstehen. Wir haben den falschen Mann verfolgt. Noch so ein Fehler, dann ist es zu spät, um McMahon noch abzufangen. Ich muß General Güvenç über den Vorfall informieren. Immerhin scheint es ein Türke gewesen zu sein, den ich getötet habe. Auch hat er sicherlich schon seine Grenztruppen auf McMahon und seine Gruppe angesetzt. Er sagte mir, bis spätestens abends würde er den Befehl dazu geben. Nach unserem Mißerfolg möchte ich die Verantwortung nicht länger allein tragen. Baydar, stell eine Verbindung mit General Güvenç her.«
Kurz darauf erschien Nadir mit zweien seiner Männer aus dem Süden. Er war früher eingetroffen, als man gedacht hatte. Die Pferde schienen erschöpft, aber die Männer nicht.
»Merhaba, Malik«, sagte Nadir. »Mustafa leitet die anderen in ihre neue Stellung. Ich bin zu dir geeilt, um zu sehen, was es gibt.«
»Gehen wir in die Lokanta und trinken wir einen Raki«, sagte Malik zu Hakim und Nadir. »Ruf mich, Baydar, wenn der General bereit ist, mit mir zu sprechen.«
»Soeben hat er sich gemeldet, Malik . . .« rief Baydar.
»Geht schon voraus«, rief Malik, eilte zu seinem Jeep und nahm das Mikrofon in die Hand.

In der Lokanta sagte Nadir später zu Malik:
»Ich mache mir Vorwürfe, daß ich nicht an der Stelle war, wo unser Freund aus Malazgirt mit seinen Männern in die Falle geriet. Ich war an der Kreuzung bei Başköy, zwischen den Gruppen von Malazgirt und Tutak. Ich konnte die Männer von Tutak nicht mehr erreichen. Könnt ihr sie telefonisch zurückholen?«
Malik nickte zu Sezai, der am Nebentisch saß und zugehört hatte und nun aufstand und zum Telefon ging. Dann berichtete Malik Nadir von den Ereignissen in Iğdir.
In der Zwischenzeit war es 22 Uhr geworden. Malik hatte Baydar zu Turm Nr. 36 geschickt und darum gebeten, man möge ihn sofort verständigen, falls etwas Außergewöhnliches sich ereignen sollte.
Dann rief er Leila an, konnte sie aber nicht in der »Karawanserei« erreichen. Flanagan war zu dieser Stunde nie zu sprechen. Dann setzten er und Prinz Hakim sich in den Jeep, um neben dem Funkgerät ein wenig zu schlafen. Mehr konnte im Augenblick nicht unternommen werden. Es war kalt geworden, der Große Ararat ließ die kleine Welt unter ihm wissen, wie es bei ihm oben war.
Das Surren des Empfängers weckte sie. Eine Meldung wollte durchkommen. »Kilam, Kilam ...« begann sie.

»Der alte kranke Amerikaner«, sagte Malik zu seinen Freunden, nachdem er seine Anweisungen an Levon Mardikian in das Funkgerät gesprochen hatte, »ist zweifellos Senator McMahon.«
Prinz Hakim und Nadir Reshid – die wie Baydar gespannt an Maliks Lippen gehangen hatten, als er Wort für Wort Levons Meldung nachsprach – blickten ihn erwartungsvoll an.
»Er muß irgendwo anders über die Grenze gebracht worden sein, uns ist er jedenfalls durch das Netz gegangen.«
Malik sprach mehr zu sich selbst als zu seinen Freunden, als er fortfuhr: »Erstens: McMahon muß sehr krank sein, sonst würden sie ihn nicht per Hubschrauber transportieren.

Zweitens: die Russen müssen ihre Gründe haben, daß sie sich so außerordentlich um ihn bemühen. Sie wußten von vornherein, daß er bereit ist auszupacken, aber nur innerhalb der Sowjetunion, sonst wären die ganzen Anstrengungen unnötig gewesen. Und warum nur in der Sowjetunion? Das kann doch nur bedeuten, daß er ausschließlich mit der obersten Führung sprechen will. Drittens: er liegt jetzt im 8. Spital in Erivan, wo er wahrscheinlich vernommen werden soll. Dann ist es vielleicht noch nicht zu spät. Ich muß ihm nach. Ich muß verhindern, daß er spricht. Der junge Mann in Erivan kann mir helfen, wenn er durchhält . . .«

Hakim unterbrach ihn: »Du wirst nicht allein nach Erivan gehen. Ich komme mit dir.«

»Nein, Hakim. Ich habe nicht die Absicht, allein diesen schweren Auftrag zu erledigen. Obwohl er nur uns Amerikaner betrifft, muß mir jemand dabei helfen. Ich habe die Absicht, Nadir zu bitten, mich zu begleiten. Er kann etwas Russisch und ist ein hervorragender Kämpfer.«

Nadir ergriff Maliks Arm: »Ich danke dir für dein Vertrauen, Malik, und freue mich, daß du mich gewählt hast. Ich werde dich nicht enttäuschen . . .«

Prinz Hakim fiel ihm mit einem Anflug von Ärger in der Stimme ins Wort. »Das kommt gar nicht in Frage. Diese Aufgabe fällt mir zu. Auch ich kann Russisch. Malik ist mein Blutsbruder – kein anderer als ich wird ihn begleiten.«

Malik wandte sich an Hakim:

»Treuer Freund, ich weiß, wie du denkst, aber denke bitte an Agazinh, deine Braut. Sie erwartet ein Kind. Du darfst dich nicht in diese Gefahr begeben. Sie ist größer als sonst. Auch Sheikh Talabani, ihr Vater, würde es mir nie verzeihen, wenn dir etwas zustoßen sollte. Du . . .«

»Ich dachte, du würdest uns Kurden verstehen, Malik«, unterbrach ihn Hakim unwirsch, »mir scheint, du muß noch dazulernen. An erster Stelle für einen Kurden kommt sein persönlicher Mut, als Beweis für ihn selbst, daß er der Tradition seiner Vorfahren würdig ist. Kurden sind trotzdem gute Familienväter, aber das kommt an zweiter Stelle, und unsere Frauen verstehen das. Wenn wir nicht so denken

würden, nicht die Gesetze hätten, würde es uns heute nicht mehr geben. Seit je und immer kämpfen wir um unsere Existenz gegen unsere Feinde, die uns von allen Seiten umzingelt haben und uns vernichten wollen. Das mußt du verstehen, Malik. Deshalb komme ich mit dir, und kein anderer hat das Recht darauf. Auch Nadir wird das verstehen. Er wäre enttäuscht, wenn ich anders handelte.«
Malik hatte gewußt, daß es so kommen würde und daß daran nichts zu ändern war. Er wandte sich ab und ging zum Jeep zurück. Er nahm die Waffen heraus und reichte Prinz Hakim eine Maschinenpistole und drei Eierhandgranaten.
»Wir müssen sofort aufbrechen. Es ist schon fast Mitternacht, und wir müssen in drei Stunden am Ziel sein. Unser Weg ist lang und schwer. Ihr anderen kehrt alle nach Çengel zurück und wartet dort auf mich oder meine Nachricht. Nadir, du übernimmst die Führung. Hol alle Männer nach Çengel zusammen.«
Nadir und seine Männer schwenkten ihre Gewehre zum Abschied und verschwanden in der Dunkelheit.
Malik winkte Baydar heran: »Verschaffe uns Kleidungsstükke, so wie die Bauern sie hier und auch auf der anderen Seite der Grenze tragen. Alte Hosen und Jacken, Schirmkappen, die üblichen Schuhe mit Gummisohlen – komplette Kleidung. Der Wirt in der Lokanta ist unser Freund und wird dir helfen. Schnell, Baydar, beeile dich.«
Während sie warteten, schaltete Malik das Funkgerät ein, um General Günvenç noch eine dringende chiffrierte Nachricht zu übermitteln. Die Nachricht lautete:
SOEBEN ERFAHREN DASS EIN AMERIKANER DER BESCHREIBUNG NACH MCMAHON JENSEITS DER GRENZE GESEHEN WURDE STOP WERDE DAS UNTERSUCHEN UND MÖGLICHERWEISE MORGEN IM LAUFE DES TAGES MIT EINER ZIVILMASCHINE AUS DEM RAUM ERIVAN IN DIE TÜRKEI ZURÜCKFLIEGEN STOP BITTE ERZURUM VERSTÄNDIGEN UND NICHT SCHIESSEN STOP MALIK ENDE.

Malik wartete noch die Bestätigung des Empfangs der Nachricht ab, glaubte aber nicht, daß die Türken sie noch vor seinem Aufbruch entschlüsseln und ihm eine Antwort geben könnten. Um so mehr war er überrascht, als etwas später die Antwort kam:
GENERAL GÜVENÇ HAT VERSTANDEN ENDE.
Wenn der General, wie vorgesehen, seine Truppen im Laufe des Abends in Bewegung gesetzt haben sollte, würde er sie jetzt, nach der zweiten Nachricht, möglicherweise wieder in ihre Standorte kommandieren. Ich habe die Freundschaft dieses Mannes nicht wenig strapaziert, dachte Malik.
Baydar erschien mit den gewünschten Kleidungsstücken. Malik und der Prinz zogen sie auf der Stelle an und sahen aus wie bessere Bauern aus der Gegend.
Sie gingen direkt zu Turm Nr. 36. Ungefähr fünfzig Meter vor dem Turm blieb Malik stehen und rief die Wachtposten an, um nicht von ihnen erschossen zu werden. Der junge Leutnant war noch immer im Dienst. Er kam herunter:
»Malik, geht es schon wieder los? Was gibt's jetzt – hinüber oder herüber?«
Malik lachte: »Hinüber, Teğmen. Und zwar wir beide.«
Der Leutnant war überrascht. »Da kann ich Ihnen nur viel Glück wünschen. Ich nehme an, die Russen sind nach den letzten Vorkommnissen besonders auf Draht. Nach den Schreien zu urteilen, müssen Sie mehr als einen Russen verletzt haben. Oder wir mit dem MG. Es wird nicht leicht sein für Sie. Wie können wir Ihnen helfen?«
»Ganz einfach. Sie sehen hier meine Taschenlampe, die ein Rotlicht hat. Wenn ich die zu Ihnen hinauf schwenke, dann drehen Sie Ihren großen Scheinwerfer an – inşallah, ich hoffe, er funktioniert – und halten ihn genau vierzig Sekunden lang auf den russischen Wachtturm, um die Russen zu blenden. Diese kurze Zeitspanne werden wir benützen, um über den Fluß und die Böschung zu kommen. Wir werden durch dieselbe Lücke, wo wahrscheinlich noch der tote Türke liegt, durch den Zaun schlüpfen. Falls die Russen uns noch auf dieser Seite beschießen sollten, geben Sie uns Feuerschutz. Das verwickelt Sie nicht in einen

internationalen Zwischenfall. Wir müssen los. Allah ismarladik.«

»Bas üstüne, Malik. Güle, güle – so soll es sein, Malik, Gott mit Ihnen.« Der Leutnant stieg den Turm hinauf.

Malik und Prinz Hakim gingen langsam auf den Zaun zu. Malik kannte genau die Beschaffenheit des türkischen Minenfeldes und führte den Prinzen. In der Zaunlücke mußten sie über den toten Türken klettern. Malik spürte die Leichenstarre unter seinen Tritten – der Mann war steif wie ein Brett. Malik bedeutete Hakim, bevor er das Minenfeld betrat, er sollte sich dicht hinter ihm halten. In geduckter Haltung gingen sie zum Fluß hinunter und wateten in das seichte Wasser des Aras. Noch nahe dem türkischen Ufer, sahen sie plötzlich zwei Gestalten auf der anderen Seite. Es waren russische Posten, die am Ufer patrouillierten. Malik und Hakim mußten einige Minuten lang reglos in einem halben Liegestütz im Wasser verharren, bis die Russen außer Sicht waren. Bis zum Gürtel waren sie völlig durchnäßt. Bis jetzt konnten sie den Russen im Wachtturm nicht aufgefallen sein – aber von der Mitte des Flusses an bis zu dem Gebüsch auf der Böschung mußten sie von den Russen gesehen werden, es sei denn, die Posten schliefen. Malik drehte sich zu Hakim und flüsterte: »Wenn unser Scheinwerfer aufflammt, dann laufen wir so schnell wie möglich die Böschung hinauf. Dort verschnaufen wir. Hoffen wir, die Russen haben ihr Minenfeld nicht umgestellt.«

Malik holte seine Lampe aus der Tasche, hielt sie in Richtung auf den türkischen Wachtturm, der gegen den klaren Himmel scharf abgezeichnet war, und schaltete das Licht mehrmals ein und aus. Jetzt flammte der Scheinwerfer der Türken auf, und die Spitze des russischen Wachtturms, noch gute zweihundert Meter von ihnen entfernt, war in gleißendes Licht gebadet. Vom russischen Turm waren Stimmen zu hören.

Malik und Hakim rannten durch den Fluß und dann die Böschung hinauf und liefen weiter, bis das Licht der Türken erlosch. Jetzt hatten die Russen ihren Scheinwerfer eingeschaltet und auf den türkischen Wachtturm gerichtet, als

wollten sie den Türken zeigen, daß auch sie so ein schönes Spielzeug hatten. Lautes Lachen erscholl vom russischen Turm. Malik und Hakim kam es sehr gelegen, daß die Russen ihre Aufmerksamkeit auf den türkischen Turm richteten und nicht auf das Gelände vor ihnen, denn die beiden waren unterdessen bis auf etwa hundert Meter an den Turm herangekommen. »Solange die Russen das Licht angedreht haben«, flüsterte Malik, »laufen wir weiter. Nach links – den Turm lassen wir rechts liegen.«
Auf diese Weise gelang es ihnen, über den Turm hinaus ungesehen weiter vorzudringen, bis sie zu einer Straße kamen, die offensichtlich nur von Militärfahrzeugen benutzt werden konnte und landeinwärts führte. Sie folgten – im Gebüsch versteckt – dem Lauf der Straße.
Malik sah auf seine Uhr – eine Stunde nach Mitternacht. Als sie an einer überwachsenen Mulde vorbeikamen, versteckten sie sich unter dem dichten Gestrüpp.
»In weniger als einer Stunde können wir an dem Treffpunkt sein. Wir wollen hier eine halbe Stunde lang ruhen und unsere weiteren Schritte planen. Bisher ist alles gutgegangen, aber jetzt wird es wirklich schwierig. Ich hoffe, Levon wird uns mit seinem Wagen erwarten. Das ist entscheidend, sonst kommen wir vielleicht zu spät. Falls Levon im letzten Moment Angst bekommen hat oder nicht weg konnte, wird unsere Aufgabe dreimal so schwer sein. Wenn er aber kommt, dann kann er uns direkt in das 8. Spital fahren. Dort müssen wir herausfinden, wo McMahon liegt. Dabei müssen wir höchstwahrscheinlich Wachen überwältigen. Unsere Maschinenpistolen müssen wir im Auto lassen, wir können sie nicht unter der Kleidung verstecken, ohne aufzufallen. Ich nehme meine 45er-Pistole mit Schalldämpfer, mein Fangmesser und eine Eierhandgranate. Was nimmst du mit?«
»Meinen Kurdendolch und die Mauser. Zwei Handgranaten nehme ich noch mit, ich kann sie leicht in meinen Hosentaschen unterbringen. Da du mir diese häßliche Kappe aufgesetzt hast, trage ich meinen Mezer um die Hüfte, als Gürtel. Auch eine tödliche Waffe, wie du weißt!«

Es war Zeit zum Weitergehen. Ohne daß sie sich sonderlich beeilt hätten, sahen sie nach einer halben Stunde bereits die Scheune vor sich. Es war 2 Uhr 30, eine halbe Stunde vor der vereinbarten Zeit. Darum war also kein Wagen zu sehen, sagt sich Malik. Sie gingen langsam auf die Scheune zu, öffneten die Türe und setzten sich unmittelbar neben den Eingang, um alles, was sich draußen ereignen könnte, zu sehen. Als sie hinter sich im Stroh plötzlich ein Rascheln hörten, griffen sie nach ihren Pistolen.

»Malik«, flüsterte eine Stimme. »Sind Sie es, Malik?«

»Ja, Levon. Ich bin es.« Sie standen auf und gingen in der totalen Dunkelheit aufeinander zu. Ohne sich wirklich erkannt zu haben, umarmten sie sich. Malik stellte Levon den legendären Prinzen, von dem der junge Mann schon so viel gehört hatte, vor.

»Wo ist der Wagen, Levon« fragte Malik.

»Hinter der Scheune unter einem Dachvorsprung. Dort habe ich ihn versteckt ... Aber, Malik, Sie sagten über Funk, wir würden bei Sonnenaufgang zu dritt zurückfliegen. Wie stellen Sie sich das vor?«

»Wir müssen so schnell wie möglich zum 8. Spital fahren. Levon, wissen Sie, wo es liegt?«

»Ja, es liegt im Norden der Stadt. Wir können in einer guten halben Stunde dort sein. Ich kenne das Krankenhaus genau, eine Tante von mir war vor kurzem mit einem Kreislaufkollaps dort eingeliefert worden. Meine Eltern und ich haben sie zweimal besucht. Ein Studienfreund von mir, der im 8. Spital arbeitet, hat uns beim ersten Besuch durch den Angestellteneingang eingelassen, weil wir außerhalb der Besuchszeit gekommen waren. Ich kann euch diesen Eingang zeigen.«

»Sehr gut, Levon. Der Prinz und ich müssen in das Spital, um dem alten Amerikaner, den Sie in Echmiedzin gesehen haben, einen Besuch abzustatten. Es ist Senator McMahon, der im Begriff ist, einen Geheimnisverrat von unabsehbaren Konsequenzen zu verüben. Mit Ihrer Hilfe müssen wir das verhindern. Sie warten unauffällig so nahe wie möglich beim Eingang. Unser Besuch wird voraussichtlich eine knappe

Viertelstunde dauern. Anschließend fahren wir zu dritt zum Flughafen. Ich hoffe, daß Sie inzwischen eine Maschine startbereit machen konnten.«

»Nein, Malik. Es ist unmöglich, auf einem Flughafen, wo außer ein paar Wachen alles schläft, irgendwelche Vorbereitungen zu treffen. Wir müssen, wenn wir an Ort und Stelle sind, eine Maschine nehmen, die ich fliegen kann, die nicht verschlossen ist und die möglichst frei geparkt steht, damit wir so schnell wie möglich aufsteigen können. Das Wetter scheint sich zu verschlechtern, Gewitter ziehen auf, das wird uns helfen. Vielleicht kommen wir an dieselbe Maschine ran, von der aus ich mit Ihnen gesprochen habe. Es ist ein kleines Flugzeug, zweimotorig, das drei Passagiere aufnehmen kann. Wenn wir am Flughafen sind, müssen wir weiterschauen.«

Malik war enttäuscht. Er hatte zuviel erwartet, sagte er sich – den roten Teppich und eine russische Ehrenkompanie vielleicht auch noch! Er stand auf und sagte leise: »Okay, Levon, es wird schon schiefgehen.«

Sie gingen um die Scheune herum zum Holzschuppen und stiegen in den Wolga. Hakim setzte sich in den Fond. Levon startete den Wagen und fuhr, ohne die Lichter einzuschalten, langsam und so leise wie möglich los. Nach einigen Minuten waren sie auf der Hauptstraße nach Echmiedzin, und wenige Minuten später fuhren sie durch die schlafende Stadt.

Hinter Echmiedzin fuhr Levon – diesmal mit aufgeblendeten Scheinwerfern und normaler Geschwindigkeit – am Flughafen vorbei. Die zweimotorige Maschine stand noch am selben Platz, sein Besuch schien unbemerkt geblieben zu sein. Während der Weiterfahrt nach Erivan ließ sich Levon die Handgriffe, die man zum Starten einer Maschine dieses Typs benötigte, durch den Kopf gehen. Er hatte eine Zweimotorige erst einmal mit seinem Fluglehrer geflogen, aber er war sicher, sie in die Luft bringen zu können.

Etwas anderes aber fiel Levon auf. Auf dem Militärflugplatz, der an den Zivilflughafen grenzte, herrschte lebhafter Betrieb. Lichter im Verwaltungsgebäude, das Leuchtfeuer drehte seine Kreise, und fahrende Autos warfen die Lichtkegel ihrer Scheinwerfer in die Nacht. »Der Militärflughafen ist in Betrieb. Das ist zu dieser Stunde sehr ungewöhnlich. Kann das etwas mit Ihrem Mann zu tun haben, Malik?«

»Vielleicht wollen sie ihn ausfliegen, nach Moskau, oder es wird jemand erwartet, der mit ihm sprechen soll. Wenn diese Aktivität etwas mit ihm zu tun haben sollte, dann bedeutet das jedenfalls höchste Eile für uns.«

Das Unwetter war vom Kaukasus her der Stadt näher gekommen. Das Grollen fernen Donners begleitete bereits das Wetterleuchten. Das grelle Aufzucken der Blitze beleuchtete sekundenlang die vor ihnen liegende Großstadt, in der nur noch einige wenige Lichter brannten.

Erivan hatte sich seit seiner Gründung im 7. Jahrhundert zu einer Großstadt von über einer halben Million Einwohner entwickelt. Diese Stadt zwischen Kaukasus und dem Großen Ararat war über die Jahrhunderte Zankapfel vieler Völker und zuletzt von drei Mächten beansprucht. Zuerst von den Türken und Persern und schließlich von den Russen, in deren Besitz sie im Jahr 1827 kam. 1920 wurde Erivan zur Hauptstadt der Sozialistischen Sowjet-Republik Armenien erhoben. Dank der hohen Intelligenz und Kultur des armenischen Volkes wurde Erivan ein bedeutendes Bildungszentrum der UdSSR – die Stadt hat nicht weniger als zehn Hochschulen.

Levon überquerte den Fluß Zanga, der von Norden nach Süden fließt und in den Grenzfluß Aras mündet. Erivan war – wie jede andere Stadt – um halb vier Uhr früh wie ausgestorben. Levon fuhr in mäßigem Tempo an mehreren Polizeiposten vorbei. Einem Polizisten, den er kannte, winkte er zu. Die beiden Männer mit ihm fielen nicht auf. Sie sahen aus wie Landsleute, die für den wohlhabenden jungen Mann irgendeine Arbeit verrichten sollten. Im Norden der Stadt bog Levon in eine schmale Einbahnstraße ein, die er langsam entlangfuhr. Unvermittelt lag das sechsstöckige Krankenhaus mit seinen beiden rechtwinklig zueinander stehenden Gebäudetrakten vor ihnen. Es war kein Eingang zu sehen, aber Levon schien sich auszukennen. Er bog nach links ab, bis zum Ende des Gebäudes, und fuhr den Wagen in eine Parklücke auf einen Platz, der an das Gebäude grenzte.

»Das hier ist der Parkplatz für die Angestellten. Ich glaube kaum, daß ich hier auffallen werde. Ich werde hier auf euch warten. Gleich hinter uns« – er deutete auf eine breite Tür – »ist der Angestellteneingang. Tagsüber sitzt dort ein Beamter des Krankenhauses hinter einem Glasschalter und überprüft die Personalausweise der Angestellten. Ich glaube nicht, daß er zu dieser Stunde auf seinem Posten ist. Wahrscheinlich schläft er irgendwo in der Nähe. Die Tür müßte offen sein, weil die Morgenschicht bald kommt. Also, good luck to you«, schloß er mit einem zögernden Lächeln, als Malik und Hakim ausstiegen und wie zwei in der Großstadt verlorengegangene Landbauern nebeneinander auf das Gebäude zugingen.

Ein schwacher Lichtstrahl fiel ihnen von innen entgegen. Die Türe war offen und schloß sich von selber leise hinter ihnen. Der kurze Gang vor ihnen verengte sich zu einer Passage zwischen zwei Geländern, an deren Ende ein Quergeländer mit einer Tafel den Weg versperrte. ›Stoj – halt, Besucher Glocke läuten.‹ Ein Pfeil deutete auf einen Drücker an der Wand. Malik zögerte keinen Augenblick und schwang sich, gefolgt von Hakim, geräuschlos über die Querstange. Sie gingen durch eine Glastür und dann einen neuen langen Gang entlang, zu dessen Seiten sich offenbar Verwaltungsräume befanden.

Sie wußten nicht, wo in diesem Riesenkomplex McMahon liegen könnte.

Malik war bereits während der Fahrt zu dem Schluß gekommen, daß er McMahons Zimmer nur ausfindig machen konnte, indem er den erstbesten, der ihm begegnete, unter Drohung dazu zwang, sie zu McMahon zu führen. Malik wollte gerade den Fuß auf einen Treppenaufgang zur nächsthöheren Etage setzen, als aus einem Seitengang ein Pfleger und eine Krankenschwester in den Hauptflur einbogen und sich plötzlich den beiden Bauern gegenübersahen. Sie waren sofort mißtrauisch – was suchten die beiden hier?

Einen Menschen hatte er in dieser Nacht schon getötet, dachte Malik, auch ein zweiter wird sterben. Diesen beiden sollte, wenn es ging, nichts geschehen. Er lächelte sie an und sagte zu Hakim, ohne seinen Blick von dem Paar abzuwenden, auf kurdisch:

»Die können von unserem Volk sein. Was meinst du?«

Malik hatte richtig vermutet. Die Gesichtszüge der beiden entspannten sich etwas. Der junge Mann, groß und schlank, mit schwarzen Haaren und schwarzem Schnurrbart, sagte mit dünnem Lächeln auf kurdisch:

»Sie haben recht – aber was machen Sie hier zu dieser Stunde? Und wie sind Sie hereingekommen?«

Prinz Hakim antwortete:

»Wir sind durch den Angestellteneingang gekommen, der Pförtner war nicht da, wahrscheinlich schläft er. Wir wollen den kranken Amerikaner besuchen, würden Sie uns zu ihm führen? Wir haben eine wichtige Nachricht für ihn.«

Die Krankenschwester blieb mißtrauisch: »Sie sind offensichtlich verkleidet. Sie sind keine Bauern. Wenn Sie uns nicht sofort eine Erklärung geben, schlage ich Alarm.«

Hakim wollte antworten, doch der junge Mann ließ ihn nicht zu Wort kommen:

»Sie müssen verstehen – Olga ist sehr pflichtbewußt. Sie handelt nur nach den Vorschriften des Krankenhauses. Wir müßten Sie pflichtgemäß melden. Wir sind beide kurdischer Abstammung und sprechen auch die Sprache unserer Eltern. Aber wir sind auch Sowjetbürger. Deshalb möchte ich Sie bitten, uns mit Ihrem Wunsch nicht in Verlegenheit zu bringen, sondern uns zu erklären, was Sie hier zu suchen haben.«

Malik und Hakim wußten für einen Augenblick nicht, was sie tun sollten. Die höfliche Art des jungen Mannes hatte sie verwirrt. Hakim versuchte es noch einmal: »Wir beide haben den Amerikaner und seine russischen Begleiter über die Grenze gebracht. Wir hätten bei ihm bleiben sollen, aber wir gingen in die Stadt, um Verwandte zu besuchen. Das hätten wir nicht tun dürfen. Um von der Wache am Haupteingang nicht gesehen zu werden, sind wir durch den

Nebeneingang zurückgekommen. Jetzt wissen wir aber nicht, wo er liegt. Würden Sie uns bitte zu ihm führen? Sie werden sehen, seine Wache wird uns sofort erkennen und identifizieren.«
Der junge Mann glaubte Hakims Geschichte, das Mädchen nicht. Deshalb ging sie hinter der Gruppe her, als der Pfleger die beiden Männer zu einem Aufzug führte und in den zweiten Stock hinaufbrachte. Als sie aus dem Lift stiegen, sah Malik sofort vor der letzten Türe am Ende des Ganges einen Mann auf einem Stuhl. Der Mann wandte sich auf das Geräusch der Aufzugstür hin mit einer schnellen Drehung ihnen zu. Auf der anderen Seite des Ganges waren Fenster, von denen einige in einer halboffenen Stellung fixiert waren. Genau unter ihnen befand sich der Haupteingang des Krankenhauses, und genau in diesem Augenblick hörte man von unten laute Stimmen, dann das Geräusch vorfahrender Wagen, Schlagen von Autotüren. Auch aus dem Treppenhaus drangen nun laute Stimmen herauf.
»Der Ministerpräsident ist angekommen«, sagte der Pfleger leise auf russisch zu der Schwester. Malik und Hakim konnten es nicht verstehen.
Die beiden jungen Leute sprachen aufgeregt miteinander, schienen einen Augenblick unentschlossen, dann murmelte der Pfleger eine unverständliche Entschuldigung und eilte, gefolgt von seiner Kollegin, die Treppen hinunter. Nichts war ihnen wichtiger, als daß auch sie dem Ministerpräsidenten die Hand schüttelten. Als Malik sich dem Wachtposten, der ihnen fragend entgegensah, lächelnd näherte, flüsterte er Hakim zu:
»Du machst ihn unschädlich, ich gehe hinein.«
Der Russe war aufgestanden. Er war ein großer Mann mit dem Nacken eines Stiers. Unter seiner engen Jacke zeichnete sich ein Revolver ab. Hakim begrüßte ihn auf russisch, was der Mann nur mit einem leichten Kopfschütteln erwiderte. Als Malik sich der Tür nähern wollte, fuhr der Russe herum und packte ihn am Kragen, so hart, daß es ihm fast den Kehlkopf eindrückte. Der Russe sah nicht, daß der Mann hinter ihm zu einem fürchterlichen Hieb ausholte. Hakim

stieß dem Posten seinen Dolch in den Rücken, genau zwischen der Wirbelsäule und dem linken Rippenansatz. Der Russe gab einen gurgelnden Laut von sich und schlug mit seinem linken Arm nach hinten, um Hakim zu treffen. Der Prinz aber hatte sich blitzschnell geduckt und hielt bereits den Mezer in den Händen. Er warf das Tuch dem taumelnden Russen, dessen Arme Malik auf dem Rücken zusammenhielt, um den Hals und zog die Schlinge zu. Das Gesicht des Russen wurde zuerst glutrot, dann langsam blau und immer dunkler. Malik ließ die Arme des Russen los. Er überließ ihn Hakim.

Der Lärm von unten kam näher. Malik schraubte den Schalldämpfer auf seine Pistole und steckte sie in seinen Gürtel. Dann öffnete er die gepolsterte Tür und trat ein. Mit einem Blick erfaßte er die Situation. Der Senator lag auf seinem Bett, er war wach und bei Sinnen. Das Gewitter, das draußen tobte, mußte ihn geweckt haben. Das Sauerstoffzelt stand neben seinem Bett. An einem Tisch in der Ecke des großen Zimmers saßen ein Mann, offensichtlich ein Arzt, und eine Krankenschwester, die Malik erstaunt ansahen. Malik hatte sich bereits in Cennetabat entschlossen, McMahon zu töten, falls es nicht möglich war, ihn in die Türkei zu bringen. Es war nicht mehr möglich.

Die beiden in der Ecke standen auf. Der Senator richtete seinen Blick auf Malik, der mit raschen Schritten auf ihn zuging. Der Ausdruck in McMahons Augen wandelte sich von Erstaunen zu Entsetzen, zu Ohnmacht und Enttäuschung, als er sah, daß Malik seine Pistole zog und sie ihm an das rechte Ohr setzte. Der dumpfe Ton des Schusses war kaum zu hören.

Die Wucht der einschlagenden Kugel hatte den Kopf und den Oberkörper McMahons nach links gedreht. Als der Leib des Senators wieder auf den Rücken rollte, konnte Malik sehen, was das Kaliber 45 angerichtet hatte – die linke Hälfte des Kopfes war offen, Teile des Schädels fortgerissen.

Der Arzt und die Schwester standen gelähmt in der Ecke. Malik ging aus dem Zimmer und schloß die Tür hinter sich. Hakim hatte seine Mütze abgenommen und saß auf dem

Stuhl des Russen, als ob er der Wärter wäre. Als Malik die Tür des Krankenzimmers hinter sich schloß und Hakim aufstand, öffnete sich die Aufzugstür am Ende des Ganges und ein Schwall von Stimmen schlug ihnen entgegen, als etwa zehn Personen aus dem Aufzug quollen. Malik und Hakim rannten zum Treppenhaus und sprangen die Stiegen der zwei Stockwerke in Riesensätzen hinunter. Hinter sich hörten sie Schreie. Im Erdgeschoß wußten sie einen Augenblick nicht, wo sie waren. Hakim konnte sich nach einem Blick durch die Fenster als erster orientieren und lief Malik voraus. Als sie zum Ausgang kamen, war der Pförtner auf seinem Platz und wollte ihnen den Weg versperren. Sie stießen ihn durch das Glas in seine Kabine zurück, Hakim sprang ihm nach und betäubte ihn mit einem Schlag seiner Pistole. Sie setzten über die Barriere und rannten zum Ausgang.

Als Levon sie aus der Tür kommen sah, ließ er den Motor an und öffnete die Türen. Malik und Hakim sprangen in den Wagen, und Levon fuhr mit Vollgas davon.

Levon wollte das schnelle Tempo beibehalten, aber Malik bat ihn, in vorgeschriebener Geschwindigkeit durch die Stadt zu fahren. Es war 4 Uhr 10, das erste Dämmerlicht war im Osten zu sehen. Es regnete in Strömen, das Gewitter war wieder zurückgekommen, und Blitz und Donner folgten fast unaufhörlich aufeinander. Die Männer sprachen kein Wort. Malik stellte fest, daß Levon ruhig und konzentriert war, und gab ihm keinerlei Anweisungen. Sie fuhren die gleiche Strecke zurück, die sie vor einer Stunde von Parakar gekommen waren. Erst eine Stunde, dachte Malik. Der Auftrag war erledigt, aber wann würde er General Sasson berichten können: »Arche gefunden, Arche gefunden«? Vom Flugzeug aus, sobald sie in der Luft waren, sagte er sich. Aber würden sie eine Maschine finden? Und falls ja, hatten die Russen ein Sperrfeuer bereit für Fluchtversuche wie diesen? Und was für ein Pilot war Levon? Wird er sich bei Sicht Null zurechtfinden? Seinen Weg zwischen den Bergen finden, die er nicht sehen kann?

Und an was dachte Hakim? Er war mit sich zufrieden, den

Bären von einem Russen, den er im Spital in die Toilette gelegt hatte, Malik vom Hals geschafft zu haben. Er wußte, daß Malik seine Mission erfolgreich beenden konnte, obwohl er noch kein Wort darüber verloren hatte. Er war überzeugt, daß Senator McMahon jetzt nicht mehr zu den Lebenden zählte. Vielleicht wird es noch einen Kampf geben, am Flughafen. Inşallah – die Flucht mußte gelingen, aber nur Allah weiß, was wird.
Levon dachte an nichts. Sein Gehirn war leer, er schaltete wie ein Automat. Er wußte nicht, was im Krankenhaus geschehen war, er ahnte es nicht einmal. Er wußte nur, daß sein Schicksal von jetzt ab an Malik gekettet war, daß es kein Zurück mehr gab. Wenn er jetzt durchdrehte, würden sie ihn fallenlassen und ohne ihn versuchen, wieder über die Grenze zu kommen. Immerhin hatten sie das schon mehrfach geschafft, zumindest Malik. Du mußt so kühl bleiben wie diese Männer, sagte er sich, und dieses betäubende Gefühl abschütteln. Die richtige Maschine finden – so schnell wie möglich in die Luft – für eine Vorstartkontrolle wird keine Zeit sein. Dann durch das Gewitter in die Türkei, in den Westen! Parakar war in Sicht. Das Gewitter hatte sich von Erivan zum Ararat verlagert, wo es weitertobte. Blitze beleuchteten immer noch das Gelände, doch das Grollen des Donners war nur noch in der Ferne zu hören. Levon schaltete die Scheinwerfer aus. Das aufkommende Tageslicht drang kaum durch die dichten Wolkenschwaden. Levon fand dieselbe Stelle in dem kleinen Waldstück, wo er schon vorher seinen Wagen versteckt hatte.
Malik und Hakim nahmen ihre Waffen mit sich und schlichen hinter Levon am Zaun des Flughafens entlang. Levon hatte sich entschlossen, dieselbe zweimotorige Maschine zu nehmen, von der aus er seine Nachricht an Malik gesandt hatte. Es wäre Wahnsinn, jetzt bei anbrechendem Tageslicht im Flughafengelände herumzuirren, um eine andere Maschine zu suchen. Von dieser wußte er, daß die Batterie in Ordnung war, daß sie genug Treibstoff hatte und, vor allem, daß eine Tür offen war. Auch war sie so abgestellt, daß er mit einem Gewaltstart schon vom Abstell-

gelände aus aufsteigen konnte, ohne erst auf die Rollbahn hinaus zu müssen. Allerdings war er mit ihr nicht so vertraut wie mit den kleinen Antonows und Yaks, mit denen er gewöhnlich flog.

Ein Posten war nicht zu sehen, doch das bedeutete nichts. Er konnte hinter einer der vielen Maschinen stehen, um sich vor dem Sturm zu schützen. Plötzlich heulten Sirenen auf, eine von der Stadt her, eine andere vom Flughafengebäude. Die Ermordung McMahons mußte den Alarm ausgelöst haben. Jetzt war es gleich, ob ein Posten in der Nähe war oder nicht, jetzt mußte gehandelt werden. Levon deutete auf die zweimotorige Maschine:

»Diese, die rechte Tür ist offen.«

Alle drei schwangen sich gleichzeitig über den Zaun und rannten auf die Maschine zu. Von zwei Seiten hörten sie die Rufe der Posten: »Stoj, stoj!« Levon war als erster in der Maschine und beschäftigte sich sofort mit den Startvorbereitungen. Er hatte sich auf der Herfahrt genau überlegt, was er zum Anlassen der Motoren unternehmen mußte, um keine Sekunde zu verschwenden. Er schaltete die Batterie ein und sofort darauf die Magnetzündungen und Benzinpumpen für beide Motoren. Gleichzeitig betätigte er auch schon den Startschalter für den rechten Motor, der leicht ansprang. Jetzt warf er den Wählschalter auf den linken Motor und betätigte den Startschalter. Auch der linke startete ohne Schwierigkeiten.

Hakim war als zweiter eingestiegen und setzte sich auf einen der beiden Rücksitze. Malik ließ sich Zeit. Er blieb neben der Maschine stehen, um zu sehen, ob jemand sie verfolgte – er wollte den anderen den Rücken decken, bis die Motoren angesprungen waren. Zwei Posten kamen auf sie zugelaufen. Malik stützte seinen linken Arm auf eine Strebe des Flugzeugs und feuerte gezielte Einzelschüsse in schneller Reihenfolge aus seiner Maschinenpistole auf die beiden anstürmenden Russen. Beide fielen getroffen zu Boden, einer blieb liegen, der andere kroch hinter das Rad einer geparkten Maschine. Vom Flughafen her hörte Malik Stimmen und Schreie, die wie Befehle klangen. Er sah eine Gruppe von bewaffneten Männern auf die Maschine zulaufen. Der rechte Motor war angesprungen, als Malik einer Handgranate die Zündschnur abriß. Er wartete noch zwei Sekunden, dann warf er sie den Männern entgegen. Sie explodierte über der Gruppe. Malik kletterte in die Maschine. Als er auf der ersten Sprosse war, sprang auch der linke Motor an, und noch bevor er die Türe hinter sich schließen konnte, hatte Levon die Maschine in Bewegung gesetzt.

Levon sah eine Lücke zwischen den geparkten Maschinen und schob die Gashebel bis zum Anschlag nach vorne, um höchste Leistung zu erreichen. Die beiden Motoren heulten auf, und die Maschine bewegte sich, zuerst holpernd und langsam, dann immer schneller, über das Abstellgelände, bis sie kurz vor der Rollbahn abhob. Ein wiederholtes Starten, ohne die Maschine vorerst aufzuwärmen, würde den Kolbentriebwerken schaden. Aber dieses eine Mal, hatte Levon überlegt, konnte ihren kurzen Flug nicht gefährden. Er sah, daß er einen Kompaß hatte, Geschwindigkeitsanzeiger, Höhenmesser und auch einen künstlichen Horizont. Noch während er eine steile Kurve nach links flog, kam er in dichte Wolken und konnte das Flugfeld nicht mehr sehen – also war er auch von Parakar nicht mehr zu erkennen. Er schraubte sich hoch, um aus der erforderlichen Höhe Funkkontakt mit dem Flughafen von Erzurum herstellen zu können. Turbulenzen und Böen stießen die Maschine herum – in diesem Wetter, bei Sicht Null, war er dringend auf eine Funkpeilung aus Erzurum angewiesen. Auf Frequenz 118,7 MHz rief er unter seinem Tarnnamen »Aras« den Kontrollturm von Erzurum, der sich sofort meldete. Levon atmete auf: die erste Funkpeilung von Erzurum ließ ihn auf Kurs 260° Richtung West fliegen. Vor allem aber – über die Grenze. Sein Griff um die Steuersäule lockerte sich langsam.

»Geben Sie mir das Mikrofon, Levon«, sagte Malik. Als sich der Kontrollturm in Erzurum meldete, sandte Malik in englischer Sprache seine Nachricht: »Dringende Nachricht für den US-Botschafter in Ankara. Verstehen Sie?«

In perfektem Englisch kam die Antwort: »We understand, send your message.« Malik drückte wieder den Sendeknopf

des Mikrofons. Er sprach langsam und betonte jede Silbe:
»FOR ARARAT FOR ARARAT I FOUND THE ARK SIGNED NOAH REPEAT I FOUND THE ARK SIGNED NOAH
Erzurum, bitte wiederholen Sie.«
»Wir wiederholen: Für Ararat, für Ararat, Arche gefunden. Noah.«
»Thank you, Erzurum, thank you.« Malik gab das Mikrofon an Levon zurück.
Levon konnte nichts sehen, er ahnte nur, daß er jetzt am Großen Ararat vorbeifliegen mußte. Seine Gedanken beschäftigten sich mit der Landung, mit den verschiedenen Griffen, die er schnell und in richtiger Reihenfolge zu tun hatte. In einer halben Stunde würde der große Moment für ihn kommen, auf den er ein halbes Leben gehofft hatte. Nach der Landung würde er mit Maliks Hilfe um Asyl in der Türkei ersuchen, von dort dann seine Verwandten in Kalifornien benachrichtigen und sie bitten, ihm ein Einreisevisum in die Vereinigten Staaten zu verschaffen. Levon atmete tief ein und aus. Die schönste Zeit seines Lebens lag vor ihm. Er würde hart arbeiten und dann Rita nachkommen lassen.
Während er so dahinträumte, bemerkte er, daß seine Steuersäule etwas nach rechts gedrückt war. Er überprüfte den künstlichen Horizont und sah, daß er eine leichte Kurve nach rechts flog.
Wie lange schon? fragte sich Levon und machte eine Korrektur zurück auf Kurs 260°. Er sah, daß auch Malik neben ihm die Kursänderung bemerkt hatte.
Die Russen hatten ohnmächtig zugesehen, wie die drei Männer mit der gestohlenen Maschine in den niedrig dahinjagenden Wolken verschwanden. Von den KGB-Männern, die aus Erivan zum Flughafen gefahren waren, hatten die meisten durch Granatsplitter schwere Verletzungen erlitten. Nur einer unter ihnen konnte noch Befehle geben – Oberst Korakow. Seine rechte Schulter, von Splittern zerfetzt, war nur in Eile verbunden worden. Mehr Zeit hatte er dem Arzt nicht gewährt.
Korakow lief zum Kontrollturm des Flughafens und be-

stürmte die diensthabenden Beamten mit Fragen. Wo war jetzt die Maschine im Radarbild? Hat sie mit einer Bodenstation Funkverbindung aufgenommen? In welcher Sprache? Und was ist gesagt worden? Die Antworten kamen präzise: Ja, die Maschine ist im Radarbild, sie nähert sich der türkischen Grenze, sie hat mit dem Kontrollturm in Erzurum Funkkontakt aufgenommen und um Funkpeilung gebeten.

Korakow hatte viel Blut verloren, aber sein Wille war noch da, und sein Verstand arbeitete. Für Abfangjäger war es zu spät.

»Können Sie die Peilung ändern?« fragte er den schichtführenden Beamten.

»Ja, Polkownik, wir können mit unserer stärkeren Leistung die Peilung von Erzurum nicht nur stören, sondern auch über dieselbe Frequenz eine falsche Peilung der Maschine zukommen lassen, ohne daß der Pilot weiß, von wo sie kommt.«

»Tun Sie das sofort«, befahl Korakow. »Die Maschine darf Erzurum nicht erreichen. Sie zurückbringen ist nicht möglich – bringen Sie sie auf Absturzkurs!«

Der Beamte erkannte die Entschlossenheit des Mannes vor ihm. Das war ein Todesbefehl – für einen Zivilangestellten eines Flughafens ein sonderbarer Auftrag. Aber er zögerte keinen Augenblick. Er wandte sich zu einem jungen Mann, der hinter ihm stand und von dem er wußte, daß er ein gutes Englisch sprach:

»Michail, du hast die Stimme in Erzurum gehört, mache sie nach und gib folgende Meldung in englischer Sprache durch: ›Hier Erzurum Kontrollturm. Bitte senden Sie zwecks Korrekturpeilung.‹ «

Michail gab die Meldung durch und Levon kam der Aufforderung nach.

Der schichtführende Beamte hatte bereits die nächste Meldung formuliert und reichte sie Michail. Kurz darauf erhielt Levon die folgende Meldung:

»Aras, zur Korrektur steuern Sie 220 Grad.«

Levon bestätigte diese Anweisung und folgte dem neuen

Kurs in der Annahme, daß Erzurum durch die neue Peilung seine Abweichung nach rechts korrigieren wollte.
Der Kontrollturm von Erzurum konnte die Sendung aus Erivan nicht empfangen. Aber sie konnten Levons erneute Peilsendung auf 118,7 MHz mithören und wunderten sich, warum er das tat, ohne daß sie ihn dazu aufgefordert hatten. Sie fragten ihn, doch bevor die Unklarheit über die letzte Peilmeldung zwischen Levon und dem Kontrollturm von Erzurum geklärt werden konnte, war die Maschine schon stark nach Süden vom direkten Kurs nach Erzurum abgewichen.
Plötzlich wurde Levon klar, daß er eine Fehlpeilung erhalten hatte. Als er im Begriff war, die Maschine wieder auf Kurs 260° zu bringen, schrie Malik neben ihm auf: »Watch it!« und entriß ihm die Steuersäule. Levon konnte gerade noch sehen, wie keine hundert Meter entfernt ihnen ein schneebedeckter Berghang entgegenschoß. Malik hatte die Steuersäule zurück und nach rechts gerissen und so gerade noch den Direktaufprall verhindert. Auch Levon hatte instinktiv das rechte Ruder getreten. Die Maschine, deren Motoren auf Reiseleistung gestellt war, verlor sofort an Geschwindigkeit und drohte über den rechten Flügel abzusacken. Levon stieß die Gashebel nach vorne, um die Maschine noch abzufangen – doch es war zu spät. Die scharfe Rechtsquerlage der Maschine brachte sie auf einen Kollisionskurs – sie waren in einen Talkessel geraten, aus dem es kein Heraus mehr gab. Das einzige, was Levon noch tun konnte, war, die Steuersäule wieder ganz zu sich zu ziehen, um mit möglichst hochgezogener Nase den Aufprall zu mindern.
Sekundenbruchteile später kam der Aufschlag. Mit weit aufgerissenen Augen konnten die Männer in der Maschine noch wahrnehmen, daß sie auf einen kahlen, mit Schneeflecken bedeckten Berghang zuschossen. Metall knirschte, Gummi kreischte, ein endloses Getöse – dann ging das Licht aus, und alles war ruhig, ganz ruhig.

Die Sonne stand an einem wolkenfreien Himmel im Zenit, als Malik zu sich kam. Es dauerte lange, bis er sich besinnen konnte, warum er hier auf einem Bergrücken an der Schneegrenze lag. Das Atmen schmerzte ihn, und er konnte den Kopf kaum bewegen. Langsam und vorsichtig zog er seine Beine an, auch da hatte er Schmerzen, doch konnte er feststellen, daß sie nicht gebrochen waren. Er drehte den Kopf nach rechts und sah den Großen Ararat zum Greifen nahe vor sich. Der Gipfel war noch hoch über ihm, mindestens noch einmal so hoch wie der Platz, auf dem Malik lag.

Er drehte den Kopf nach links, die Schmerzen im Genick ließen nach, verschärften sich aber im Hinterkopf. Malik sah einige Meter bergaufwärts eine Gestalt liegen. Es war Prinz Hakim. Malik erkannte ihn an der schäbigen Kleidung eines türkischen Bauern. Hakims Kopf konnte Malik nicht sehen, er war von einem Felsen verdeckt. Malik blieb ruhig liegen und versuchte seine Gedanken zu sammeln. Zuerst dachte er an General Sasson, dann an Senator McMahon. Der letzte Blick des Senators – dann fiel Malik wieder in ein Dämmern und schließlich in tiefen Schlaf.

Als er wieder zu sich kam, war es Nachmittag. Die Sonne brannte noch immer auf ihn herunter. Er sah Hakim neben sich hocken. Der Prinz sah furchtbar aus. Sein Kopf und seine Hände waren eine einzige blutige Masse. Sein Gesicht war zerschnitten, die Nase eingedrückt, ein Auge ganz zugeschwollen. Mit dem anderen lächelte er Malik an: »Das hätten wir überlebt, Malik. Mehr kann man aber nicht behaupten. Ich glaube, ich bin nicht wiederzuerkennen, kann mich aber bewegen, dich kann man zwar wiedererkennen, aber du kannst dich nicht bewegen. Wir sind unter dem Gipfel des Hama Dağ, in über dreitausend Meter Höhe. Wir müssen vor Einbruch der Dunkelheit viel weiter unten sein, sonst erfrieren wir.«

»Was ist geschehen, Hakim? Ich weiß nur noch, daß ich eine Handgranate auf anstürmende Männer geworfen habe und dann in ein Flugzeug gestiegen bin.«

»Dein Gedächtnis hat eine Lücke, Malik. Das vergeht nach

einiger Zeit, aber ganz wirst du dich nie an den Absturz erinnern können.«
»An was für einen Absturz?«
»Kannst du hinter dich sehen?«
Malik stützte sich mit Mühe auf einen Ellbogen und drehte sich um. Mit einem Wehlaut fiel er zurück, aber er hatte gerade noch etwa zwanzig Meter weit weg das Wrack eines ausgebrannten Flugzeugs gesehen.
»Levon. Wo ist Levon?«
»Levon ist tot. Er sitzt als verkohlter Leichnam auf dem Pilotensitz, die Steuersäule in der Hand. Er muß sich das Genick gebrochen haben und war auf der Stelle tot. Armer Teufel.«
»Sein Traum ist wahr geworden. Er kam in den Westen, aber nicht sehr weit. May God bless him. Du hast recht, Hakim, wir müssen weg von hier. Du siehst zwar furchtbar aus, aber dein Kopf und Gesicht bluten nicht mehr. Ich möchte wissen, was mit mir los ist. Sicher ist, daß ich einige, wenn nicht alle Rippen gebrochen habe. Durch den Aufprall wurdest du vermutlich auf meinen Sitz geschleudert und hast mich durch die geschlossene Türe gedrückt. Dann bist du wahrscheinlich weitergeflogen, durch die bereits zersplitterte Scheibe und hast dir dein Gesicht an dem Glas zerschnitten. Agazinh wird sich wundern, wenn sie dich sieht! Und ich habe einen eingedrückten Brustkorb, das rechte Knie hat geblutet, aber der Schorf hat es zum Stillen gebracht, mein rechter Knöchel schmerzt und ist geschwollen, auch mein linkes Bein, aber gebrochen ist nichts. Also, mit deiner Hilfe muß ich versuchen, von hier abzusteigen. Ich werde mich auf dich stützen müssen. Wenn es nicht geht, dann bauen wir hier einen Unterschlupf, der mich vor der Kälte schützt, und du gehst ins Tal und holst Hilfe. Levon müssen wir später begraben. In dieser Höhe gibt es keine Aasgeier und wenn – sie würden nichts mehr an ihm finden. Also los, versuchen wir es.«
Hakim packte Malik unter den Schultern und half ihm auf. Mit Fluchen und Stöhnen gelang es Malik, geradezustehen. Mit seinem rechten Arm stützte er sich auf seinen Freund,

der ihn langsam, Schritt für Schritt, den Hang hinabführte. Nach einigen hundert Metern mußten sie sich ausruhen. Sie saßen beide keuchend nebeneinander auf einem Felsen.
»Diese Scheißrussen«, sagte Malik, »diese Scheißrussen.«
»Was hast du gegen die Russen?« fragte Hakim. »Wir haben ihnen doch ein ganz schönes Schnippchen geschlagen.«
»Das letzte Schnippchen haben sie uns geschlagen, mein Freund. Den Absturz haben wir ihrer falschen Funkpeilung zu verdanken. Ich habe gesehen, wie Levon seinen Westkurs änderte, obwohl er immer noch auf Funkpeilung flog. Ich habe ja mitgehört. Aber es war nicht mehr die Peilung aus Erzurum, sondern eine stärkere aus Erivan! So haben sie wenigstens ihre Revanche . . .«
Malik unterbrach sich und deutete in eine Mulde tief unter ihnen. Winzig klein konnte Hakim einen Hirten mit seiner Ziegenherde auf dem Almgras sehen.
»Sicher ein Kurde«, sagte er. »Er wird uns helfen. Bis zu ihm müssen wir noch vor Einbruch der Dunkelheit kommen. Er hat bestimmt ein Zelt oder eine Hütte.«
Malik wurde von Hakim drei Stunden lang mühsam geschleppt. Sein linkes Bein, auf dem er eine Zeitlang zu gehen versucht hatte, konnte er nicht mehr belasten. Es war nun so geschwollen wie das rechte, und die Schmerzen waren unerträglich geworden. Aber es war ihnen gelungen, aus der Schneegrenze in eine wärmere Zone zu kommen, und gegen acht Uhr abends sahen sie bei letztem Licht aus der Hütte des Hirten, nur noch einige hundert Meter entfernt, Rauch aufsteigen. Der Hirte, ein Kurde von vielleicht fünfzig Jahren, war zutiefst erschrocken, als die beiden blutüberströmten und erschöpften Männer in seine Hütte taumelten, und griff nach dem Messer.
»Freund«, sagte Prinz Hakim. »Allah hat uns ein schweres Schicksal beschieden. Unsere Flugmaschine ist oben am Hama Dağ abgestürzt. Ein dritter von uns ist tot. Ich bin Prinz Hakim von Bitlis, und das hier ist Malik, der Freund der Kurden. Wir bitten dich, uns zu helfen, uns Obdach zu geben, bis wir unsere Kräfte zurückgewonnen haben und weiterziehen. Malik ist in Çengel zu Hause, man kann es fast

von hier sehen. Würdest du eine Nachricht für uns dorthin bringen? Ich könnte inzwischen deine Herde versorgen.«
Der Mann war sprachlos. Von Prinz Hakim aus Bitlis hatte er schon gehört, obwohl er sich einen älteren Mann darunter vorgestellt hatte. Schließlich sagte er: »Buyurun, Effendi, buyurun – treten Sie ein, meine Herren, bitte kommen Sie herein.«
Hakim schleppte Malik zu einer Liege, die mit Ziegenfellen bedeckt war, und legte ihn vorsichtig nieder. Dann nahm er den blutigen Verband, den er aus seinem Hemdzipfel gemacht hatte, langsam von seinem Kopf, um die verkrusteten Wunden nicht wieder aufzureißen, und wusch ihn in einer Schüssel mit Wasser aus, die ihm der Hirte gereicht hatte.
Der Hirte gab ihnen einen großen Becher mit heißer Ziegenmilch, die auf seinem Feuer gestanden hatte, und Leven – flaches Brot mit Honigwaben. Er erklärte sich bereit, sofort nach Çengel zu laufen, um die Nachricht zu überbringen, aber Hakim sagte, er solle bis zum Morgengrauen warten, es sei zu gefährlich, in der Nacht über die Felsen zu gehen.
Die beiden Männer lagen vor dem offenen Feuer in der Hütte des Kurdenhirten. Sie sprachen kaum ein Wort. Hakim fragte nicht, was Malik mit dem Senator gemacht hatte, und Malik fragte Hakim nicht, wohin der Russe verschwunden war, der vor McMahons Tür Wache gehalten hatte. Malik und der Prinz hatten ihren Auftrag erfüllt und lebten. Jetzt brauchten sie nichts als Ruhe.
Malik konnte nicht schreiben und bat Hakim, die Nachricht an Nadir Reshid auf einen Zettel zu notieren:
PRINZ HAKIM UND ICH LIEGEN VERLETZT IN DER HÜTTE DIESES BOTEN. HAKIM HAT KOPFVERLETZUNGEN. ICH HABE GEBROCHENE RIPPEN UND PRELLUNGEN. SCHICKE STABSARZT VON IĞDIR ZU UNS. VERSTÄNDIGE FOLGENDE PERSONEN: 1. US-BOTSCHAFTER, ANKARA. 2. FLANAGAN, ERZURUM (BEIDE ÜBER FUNKGERÄT). 3. LEILA (ÜBER SEZAI IN IĞDIR). 4. GENERAL GÜVENÇ, KARS (ÜBER TÜRKISCHEN KOMMANDANT, IĞDIR). SAG IHNEN, DASS *UNSER AUFTRAG*

ERFÜLLT IST, ABER SENATOR MCMAHON TOT. DANN KOMM MIT VERPFLEGUNG UND DEINEN FÜNF FREUNDEN AUS DEM SÜDEN UND MIT BAYDAR UND FUNKGERÄT ZU MIR. DER BOTE WIRD EUCH FÜHREN. DIE MÄNNER VON MALAZGIRT UND TUTAK SOLLEN IN IHRE DÖRFER ZURÜCKKEHREN, DIE AUS DEM WESTEN UND SÜDWESTEN SOLLEN IN ÇENGEL BLEIBEN. MALIK.

30

Leila erhielt Sezais Nachricht am 21. Mai um 11 Uhr. Sie hatte jede Spur von McMahon verloren, seitdem ihr Agent aus dem Orientexpreß geworfen worden war. Sie wußte lediglich, daß die Russen den Senator nach Osten, wahrscheinlich in die Sowjetunion, bringen wollten. Aber ihr Agent wurde erst nach einem Tag neben dem Bahngleis bei Kayseri gefunden, und es dauerte noch einen ganzen Tag, bis er identifiziert werden konnte und die türkische Geheimpolizei ihr Bescheid gab. Zu diesem Zeitpunkt hatten Oberst Korakow und McMahon gerade den Aras überquert. Und Flanagans letzte Nachricht über den Grenzübertritt hatte sie vor zwei Tagen am Nachmittag erhalten. Seitdem hatte sie nichts mehr gehört, weder von ihren Agenten noch von Flanagan, noch von Malik selber.

»Wo ist Malik, Sezai?«

»Leila«, antwortete Sezai, »ich wußte, du würdest eine Menge Fragen stellen, deshalb bin ich nach Çengel geritten und habe dort einiges erfahren. Nadir Reshid, der jetzt die Kurden in Çengel anführt, sagte mir, daß Malik und der Prinz mit einem Flugzeug am Hama Dağ, nicht weit von hier, abgestürzt sind. Ein Hirte hat sie gefunden und uns Maliks Botschaft gebracht. Sie müssen in etwa zweitausend Meter Höhe liegen. Nadir war gerade dabei, mit seinen Leuten und einem Arzt zu den beiden aufzusteigen.«

»Sezai, weißt du, wo die Hütte ist?« fragte Leila.

»Ja, ich weiß es. Der Hirte hat es mir genau beschrieben.«

Leila schwieg.

»Bist du noch da, Leila?« fragte Sezai.
»Ja, Sezai. Ich habe mir den Flugplan angeschaut. Heute geht es nicht mehr. Aber morgen nehme ich die Frühmaschine nach Erzurum. Sag Bala, er möge mich am Flughafen abholen und mich dann direkt zu dir nach Iğdir fahren. Du führst mich dann zu Malik. Hast du verstanden?«
»Ja, Leila. Aber bist du dir darüber im klaren, daß wir ungefähr fünf Stunden klettern müssen?«
»Ich werde dafür ausgerüstet sein. Also, bis morgen. Güle.«
Als Leila den Hörer auflegte, hatte sie nur einen Gedanken, nur einen Wunsch: so schnell wie möglich zu Malik zu kommen, um bei ihm zu sein, ihn zu pflegen und seine Schmerzen zu lindern.
Sie traf die Vorbereitungen für die Reise: Ein Kleid für den Flug. Dann die festen Hosen und Bergstiefel, die sie schon oft in der Osttürkei, in den Bergen Armeniens, getragen hatte. Dazu noch ein leichter Anorak mit Kapuze und ein Wollschal, falls das Wetter schlecht werden sollte. Sie mußte lächeln in der Erinnerung an die vielen Bergtouren, die sie mit ihrem Vater und später mit Männern ihrer Organisation gemacht hatte. Sezai konnte nicht ahnen, daß die Chefin des eleganten Nachtklubs von Istanbul ihm wahrscheinlich beim Aufstieg auf den Hama Dağ davonlaufen würde.
Das Telefon in Leilas Wohnung läutete. Es war der Leiter ihrer Organisation im Osten, er rief aus Kars an. Leila sagte kein Wort, nur in ihrem Gesicht spiegelte sich Genugtuung. Am Schluß sagte sie nur:
»Çok iyi – sehr gut, Teşekkürederim – danke«, und hängte den Hörer ein. Nachdenklich legte sie sich auf ihr Bett. Wenn er es noch nicht weiß, wird er sich freuen, das zu hören, sagte sie sich und dachte an Malik.
Gegen Mittag des nächsten Tages, es war der 22. Mai, hatte Leila den 1500 Kilometer langen Flug nach Erzurum bereits hinter sich. Bala, wie der Armenier Bahram mit Spitznamen hieß, holte Leila vom Flughafen mit seinem hellblauen Opel ab. Er war Erzurums größter Erzeuger kupferner Haushaltsgeräte. Auch besaß er eine Reihe von Juweliergeschäften, die sich darauf spezialisiert hatten, den beliebten

Erzurum-Stein, einen dem schwarzen Onyx ähnlichen Stein, mit Gold und Schmuck zu verarbeiten. Wichtig aber war, und deshalb hatte Leila ihn anderen Armenieren aus Erzurum vorgezogen, daß Bala der beste Freund Rahman Abdurs war, des Polizeichefs der Stadt und der Provinz Erzurum. Um in das Sperrgebiet von Iğdir zu fahren, mußte man eine Spezialerlaubnis des Polizeichefs haben, sonst wurde man von den Kontrollposten entlang der Straße nicht durchgelassen. Leila wußte, daß Bala das nötige Papier ohne Schwierigkeiten erhalten konnte.
Nach 300 Kilometern Landstraße trafen sie gegen Abend bei Sezai in Iğdir ein. Sezai hatte für Leila ein Zimmer in der Lokanta herrichten lassen. Nach einer kurzen Begrüßung saßen sie zu dritt zwischen Soldaten und Bauern aus der Gegend in der Lokanta und aßen Kebab mit Pilaw und tranken eine Flasche Rotwein. Dann verabschiedete sich Bala, er wollte noch ein gutes Stück in Richtung Erzurum zurückfahren. Sezai erzählte Leila alles, was er von Nadir über Maliks Abenteuer in Erivan und die Flucht erfahren hatte. Dann machten sie ihren Plan für den kommenden Tag. Sie beschlossen, um 5 Uhr früh aufzubrechen, um gegen Mittag die Hirtenhütte zu erreichen. Auf einer Landkarte, die er von einem Offizier geborgt hatte, zeigte Sezai Leila, wo am Hang des 3500 Meter hohen Hama Dağ ungefähr die Hütte lag. Sezai hatte Maliks Jeep geholt, den ihm Baydar widerwillig und nur auf Befehl Nadir Reshids überlassen hatte. Sogar das Funkgerät hatte er im Jeep lassen müssen, da Nadir sich sein eigenes auf den Rücken geschnallt hatte und damit aufgestiegen war. Baydar hatte Sezai im Gebrauch des Geräts unterrichten müssen und ihn dabei beschimpft, um seiner Wut Luft zu machen. Nadir wollte unbedingt mit dem Tal in Verbindung bleiben. Einer der Kurden aus dem Westen, die durch Erzurum gekommen waren und nach denen Rahman Abdur sich im Bordell bei der jungen Kurdin erkundigt hatte, konnte die westliche Schrift lesen und schreiben und hatte beim Bau der neuen Eisenbahn im Abschnitt zwischen Bingöl und Mus gelernt, Lastkraftwagen zu fahren. Diesen Mann hatte nun Sezai für den frühen

Morgen des 23. Mai vor die Lokanta bestellt. Er fuhr ihn und Leila die dreißig Kilometer bis zum Fuß des Hama Dağ, von wo er nach Çengel zurückkehrte, um dort das Funkgerät zu bedienen.

Der weglose Aufstieg war mühsam, zuerst führte er durch Gestrüpp und Schluchten, dann über Felsen und Lavablökke, die manchmal bis zu zehn Meter hoch waren. Sezai bewunderte die Kraft und Ausdauer Leilas, die mit ihm in der Führung abwechselte. Sie sahen riesige Heuschrecken und Ameisen, kleine Bäche sprudelten vorbei und verschwanden dann wieder spurlos. Auf den unteren Hängen gab es Matten mit wunderschönen Blumen, blauen Hyazinthen, wilder Iris. In der Luft hörte man die Schreie der Adler, Falken und Geier, die sich um die Tierwelt unter ihnen stritten. Gegen Mittag langten sie bei der Hütte an. Einige Männer, angeführt von Nadir Reshid, waren ihnen entgegengekommen, um sie zu begrüßen und das letzte Stück bis zur Hütte zu begleiten. Prinz Hakim hatte an der Tür der Hütte gewartet und ging Leila einige Schritte entgegen.

»Erkennen Sie mich nicht mehr, Leila?« fragte er.

Leila war entsetzt, als sie den Prinzen sah. Sein Kopf steckte unter Verbandszeug wie unter einem weißen Turban. An mehreren Stellen seines Gesichts konnte sie sehen, wo Wunden genäht worden waren. Seine Kleidung war schäbig und zerrissen. Das war nicht die Erscheinung des Prinzen, die sie in Erinnerung gehabt hatte.

»Was haben Sie bloß gemacht, Prinz Hakim?« fragte Leila. »Sie sehen aus, als hätten Sie ein Duell mit schweren Säbeln hinter sich.«

»Leila, ich begrüße Sie. Sie sind eine Augenweide für abgekämpfte Männer wie mich und Malik. Möchten Sie ihn sehen?« fragte er schelmisch. »Er muß noch längere Zeit liegen. Sein ganzer Körper ist zerschunden. Aber er hat keine Verletzungen, die ernste Nachwirkungen haben könnten. Das sollten Sie wissen, damit Sie nicht erschrecken, wenn Sie ihn sehen – denn auch er sieht fürchterlich aus.«

Hakim ging voran. Leila folgte ihm ungeduldig. Malik lag

noch immer auf derselben Liege, auf die ihn Hakim vor zwei Tagen gelegt hatte. Sein Gesicht war rasiert, sein schwarzer Kinn- und Backenbart geschnitten. Jemand, wahrscheinlich der Arzt, hatte ihm die Kleidung ausgezogen – es war mehr Verband als Haut an ihm zu sehen. Eine Platzwunde quer über die Stirn, von der rechten Schläfe bis zum Haaransatz, war frisch genäht worden. Sein ganzer Brustkorb steckte in einem Riesenverband, der über den rechten Schenkel weiter bis zur Fußspitze hinunterreichte. Auch das linke Bein war von der Wade bis zur Fußspitze verbunden.
Leila eilte wortlos auf ihn zu. Malik lachte, als er ihr seine Arme entgegenstreckte.
»Wie schön, daß du gekommen bist, Leila, ich danke dir. Was du hier liegen siehst, ist nur ein halber Malik. Das habe ich meinem Freund Hakim zu verdanken. Er hat mich durch eine verschlossene Flugzeugtür gedrückt – aber ich habe ihm verziehen . . . Woher weißt du überhaupt, wo wir sind?«
Leila küßte ihn zärtlich auf den Mund, auf die Nase, die Wangen und die Narbe auf der Stirn.
»Hast du vergessen, daß ich eine Agentenorganisation leite?«
Schallendes Gelächter ertönte in der Hütte. Die Männer hatten sich um Leila und Malik geschart. Mit ernster Stimme fragte Leila:
»Sag mir – hast du den Senator getötet?«
Malik nickte: »Ja, es gab keinen anderen Ausweg. Wir hätten niemals mit ihm zurückkommen können. Er war schwerkrank, und in dem Augenblick, als wir bei ihm waren, wollte ihn gerade eine Gruppe von Russen aufsuchen, die – dem Empfang nach zu schließen – wichtige Leute waren, die ihn wohl verhören wollten. Ich habe das Gefühl, daß ich gerade noch in letzter Sekunde handeln konnte. Aber ohne Prinz Hakim wäre es nicht möglich gewesen. Er hat die Wache erledigt und mir den Rücken freigehalten.«
In das beifällige Gemurmel der Männer fragte Leila todernst:
»Weißt du wirklich nicht, wer sich in dieser Gruppe befand, von der du sprichst?«
Malik schüttelte den Kopf.

»Ich habe es gestern abend aus Kars erfahren. Es war der sowjetische Ministerpräsident und der Chef der KGB. McMahon hatte sich bis zum Ende geweigert, jemand anderem als dem Premier persönlich seine Informationen zu geben.«
Ein verwundertes Raunen ging durch die Hütte.
»Den ganzen Aufwand hätten sie sich sparen können«, sagte Malik, »wenn ich den Senator noch an der Grenze hätte abfangen können, aber die Russen haben mit McMahon die Grenze nicht bei Iğdir überschritten, sondern anderswo. Die Nachricht, die mir Sezai von dir brachte, lautete aber: ›Aus guter Quelle – der Senator wird heute abend bei Iğdir die Grenze passieren.‹ Wer war dein Informant?«
Leila sagte traurig: »Es war meine Schuld, daß ihr beinahe den Tod gefunden habt –«, Malik drückte ihr die Hand, »– aber ich war überzeugt, daß die Quelle meiner Informationen die denkbar zuverlässigste war – es war Flanagan.«
Einige Minuten war es völlig still in der Hütte. Keiner wagte etwas zu sagen, bevor Malik sich geäußert hatte. Endlich fragte er:
»Warum hat er das nicht direkt an mich durchgegeben?«
»Er rief mich von Erzurum an, zumindest nahm ich das an. Er gab mir bloß die Nachricht und fügte hinzu, er könne dich nicht erreichen. Dann hing er den Hörer auf.«
»Er wollte Fragen vermeiden«, murmelte Malik halblaut vor sich hin, doch laut genug, daß es die meisten hören konnten.
Leila fuhr fort: »Ich erhielt die Nachricht gegen siebzehn Uhr. Also war keine Zeit, sie zu überprüfen, falls du sie noch verwerten solltest.«
»Niemand kann dir einen Vorwurf machen, Leila«, sagte Malik. »Jetzt geht es nur noch darum, der Wahrheit auf den Grund zu kommen. Wir müssen Flanagan hierherkommen lassen, damit er uns einige Fragen beantwortet. Zwischen achtzehn Uhr dreißig und neunzehn Uhr dreißig haben wir unseren täglichen Funkkontakt. Während dieser Zeit halten wir unsere Empfänger frei von anderen Gesprächen. Flanagan und ich haben jetzt schon vier oder fünf Tage nicht miteinander gesprochen.« Malik blickte auf seine Uhr.

»Jetzt ist es siebzehn Uhr fünfundzwanzig. In einer knappen Stunde wollen wir versuchen, ihn zu erreichen. Es dürfte nicht schwer sein, ihn von unserer Position aus Erzurum zu bekommen. Hast du verstanden, Baydar?«
»Evet, Effendim. In einer Stunde werde ich Flanagan-Bey in Erzurum rufen.«
Malik sagte: »Jetzt muß ich der Botschaft Näheres berichten. Hakim, bitte schicke folgende verschlüsselte Nachricht nach Ankara: ›Ich konnte Senator McMahon davon abhalten, in Erivan dem russischen Ministerpräsidenten über unsere SAC-Pläne zu berichten. Senator McMahon ist tot. Voller Bericht folgt.‹ «
»Und noch etwas, Malik, das vielleicht von Wichtigkeit ist.« Leila nahm wieder das Wort. »Der Mann, der mich von Erzurum nach Iğdir gefahren hat, ist mit Rahman Abdur befreundet. Er sagte, er hätte am Abend zuvor mit dem Polizeichef gegessen und sich für den Passierschein nach Iğdir bedankt, in dem übrigens mein Name nicht erscheint. Wie schon oft vorher hat Rahman mit ihm auch über dienstliche Dinge gesprochen. Er erzählte, er habe eine interessante Spur gefunden, die zum Schlachthof in Erzurum führe. Einer seiner Spitzel hatte vier türkische Soldaten in Erzurum beobachtet, die ihm aufgefallen waren, weil sie sich unmilitärisch benommen hätten. Ein Offizier stellte sie, weil sie nicht salutierten. Auch hinkte einer von ihnen, und ein anderer hatte einen Fleck auf der Schulter, der wie Blut aussah. In einer Lokanta hätten sie einige Rakis getrunken und geheimnisvoll miteinander getuschelt und gelacht. Der Spitzel hatte sich an sie herangemacht und mit ihnen ein Gespräch angefangen. Es waren Türken, aber zu alt, um ohne irgendeinen Rang als Wehrdienstpflichtige in der Armee zu dienen. Als sie die Lokanta verließen, folgte er ihnen bis zum Schlachthaus am Rande der Stadt, wo sie in der Kellereinfahrt verschwanden. Der Spitzel meldete dies alles sofort Rahman Abdur, der eine ständige Überwachung des Schlachtshofs anordnete. Bis vorgestern abend sind die vier Soldaten mit Bestimmtheit nicht wieder aus dem Schlachthof herausgekommen. Nun fragt man sich, was

machen vier türkische Soldaten zwei Tage lang oder länger in einem Schlachthof, noch dazu verdächtige Soldaten, die augenscheinlich auch Verletzte unter sich hatten, die sich in einem Militärlazarett und nicht in einem Schlachthof pflegen lassen sollten.«

Leila blickte mit einem herausfordernden Blick in die Runde. Malik war still und sah nur grübelnd vor sich hin. Nadir Reshid aber sagte: »Ich erinnere mich jetzt genau, der Überlebende aus dem Gefecht von Sarikamiş berichtete mir, daß die Insassen der beiden Armee-Krankenwagen natürlich türkische Soldaten waren. Ein Wagen wurde gestern bei Tuzluça verlassen aufgefunden. Er hatte einige Kugeleinschüsse und war zweifelsohne einer der beiden Wagen, die nach dem Kampf bei Sarikamiş entkommen konnten. Die Russen sind also bei Tuzluça mit dem Amerikaner über die Grenze gegangen und nicht dort, wo Flanagan es vorausgesagt hatte. Die Männer aus dem zweiten Krankenwagen könnten die vier Soldaten im Schlachthof sein.«

Nadirs unausgesprochener Verdacht bereitete allen, die Flanagan kannten, ein Gefühl höchsten Unbehagens. Malik hatte noch nichts gesagt. Er konnte es einfach nicht glauben, daß sein alter Freund Bob, mit dem er so oft zusammengearbeitet hatte – gegen Schmuggler, gegen Agenten, gegen Spione –, mit dem er gemeinsam so viele Schliche ausgeheckt hatte, der ihm oft den Rücken gedeckt hatte – daß dieser Bob Flanagan, ein hoher Beamter des CIA, ein Doppelagent sein könnte. Es war schwer, das zu glauben. Malik, der Soldat, der Männer getötet hatte, die sich offen als Feinde zu erkennen gaben, konnte sich nicht vorstellen, einem Mann wie seinem Freund Flanagan mit der Waffe in der Hand gegenüberzutreten.

Alle Augen waren auf ihn gerichtet. Er hatte noch immer nichts gesagt. Malik ahnte die Stimmung dieser Männer. Er kannte das einfache Gesetz dieses Volkes, das seinen Zusammenhalt, vielleicht sein Dasein überhaupt, zum großen Teil seinen Standgerichten verdankte.

»Bald werden wir mehr wissen«, sagte er leicht. Er lachte, verzog aber sofort schmerzhaft sein Gesicht und griff sich an den Bauch »Jetzt wollen wir unseren schönen Gast bewirten . . .«

»Schau, Malik«, Leila unterbrach ihn, »was ich mitgebracht habe – die beste Medizin!«

Sie zog zwei Flaschen Raki aus ihrem Tragbeutel und reichte sie ihm. Er gab sie an die Männer weiter, die geschäftig herumeilten, um ihre Becher zu holen, und Leven und Nüsse auf eine große Zinnschüssel häuften. Malik nahm einen Becher Raki und goß ein wenig Wasser dazu. Dann hob er den Becher:

»Ich trinke auf das Wohl meiner treuen Freunde und auf das Wohl der schönsten Frau im Lande.«

Eine Stunde später meldete Baydar, daß er Flanagan-Bey im Empfänger habe.

»Sprich du mit Flanagan«, bat Malik Prinz Hakim, »dann muß Baydar das Gerät nicht herüberschleppen. Er soll so bald wie möglich zu uns kommen, um mir zu helfen, ich sei verletzt. Frag ihn, wann er in Çengel sein kann, und sag ihm, daß ein Führer ihn dort erwartet.«

Hakim verließ den Raum und ging zum Angry-9-Gerät, das Baydar auf einer nahen Felsplatte vor der Hütte aufgestellt hatte. Eine gute Viertelstunde später kam er zurück und berichtete:

»Flanagan hatte eine Menge Fragen. Ich sagte ihm nur das Notwendigste. Er fährt morgen früh los und müßte spätestens morgen nachmittag hier sein. Wen wollen wir als Führer hinunterschicken?«

Malik blickte zu Baydar: »Möchtest du vielleicht nachsehen, was es in deinem Dorf Neues gibt?«

Baydar grinste von einem Ohr zum anderen.

Leila schickte Sezai mit Baydar hinunter, damit sie notfalls über ihn erreichbar war.

Eine Liege wurde für Leila in der Hütte aus allen möglichen Gestellen und Fellen zusammengeschoben. Die Kurden und der Hirte schliefen im Freien vor der Hütte. Malik konnte nicht schlafen – alle Indizien zeigten auf ein Doppelspiel Flanagans, aber Beweise hatte Malik nicht. Falls Flanagan wirklich ein Doppelagent war, dem es über so viele Monate

gelungen war, alle, auch ihn, zu täuschen – wie konnte man dann einen so schlauen und versierten Mann überführen? Sicher hatte er die richtigen Antworten bereits auf Lager. Und wie konnte Malik die Kurden zurückhalten, die nach Nadirs Worten Flanagan für einen Verräter halten mußten? Angenommen, er konnte Flanagan überführen, und angenommen, er könnte den Kurden klarmachen, daß hier nur ein amerikanisches Gericht urteilen durfte – was sollte er dann mit Flanagan tun? Er müßte ihn nach Ankara bringen. Aber wie? Er konnte nicht einmal diesen Berg bis Çengel hinuntergehen. Dann müßte er Ankara verständigen, man solle jemanden schicken, um Flanagan abzuholen. Der alte Botschafter, ein Karrierediplomat, würde seine buschigen Augenbrauen hochziehen und sagen: ›Die beiden haben sich gestritten, ihre Aufgabenbereiche überschneiden sich, jetzt beschuldigt der eine den anderen. Die beste Lösung wäre, beide abzuberufen, und in die Staaten zu schicken, wo sich die Hitzköpfe wieder beruhigen werden.‹ Und Flanagan könnte seine Spionagetätigkeit direkt aus dem Pentagon fortsetzen . . .
Malik war erschöpft. Sein letzter Gedanke, bevor ihn der Schlaf im Morgengrauen übermannte, war: Vielleicht kann er Gegenbeweise bringen, vielleicht ist er doch okay. Es war fast eine Hoffnung.

Am 24. Mai um 8 Uhr früh hatte Baydar das Funkgerät bereits neben Maliks Liege aufgestellt, ihm das Mikrofon in die Hand gedrückt und wartete nun auf das Zeichen, in die Pedale zu treten. Als sich der diensthabende Offizier im Hauptquartier des III. Korps in Kars meldete, war es 8 Uhr 10.
»Hier Malik. Bitte verbinden Sie mich mit General Güvenç.«
Der Offizier wußte sofort, mit wem er sprach. »Der General ist im Begriff, eine Inspektionsreise anzutreten. Ich will versuchen, ihn noch zu erreichen. Ich habe Befehl, ihn sofort zu verständigen, falls Sie sich melden. Please stand by.«
Nach fast zehn Minuten meldete sich der Offizier wieder:

»Entschuldigen Sie bitte die Wartezeit, aber der General war bereits unterwegs. Wir haben den Gendarmerieposten im nächsten Dorf angerufen. Der hat ihn angehalten. Der General ist auf dem Weg zu uns zurück. Er kann über das Gerät in seinem Jeep nicht mit Ihnen sprechen.«
»Ich danke Ihnen für Ihre Mühe«, antwortete Malik, »ich bleibe am Gerät, bis ich wieder von Ihnen höre.«
Nach einer knappen halben Stunde kam die Stimme des Generals über den Empfänger:
»Malik, hier ist Güvenç. Können wir entschlüsselt und by voice sprechen?«
»Yes, Sir. Tut mir leid, Sie in Ihrer Inspektionsreise gestört zu haben, aber was ich Ihnen zu sagen habe, ist dringend.«
»Go ahead, I am listening.«
»Sie kennen den Amerikaner Robert Flanagan in Erzurum. Ich habe ihn Ihnen vor etwa einem Monat vorgestellt.«
»Ja, ich erinnere mich an ihn. Er hat viel und schnell geredet und hat keinen besonderen Eindruck auf mich gemacht.«
Malik ging auf die Bemerkung des Generals nicht ein, sondern fuhr fort: »Es besteht dringender Verdacht, daß der Mann ein Spion ist. Wie Sie sicher wissen, liege ich hier verletzt am Hama Dağ. Ich nehme an, daß Flanagan jetzt auf dem Weg zu mir ist, er müßte gegen Abend hier eintreffen. Wenn er kommt, wird es ein sehr ernstes Gespräch zwischen uns geben. Gewisse Indizien sprechen gegen ihn, aber ich brauche mehr, um einen Mann wie ihn zu einem Geständnis zu veranlassen. Ich habe daher folgende Bitte: eine überraschende Durchsuchung des Schlachthofs in Erzurum, wo er als Berater des türkischen Direktors tätig ist. Falls bei der Razzia etwas aufgedeckt wird, was mir für mein Gespräch mit ihm nützlich sein kann, dann bitte ich, mich bis spätestens heute abend darüber zu verständigen. Ich habe gehört, daß der Polizeichef von Erzurum ebenfalls Verdacht geschöpft hat und den Schlachthof bereits überwachen läßt. Ich habe keine Verbindung zu Abdur, daher meine Bitte über Sie, General Güvenç. Ich nehme an, Sie werden mit General Inan in Erzurum sprechen. Als Chef des militärischen Nachrichtendienstes der Dritten Armee kann er

Rahman Abdur dazu auffordern, den Schlachthof zu durchsuchen. Und nochmals, bitte geben Sie mir bis heute abend, besser noch bis heute nachmittag Bescheid. Ich nehme an, daß Flanagan dann bereits bei mir sein wird. Haben Sie mich verstanden?«
»Ich habe Sie verstanden – warten Sie«, kam die Antwort. Nach einigen Minuten meldete sich Güvenç wieder:
»Ich habe die Sache mit meinem Generalstabschef besprochen. Ich werde sofort versuchen, General Inan zu erreichen. Ich weiß, Sie hätten auch direkt mit ihm sprechen können, aber Sie haben eben eine gute militärische Erziehung. Ende.«
Malik lächelte vor sich hin. Der Türke hatte genauso reagiert, wie er es gehofft hatte.

Am Nachmittag – es war gegen 17 Uhr – erschien Flanagan in Begleitung von Baydar.
Seit Mittag hatte Malik auf eine Antwort von General Güvenç gewartet, aber das Funkgerät war stillgeblieben. Im Laufe des Nachmittags kam Malik mehrmals in Versuchung, den General zu fragen, ob die Durchsuchung des Schlachthofs stattgefunden hatte. Aber er hatte gelernt, sich zu beherrschen. Ungeduld in diesem Land war gleichbedeutend mit Ungezogenheit. Einen türkischen General durfte man nicht drängen. Man mußte warten, bis er das Wort ergriff. Jetzt war Flanagan da und kein Bericht von Erzurum. Malik konnte nicht mit Tatsachen aufwarten, jetzt konnte er nur noch hart bluffen.
Prinz Hakim begrüßte Flanagan mit den freundlichen Worten: »Wir begrüßen Sie, Mister . . . Mister Flanagan. Malik erwartet Sie in der Hütte. Er ist verletzt. Bitte treten Sie ein.«
Prinz Hakim hatte das Wort »Mister« ohne Absicht wiederholt. Der Name Flanagan war ihm für eine Sekunde entfallen. Aber auf Flanagan wirkte das wie ein Alarmzeichen. Wieso kannte der Prinz seinen Decknamen? Oder bildete er sich das nur ein? Er blickte in das Gesicht des Prinzen. Es war trotz der freundlichen Worte ohne jeden Ausdruck.

Als er in die Hütte trat, erfaßte er das Bild mit einem schnellen Blick. Er sah Malik auf einer Liege, von Kopf bis Fuß verbunden, und ging lächelnd und mit ausgestreckter Hand auf ihn zu. Aus den Winkeln seiner Augen sah er einige Männer auf der einen Seite der Liege herumstehen, auf der andern eine Frau.

»Malik, alter Krieger«, schwatzte er los, als er sich auf dem Rand der Liege niederließ. »Du sollst einfach solche Dinge nicht ohne mich drehen. Auf euch muß immer einer aufpassen, sonst kommt ihr als halbe Leichen zurück. Also, erzähl schon, was ist geschehen?«

Die kühle Stimmung in der Hütte konnte er nicht länger ignorieren. Doch das Lächeln in seinem Gesicht blieb. Als er weiterplaudern wollte, entzog ihm Malik seine Hand.

»Ich will dich zuerst meinen Freunden vorstellen. Vor allem Leila, mit der du oft am Telefon gesprochen hast.« Flanagan lächelte Leila an, was sie mit einem leichten Neigen des Kopfes erwiderte. »Und das hier ist Nadir Reshid, einer unserer tapfersten und erfahrensten Kämpfer. Die andern sind seine Freunde aus dem Süden.«

Flanagan nickte den einzelnen Gestalten zu, er konnte sie im Dämmerlicht der Hütte nicht klar erkennen.

»Ich habe dich hierhergebeten«, fuhr Malik fort, »um einige Lücken im Zusammenhang mit den jüngsten Ereignissen zu füllen. Es ist uns einiges unverständlich. Aber möchtest du nicht nach dem langen Aufstieg etwas trinken? Spezialität des Hauses hier ist Ziegenmilch. Wie wär's?«

Flanagan fühlte sich erleichtert. Auch sagte er sich, daß der finstere Blick dieser Männer bedeutungslos war. In dieser Gegend starren sie oft Fremde, wie Menschen aus dem Westen, mit ihren dunklen Augen an. Baydar goß Ziegenmilch in ein Glas und reichte es Flanagan.

»Weißt du, Malik, Lücken ausfüllen ist meine ganz besondere Vorliebe, nur beim Zahnarzt nicht. Also, wenn du irgendwelche andere Lücken haben solltest, vielleicht oben am Dach oder . . .«

»Bob, es geht um eine sehr ernste Sache und du steckst mittendrin. Also, ich bitte dich, laß das Theater sein und gib

uns präzise und ehrliche Antworten auf unsere Fragen. Wir wollen türkisch sprechen. Alle hier sollen uns verstehen können.«
Flanagans Lächeln war einfach nicht wegzuwischen. Es war wie angeklebt. Nur der Zug um seine Augen hatte sich etwas verändert, und seine Stimme war nicht mehr so schrill wie zuvor, als er auf türkisch sagte: »Dann schieß doch endlich los und tu nicht so geheimnisvoll mit mir.«
»Bob, wie du weißt, hast du Leila am Nachmittag des 19. Mai über das Telefon eine Nachricht gegeben. Leila, bitte wiederhole so genau wie möglich, was Mr. Flanagan dir gesagt hat.«
Leila antwortete mit ruhiger, fast tonloser Stimme: »Er hat mir gesagt: ›McMahon soll heute abend bei Iğdir über die Grenze gebracht werden. Verständigen Sie Malik, ich kann ihn nicht erreichen.‹ Dann legte er den Hörer auf.«
»Nun, Bob«, Malik wandte sich wieder an Flanagan, »du hast wissen wollen, was geschehen ist. Ich will es dir sagen. Senator McMahon und seine Begleiter sind irgendwo anders über die Grenze nach Erivan gekommen, während wir uns auf deine Information verließen und auf ihn im Bereich Iğdir warteten. Als ich aus einer Quelle auf der anderen Seite erfuhr, daß McMahon im Krankenhaus in Erivan läge, sind Prinz Hakim und ich ihm gefolgt, um ihn unschädlich zu machen. Daß wir lebend, wenn auch zerschlagen, zurückgekehrt sind, ist ein kleines Wunder. Daß wir unseren gegenwärtigen Zustand dir zu verdanken haben, ist Nebensache. Entscheidend ist, daß aufgrund deiner Falschinformation der Senator beinahe seinen Verrat ausüben konnte, der dein und mein Land zu einer zweitrangigen Nation gemacht hätte. Ich glaube, wir dürfen eine Erklärung von dir erwarten!«
Flanagans Lächeln wurde wieder frecher: »Was sich hier abspielt, Malik, kommt mir eher wie ein Verhör vor als wie die freundliche Einladung, der ich gefolgt bin. Und wenn ich nicht wollte, brauchte ich dir überhaupt nicht zu antworten. Nicht hier – vielleicht in Ankara oder Washington, vor einem Ausschuß meiner Organisation, der, falls er eine

Untersuchung für notwendig hält, entscheiden mag, ob ich richtig oder falsch gehandelt habe. Nun, ich sage das rein hypothetisch – um dich auf das einzig korrekte Verfahren aufmerksam zu machen. Aber, was die Tatbestände betrifft, lieber Malik, aus alter Freundschaft werde ich gerne alles sagen, was Licht in diese Angelegenheit bringen kann. Es stimmt, daß ich Leila diese Nachricht durchgegeben habe, und du hast recht, wenn du sagst, ich sei an eurem Unglück schuld. Meine sonst so zuverlässige Quelle hat mich diesmal falsch informiert. Es tut mir leid, Malik. So etwas kann vorkommen, das weißt du besser als wir alle. Zu einer Überprüfung war keine Zeit, ich gab, was man mir gemeldet hatte, so schnell wie möglich weiter.«

»Warum hast du die Information an Leila und nicht direkt an mich gegeben, wenn, wie du sagst, nur noch wenig Zeit blieb?«

»Ich konnte dich nicht erreichen. Mein Funkgerät war in Ordnung, aber du hattest dich nach mehreren Versuchen nicht gemeldet.«

»An diesem Nachmittag war ich unentwegt neben meinem Empfänger. Baydar, war unser Gerät an dem Nachmittag, bevor der Prinz und ich über die Grenze gingen, in Ordnung?«

»Ich kann mich gar nicht mehr erinnern, Malik, wann unser Gerät zum letztenmal nicht in Ordnung war. In den letzten Tagen war es ganz bestimmt in Ordnung.«

»Findest du es nicht eigenartig, Bob, daß von den vielen Gesprächen, die wir in den vergangenen Monaten geführt haben, plötzlich dieses eine nicht übermittelbar war?«

»Dazu kann ich nichts sagen. Du weißt doch, wie launenhaft Funkgeräte sein können – allein wegen atmosphärischer Störungen . . .«

Der Empfänger begann zu surren, alle Anwesenden starrten auf das Gerät. Nur Malik sah Flanagan in die Augen, als er sagte:

»Du hast recht, Bob, Funkgeräte haben ihre Launen. Hören wir mal, was diesem hier jetzt einfällt.«

Alle lauschten gespannt.

Baydar hatte mit dem Sender die Erkennungsworte ausgetauscht, dann sagte er:
»General Güvenç wünscht dich zu sprechen, Malik.«
Malik nahm das Mikrofon und drückte den Sendeknopf, ohne seine Augen von Flanagan zu nehmen: »Malik hier, General«, meldete er sich. »Mr. Flanagan ist hier bei mir. Bitte geben Sie uns das Resultat Ihrer Nachforschungen durch. Ich schalte auf Lautsprecher um.« Flanagan wollte aufstehen und protestieren, doch Malik drückte ihn wieder in die sitzende Stellung auf der Liege zurück. Er sah, daß Nadir Reshid sich hinter Flanagan stellte. General Güvenç' Stimme war laut und deutlich zu verstehen:
»Vorweg möchte ich folgendes feststellen: General Inan hat mir erlaubt, Ihnen alles über diesen Fall mitzuteilen, da Sie möglicherweise in der Lage sind, das Haupt einer feindlichen Agentengruppe festzunehmen und den türkischen Behörden auszuliefern. General Inan hat die Aktion gegen das Schlachthaus den Zivilbehörden überlassen. Rahman Abdur hat daraufhin folgende Maßnahmen getroffen: Eine Kompanie Gendarmerie wurde eingesetzt, um den Schlachthof im weiten Kreis zu umstellen. Polizei in Zivil und in Uniform drang dann in das Gebäude ein, hielt die Angestellten an ihrem Arbeitsplatz fest und begann mit einer genauen Durchsuchung aller Räumlichkeiten. Ich möchte Ihnen jetzt nur die wichtigsten Ergebnisse dieser Durchsuchung melden. Verstehen Sie mich gut, Malik?«
»Ja, General. Ich verstehe Sie gut.« Flanagan saß wie die Ruhe selbst auf der Ecke der Liege, das unvermeidliche Lächeln im Gesicht, doch schien es Malik wie aus Stein. Güvenç' Stimme kam aus Kars so klar wie aus dem Nebenraum.
»Das Erdgeschoß und die oberen Etagen des Gebäudes dienen ausschließlich der Verwaltung und üblichen Tätigkeiten eines Schlachthofs. Der Direktor des Betriebes ist gegenwärtig noch in Untersuchungshaft und wird verhört, über einige seiner Aussagen werde ich Ihnen später berichten. In den Kellerräumen haben wir ein Funkgerät von überdurchschnittlichem Sendebereich gefunden. Unser

Fachmann meinte, man könne damit bis Moskau senden . . .«

Flanagan fuhr auf: »Dieser Direktor, dieses Schwein! Ein Agent unter meiner Nase! Wie konnte ich mich so täuschen lassen?«

Zu seiner Verblüffung drückten zwei große Hände ihn zurück auf seinen Sitz. Jetzt erst bemerkte er, daß Nadir Reshid direkt hinter ihm stand.

»Bitte, General!«, unterbrach Malik den Bericht des Generals, »ich möchte Mr. Flanagan etwas fragen und melde mich dann wieder.«

»Okay, Colonel, ich warte, bis Sie mich wieder rufen. Ende.«

Malik wandte sich an Flanagan:

»Bis jetzt hast du uns ausweichende Erklärungen gegeben. Jetzt möchte ich endlich eine ehrliche Antwort von dir haben. Hast du mit dieser Funkanlage den Sowjets mitgeteilt, wo Senator McMahon und seine Begleiter über die Grenze gehen werden? Zu deiner Warnung muß ich hinzufügen, daß wir über dieses Gespräch unterrichtet sind.«

Malik bluffte, aber Flanagan fiel nicht darauf herein.

»Ich habe weder dieses noch je ein anderes Gespräch mit den Russen geführt, ich wußte von der Existenz dieses Funkgeräts überhaupt nichts. Mein Arbeitsplatz ist neben dem Direktor und nicht im Keller.«

Malik nahm das Mikrofon: »General, bitte entschuldigen Sie die Unterbrechung und fahren Sie fort.«

». . . ebenfalls in den Kellerräumen wurde ein, ich möchte fast sagen, komfortables Hotel aufgedeckt – mehrere Zimmer mit insgesamt fünfzehn Betten, ein Gymnastikraum, ein Labor und so weiter. Einige Zimmer davon waren belegt, sieben Männer konnten festgenommen werden. Darunter die beiden durch Schußwunden Verletzten, die einige Tage zuvor als türkische Soldaten verkleidet von Abdurs Mann beobachtet worden waren. Sie wurden verhaftet und in das Polizeigefängnis gebracht, wo sie kurz darauf ein Geständnis ablegten. Sie erklärten, sie seien türkische Staatsbürger und gehörten der Kommunistischen Partei im Untergrund an.

Ihr letzter Auftrag sei es gewesen, einen alten Amerikaner bis zu einem Punkt an der russischen Grenze zu geleiten, den sie die ›Blaue Dame‹ nannten. Sie selbst kamen nicht zu diesem Punkt, da sie vorher zurückgeschickt wurden, denn am Paß von Sarikamiş kam es zu einem Gefecht mit türkischen Soldaten, die bei der Durchsuchung ihres Fahrzeugs Verdacht geschöpft hatten. Dabei wurden zwei von ihnen verwundet. Ferner sagten sie aus, ihr höchster Vorgesetzter in Anatolien sei ein Amerikaner, der sein Büro neben dem des Direktors habe und den Decknamen ›Mister‹ führe. Als man sie fragte, ob sie seinen richtigen Namen kannten, sagten sie – ja: Flanagan. Nun, Malik, das müßte genügen, um Sie davon zu überzeugen, daß Flanagan ein Spion ist. Sie werden ihn uns übergeben, denn er hat auf türkischem Boden Verrat gegen den türkischen Staat begangen. Wir werden heute noch Leute nach Çengel schicken. Ich nehme an, Mr. Flanagan hat meinen Bericht mitgehört.«
Maliks tiefgebräunte Züge waren – umrahmt von dem schwarzen Bart – zur Maske erstarrt. Seine Augen waren ausdruckslos auf Flanagan gerichtet, hinter dem sich Nadir Reshids Gestalt erhob. Langsam nahm Malik das Mikrofon wieder an seinen Mund:
»Thank you very much, General Güvenç, for the devastating result of your investigations – Ich danke Ihnen, General Güvenç, für das vernichtende Resultat Ihrer Ermittlungen. Ende.«
Niemand sprach ein Wort, auch Flanagan nicht. Malik überlegte: Die Amerikaner wollten Flanagan wegen seines Verrats an Amerika, die Türken wegen seines Verrats an der Türkei und die Kurden wegen seines Verrats an ihrem Prinzen und dem »Wolf«, ihrem Freund. Und die Kurden hatten Flanagan in ihrer Gewalt. Vielleicht ist das meine Schuld, warf sich Malik vor, aber es war nicht zu ändern . . .
»Die Vorwürfe des Generals kann ich widerlegen«, begann Flanagan überlegen lächelnd. Aber er schwieg, als Malik leise sagte: »Dein Gerede, Bob, hilft dir jetzt auch nicht mehr.«
Wenn er Flanagan den Türken oder Amerikanern ausliefert,

dann bringen die vielleicht noch die Namen einiger Kontaktleute aus ihm heraus, aber dann wird er zum Tode verurteilt oder zu lebenslänglicher Haft. Wenn überhaupt! Der Mann ist wie eine Schlange, er windet sich aus allem heraus. Während der Verhandlungen würde er möglicherweise ihn und seine Freunde zu belasten versuchen – das könnte vor allem den Kurden schaden, die in den nächsten Monaten einige Waffenlieferungen mit amerikanischem Einverständnis erhalten sollten. Auch würden es die Kurden ihm, Malik, nie verzeihen, wenn er Flanagan ihrem Richtspruch entzog. Sie würden es als Schwäche auslegen. Oft hatte er ihren Hinrichtungen zusehen müssen. Dem Dieb wurde die Hand abgeschlagen, dem Ehebrecher das Geschlechtsorgan. Nach der Vollstreckung stürzten die Delinquenten, von irrsinnigen Schmerzen gequält, davon und wurden später irgendwo verblutet aufgefunden. Keinen Muskel in seinem Gesicht durfte Malik bei solchen Vorführungen bewegen.
Kalt ruhten seine Augen auf dem ehemaligen Freund. Das Urteil war gefallen. Der Richter, der Verurteilte und der Henker waren anwesend – auch die Zeugen. Flanagan saß steif auf dem Rand der Liege, sein Gesicht eine lächelnde Maske. Malik hob langsam seine Augen von ihm zu Nadir Reshid, schloß sie langsam und öffnete sie wieder.
Nadir hatte seinen Mezer vom Kopf gerissen und warf ihn wie eine Schlinge um den Hals des Mannes vor ihm. Flanagan packte mit beiden Händen Maliks Beine. Mit einem wehmütigen Ausdruck in seinem starren Lächeln flüsterte er: »Hilf mir, Malik.« Einen Augenblick lang zögerte Nadir noch, vielleicht, um sein Opfer zu quälen, vielleicht auch, um Malik Zeit zu geben, seinem Landsmann zu sagen: ›Es ist das Gesetz der Kurden, nicht das unsere‹ – aber Malik sagte nichts. Nadir zog die Schlinge zu, und Flanagan begann zu röcheln. Sein Hals schwoll rot an, die Augen sprangen heraus. Malik nickte noch einmal Nadir zu, er wollte Flanagan das Sterben erleichtern. Nadir hatte verstanden, er drückte sein Knie in das Genick des Mannes und riß die Schlinge hoch. Die Wirbel brachen. Als Nadir die Schlinge lockerte, fiel Flanagans robuster Körper vorn-

über auf Malik. Der Schmerz durchfuhr Maliks Unterleib, aber er blieb regungslos liegen, bis Leila befahl: »Bringt ihn hinaus!«
Als vier Männer Flanagan hinaustrugen, stand das Lächeln immer noch auf seinem Gesicht. »Begrabt ihn«, sagte Malik, »die Geier sollen ihn nicht haben.«
Am nächsten Morgen ließ sich Malik mit General Güvenç verbinden: »Flanagan hat sich während der Nacht erhängt, obwohl er scharf bewacht wurde. Ihre Anschuldigungen konnte er nicht widerlegen. Bitte benachrichtigen Sie Erzurum und die amerikanische Botschaft. Sagen Sie auch, daß wir ihn hier begraben haben.«
Der General schwieg. Dann fragte er:
»Waren während unseres gestrigen Gesprächs Ihre kurdischen Freunde anwesend?«
»Ja, General, sie waren bei mir.«
»Dann verstehe ich alles. Ich werde Ihren Bericht nach Erzurum und Ankara weiterleiten. Ende.«

31

Die CENTO-Konferenz ging inzwischen in Ankara ihrem Ende zu. Senator Dillon hatte die Rolle Senator McMahons als Leiter der US-Delegation übernommen, nachdem der amerikanische Botschafter sich geschickt dieser Aufgabe entzogen hatte. Senator Dillon, ein erfahrener Diplomat, besaß als Mitglied des Verteidigungsausschusses des Senats genügend Einblick in die militärisch-politischen Probleme des Nahen Ostens, um die Experten des Außenministeriums, die mit Senator McMahon herübergeflogen waren, klug und geschickt leiten zu können. Die Mitgliedstaaten des CENTO-Paktes gelangten in allen wesentlichen Punkten zu einer Übereinstimmung, nachdem die Vereinigten Staaten, einem Vorschlag des persischen Delegationsleiters folgend, zugestimmt hatten, zwei Drittel der Gesamtkosten des geplanten Großmanövers im östlichen Mittelmeer und ent-

lang der Grenzen zum Ostblock auf sich zu nehmen. Auf diese Weise wurde die taktische Planung zum wahren Vergnügen für die anwesenden Militärs.
Als Zeitraum des Manövers wurde die zweite Woche im September vereinbart. Luftstreitkräfte der Mitgliedstaaten sowie türkisch-griechische Seestreitkräfte sollten zusammen mit Einheiten der 6. amerikanischen Flotte eine »show of strength« demonstrieren, als Gegengewicht zu der immer stärker werdenden Präsenz sowjetischer Verbände.
Den ständigen Fragen der Presse nach Senator McMahon begegneten Dillon und der Botschafter immer wieder mit derselben Antwort: McMahon befinde sich in einer Privatklinik, wo er sich von einem leichten Herzanfall erhole.
Was die Amerikaner und auch die Vertreter der anderen CENTO-Staaten nicht ahnten, war, daß die beiden Agenten, die aus der Gruppe des Oberst Korakow in der Türkei zurückgeblieben waren, ihren Abhörplan mit Erfolg durchführen konnten. Unweit des Konferenzsaals, den sie mit Mini-Mikrofonen bestückt hatten, saßen die beiden Elektroniker und nahmen jedes Wort auf ihre Tonbänder auf – bis zum Schlußwort, das von Senator Dillon begonnen und vom türkischen Verteidigungsminister beendet wurde. Der Agent, der die Verantwortung für diese Aktion hatte, war jener Wissenschaftler, der sich durch seine Arbeiten auf dem Gebiet der Elektronik in Rußland einen Namen gemacht hatte. Er übergab die Tonbänder Wladimir Popow, dem legalen KGB-Residenten der sowjetischen Botschaft. Dieser beauftragte ihn dann, den wesentlichen Inhalt der Tonbänder zusammenzufassen, und schickte das Material dann per Kurier nach Moskau. Generaloberst Jurij Andropow, der Chef des KGB, unterrichtete die sowjetische Führung über den Inhalt, worauf beschlossen wurde, kurz vor dem geplanten Datum des CENTO-Manövers ein eigenes – schon längst fälliges – Großmanöver zu Land, Luft und See in denselben Regionen abzuhalten.
Die Russen gingen davon aus, daß die CENTO-Staaten einer unmittelbaren Konfrontation mit russischen Verbän-

den aus dem Weg gehen und das Manöver abblasen würden. Und so war es auch. Die Konferenz von Ankara war für die Russen ein voller Erfolg geworden.

Maliks Nachricht »ARCHE GEFUNDEN! NOAH« erreichte General Sasson kurz nach Mitternacht am 20. Mai.
Er war seit seiner zweiten ARARAT-Nachricht nicht nach Hause gegangen, obwohl er auch da erreichbar gewesen wäre. Er hatte ein Clubsandwich an seinem Schreibtisch gegessen, seiner Frau gesagt, sie möge nicht auf ihn warten, und sich dann ein Feldbett in seinem Büro aufstellen lassen, auf dem er sich gegen Mitternacht niederlegte. Er wollte in der Nähe des Funkgeräts bleiben, über das er mit der Botschaft in Ankara direkte Verbindung halten konnte.
Er hatte nach Ankara melden lassen, daß er zu jeder Stunde im Pentagon erreichbar sei, um auf diese Weise der Botschaft die Dringlichkeit der Angelegenheit McMahon deutlich zu machen.
Und nun war die Nachricht Maliks eingetroffen. Er hatte sich in seinen Erwartungen nicht getäuscht. Der Erfolg war gesichert, McMahon konnte keinen Schaden mehr anrichten. Aber wie hatte sich alles abgespielt? Hatte Malik den Senator töten müssen? Sasson brauchte unbedingt Details, um seine Vorgesetzten und den Präsidenten informieren zu können. Dillon! Vielleicht wußte Senator Dillon, was geschehen war ...
Das Telefon läutete. Ein Gespräch über ein Direktkabel des CIA, das Washington unter anderem auch mit Ankara verband, wurde angekündigt. Es mußte streng geheim sein, sonst wäre das Gespräch über Funk gekommen. Der Botschafter in Ankara meldete sich und berichtete dem General in groben Umrissen die Ereignisse. Nach einigen Rückfragen Sassons war das Gespräch beendet. Jetzt konnte Sasson das Weiße Haus anrufen und danach erst das Außenministerium und seine Vorgesetzten, wie man ihm aufgetragen hatte. Der General lehnte sich in seinem Stuhl zurück. Die Spannung der letzten Stunden stand auf seinem Gesicht.

Seine tiefliegenden Augen waren noch mehr eingesunken. Es war genau 8 Uhr 30 am 21. Mai, als sich der Präsident meldete:
»This is the President, General. Did you wish to speak with me?«
Sasson berichtete in kurzen Sätzen von Senator McMahons Schicksal, das ihn in Erivan in der Gestalt des amerikanischen Obersts Van Holden, genannt Malik, ereilt hatte.
»Wen außer mir haben Sie noch benachrichtigt, General?« fragte der Präsident.
»Noch niemanden, Mr. President. Ich sollte gleich nach meinem Gespräch mit Ihnen die anderen Herren verständigen.«
»Unterlassen Sie das, General. Wir müssen uns zusammensetzen und einiges beraten. Ich werde meinen Stabschef veranlassen, die Herren zu mir zu bitten und ihnen den Grund dafür angeben. Sagen wir um elf Uhr im Oval Room?«
»Sehr wohl, Mr. President.« Sasson ging zum Wandschrank seines Büros und nahm eine frische Uniform von der Stange. Oft schon hatten sich seine Kollegen gewundert, wieso er zu jeder Tag- und Nachtstunde, bei jedem Wetter eine frische Uniform trug. Hier, in seinem Wandschrank, war sein kleines Geheimnis. Er ging in den Waschraum, erfrischte sein Gesicht und rasierte sich kurz mit einem elektrischen Apparat. Dann zog er den Uniformrock mit den Auszeichnungen an und wies den Portier im »Concourse« an – dem Gewölbe unter dem Pentagon –, seinen Dienstwagen vorfahren zu lassen.
Langsam ging General Sasson den Gang entlang zum Aufzug, der ihn direkt zu seinem Wagen bringen würde. Er mußte an Van Holden denken, an den Mann, der im Augenblick verletzt auf einem Berg in einer wilden Gegend lag, umgeben von Freunden, aber nicht von seinesgleichen. Er mußte Van Holden zumindest eine Pause verschaffen und ihn für einige Zeit in die Staaten zurückholen.
Um 11 Uhr hatten sich alle im Oval Room eingefunden: der Vizepräsident, der Außen- und der Verteidigungsminister,

der Chef des Vereinigten Generalstabs, der Direktor des CIA.

»Wie Ihnen schon mein Stabschef mitgeteilt hat«, begann der Präsident, »hat auch diese Sitzung wieder mit dem traurigen Fall des Senators McMahon zu tun. Ich werde General Sasson bitten, Ihnen über die letzten Ereignisse zu berichten. Bitte, General . . .«

Sasson berichtete so ausführlich er konnte, was er über den Tod des Senators wußte. Er wurde nicht ein einziges Mal unterbrochen. Als er zum Ende kam, herrschte bedrücktes Schweigen, bis der Präsident wieder das Wort ergriff:

»Meine Herren, wir alle kannten den Senator gut, seine Gradlinigkeit, seine Prinzipien, seine Ideale. Wahrscheinlich haben ihn religiöse Beweggründe oder seine gesundheitliche Verfassung zu dieser Wahnsinnstat verleitet. Er war mein großer Gegner, und ich werde nie vergessen können, wie fair er seinen Wahlkampf gegen mich geführt hatte. Ich denke, sein Ansehen soll dem amerikanischen Volk erhalten bleiben, es soll weiterhin im Glauben bleiben, er hätte bis zum Ende seiner Kräfte dem Vaterland gedient. Die andere Möglichkeit ist, daß wir der Presse die ganze Geschichte geben, was einer Bombe gleichkäme. Ich möchte dazu Ihre Meinung hören, bitte, Herr Außenminister . . .«

»Mr. President, ich glaube, im Namen meiner Kollegen hier sprechen zu können, daß Ihr erster Vorschlag, Senator McMahons Ruf auch nach seinem Tod in Ehren zu halten, auch unserer Ansicht entspricht.« Er sah sich im Kreis um und erntete Zustimmung.

»Dann, Gentlemen«, erklärte sich der Präsident, »müssen wir alles nur Mögliche unternehmen, damit die Presse keinen Wind bekommt. Ich muß mich auf Ihre Diskretion verlassen können – eine Enthüllung der Geschichte zu einem späteren Zeitpunkt würde mit Sicherheit eine scharfe Kritik gegen diese Regierung zur Folge haben. Nun weiter – die Russen sind noch im Besitz des Leichnams, das ist ein Problem. Wollen wir darüber sprechen?«

Der Chef des CIA ergriff das Wort:

»Mr. President, ich glaube, daß den Russen die Entführung

eines US-Senators, noch dazu auf dem Boden eines Nachbarlandes, das nicht zum Sowjetblock gehört und mit dem es immer wieder zu Spannungen kommt, ebenso peinlich sein muß, wie uns die hochverräterischen Pläne eines ehemaligen Präsidentschaftskandidaten. Ich schlage daher vor, daß Sie über die ›hot line‹ mit dem russischen Ministerpräsidenten den Fall McMahon bereinigen. Auf diese Weise bleibt der Fall sozusagen in der Familie, ein Arrangement könnte auf einer persönlichen Basis getroffen werden.«
Nun ergriff der Vizepräsident das Wort:
»Ich stimme Ihrer Logik zu«, sagte er zum Direktor des CIA, »daß dieser Fall den Russen genauso peinlich sein muß wie uns – nicht aber der Art und Weise, wie Sie mit den Russen verhandeln wollen.« Es hatte schon immer eine Abneigung zwischen den beiden Politikern bestanden, die aus demselben Bundesstaat stammten und sich in lokalpolitischen Fragen zerstritten hatten.
Der Vizepräsident wandte sich an den Präsidenten: »Mr. President, ich schlage vor, daß der Außenminister morgen früh den russischen Botschafter zu sich kommen läßt und ihm vorschlägt, die sterbliche Hülle des Senators an unseren Botschafter in der Türkei in aller Ruhe und ohne Aufsehen an der türkisch-russischen Grenze zu übergeben. Auf diese Weise verhalten wir uns einerseits protokollmäßig korrekt, und andererseits könnten wir dann der Öffentlichkeit sagen, er wäre in der Erfüllung seiner Pflichten als Delegationschef einem Herzinfarkt erlegen. Wir können ihn so in allen Ehren nach Hause fliegen lassen und begraben.«
Der Präsident nickte befriedigt. Auch die anderen gaben ihre Zustimmung, sogar der Direktor des CIA, der hier wieder einmal eine Schlappe durch seinen klügeren Widersacher erlitten hatte. Der Präsident löste die Sitzung auf.
Den Chef des Vereinigten Generalstabs und General Sasson bat er, noch einige Minuten bei ihm zu bleiben:
»General«, sprach er den Generalstabschef an, »ich glaube, unser Land schuldet einigen unseren Soldaten Dank. Falls Sie General Sasson zur Beförderung zum Major General vorschlagen sollten, würde ich meine Unterschrift nicht

verweigern. Und was den Oberst, den die Kurden Malik nennen, betrifft, so sollte er mit einer hohen Auszeichnung belohnt werden. Ich möchte auch diesen Mann persönlich kennenlernen.«

General Sasson bemerkte:

»Sobald Van Holden transportfähig ist, werde ich ihn nach Washington kommen lassen, damit er das ›Distinguished Service Cross‹ von Ihnen entgegennimmt.«

Am nächsten Morgen meldete sich der russische Botschafter im Arbeitszimmer des Außenministers. Moskau hatte ihn bereits informiert, und er war auf das Gespräch vorbereitet. Nach der zwischen Diplomaten üblichen viertelstündigen Wortplänkelei kam der Amerikaner zur Sache. Er war nicht im geringsten überrascht, bei dem Russen auf volles Verständnis zu stoßen. Der Botschafter bat lediglich um einen konkreten Vorschlag der amerikanischen Regierung. Er begriff, daß Eile geboten wäre, und versprach, sich umgehend mit Moskau in Verbindung zu setzen. Um 16 Uhr am selben Tag bat er den Außenminister, ihn nochmals zu empfangen, er habe ihm einen detaillierten Plan vorzulegen. Als sich die beiden wenig später mit einem freundlichen Handschlag getrennt hatten, nahm der Außenminister den Hörer seines Telefons ab und ließ sich mit dem Weißen Haus verbinden. Als sich der Präsident meldete, sagte er:

»Mr. President, ich habe mit dem russischen Botschafter vereinbaren können, daß der Leichnam Senator McMahons morgen früh um sieben Uhr dreißig Eastern Standard Time unserem Botschafter an der Aras-Brücke bei Kulp – die Türken nennen es Tuzluça – übergeben wird. Von dort wird er per Hubschrauber nach Erzurum gebracht und einer Boeing 707 übergeben, die spätestens gegen zwanzig Uhr auf der Andrews Airforce Base landen wird. Ich werde mit dem Chef des Generalstabs alles Nötige veranlassen. Wollen Sie Mrs. McMahon verständigen?«

»Very well«, antwortete der Präsident. »Ja, ich werde sie benachrichtigen und, falls sie es wünschen sollte, hierherbringen lassen, um die sterbliche Hülle in Empfang zu nehmen. Ich werde sie auch fragen, wo sie ihn begraben

lassen möchte, hier in Arlington oder in der Familiengruft in Libertyville. Darüber informiere ich Sie noch. Falls sie sich für Libertyville entscheidet, soll dieselbe Maschine sie mit dem Leichnam dorthin weiterfliegen. Ich nehme an, daß auch Senator Dillon in dieser Maschine sein wird. Halten Sie mich weiterhin auf dem laufenden. Ich möchte Mrs. McMahon zur ankommenden Maschine begleiten. Die Journalisten wird mein Pressechef verständigen.«
»Very well, Mr. President.« Der Außenminister legte den Hörer mit einem Lächeln auf. Der Präsident ließ keine Gelegenheit aus, sich der Öffentlichkeit im besten Licht zu zeigen.

Am 23. Mai um 14 Uhr 30 (7 Uhr 30 Washington Time) vollzog sich die Übergabe an der Brücke über den Aras bei Kulp-Tuzluça ohne jegliches Zeremoniell. Die Stelle war für die Russen günstig, sie war unweit von Erivan und schnell erreichbar. Einigen wenigen Männern war diese Stelle unter dem Namen »Blaue Dame« bekannt. Auf Verlangen des US-Botschafters wurde der Sarg geöffnet, um den Leichnam zu identifizieren. Der Botschafter, begleitet von Senator Dillon, konnte das Gesicht McMahons nur von einer Seite erkennen. Die andere Hälfte fehlte vollständig. Mit Grauen wandten sich die beiden ab und ließen den Sarg wieder schließen. Im Weggehen sagte Dillon zum Botschafter:
»Wer das gemacht hat, wollte ganz auf Nummer Sicher gehen.«
Um 15 Uhr 30 waren sie in Erzurum, wo die Boeing 707 der Airforce bereits wartete. Zu dieser Stunde gab es auf dem Flughafen von Erzurum keinen Flugverkehr. Das Verladen des Sarges von einer Maschine in die andere ging unbeachtet und reibungslos vor sich und war in wenigen Minuten geschehen. Schnell stieg die Boeing in den wolkenlosen Himmel Anatoliens auf, um in einer Höhe von 12 000 Metern westwärts nach den Vereinigten Staaten von Amerika zu fliegen. Es war erst sieben Tage her, daß Senator McMahon aus dem Hilton Istanbul verschwunden war.

Der Pressesekretär des Präsidenten der Vereinigten Staaten lud zu einer Pressekonferenz ein, in der er, vor anderen wichtigen Dingen, auch berichtete, daß Senator McMahon auf einer Dienstreise in der Türkei einem Herzinfarkt erlegen sei. Er fügte hinzu, daß der Präsident, in Begleitung einiger Regierungsmitglieder, bei der Ankunft der Maschine mit dem Leichnam des Senators auf der Andrews Airforce Base sein werde. Dort werde er der Witwe des Senators, die nach Washington gekommen sei, um den Leichnam nach Libertyville, Nebraska, zu fliegen, wo er in der Familiengruft beigesetzt werde, sein Beileid ausdrücken und so seinem großen politischen Gegner die letzte Ehre erweisen. Die Presse sei dazu eingeladen.

Die Weltpresse berichtete am nächsten Morgen:
... ein aufrechter Bürger, ein gewissenhafter Diener seines Landes, war er bis zuletzt auf seinem Posten ... *The London Times*
... Er war ein Vorbild für unsere Jugend, aufopfernd, fair und bemerkenswert ehrlich. Er war ein guter Senator und wäre auch ein guter Präsident gewesen ... *The New York Times*
... Ein Politiker wie aus dem Bilderbuch, einer, der zu den Massen sprechen konnte ... *Paris Soir*
... Ein Verlust für die Menschheit ... *The Tokio Times*

NACHWORT

Prinz Hakim und seine Kurden kämpfen weiter für ein freies Kurdistan. Die Zeit, in der sie vom Iran und von Israel mit Waffen und Ausbildern versorgt wurden, ist vorbei – den Persern war daran gelegen, die Kurden im iranisch-irakischen Grenzstreit auf ihrer Seite zu wissen, die Israelis hatten den Irak zwingen wollen, sein gegen Israel in Syrien stationiertes 60 000 Mann starkes Expeditionskorps abzuziehen.

Am 6. März 1975 unterzeichneten der Schah von Persien und Saddan Hussein, der neue Staatschef des Irak, das Abkommen von Algier, mit dem der Irak dem Iran territoriale Rechte am Ostufer des Shatt-al-Arab-Flusses zugestand, die für das Ölland Persien außerordentlich wichtig sind. Dafür verpflichtete sich der Iran, die kurdischen Revolutionäre im nordöstlichen Teil des Irak, der an Persien grenzt, nicht länger mit Kriegsmaterial zu unterstützen. Die Perser schlossen ihre Grenze zum Irak hermetisch ab und beraubten so die kurdischen Freiheitskämpfer der Möglichkeit, sich der Umklammerung durch die irakischen Panzer zu entziehen. Die im Irak ansässigen zwei Millionen Kurden sind, auf der Flucht, einem erbarmungslosen Feind ausgeliefert. Hunderte von Kurden sind den Berichten nach getötet worden.

Doch Mustafa Barzani hat für sein Volk die Fortsetzung des kurdischen Freiheitskampfes angekündigt. Was das bedeutet, wissen die Irakis aus den vergangenen Kurdenkriegen – 1959, 1961 bis 1970 und 1974/1975. Allein in den zwölf Monaten des letzten Konflikts wurden nach offiziellen Angaben 1640 irakische Soldaten und Offiziere getötet, 7903 wurden verwundet. Über die Verluste der Kurden machte Stabschef Schanschal keine Angaben.

Für einen kurzen Augenblick horchte die Welt auf und begriff das Elend des kurdischen Volkes, dessen Geschichte die Geschichte eines Kampfes von Anfang an ist. Doch die Großmächte und die internationalen Organisationen, deren

Aufgabe es wäre, einem unterdrückten Volk von mehr als zehn Millionen Menschen zu seinem Recht zu verhelfen, versagen. Niemand will sich mit ölproduzierenden Ländern wie dem Iran oder dem Irak anlegen.
Ein altes kurdisches Sprichwort heißt: Die Kurden haben keine Freunde.

INHALTSÜBERSICHT